HEYNE <

Das Buch

Kann es wirklich so etwas wie einen Glücksbringer geben? Logan Thibault würde so einen Gedanken weit von sich weisen – bis er selbst in höchster Gefahr das Foto einer schönen Frau findet. Er nimmt es an sich und fühlt sich ab diesem Moment auf wunderbare Weise beschützt. Unversehrt kehrt er aus dem Krieg zurück. Er macht sich auf die Suche quer durch ganz Amerika, um die Frau zu finden. Und es gelingt ihm tatsächlich: In einem kleinen Örtchen in North Carolina steht er plötzlich Elizabeth gegenüber. Um ihr nahe zu sein, lässt er sich als Aushilfe in der Hundeschule ihrer Großmutter einstellen. Und schon bald verliebt er sich hoffnungslos in Elizabeth.

Sie hat jedoch große Vorbehalte gegen diesen Fremden, der sie so komisch anstarrt und sie von irgendwoher zu kennen scheint. Nur langsam öffnet sie sich ihm – und Thibault beginnt zu erahnen, dass die Schatten der Vergangenheit ihre aufkeimende Liebe zerstören könnten.

Der Autor

Nicholas Sparks, 1965 in Nebraska geboren, lebt in North Carolina. Mit seinen Romanen, die ausnahmslos die Bestsellerlisten eroberten und weltweit in über 50 Sprachen erscheinen, gilt Sparks als einer der meistgelesenen Autoren der Welt. Mehrere seiner Bestseller wurden erfolgreich verfilmt. Alle seine Bücher sind bei Heyne erschienen.

Ein ausführliches Werkverzeichnis finden Sie am Ende dieses Buches.

Große Autorenwebsite unter www.nicholas-sparks.de

NICHOLAS

SPARKS

FÜR IMMER DER DEINE

ROMAN

Aus dem Amerikanischen
von Adelheid Zöfel

WILHELM HEYNE VERLAG
MÜNCHEN

Die Originalausgabe erschien unter dem Titel
THE LUCKY ONE bei Grand Central Publishing/
Hachette Book Group USA, New York

MIX
Papier | Fördert gute Waldnutzung
FSC® C014496

Penguin Random House Verlagsgruppe FSC® N001967

2. Auflage
Vollständige deutsche Taschenbuchausgabe 03/2020

Printed in Germany
Umschlaggestaltung: zero-media.net, München,
unter Verwendung von Arcangel/Bernard Jaubert;
Arcangel/Roberto Pastrovicchio
Satz: satz-bau Leingärtner, Nabburg
Druck und Bindung: GGP Media GmbH, Pößneck
ISBN 978-3-453-42395-4

www.heyne.de
www.nicholas-sparks.de

Für Jamie Raab und Dennis Dalrymple

Ein Jahr, an das wir immer denken werden …
und ein Jahr, das wir oft am liebsten vergessen möchten.
Ich bin in Gedanken bei euch.

KAPITEL 1

Clayton und Thibault

Er hatte sie nicht kommen hören, und aus der Nähe gefielen ihm die beiden auch nicht besser als von weitem. Vor allem der Hund war ihm unsympathisch. Deputy Keith Clayton, Beamter im Sheriff's Department, mochte keine deutschen Schäferhunde, auch wenn sie noch so friedlich aussahen. Und dieser hier erinnerte ihn an Panther, den Begleiter von Deputy Kenny Moore, der blitzschnell losschoss und jeden Verdächtigen in den Schritt biss, wenn man ihn auch nur andeutungsweise dazu aufforderte. Eigentlich fand Clayton seinen Kollegen Moore völlig verrückt, aber er war der Einzige in der Abteilung, den er tendenziell als Freund betrachtete. Und diese Geschichten, wie Panther die Leute attackierte, erzählte Moore wirklich witzig, so dass sich alle immer bogen vor Lachen. Garantiert hätte Moore die kleine Nacktbadeparty, die Clayton soeben aufgestöbert hatte, auch sehr gut gefallen. Zuerst hatte er unten am Fluss aus der Ferne zwei Studentinnen dabei ertappt, wie sie sich unverhüllt von der Morgensonne bräunen ließen. Er machte natürlich gleich ein paar Schnappschüsse von ihnen – aber da tauchte plötzlich hinter einem Hortensienstrauch ein drittes Mädchen auf. Hektisch warf er die Kamera ins Gebüsch und kam hinter seinem Baum hervor. Eine Sekunde später stand er vor der Studentin.

»Na, was haben wir denn hier?«, fragte er mit dickem Südstaatenakzent, um sie möglichst gleich in die Defensive zu drängen.

Es ärgerte ihn, dass er beim Fotografieren überrascht worden war, und mit seiner lahmen Begrüßungsformel war er auch nicht zufrieden. Normalerweise trat er in solchen Situationen souveräner auf. Wesentlich souveräner sogar. Zum Glück war das Mädchen viel zu eingeschüchtert, um seine Unsicherheit zu registrieren. Sie hüpfte ein paar Schritte rückwärts und wäre dabei fast gestolpert. Hilflos stammelnd versuchte sie, sich mit den Händen zu bedecken. Es sah aus, als würde ein kleines Kind versuchen, ganz allein *Twister* zu spielen.

Clayton grinste breit und tat so, als merkte er gar nicht, dass sie splitternackt war. Oder als würde er jeden Tag im Wald unbekleideten jungen Damen begegnen. Seine Nervosität war verflogen, weil sie offensichtlich seine Kamera nicht gesehen hatte.

»Nur keine Panik, wenn ich bitten darf. Aber können Sie mir vielleicht erklären, was hier los ist?«, fragte er.

Dabei wusste er ganz genau, was los war. Es passierte jeden Sommer ein paarmal, vor allem im August: Studentinnen von der Chapel Hill University oder der North Carolina State University in Raleigh fuhren für ein verlängertes Wochenende nach Emerald Isle ans Meer, ehe das Herbstsemester begann. Unterwegs machten sie einen kleinen Abstecher zu dem alten Waldweg, der früher zur Holzabfuhr gedient hatte. Dieser Weg schlängelte sich knapp zwei Kilometer durch den National Forest, bis zu der Stelle, wo der Swan Creek eine scharfe Biegung in Richtung South River machte. Dort gab es einen hübschen kleinen Kiesstrand, und jeder wusste, dass man da ungestört nackt baden konnte.

Clayton hatte keine Ahnung, wie diese Tradition entstanden war. Aber er hatte sich angewöhnt, öfter mal dort vorbeizufahren, immer in der Hoffnung, einen Glückstreffer zu landen, so wie heute. Vor sechs Wochen hatte er sechs entblößte Mädels aufgespürt, jetzt waren es immerhin drei. Die beiden, die bisher auf ihren Handtüchern gedöst hatten, tasteten hastig nach ihren T-Shirts. Die eine war etwas zu mollig für seinen Geschmack, aber die beiden anderen – auch die Brünette, die vor ihm stand – hatten eine Figur, die jeden männlichen Kommilitonen um den Verstand bringen konnte. Und jeden Polizeibeamten.

»Wir wussten nicht, dass Leute hierherkommen. Wir haben gedacht, das darf man hier.«

Sie machte so ein Unschuldsgesicht, dass er automatisch dachte: *Na, Daddy wäre bestimmt superstolz, wenn er wüsste, was sein kleines Töchterchen hier anstellt.* Er malte sich aus, wie erschrocken sie auf diesen Satz reagieren würde, aber weil er Uniform trug, musste er leider etwas Seriöses von sich geben. Außerdem durfte er auf keinen Fall zu weit gehen. Wenn es sich herumsprach, dass hier in der Gegend Polizei patrouillierte, kamen bald keine Studentinnen mehr, und das wäre doch sehr schade.

»Kommen Sie mit. Ich würde gern auch mit Ihren Freundinnen sprechen.«

Er folgte ihr hinunter zum Kiesstrand und beobachtete dabei belustigt, wie sie vergeblich versuchte, ihre Rückseite zu schützen. Sehr niedlich. Als sie die Lichtung beim Fluss erreichten, hatten die beiden anderen Mädchen bereits ihre T-Shirts angezogen. Die Brünette hopste schnell zu ihnen, schnappte sich ein Handtuch und warf dabei ein paar Bierdosen um. Clayton deutete auf einen Baum in der Nähe.

»Habt ihr das Schild hier nicht gesehen?«

Wie auf Kommando schauten drei Augenpaare in die angegebene Richtung. Die Menschen sind Schafe und warten nur auf den nächsten Befehl, dachte Clayton. Das Schild war klein und teilweise durch die niedrigen Zweige einer alten immergrünen Eiche verdeckt. Auf Anordnung von Richter Kendrick Clayton war es dort aufgehängt worden. Dieser Richter war, nebenbei bemerkt, Keiths Onkel, und der Vorschlag, hier so einen Hinweis anzubringen, stammte von Keith Clayton selbst – er wusste nämlich, dass ein offizielles Verbot die Anziehungskraft des Ortes nur noch steigern würde.

»Nein, das haben wir gar nicht bemerkt!«, rief die Brünette entsetzt, während sie sich in ihr Handtuch wickelte. »Wir hatten keine Ahnung. Uns hat erst vor ein paar Tagen jemand von diesem Strand erzählt!« Die anderen beiden waren so verängstigt, dass sie kein Wort herausbrachten und sich nur stumm bemühten, irgendwie in ihre Bikini-Unterteile zu kommen. Aber das dritte Mädchen redete tapfer weiter. »Wir sind heute wirklich zum allerersten Mal hier!«

Sie klang, als würde sie gleich in Tränen ausbrechen. Typisch für so eine verwöhnte höhere Tochter. Bestimmt gehörten sie alle drei in diese Kategorie. Man sah es ihnen irgendwie an.

»Wusstet ihr, dass öffentliche Nacktheit hierzulande ein kriminelles Vergehen ist?«

Er sah, wie die drei Grazien erblassten. Bestimmt hatten sie Angst, diese Übertretung des Gesetzes würde als Aktennotiz in ihrem polizeilichen Führungszeugnis auftauchen. Ein Bild für die Götter, diese Mädels. Aber er musste wirklich vorsichtig sein und durfte auf keinen Fall seine Strenge übertreiben.

»Wie heißt ihr?«

»Ich heiße Amy«, sagte das Mädchen mit den braunen Haaren und schluckte. »Amy White.«

»Und woher kommt ihr?«

»Ich komme aus Chapel Hill. Das heißt, eigentlich aus Charlotte.«

»Ich sehe, dass hier alkoholische Getränke herumstehen. Dürft ihr überhaupt schon Alkohol trinken? Seid ihr schon einundzwanzig?«

Endlich zeigten auch die anderen beiden eine Reaktion. »Jawohl, Sir«, antworteten alle drei im Chor.

»Okay, Amy. Ich sage euch jetzt, was ich tun werde. Dass ihr das Schild nicht gesehen habt, glaube ich euch. Und auch, dass ihr berechtigt seid, Alkohol zu trinken. Deshalb bin ich bereit, ein Auge zuzudrücken und keine Staatsaktion daraus zu machen. Ich werde so tun, als wäre ich nie hier gewesen. Im Gegenzug müsst ihr mir allerdings versprechen, dass ihr nicht zu meinem Vorgesetzten rennt und ihm erzählt, ich hätte euch ohne Strafe laufen lassen.«

Die Mädchen wussten nicht recht, ob sie ihm trauen sollten.

»Ehrlich?«, flüsterte Amy.

»Ehrlich«, wiederholte er. »Ich war schließlich auch mal auf dem College.« Das stimmte zwar nicht, aber es klang gut, fand er. »Und wenn ihr euch jetzt bitte anziehen würdet ... Man weiß ja nie, wer sonst noch durchs Gebüsch schleicht.« Er grinste vielsagend. »Und, bitte, entsorgt sämtliche Bierdosen, verstanden?«

»Jawohl, Sir.«

»Sehr gut.« Er wandte sich zum Gehen.

»War's das?«, rief Amy verdutzt.

Clayton drehte sich um und grinste wieder. »Ja, das war's. Und passt gut auf euch auf.«

Durchs Unterholz machte er sich auf den Weg zurück zu seinem Streifenwagen. Immer wieder musste er sich wegen der niedrigen Zweige ducken. Er hatte seine Sache gut gemacht, fand er. Sehr gut sogar. Und Amy hatte ihm am Schluss noch zugelächelt! Kurz spielte er mit dem Gedanken, ob er nicht umdrehen und sie um ihre Telefonnummer bitten sollte. Nein, befand er dann, es war besser, es bei dieser Begegnung zu belassen. Höchstwahrscheinlich erzählten die drei ihren Freundinnen, der Sheriff habe sie zwar beim Nacktbaden erwischt, aber es sei nichts Schlimmes passiert. Es würde sich herumsprechen, dass die Polizeibeamten in dieser Gegend cool waren. Und hoffentlich hatte er ein paar knackige Aufnahmen hinbekommen, als hübsche Ergänzung zu seiner bisherigen Sammlung.

Als er gerade die Kamera aus dem Gebüsch holen wollte, hörte er ein Pfeifen. Er folgte dem Geräusch bis zu der ehemaligen Holzzufahrt. Dort entdeckte er einen unbekannten Mann, der langsam den Weg entlangging. Mit Hund. Der Typ erinnerte ihn an die Hippies aus den sechziger Jahren.

Auf jeden Fall gehörte er nicht zu den Mädchen. Erstens war er zu alt fürs College – mindestens Ende zwanzig. Mit seinen langen Haaren würde er auch nicht zu den höheren Töchtern passen, oder? Auf dem Rücken trug er einen schweren Rucksack, an den unten ein Schlafsack geschnallt war. Dieser Mann wollte nicht für einen Tag zum Strand, nein, er wirkte wie jemand, der eine richtige Wanderung machte. Vermutlich mit Camping. Wie lange war er schon hier? Hatte er etwas gesehen?

Hatte er – zum Beispiel – mitbekommen, wie Clayton fotografierte?

Nein, das war völlig unmöglich. Vom Weg aus konnte man nichts sehen, weil das Unterholz viel zu dicht war, und wenn jemand durch den Wald gegangen wäre, hätte Clayton das gehört. Unter Garantie. Trotzdem erschien es ihm eigenartig, dass er in dieser Gegend einem Wanderer begegnete. Hier gab es keine Touristenattraktionen, man befand sich mitten im Nichts. Und Clayton wollte mit allen Mitteln verhindern, dass irgendwelche blöden Hippies den Studentinnen das Strandleben vermiesten.

Inzwischen war der Fremde an ihm vorbeigegangen. Er näherte sich dem Streifenwagen und dem Jeep, in dem die Mädchen gekommen waren. Clayton trat auf den Waldweg und räusperte sich. Der Fremde und sein Hund drehten sich um.

Aus der Distanz versuchte der Deputy, sie einzuschätzen. Der Mann schien nicht besonders beeindruckt von seinem plötzlichen Erscheinen. Der Hund auch nicht. Im Blick des Fremden lag etwas, was Clayton durcheinanderbrachte. Es war fast so, als hätten er und sein Begleiter ihn bereits erwartet. Der Hund wirkte verschlossen, intelligent und gleichzeitig extrem wachsam – genau wie Panther, bevor Kenny Moore ihn losließ. Claytons Magen krampfte sich zusammen. Am liebsten hätte er seinen Intimbereich mit den Händen bedeckt, aber er beherrschte sich.

Eine ganze Weile starrten Clayton und der Fremde einander an. Der Deputy wusste natürlich, dass seine Uniform die Leute in der Regel verunsicherte. Auch wenn sie gar nichts verbrochen hatten. Jeder wurde unruhig in Gegenwart eines Gesetzeshüters, und Clayton ging davon aus, dass dieser Typ da keine Ausnahme bildete. Die einschüchternde Wirkung seiner Berufsbekleidung war schließlich einer der Gründe, warum er schon als Kind gern Polizist werden wollte.

»Haben Sie eine Leine für Ihren Hund?«, rief er. Es sollte wie ein Befehl klingen, nicht wie eine Frage.

»In meinem Rucksack.«

Clayton konnte in der Aussprache des Mannes keinen regionalen Akzent ausmachen. *Er redet Englisch wie Johnny Carson*, hätte seine Mutter gesagt, weil ja so ein Talkmaster im Fernsehen keinen Akzent haben durfte. »Nehmen Sie ihn an die Leine.«

»Keine Sorge. Er rührt sich nicht, wenn ich es nicht sage.«

»Trotzdem.«

Der Fremde nahm seinen Rucksack ab und wühlte darin herum. Clayton reckte den Hals in der Hoffnung, vielleicht etwas zu erspähen, was nach Drogen oder nach einer Waffe aussah. Gleich darauf war der Hund angeleint, und der Mann musterte den Deputy mit einem Gesichtsausdruck, der zu fragen schien: *Und was jetzt?*

»Was machen Sie hier?«, fragte Clayton.

»Wandern.«

»Ihr Rucksack ist ganz schön groß für eine einfache Wanderung.«

Der Fremde reagierte nicht.

»Oder sind Sie vielleicht nur herumgeschlichen, weil Sie dachten, es gibt hier was zu sehen?«

»Tun das die Leute hier?«

Weder der Tonfall noch die versteckte Andeutung in diesem Satz gefiel Clayton. »Ich möchte Ihren Ausweis sehen.«

Wieder nahm der Mann den Rucksack ab und holte gehorsam seinen Pass heraus. Mit der flachen Hand gab er dem Hund zu verstehen, er solle sitzen bleiben, während er auf Clayton zuging, um ihm den Pass zu zeigen.

»Sie haben Ihren Führerschein nicht dabei?« Normalerweise trug niemand seinen Pass mit sich herum, weil der Führerschein als Ausweis genügte.

»Ich besitze keinen.«

Clayton studierte den Namen, formte ihn mit den Lippen. »Logan Thibault?«

Der Fremde nickte.

»Woher kommen Sie?«

»Aus Colorado.«

»Ganz schön weit weg von hier.«

Schweigen.

»Haben Sie ein bestimmtes Ziel?«

»Ich bin unterwegs nach Arden.«

»Was ist in Arden?«

»Kann ich Ihnen leider nicht sagen. Ich war noch nie dort.«

Clayton runzelte die Stirn. Die Antwort fand er frech. Fast schon unverschämt. Jedenfalls passte sie ihm nicht. Überhaupt konnte er den Kerl nicht ausstehen. »Warten Sie einen Moment«, sagte er. »Sie haben doch sicher nichts dagegen, wenn ich die Daten überprüfe.«

»Bitte – gern.«

Als Clayton zu seinem Wagen ging, schaute er kurz über die Schulter und sah, dass Thibault eine kleine Schüssel aus seinem Rucksack holte und sie mit Wasser aus einer Flasche füllte. Er wirkte völlig unbekümmert. Als wäre ihm alles egal.

Wir werden schon was finden, Freundchen! In seinem Streifenwagen nahm Clayton Funkkontakt mit der Zentrale auf, gab den Namen durch und buchstabierte ihn. Die Frau in der Zentrale unterbrach ihn.

»Das spricht man Ti-bo aus. Ist französisch.«

»Die Aussprache interessiert mich nicht. Ti-bo! Mir doch egal. Ich spreche ihn amerikanisch aus. Thai-bolt.«

»Ich wollte nur –«

»Ist schon gut, Marge. Du sollst die Daten überprüfen.«

»Sieht er aus wie ein Franzose?«

»Woher zum Teufel soll ich wissen, wie ein Franzose aussieht?«

»Ich frag doch bloß. Reg dich nicht gleich so auf. Wir haben hier viel Stress.«

Ja, klar, dachte Clayton. Vor allem müsst ihr Donuts futtern. Im Lauf eines Arbeitstages verdrückte Marge mindestens ein Dutzend Krispy Kremes. Sie wog sicher hundertfünfzig Kilo, wenn nicht mehr.

Durchs Wagenfenster sah er, dass der Fremde neben

seinem Hund kauerte und ihm etwas zuflüsterte, während dieser das Wasser schlabberte. Clayton schüttelte den Kopf. Wie konnte man nur mit Tieren reden! So was machten doch ausschließlich Spinner. Als würde der Hund irgendetwas verstehen außer den Grundkommandos. Seine Exfrau quasselte auch immer auf ihre Hunde ein und behandelte sie wie Menschen. Eigentlich hätte er daran schon anfangs merken müssen, dass es keinen Sinn mit ihr hatte. Dann wäre ihm viel Ärger erspart geblieben.

»Ich kann nichts finden«, hörte er Marge sagen. Sie klang, als würde sie etwas kauen. »Soweit ich das sehe, gibt es keine ausstehenden Haftbefehle.«

»Bist du dir da ganz sicher?«

»Natürlich! Ich verstehe was von meinem Job.«

Es war, als hätte der Fremde das Gespräch mitgehört. Jedenfalls richtete er sich auf, packte die Schüssel wieder ein und schulterte den Rucksack.

»Sind auch keine Anrufe eingegangen? Über Leute, die herumstreunen oder so?«

»Nein, heute Morgen ist das Telefon ruhig. Wo steckst du überhaupt? Dein Dad hat dich schon gesucht.«

Claytons Dad war der Sheriff.

»Sag ihm, ich bin gleich da.«

»Er ist ziemlich sauer.«

»Dann richte ihm aus, dass ich auf Patrouille bin, okay?«

Damit er weiß, ich arbeite, hätte er am liebsten hinzugefügt, ließ es aber bleiben.

»Wird gemacht.«

Schon besser.

»Ich muss los.«

Er hängte das Funkgerät wieder ein, blieb aber noch einen Moment sitzen. Schade eigentlich. Es hätte Spaß gemacht, den Typen in eine Zelle zu sperren, mit seiner Mädchenfrisur und allem. Die Brüder Landry hätten sich garantiert blendend mit ihm amüsiert. Sie waren samstagabends sozusagen Stammgäste: wegen Trunkenheit, wegen Erregung öffentlichen Ärgernisses, wegen Schlägereien – meistens verprügelten sie sich gegenseitig. Außer wenn sie eingelocht waren. Dann suchten sie sich andere Opfer.

Clayton legte die Hand auf den Türgriff. Und warum war sein Dad diesmal sauer? Der alte Herr ging ihm auf die Nerven. *Tu dies. Tu das. Hast du die Unterlagen schon bearbeitet? Warum bist du so spät dran?* Wenn sein Vater loslegte, hätte Clayton immer am liebsten klargestellt, dass ihn das nichts anging und er sich um seinen eigenen Kram kümmern sollte. Aber der Alte bildete sich ein, er hätte bei ihm noch das Sagen.

Na, egal. Früher oder später würde er es schon kapieren. Und Clayton musste erst mal den Hippie loswerden, bevor die Mädchen kamen. In diesem Wald sollten sich die Menschen wohlfühlen. Versiffte Wanderer konnten alles kaputt machen.

Clayton stieg aus, knallte die Tür hinter sich zu. Der Hund legte den Kopf schief, als der Deputy näher kam und Thibault den Pass hinhielt. »Entschuldigen Sie die Verzögerung, Mr Thai-bolt.« Diesmal sprach er den Namen absichtlich falsch aus. »Ich habe nur meine Pflicht getan. Oder haben Sie etwa Drogen und Waffen in Ihrem Rucksack?«

»Habe ich nicht.«

»Könnte ich mal selbst nachsehen?«

»Lieber nicht. Sie wissen doch – der vierte Zusatzartikel zur Verfassung und so.«

Nicht zu fassen! Jetzt belehrte dieser Vollidiot ihn auch noch indirekt, dass es im amerikanischen Rechtssystem so etwas wie einen Schutz der Privatsphäre gab!

»Ich sehe, Sie haben einen Schlafsack dabei. Zelten Sie irgendwo?«

»Gestern Abend war ich in Burke County.«

Clayton musterte den Mann eingehend, während er über die Antwort nachdachte.

»Hier in der Gegend gibt es keine Campingplätze.«

Der Fremde schwieg.

Nun war Clayton derjenige, der den Blick abwandte. »Sie sollten den Hund besser an der Leine lassen.«

»Soviel ich weiß, gibt es in diesem Bezirk keinen Leinenzwang.«

»Stimmt. Ich meine ja nur – damit Ihr Hund nicht in Gefahr gerät. Auf der Hauptstraße ist viel Verkehr.«

»Ich werde aufpassen.«

»Gut.« Clayton wollte gehen, überlegte es sich aber anders. »Nur noch eine Frage – wie lange sind Sie schon hier unterwegs?«

»Ich bin gerade den Waldweg hochgekommen. Warum fragen Sie?«

Der Ton, in dem er antwortete, irritierte Clayton. Er zögerte für einen Moment. Aber nein – der Typ konnte ihn unmöglich beim Fotografieren beobachtet haben. »Nur so.«

»Kann ich jetzt los?«

»Ja. Klar.«

Clayton schaute ihm nach. Herr und Hund gingen weiter die Straße entlang. Sobald sie außer Sichtweite waren, ging Clayton zurück zu dem Gebüsch, um die Kamera zu holen. Er fasste zielstrebig zwischen die Zweige. Nichts. Das konnte doch nicht wahr sein! Um sich zu vergewissern, dass er sich an der richtigen Stelle befand, ging er ein paar Schritte zurück. Schließlich kniete er nieder und suchte den Boden ab. Er geriet in Panik. Die Kamera gehörte dem Sheriff's Department. Er hatte sie sich nur geborgt, speziell für diese Unternehmung. Sein Dad löcherte ihn bestimmt mit tausend Fragen, wenn sich herausstellte, dass sie nicht mehr da war. Noch schlimmer würde er natürlich ausrasten, wenn festgestellt wurde, dass auf der Speicherkarte lauter Nacktfotos waren. In puncto Verhaltenskodex konnte sein Vater fürchterlich pedantisch sein.

Inzwischen waren mindestens fünf Minuten vergangen. Clayton hörte das Aufheulen eines Motors. Wahrscheinlich fuhren die Studentinnen weg. Was hatten sie wohl gedacht, als sie seinen Streifenwagen noch dastehen sahen? Aber darüber durfte er sich keine Gedanken machen. Im Moment hatte er andere Probleme.

Die Kamera war weg.

Verloren hatte er sie nicht. Sie war *weg*. Und das verdammte Ding konnte sich ja nicht ohne fremde Hilfe aus dem Staub gemacht haben. Steckten vielleicht die Mädchen dahinter? Nein, das war unmöglich. Das bedeutete, dass dieser Thai-bolt ihn reingelegt hatte. Nicht zu fassen. Der Typ hatte ihn an der Nase herumgeführt. Ihn, Keith Clayton! Ihm war ja gleich aufgefallen, dass sich dieser Mann merkwürdig benahm, so nach dem Motto: *Ich weiß, was du letzten Sommer getan hast.*

Aber damit kam er nicht durch. Gegen Keith Clayton war so ein blöder, stinkender Hippie, der sich mit seinem Hund unterhielt, machtlos. Gegen Clayton konnte er sich nicht behaupten. Jedenfalls nicht in diesem Leben.

Er musste zurück zu seinem Wagen. Vielleicht konnte er Logan Thai-bolt noch einholen und ihn sich gleich vorknöpfen. Aber das wäre erst der Anfang. Die Sache würde ein Nachspiel haben. Jemand wagte es, sich mit ihm anzulegen? Tja, Pech gehabt. Und der Hund? Kein Problem. Ach, das arme Tier verliert die Nerven? Na, dann tschüss, Hundilein. So einfach war das. Deutsche Schäferhunde waren Waffen – mit dieser Begründung kam man vor jedem Gericht im Staat durch. Garantiert.

Oberste Priorität: Thibault finden. Dann: Kamera an sich nehmen. Die weiteren Maßnahmen musste er sich danach überlegen.

Erst als er vor seinem Streifenwagen stand, stellte er fest, dass beide Hinterreifen platt waren.

»Wie heißen Sie noch mal?«

Thibault beugte sich näher zu ihr. Er musste fast schreien, um gegen den Wind im Jeep anzukommen, damit das Mädchen ihn verstand. »Logan Thibault.« Mit dem Daumen deutete er nach hinten. »Und das da ist Zeus.«

Zeus hockte dort, mit hechelnder Zunge, die Nase im Wind, während sich der Wagen dem Highway näherte.

»Schöner Hund. Ich heiße Amy. Und das sind Jennifer und Lori.«

Thibault drehte sich zu den beiden. »Hi.«

»Hallo.«

Sie wirkten alle drei etwas konfus. Kein Wunder, dachte Thibault, nach allem, was sie gerade durchgemacht haben. »Ich finde es sehr nett, dass ihr mich mitnehmt.«

»Das machen wir doch gern. Habe ich Sie richtig verstanden – Sie wollen nach Hampton?«

»Wenn es nicht zu weit ist.«

»Es liegt direkt an der Strecke.«

Thibault hatte, als sich ihm der Jeep von hinten näherte, spontan den Daumen rausgestreckt. Nur gut, dass Zeus bei ihm war! Jedenfalls hielten die Studentinnen sofort an.

Manchmal klappte einfach alles.

Obwohl er es nicht zugab, hatte er die drei gesehen, wie sie am Morgen hierhergekommen waren – er hatte auf dem kleinen Hügel gleich beim Strand übernachtet. Aber als sie begannen, sich auszuziehen, hatte er sich zurückgezogen. Seiner Meinung nach gehörte das, was sie taten, in die Rubrik »Tut keinem weh«. Außer ihm war niemand da, und er selbst hatte nicht die geringsten voyeuristischen Neigungen. Wen interessierte es schon, ob die Mädchen nackt herumrannten oder ob sie alberne Kostüme anzogen? Es ging ihn nichts an, und eigentlich hatte er auch nicht vorgehabt, sich einzumischen – bis er sah, dass der Deputy in einem Streifenwagen des Sheriff's Departments von Hampton County angefahren kam.

Er konnte den Polizeibeamten durch die Windschutzscheibe gut sehen und ahnte instinktiv, dass hier etwas nicht stimmte. Das merkte man auf den ersten Blick. Was es genau war, konnte er natürlich nicht sagen, aber er überlegte nicht lange, sondern schlug sich in die Büsche, um die Situation im Auge zu behalten. Da sah er, wie der Deputy die Speicherkarte seiner Kamera überprüfte, ganz leise die Tür seines Streifenwagens hinter sich schloss und dann zu dem kleinen Hügel beim Strand schlich. Natürlich konnte es sein, dass er offiziell ermittelte. Aber er machte ein Gesicht wie Zeus, wenn er sich auf ein Leckerli freute. Ein bisschen zu viel gierige Vorfreude im Blick.

Thibault befahl Zeus, zurückzubleiben und zu warten. Er musste aufpassen, dass der Deputy ihn nicht hörte. Der Rest ergab sich von ganz allein. Eine direkte Konfrontation brachte nichts, das wusste er – der Deputy würde behaupten, er sammle Beweismaterial, und seine Aussage hätte viel mehr Gewicht gehabt als die Spekulationen eines Fremden. Ihn körperlich anzugreifen, kam ebenfalls nicht infrage, weil ihm das nur Probleme einbringen würde. Dabei wäre er diesem Polizisten für sein Leben gern kräftig auf die Zehen getreten! Zum Glück – oder bedauerlicherweise, je nach Blickwinkel – tauchte dann das dritte Mädchen auf, der Deputy verlor die Nerven, und Thibault sah, wo er die Kamera hinwarf. Nachdem der Bulle und das Mädchen zu den anderen beiden gegangen waren, holte sich Thibault die Kamera. Er hätte danach spurlos verschwinden können, aber er fand, dass man diesem Mistkerl eine Lektion erteilen sollte. Keine Riesenlektion, nur eine kleine, die aber genügte, um zu verhindern, dass er die Mädchen weiter belästigte. Dann konnte Thibault beruhigt weiterziehen, und dem Deputy war die Laune für den Tag vermasselt. Also lief Thibault rasch zurück und durchstach die Reifen des Polizeiautos.

»Ach, da fällt mir ein –«, begann er jetzt. »Ich habe im Wald eine Kamera gefunden.«

»Mir gehört sie nicht. Lori, Jen – hat eine von euch eine Kamera verloren?«

Beide schüttelten den Kopf.

»Ich lasse sie euch trotzdem hier.« Thibault legte den Fotoapparat neben sich auf den Sitz. »Ich habe selbst eine.«

»Die sieht aber ziemlich teuer aus.«

»Ich brauche sie nicht.«

»Vielen Dank.«

Thibault betrachtete Amys Gesicht, das Spiel der Schatten auf ihren Zügen. Sie war sehr attraktiv, mit klaren Gesichtszügen, olivfarbener Haut und braunen Augen mit hellen Punkten. Stundenlang hätte er sie anschauen können.

»Hey … haben Sie fürs Wochenende schon was geplant?«, fragte Amy. »Wir fahren ans Meer.«

»Danke für die Einladung, aber ich kann leider nicht.«

»Sie sind garantiert mit Ihrer Freundin verabredet, stimmt's?«

»Wie kommen Sie auf die Idee?«

»Das merkt man Ihnen an.«

Er zwang sich, den Blick abzuwenden. »Ja, so was Ähnliches habe ich vor.«

KAPITEL 2

Thibault

Es war schon verblüffend, wenn man darüber nachdachte, was für erstaunliche Wendungen es im Leben eines Menschen geben konnte. Bis vor einem Jahr hätte sich Thibault so eine Gelegenheit nicht entgehen lassen – er wäre ganz selbstverständlich mitgefahren und hätte das Wochenende mit Amy und ihren Freundinnen verbracht. Und bestimmt täte ihm genau das jetzt auch richtig gut. Aber als die Mädchen ihn am Stadtrand von Hampton absetzten und er ihnen in der glühenden Augusthitze zum Abschied nachwinkte, war er richtig erleichtert. Es strengte ihn maßlos an, die Fassade der Normalität aufrechtzuerhalten.

Seit er vor fünf Monaten aufgebrochen war, hatte er höchstens ein paar Stunden mit anderen Menschen verbracht. Die einzige Ausnahme war der alte Milchfarmer südlich von Little Rock gewesen, der ihn in einem ungenutzten Schlafzimmer im oberen Stockwerk übernachten ließ – nach einem Abendessen, bei dem der Farmer genauso wenig gesprochen hatte wie er. Es war wohltuend, dass der Mann ihn nicht bedrängte oder ausquetschte. Keine Fragen, keine neugierigen Anspielungen. Er akzeptierte es, dass Thibault keine Lust hatte zu reden. Aus lauter Dankbarkeit blieb Thibault mehrere Tage da und half ihm, das Scheunendach zu reparieren, ehe er sich wieder mit seinem schweren Rucksack und mit Zeus im Schlepptau auf den Weg machte.

Bis auf die kurze Fahrt mit den Mädchen war er die ganze Strecke von Colorado bis hierher zu Fuß gegangen. Mitte März hatte er die Schlüssel zu seiner Wohnung bei der Hausverwaltung abgegeben. Seither hatte er acht Paar Schuhe durchgelaufen und sich auf den langen, einsamen Strecken zwischen den Ortschaften mehr oder weniger von Fitnessriegeln und Wasser ernährt. Unterwegs war viel passiert. Gemeinsam mit Zeus hatte er jeder Witterung getrotzt: Sturm, Hagel, Regen und sengender Sonne, von der er auf den Armen Blasen bekam. In Tennessee verdrückte er einmal fünf Stapel Pfannkuchen, nachdem er drei Tage lang so gut wie nichts gegessen hatte. Nicht weit von Tulsa, Oklahoma, sah er am Horizont einen Tornado, und zweimal wäre er fast vom Blitz erschlagen worden. Er machte zahlreiche Umwege, oft ganz spontan, weil er die Hauptstraßen meiden wollte, was seine Reise natürlich enorm verlängerte. Meistens ging er so lange, bis er müde war, und suchte sich dann gegen Ende des Tages eine Übernachtungsmöglichkeit, egal wie komfortabel – das Einzige, was zählte, war, dass er und Zeus ungestört blieben. Am Morgen machten sie sich immer schon vor Anbruch der Dämmerung auf den Weg, damit keiner es mitbekam. Bisher waren sie von niemandem belästigt worden.

Im Durchschnitt legte er pro Tag schätzungsweise dreißig Kilometer zurück. Aber er hielt weder die Zeiten noch die Entfernungen irgendwo fest. Darum ging es ihm nicht. Manche Leute dachten, er mache diese Wanderung, um den Erinnerungen an sein bisheriges Leben zu entkommen – was sehr poetisch klang. Andere nahmen an, dass er einfach nur unterwegs sei, um unterwegs zu sein. Aber beides stimmte nicht. Er ging gern zu Fuß, und er hatte ein Ziel. Eine andere Erklärung gab es nicht. Er wollte selbst bestimmen, wann er aufbrach und wie weit er kam, er wählte das Tempo, das ihm entsprach, und den Ort, der ihm gefiel. Nachdem er vier Jahre lang beim Marine Corps nichts anderes getan hatte, als Befehlen zu gehorchen, fand er diese Form der Freiheit wunderbar.

Seine Mutter machte sich Sorgen um ihn, aber für eine Mutter gehörte sich das so. Oder jedenfalls für seine Mutter. Er rief sie alle paar Tage an, um ihr mitzuteilen, dass es ihm gutging, aber nachdem er aufgelegt hatte, dachte er jedes Mal, dass er sich ihr gegenüber nicht fair verhielt. Er war schon die letzten fünf Jahre nicht daheim gewesen, und vor jedem seiner drei Irak-Aufenthalte hatte sie am Telefon gejammert und ihn angefleht, bitte keine Dummheiten zu machen. Er hatte keine Dummheiten gemacht, aber mehr als einmal war er kurz davor gewesen. Das hatte er ihr nie erzählt – aber sie las ja die Zeitung und wusste einigermaßen Bescheid. »Und jetzt auch das noch!«, jammerte sie an dem Abend, bevor er losging. »So eine verrückte Idee.«

Vielleicht hatte sie Recht. Vielleicht aber auch nicht. Das konnte er noch nicht wissen.

»Was denkst du, Zeus?«

Der Hund blickte hoch, als er seinen Namen hörte, und kam zu ihm getrottet.

»Ja, ich weiß. Du hast Hunger. Ganz was Neues!«

Auf dem Parkplatz eines etwas schäbig aussehenden Motels am Stadtrand blieb Thibault stehen und holte die Schüssel samt dem letzten Rest Hundefutter aus dem Rucksack. Während Zeus begeistert zu fressen begann, schaute Thibault die Straße hinunter.

Hampton war zwar nicht die hässlichste Ortschaft, durch die er bisher gekommen war, aber dass die Stadt besonders einladend wirkte, konnte man auch nicht behaupten. Sie lag am Ufer des South River, etwa fünfundfünfzig Kilometer nordwestlich von Wilmington und der Küste, und auf den ersten Blick schien sie sich kaum von den Tausenden Arbeitersiedlungen zu unterscheiden, wie es sie überall hier im Süden gab und die alle sehr stolz waren auf ihre Geschichte und Tradition. Ein paar Ampeln hingen an schlaffen Leitungen über der Straße und regelten den Autoverkehr zur Brücke, die den Fluss überspannte. An der Hauptstraße reihte sich über eine Strecke von etwa einem Kilometer ein niedriges Backsteingebäude an das andere. Die Schilder in den Fenstern oder über den Türen verkündeten, dass man hier essen und trinken oder Eisenwaren kaufen konnte. Hier und dort wuchsen alte Magnolien, und oft wölbten sich die Gehwege, weil die Wurzeln der Bäume den Asphalt nach oben drückten. In der Ferne entdeckte Thibault einen dieser gestreiften Pfosten, wie man sie früher vor jedem Friseursalon angetroffen hatte, und daneben hockten ein paar alte Männer auf einer Bank. Thibault lächelte. Alles wirkte so hübsch altmodisch wie auf einem Foto aus den fünfziger Jahren.

Auf den zweiten Blick merkte man allerdings, dass dieser Eindruck täuschte. Obwohl Hampton am Fluss lag –

oder vielleicht gerade deswegen –, konnte man an den Dächern Verfallserscheinungen feststellen. An den Fundamenten bröckelten die Backsteine, während man weiter oben an den Hausmauern verblasste brackige Flecken entdeckte, die darauf hinwiesen, dass es hier schon katastrophale Überschwemmungen gegeben hatte. Keins der Geschäfte war verrammelt – bis jetzt jedenfalls nicht. Aber da relativ wenige Autos vor den Läden parkten, fragte man sich, wie lang sie noch überleben würden. Die Einkaufszeilen in den Kleinstädten gingen alle dem gleichen Schicksal entgegen wie die Dinosaurier, und wenn diese Stadt so war wie die meisten anderen, durch die er gekommen war, dann gab es auch hier schon längst neue Shoppingmöglichkeiten auf der grünen Wiese, die sich um Supermarktketten wie Wal-Mart oder Piggly Wiggly scharten und das Ende des kommerziellen Stadtzentrums einläuteten.

Trotzdem – es fühlte sich alles sehr seltsam an. Nun war er also tatsächlich in Hampton. Er wusste selbst nicht, wie er sich die Stadt vorgestellt hatte, aber so bestimmt nicht.

Zeus hatte sein Futter aufgefressen. Wie lange würde es dauern, sie ausfindig zu machen? Sie, die Frau auf dem Foto. Die Frau, deretwegen er hierhergekommen war.

Er würde sie finden. Davon war er fest überzeugt. Lächelnd setzte er seinen Rucksack wieder auf. »Kann's losgehen?«

Zeus legte den Kopf schief.

»Komm, wir suchen uns ein Zimmer. Ich möchte etwas essen und duschen. Und du musst gebadet werden.«

Nach ein paar Schritten merkte Thibault, dass sich

Zeus nicht von der Stelle rührte. Er blickte über die Schulter.

»Schau mich nicht so an. Es geht nicht anders – ich muss dich waschen. Du stinkst.«

Stur blieb Zeus sitzen.

»Gut, meinetwegen. Mach, was du willst. Ich gehe.«

Er begab sich zur Rezeption, um sich anzumelden. Zeus würde schon kommen. Letzten Endes kam er immer.

Bevor er das Foto gefunden hatte, war sein Leben ganz nach Plan verlaufen. Seine Ziele wählte er immer selbst. Er wollte gut sein in der Schule – und er hatte es geschafft. Er wollte verschiedene Sportarten ausüben – und hatte in allen Höchstleistungen erbracht. Er wollte Klavier und Geige spielen – und auch auf dem Gebiet der Musik war er so weit gekommen, dass er sogar eigene Stücke komponieren konnte. Nach dem Studium an der University of Colorado beschloss er, zu den Marines zu gehen. Der Werbeoffizier freute sich, dass er sich als ganz normaler Soldat meldete und nicht gleich die Offizierslaufbahn einschlagen wollte. Die meisten Leute mit akademischem Abschluss hatten keine Lust, als Gefreite zu dienen, aber genau das war Thibaults Wunsch.

Mit den Angriffen auf das World Trade Center hatte seine Entscheidung wenig zu tun gehabt. Nein, ihm erschien es richtig, zur Armee zu gehen, weil schon sein Vater fünfundzwanzig Jahre lang bei den Marines gewesen war. Auch er hatte als Gefreiter begonnen, und als er das Marine Corps verließ, war er einer der grauhaarigen Sergeants mit kantigem Kinn, die jeden, dem sie begegneten, unglaublich einschüchterten – nur nicht ihre Ehefrau und die Truppen, die sie befehligten. Er behandelte die jungen Männer, als wären sie seine Söhne. Sein höchstes Ziel war es, das versicherte er ihnen immer wieder, sie alle heil, unversehrt und als erwachsene Männer zu ihren Müttern zurückzubringen. Im Lauf der Jahre war Dad bestimmt zu mehr als fünfzig Hochzeiten eingeladen worden, weil die ihm anvertrauten Soldaten sich nicht vorstellen konnten, ohne seinen Segen zu heiraten. Ein guter Kämpfer war er außerdem gewesen. Er hatte in Vietnam den *Bronze Star* und zwei *Purple Hearts* bekommen und war später beim Einsatz in Grenada, Panama, Bosnien und im ersten Golfkrieg dabei gewesen. Als Mitglied der Marines machte es ihm selbstverständlich nichts aus, dass er ständig versetzt wurde. Thibault war in seiner Kindheit immer wieder umgezogen und hatte auf Militärstützpunkten überall auf der Welt gelebt. In gewisser Weise erschien Okinawa ihm heimatlicher als Colorado. Sein Japanisch war zwar etwas eingerostet, aber er müsste sicher höchstens eine Woche in Tokio verbringen, und schon könnte er die Sprache wieder genauso fließend sprechen wie damals. Wie sein Vater hatte er von Anfang an vor, sich eines Tages von den Marines zurückzuziehen, aber er wollte anschließend noch eine Weile lang das Leben genießen können. Dad war nur zwei Jahre, nachdem er die blaue Uniform für immer in den Schrank gehängt hatte, an einem Herzinfarkt gestorben. Es war ein massiver Infarkt gewesen, aus heiterem Himmel: Er schaufelte Schnee in der Einfahrt – und eine Minute später war er tot. Das lag nun schon dreizehn Jahre zurück. Thibault war damals fünfzehn.

Der schicksalhafte Tag und das anschließende Begräbnis gehörten für Thibault zu den deutlichsten Erinnerungen an sein Leben vor den Marines. Wenn man als Armeekind aufwächst, verschwimmt vieles und wird nebulös, schon allein deswegen, weil man so oft den Wohnort wechselt. Freunde kommen und gehen, Kleidungsstücke werden verpackt und wieder ausgepackt, alle unnötigen Sachen müssen aussortiert werden, und deshalb bleibt nicht allzu viel hängen. Manchmal ist das hart, aber es gibt einem eine Kraft, die andere Menschen nicht so leicht verstehen. Die Kinder lernen, dass sie sich zwar immer wieder von Personen trennen müssen, dass aber andere ganz problemlos ihren Platz einnehmen werden. Sie lernen, dass jeder Ort seine guten – und seine schlechten – Seiten hat. Man wird sehr schnell erwachsen, wenn man so aufwächst.

Selbst die College-Jahre waren in Thibaults Erinnerung eher diffus. Aber dieses Kapitel in seinem Leben hatte seine eigenen Regeln gehabt: Während der Woche wurde gelernt, am Wochenende wurde gefeiert, vor den Prüfungen musste man büffeln wie verrückt, das Essen im Wohnheim schmeckte mies. Außerdem hatte er zwei Freundinnen, eine sogar etwas länger als ein Jahr. Jeder, der aufs College ging, erzählte die gleichen Geschichten, und nur wenige Erlebnisse hinterließen einen bleibenden Eindruck. Letzten Endes zählte nur das, was man gelernt hatte. Fast kam es Thibault so vor, als hätte sein Leben erst bei der Grundausbildung in Parris Island richtig angefangen. Sobald er dort aus dem Bus stieg, brüllte ihn auch schon der Drill Sergeant an. So ein Ausbildungsoffizier brachte einem sehr schnell bei, dass das bisherige Leben unwichtig war. Jetzt gehörte man ihm, und alles andere zählte nicht mehr. *Fünfzig Liegestütz, und zwar sofort, Sportsfreund!* College-Ausbildung? *Bau das Gewehr zusammen, Einstein.* Vater war bei den Marines? *Dann putz mal die Latrine, genau wie dein alter Herr früher.* Die gleichen Klischees. Laufen, marschieren, stramm stehen, durch den Matsch robben, Wände hochklettern: In der Grundausbildung gab es nichts, womit Thibault nicht gerechnet hatte.

Zugegeben – zum großen Teil funktionierte der Drill. Die Leute wurden fertiggemacht, bis sie so klein mit Hut waren, und dann wurden Marines aus ihnen geformt. So hieß es jedenfalls in der Theorie. Thibault jedoch ließ sich nicht kleinmachen. Er befolgte die Befehle mit gesenktem Kopf, er gehorchte, aber er blieb derselbe Mensch, der er schon vorher gewesen war. Und trotzdem wurde er einer der Marines.

Schließlich kam er zu der Einheit *First Battalion, Fifth Marines*. Sein Standort war die Militärbasis Camp Pendleton, nicht weit von San Diego, Kalifornien. San Diego war eine Stadt ganz nach seinem Geschmack, fantastisches Wetter, wunderschöne Strände und noch schönere Frauen. Im Januar 2003, gleich nach seinem dreiundzwanzigsten Geburtstag, wurde Thibault nach Kuwait City geschickt, im Rahmen der Operation *Iraqui Freedom*. Camp Doha, in einem der Industrieviertel von Kuwait City gelegen, existierte schon seit dem ersten Golfkrieg und war sozusagen eine selbstständige Stadt. Es gab dort ein Fitnessstudio und ein Computerzentrum, einen Supermarkt, Restaurants – und endlose Zeltreihen, die sich bis zum Horizont erstreckten. Hier war immer viel los, aber wegen der bevorstehenden Invasion herrschte noch mehr Betrieb als sonst, was zu einem allgemeinen Chaos führte. Die Tage bestanden aus stundenlangen Besprechungen, dazu kamen die strapaziösen Übungen und Manöver für die permanent wechselnden Angriffspläne. Thibault übte bestimmt hundert Mal, wie er im Fall eines Angriffs mit chemischen Waffen blitzschnell seinen Schutzanzug überziehen musste. In der Gerüchteküche brodelte es. Am schlimmsten war natürlich, dass man nie wissen konnte, welches Gerücht stimmte. Jeder hatte etwas anderes gehört, und selbstverständlich immer von jemandem, der einen kannte, der haargenau wusste, was *wirklich* geplant war. Am einen Tag hieß es, der Einmarsch stehe unmittelbar bevor, am nächsten wurde verkündet, die Invasion werde sich noch eine ganze Weile lang hinauszögern. Erst behaupteten alle, man werde von Norden und von Süden einmarschieren, dann nur von Süden – oder vielleicht gar nicht. Der Gegner verfüge über chemische Waffen, hieß es, und er plane auch, sie einzusetzen. Am folgenden Tag erfuhren sie, dass die Waffen mit Sicherheit nicht zur Anwendung kommen würden, weil der Feind fürchte, die Vereinigten Staaten könnten Atomwaffen einsetzen. Es wurde gemunkelt, dass die Republikanischen Garden der Iraker direkt hinter der Grenze als Selbstmordkommando bereitstünden, andere versicherten glaubhaft, sie würden in der Nähe von Bagdad warten. Oder bei den Ölfeldern. Kurz – niemand wusste etwas Bestimmtes, wodurch natürlich die Fantasie der 150000 in Kuwait City stationierten Soldaten erst recht zum Blühen gebracht wurde.

Zum größten Teil waren diese Soldaten ja noch Kinder. Das vergaßen die Leute oft. Achtzehn, neunzehn, zwanzig Jahre alt – die Hälfte der Staatsbürger in Uniform hatte nicht einmal das gesetzliche Mindestalter erreicht, um ein Bier kaufen zu dürfen. Sie waren selbstbewusst und gut ausgebildet, und sie wollten unbedingt loslegen – aber andererseits konnten sie die realen Gefahren der bevorstehenden Ereignisse nicht verleugnen. Einige von ihnen würden ihren Einsatz mit dem Leben bezahlen müssen. Darüber redeten manche ganz offen, andere schrieben Briefe für ihre Familien und gaben sie dem Militärpfarrer. Immer wieder gingen jemandem die Nerven durch. Manche konnten nicht schlafen, andere schliefen fast die ganze Zeit. Thibault beobachtete das alles mit dem eigenartigen Gefühl, als wäre er selbst gar nicht betroffen. *Willkommen im Krieg*, hörte er seinen Vater sagen. *Situation normal, also besch-eiden.*

Thibault war natürlich nicht vollkommen immun gegen die wachsende Anspannung, und wie alle anderen brauchte auch er ein Ventil. Ohne Ablenkung ging es nicht. Er fing an, Poker zu spielen. Das hatte er von seinem Dad gelernt, und er kannte alle Tricks … oder jedenfalls glaubte er das. Leider fand er ziemlich schnell heraus, dass andere die Tricks noch besser beherrschten als er. In den ersten drei Wochen verlor er eigentlich jedes Mal seinen gesamten Einsatz – weil er bluffte, wenn es ratsam gewesen wäre auszusteigen, und weil er ausstieg, wenn er hätte weitermachen sollen. Er verspielte keine großen Summen, und außerdem hätte er das Geld ja sonst nirgends ausgeben können, aber trotzdem war er danach immer tagelang schlechter Laune. Er hasste es, wenn er verlor.

Die einzig sinnvolle Gegenmaßnahme war, morgens vor Sonnenaufgang als Erstes eine lange Strecke zu joggen. Meistens war um diese Tageszeit die Luft sehr kühl. Obwohl er schon einen Monat lang hier im Nahen Osten war, verblüffte es ihn immer wieder, wie kalt es in der Wüste sein konnte. Er lief sehr schnell unter dem funkelnden Sternenhimmel, und sein Atem bildete kleine Wölkchen.

Und dann, eines Morgens, geschah es. Als er sein Zelt aus der Ferne sah, verlangsamte er das Tempo. Die Sonne erschien gerade am Horizont und breitete ihren Goldschimmer über die karge Landschaft. Thibault stemmte die Hände in die Hüften, um den Atemrhythmus wieder zu normalisieren. In dem Moment sah er aus dem Augenwinkel etwas glänzen – ein Foto, das halb von Sand bedeckt war. Als er es aufhob, stellte er fest, dass es laminiert war, vermutlich, um es gegen die Elemente zu schützen. Vorsichtig wischte er den Sand ab. Es war das erste Mal, dass er sie sah.

Die blonde Frau mit dem zauberhaften Lächeln und den blitzenden jadegrünen Augen. Sie trug Jeans und ein T-Shirt mit der Aufschrift *LUCKY LADY*. Hinter ihr befand sich ein Schild, auf dem *HAMPTON FAIRGROUNDS* stand, und neben ihr hockte ein deutscher Schäferhund, der schon etwas grau um die Schnauze war. Im Hintergrund waren viele Leute zu sehen, die sich auf dem Rummelplatz amüsierten, darunter zwei junge Männer, die an einem Ticketschalter warteten. Sie waren nicht genau zu erkennen, aber auch sie trugen T-Shirts mit irgendwelchen Aufdrucken. In der Ferne sah man drei immergrüne Bäume, wie man sie eigentlich überall finden konnte. Auf der Rückseite des Fotos stand in einer sympathischen Handschrift: *Pass gut auf dich auf!* E.

Diese Details bemerkte er allerdings nicht sofort. Sein erster Impuls war, das Bild wieder wegzuwerfen. Fast hätte er das auch getan, aber dann fiel ihm ein, dass derjenige, der es verloren hatte, es bestimmt zurückhaben wollte. Für irgendjemanden auf dieser Welt war diese Aufnahme wertvoll.

Als er ins Lager kam, hängte er das Foto an das schwarze Brett beim Eingang zum Computerzentrum, weil er sich ausrechnete, dass so gut wie jeder im Lager früher oder später dort vorbeikam. Also zweifellos auch der Besitzer dieses Bildes.

Eine Woche verging. Zehn Tage. Das Foto hing immer noch da. Inzwischen machte seine Einheit jeden Tag Drillübungen, und auch die Pokerspiele wurden allmählich todernst. Manche Männer hatten Tausende von Dollar verspielt – es hieß, ein Gefreiter habe sogar zehntausend verloren. Thibault, der seit seinen demütigenden Anfangserfahrungen nicht mehr gespielt hatte, verbrachte seine Freizeit lieber damit, über die bevorstehende Invasion nachzudenken. Wie würde er wohl reagieren, wenn er unter Beschuss kam? Als er drei Tage vor Beginn der Invasion zum Computerzentrum ging, sah er, dass das Foto immer noch an dem Anschlagbrett hing. Ohne lange zu überlegen, nahm er es ab und steckte es in die Tasche – warum, wusste er selbst nicht.

Victor, sein bester Freund bei den Marines – seit der Grundausbildung war er immer mit ihm zusammen –, überredete ihn an diesem Abend, wieder Poker zu spielen, obwohl Thibault eigentlich keine Lust hatte. Weil er kaum noch finanzielle Reserven besaß, begann er sehr vorsichtig und ging davon aus, dass er höchstens eine halbe Stunde mitmachen würde. In den ersten drei Spielen hatte er Pech, im vierten eine Straße und im sechsten Full House. Die Karten kamen genau so, wie er sie brauchte – Flush, Straße, Full House –, und als der Abend zur Hälfte vorüber war, hatte er seine früheren Verluste wieder wettgemacht. Die Spieler, die anfangs mit dabei gewesen waren, hatten sich längst verabschiedet und waren von anderen abgelöst worden. Thibault blieb. Die nächsten kamen. Thibault blieb. Seine Glückssträhne riss nicht ab, und als der Morgen dämmerte, hatte er mehr Geld gewonnen, als er während des ersten halben Jahres bei den Marines verdient hatte.

Erst als er gemeinsam mit Victor den Spieltisch verließ, wurde ihm bewusst, dass er die ganze Zeit das Foto in der Tasche gehabt hatte. Im Zelt zeigte er Victor das Bild und deutete auf die Aufschrift auf dem T-Shirt. Victors Eltern waren illegale Immigranten und lebten in der Nähe von Bakersfield, Kalifornien. Er selbst war nicht nur fromm, sondern glaubte auch an alle möglichen Vorzeichen. Gewitter, Weggabelungen und schwarze Katzen waren seine Favoriten. Bevor sie nach Kuwait geschickt wurden, erzählte er Thibault von seinem Onkel, der angeblich den bösen Blick hatte. »Wenn er jemanden auf eine bestimmt Art anschaut, ist es nur eine Frage der Zeit, bis derjenige tot ist.« Bei solchen Geschichten hatte Thibault immer das Gefühl, er wäre wieder zehn Jahre alt und würde wie gebannt zuhören, während Victor sein Gesicht von unten mit einer Taschenlampe anstrahlte. Er widersprach aber nie. Alle hatten ihre Marotten. Victor wollte an Vorzeichen glauben? Thibault hatte nichts dagegen einzuwenden. Viel wichtiger war für ihn, dass sein

Freund ein erstklassiger Soldat war, den man notfalls auch als Scharfschützen einsetzen konnte und dem Thibault jederzeit sein Leben anvertrauen würde.

Victor betrachtete das Foto sehr konzentriert, bevor er es Thibault zurückgab. »Du hast es in der Morgendämmerung gefunden, sagst du?«

»Ja.«

»Die Morgendämmerung ist eine wichtige Tageszeit.«

»Das hast du schon öfter gesagt.«

»Es ist ein Zeichen«, sagte er. »Sie ist dein Glücksbringer. Siehst du – ihr T-Shirt?«

»Heute Abend hat sie mir jedenfalls Glück gebracht.«

»Nicht nur heute Abend. Du hast das Foto aus einem ganz bestimmten Grund gefunden. Dass niemand es haben wollte, hat ebenfalls seine Gründe. Du hast es heute mitgenommen – auch nicht ohne Grund. Das Foto ist für dich bestimmt.«

Thibault wollte etwas über den jungen Mann sagen, der das Bild verloren hatte und es sicher vermisste, doch er schwieg, legte sich auf seine Pritsche und verschränkte die Hände hinter dem Kopf.

Victor tat das Gleiche. »Ich freue mich für dich. Von jetzt an hast du Glück.«

»Hoffen wir's.«

»Aber du darfst das Bild nicht verlieren.«

»Und warum nicht?«

»Sonst kehrt sich der Zauber um.«

»Was heißt das?«

»Dann hast du Pech. Und Pech will man im Krieg auf keinen Fall haben.«

Das Motel war von innen genauso hässlich wie von außen. Holztäfelung, die Lampen mit Ketten an der Decke befestigt, ein uralter, ausgefranster Teppich, der Fernseher am Tischchen festgeschraubt. Das Zimmer sah aus, als wäre es 1975 eingerichtet und nie renoviert worden. Insgesamt erinnerte es Thibault an die Unterkünfte, in denen er und seine Eltern früher geschlafen hatten, wenn sie im Südwesten der USA Familienurlaub machten. Das war der Stil seines Vaters. Sie übernachteten immer in Motels direkt am Highway, und solange diese einigermaßen sauber wirkten, befand Dad, dass sie den Ansprüchen genügten. Dass seine Mutter anderer Ansicht war, spielte keine Rolle. Was konnte sie tun? Es war ja nicht so, als gäbe es auf der anderen Straßenseite ein Luxushotel, und selbst wenn, hätten sie es sich niemals leisten können.

Thibault machte es genau wie sein Dad damals: Er zog die Tagesdecke weg, um zu überprüfen, ob das Bett frisch bezogen war. Er kontrollierte, ob sich am Duschvorhang Schimmel befand. Er schaute nach, ob im Waschbecken Haare lagen. Klar, überall gab es Rostflecken, der Wasserhahn tropfte, und im Teppich waren Brandlöcher von Zigaretten, aber insgesamt wirkte das Zimmer sauberer, als er erwartet hatte. Und es war sehr preiswert. Thibault hatte für eine ganze Woche bar bezahlt. Keine Fragen. Keine Zusatzgebühr für den Hund. Alles in allem ein Schnäppchen. Ausgezeichnet. Thibault besaß keine Kreditkarten, keine Scheckkarten, keine offizielle Postadresse, kein Handy. Er trug so gut wie alles, was er besaß, bei sich. Er hatte ein Konto, von dem er telegrafisch Geld abrufen konnte, wenn er welches brauchte. Als Kontoinhaber war eine Firma angegeben, nicht er selbst. Er war nicht reich, er gehörte nicht einmal zur Mittelschicht. Die Firma, die dem Konto seinen Namen gab, machte keine Geschäfte. Er blieb gern anonym.

Energisch packte er Zeus in die Badewanne und wusch ihn mit dem Shampoo, das er in seinem Rucksack mitgebracht hatte. Danach duschte er und zog seine letzten sauberen Sachen an. Dann setzte er sich aufs Bett und blätterte das Telefonbuch durch auf der Suche nach etwas Bestimmtem, aber er hatte kein Glück. Er nahm sich vor, am nächsten Tag seine Wäsche zu waschen, wenn er Zeit dazu hatte. Dann beschloss er, in dem kleinen Restaurant, das er am Ende der Straße gesehen hatte, einen Happen zu essen.

Dort teilte man ihm mit, Hunde müssten draußen bleiben. Nicht weiter verwunderlich. Zeus legte sich neben die Eingangstür und döste. Thibault aß einen Cheeseburger mit Pommes, spülte alles mit einem Schoko-Milchshake hinunter und bestellte einen zweiten Cheeseburger, den er Zeus mitbrachte. Zeus verschlang den Burger in weniger als zwanzig Sekunden und schaute dann sein Herrchen erwartungsvoll an.

»Freut mich, dass es dir geschmeckt hat. Komm mit.«

In einem Tankstellen-Shop kaufte Thibault einen Stadtplan und setzte sich im Stadtzentrum auf eine Bank. Sie stand in einem dieser altmodischen kleinen Parks, die auf allen vier Seiten von Geschäftsstraßen umgeben sind. Große schattenspendende Bäume, ein Spielplatz für die Kleinen und wunderschöne Blumenrabatten. Sehr idyllisch und alles andere als überlaufen: Ein paar Mütter saßen beieinander und unterhielten sich, während die Kinder schaukelten oder die Rutsche hinuntersausten.

Thibault studierte die Gesichter der Frauen, um sich zu versichern, dass *sie* nicht dabei war, drehte sich dann aber rasch wieder weg und entfaltete seinen Stadtplan, ehe sie seinetwegen womöglich nervös wurden. Mütter mit kleinen Kindern reagierten immer misstrauisch, wenn sie auf dem Spielplatz alleinstehenden Männern begegneten. Das war nur allzu verständlich. Leider gab es genug Perverslinge auf der Welt.

Er versuchte, sich mit Hilfe des Stadtplans zu orientieren und seine nächsten Schritte zu planen. Die Suche würde nicht einfach sein, da machte er sich nichts vor. Er wusste ja so gut wie nichts über diese Frau. Er besaß nur das Foto – keinen Namen, keine Adresse. Keine Informationen über ihren Beruf. Keine Telefonnummer. Und erst recht keinen Termin für ein Date. Nur ein Gesicht in der Menge.

Aber ein paar Hinweise gab es doch. Er hatte jede Einzelheit auf dem Foto genauestens analysiert. Einige Fakten waren klar. Das Bild war in Hampton aufgenommen worden. Die Frau sah aus, als wäre sie zu dem gegebenen Zeitpunkt Anfang zwanzig gewesen. Sie war attraktiv. Sie besaß einen Schäferhund – oder sie kannte wenigstens jemanden, der einen besaß. Ihr Vorname begann mit dem Buchstaben E. Emma, Elaine, Elise, Eileen, Ellen, Emily, Erin, Erica … diese Namen kamen am ehesten infrage, obwohl in den Südstaaten manche Frauen auch Erdine oder Elspeth hießen. Sie war mit jemandem, der später in den Irak musste, auf dem Rummelplatz gewesen. Diesem Jemand hatte sie das Foto gegeben, und Thibault hatte es im Februar 2003 gefunden – was bedeutete, es war auf jeden Fall vorher aufgenommen worden. Also war die Frau jetzt höchstwahrscheinlich Ende zwanzig. In der Nähe des Rummelplatzes standen drei immergrüne Bäume. Das waren die Dinge, die er wusste. Das waren die *Fakten*.

Dann gab es noch alle möglichen Vermutungen. Angefangen mit Hampton. Hampton war ein relativ häufiger Name. Im Internet hatte er jede Menge Hamptons gefunden, Bezirke und Städte: in South Carolina, Virginia, New Hampshire, Iowa, Nebraska, Georgia. Das waren noch längst nicht alle. Und dann natürlich Hampton in Hampton County, North Carolina.

Obwohl es keine eindeutigen landschaftlichen Hinweise gab – kein Bild von Monticello, das auf Virginia hingewiesen hätte, kein Schild, auf dem WILLKOMMEN IN IOWA stand –, hatte er doch noch zusätzliche Informationen herausgefiltert. Nicht über die Frau selbst – aber die jungen Männer im Hintergrund, die am Ticketschalter Schlange standen, gaben etwas preis. Zwei von ihnen trugen, wie gesagt, T-Shirts mit Aufdrucken. Auf dem einen war Homer Simpson zu sehen – das half bei der Suche nicht weiter. Aber auf dem anderen stand DAVIDSON, was ihm anfangs nichts sagte. Seine erste Vermutung war, dass es eine Anspielung auf die berühmte Motorradmarke Harley-Davidson sein könnte. Eine Suche bei Google brachte ihn weiter: Davidson war auch der Name eines renommierten Colleges in der Nähe von Charlotte, North Carolina. Elitär, anspruchsvoll, Schwerpunkt Geisteswissenschaften. Im Katalog der Unibuchhandlung war genau so ein T-Shirt wie das des jungen Mannes abgebildet.

Das war selbstverständlich keine Garantie dafür, dass

das Foto in North Carolina aufgenommen worden war. Vielleicht hatte der Typ das T-Shirt von jemandem geschenkt bekommen, der auf diesem College war, vielleicht stammte er aus einem anderen Bundesstaat und ihm hatte nur das Design gefallen. Oder er hatte dort studiert, lebte jedoch längst woanders. Aber weil das seine einzigen Anhaltspunkte waren, hatte Thibault bei der Handelskammer von Hampton angerufen, ehe er von Colorado weggegangen war, und sich bestätigen lassen, dass es dort jeden Sommer einen Jahrmarkt mit Buden und Fahrgeschäften gab. Ebenfalls ein gutes Zeichen. Er hatte ein Ziel, aber noch keine Bestätigung. Dass dieses Hampton seine Stadt war, konnte er nur vermuten. Aus Gründen, die er sich selbst nicht erklären konnte, fühlte es sich hier richtig an.

Es gab noch weitere Indizien, aber denen wollte er sich erst später zuwenden. Zuerst musste er herausfinden, wo der Rummel im Sommer stattfand. Hoffentlich war es jedes Jahr derselbe Platz! Die beste Quelle für solche Informationen waren sicher die Geschäfte hier rund um den Platz. Nicht unbedingt ein Souvenirladen oder ein Antiquitätenhändler – solche Shops gehörten oft Leuten, die neu in die Stadt gekommen waren, die typischen Flüchtlinge aus dem Norden, die im warmen Klima des Südens ein ruhigeres Leben führen wollten. Nein, am besten ging er ins nächste Eisenwarengeschäft. Oder in eine Kneipe. Oder in ein Immobilienbüro. Er war fest davon überzeugt, dass er den Rummelplatz erkennen würde, wenn er ihn sah.

Er musste die Stelle finden, an der das Bild entstanden war. Nicht, um ein besseres Gefühl dafür zu bekommen, wer die Frau war. Dabei würde der Rummelplatz ihm nicht weiterhelfen.

Nein, er wollte wissen, ob dort wirklich drei hohe, spitz zulaufende immergrüne Bäume dicht beieinanderstanden – Bäume, wie man sie fast überall finden konnte.

KAPITEL 3

Beth

Beth stellte ihre Dose Cola light beiseite. Sie war ja so froh, dass sich Ben auf der Geburtstagseinladung seines Freundes Zach wohlfühlte! Wenn er nur nicht anschließend zu seinem Vater müsste … Während sie noch darüber nachdachte, kam ihre Freundin Melody und setzte sich neben sie.

»Gute Idee, was? Die Wasserpistolen sind der absolute Hit.« Melody lächelte. Ihre gebleichten Zähne waren ein bisschen zu weiß, ihr Teint eine Schattierung zu dunkel, als wäre sie gerade im Sonnenstudio gewesen. Was vermutlich zutraf. Schon in der Highschool war Melody unglaublich eitel gewesen, und in letzter Zeit legte sie noch mehr Wert auf ihr Äußeres als früher.

»Hoffentlich spritzen sie uns nicht nass!«

»Das würde mir gerade noch fehlen.« Melody runzelte die Stirn. »Ich habe Zach gewarnt und ihm gesagt, wenn er damit anfängt, schicke ich alle Kinder nach Hause.« Sie lehnte sich bequem zurück. »Was hast du den Sommer über angestellt? Ich habe dich gar nicht gesehen, und du hast nicht zurückgerufen, als ich mich mal bei dir gemeldet habe.«

»Ich weiß. Ich habe auch ein ganz schlechtes Gewissen deswegen. Aber ich war quasi den ganzen Sommer in Klausur. Es fällt mir unheimlich schwer, alles unter einen Hut zu bringen – Nana, den Hundezwinger, das Training … Ich habe keine Ahnung, wie Nana das so lange geschafft hat.«

»Geht's ihr denn besser?«

Nana war Beths Großmutter. Beth war bei ihr aufgewachsen, weil ihre Eltern bei einem Autounfall ums Leben kamen, als sie erst drei war. »Sie hat sich gut erholt, aber der Schlaganfall zehrt doch sehr an ihren Kräften. Ihre linke Seite ist immer noch ganz schwach. Sie kann ein bisschen Training übernehmen, aber die Gesamtverantwortung für den Zwinger übersteigt ihre Kräfte. Und du kennst sie ja – sie verlangt unheimlich viel von sich. Ich habe immer Angst, dass sie es übertreibt.«

»Mir ist aufgefallen, dass sie diese Woche wieder im Chor war.«

Nana sang seit über dreißig Jahren im Chor der Baptistenkirche. Das war eine ihrer großen Leidenschaften. »Ja, letzte Woche ist sie das erste Mal wieder hingegangen, aber ob sie viel gesungen hat, kann ich dir nicht sagen. Anschließend musste sie sich jedenfalls erst mal zwei Stunden hinlegen.«

Melody nickte. »Und was passiert, wenn die Schule wieder anfängt?«

»Weiß ich noch nicht.«

»Du wirst doch unterrichten, oder?«

»Hoffentlich.«

»Hoffentlich? Ist nicht nächste Woche schon die erste Lehrerkonferenz?«

Beth hatte keine Lust, daran zu denken, und darüber reden wollte sie erst recht nicht. Aber sie wusste, dass Melody es gut meinte. »Ja, aber das heißt nicht unbedingt, dass ich hingehe. Ich weiß, für die Schule wäre es ein Problem, aber ich kann Nana nicht den ganzen Tag allein lassen. Jetzt noch nicht. Wer würde ihr dann mit dem Zwinger helfen? Sie kann unmöglich ohne Hilfe mit den Hunden arbeiten.«

»Kannst du nicht jemanden einstellen?«, schlug Melody vor.

»Das habe ich schon versucht. Habe ich dir erzählt, was Anfang des Sommers passiert ist? Ich habe einem Mann die Stelle angeboten, er ist zweimal gekommen, und noch vor dem Wochenende hat er gekündigt. Beim nächsten Kandidaten lief es genauso. Danach hat sich gar niemand mehr gemeldet. Das Schild *Hilfskraft gesucht* hängt jetzt permanent bei uns im Fenster.«

»David beschwert sich auch immer, dass es kein gutes Personal gibt.«

»Sag ihm, er soll den Mindestlohn bezahlen. Dann kann er sich wirklich beschweren. Und die Schüler aus der Highschool wollen den Zwinger nicht saubermachen. Sie finden das eklig.«

»Ist es ja auch.«

Beth musste lachen. »Stimmt«, gab sie zu. »Aber ich habe nicht genug Zeit dafür. Ich bezweifle, dass sich bis nächste Woche etwas grundlegend ändert, aber – es gibt Schlimmeres. Ich trainiere die Hunde sehr gern. Die meisten sind weniger kompliziert als Schüler.«

»Meiner auch?«

»Deiner war einfach. Glaub's mir.«

Melody zeigte auf Ben. »Er ist unheimlich gewachsen, seit ich ihn das letzte Mal gesehen habe.«

»Ja, gut zwei Zentimeter«, antwortete Beth. Wie nett, dass Melody so etwas bemerkte. Ben war seit jeher klein für sein Alter, er war der Schüler, der auf dem Klassenfoto ganz vorn rechts saß und einen halben Kopf kleiner war als das Kind neben ihm. Zach, Melodys Sohn, war genau das andere Extrem: Er stand immer oben rechts hinten, weil er der Längste in der Klasse war.

»Ich habe gehört, dass Ben im Herbst nicht mehr Fußball spielen will«, sagte Melody.

»Stimmt, er möchte etwas Neues ausprobieren.«

»Und das wäre?«

»Geige spielen. Er wird bei Mrs Hastings Unterricht nehmen.«

»Mrs Hastings gibt noch Geigenstunden? Sie muss doch mindestens neunzig sein.«

»Aber sie hat genau die Art von Geduld, die man bei Anfängern braucht, hat sie mir versichert. Und Ben mag sie sehr. Das ist das Wichtigste.«

»Freut mich für ihn«, sagte Melody. »Ich wette, er macht das gut. Aber Zach wird enttäuscht sein.«

»Sie wären doch sowieso nicht mehr in derselben Mannschaft. Zach spielt in der Auswahl, oder?«

»Wenn er reinkommt.«

»Er wird's schon schaffen.«

Ganz bestimmt. Zach war eins dieser selbstbewussten, wettkampfstarken Kinder und auf dem Platz doppelt so schnell wie die weniger talentierten Spieler – zu denen Ben gehörte. Auch jetzt, während sie mit ihren Wasserpistolen im Garten herumrannten, konnte Ben nicht mithalten. Ben war gutherzig und süß, aber ein Sportler war er beim besten Willen nicht. Ihrem Exmann passte das gar nicht. Letztes Jahr hatte er bei den Fußballspielen immer mit grimmiger Miene an der Seitenlinie gestanden – was übrigens einer der Gründe war, weshalb Ben nicht mehr spielen wollte.

»Hilft David wieder beim Training?«

David war Melodys Mann und einer der beiden Kinderärzte in der Stadt. »Er hat sich noch nicht entschieden. Seit Hoskins weg ist, wird er viel häufiger gerufen. Er mag das nicht, aber was soll er machen? Sie haben versucht, noch einen Arzt zu finden, aber das ist extrem schwierig. Nicht jeder will in einer Kleinstadt arbeiten, vor allem, wenn das nächste Krankenhaus eine Dreiviertelstunde entfernt ist wie bei uns das Hospital in Wilmington. Dadurch wird der Arbeitstag wesentlich länger. Die Hälfte der Zeit kommt er erst kurz vor acht nach Hause. Manchmal sogar noch später.«

Beth hörte die Besorgnis ins Melodys Stimme. Vermutlich dachte ihre Freundin an die Affäre, die David ihr letzten Winter gestanden hatte. Beth war klug genug gewesen, nichts dazu zu sagen. Als sie damals die ersten Gerüchte hörte, hatte sie sich vorgenommen, das Thema nur anzusprechen, wenn Melody es wollte. Und wenn sie nicht das Bedürfnis hatte? Dann war das auch in Ordnung. Die Affäre ging sie, Beth, nichts an.

»Und wie sieht dein Privatleben aus? Hast du einen neuen Freund oder so was?«

Beth verzog das Gesicht. »Nein. Seit Adam bin ich mit keinem Mann mehr ausgegangen.«

»Was ist eigentlich aus ihm geworden?«

»Keine Ahnung.«

Melody schüttelte den Kopf. »Ehrlich gesagt – ich beneide dich nicht. Diese Kennenlernphase fand ich immer schrecklich.«

»Aber du wusstest wenigstens, wie man das macht. Ich bin da eine absolute Niete.«

»Jetzt übertreibst du aber.«

»Nein, ich übertreibe gar nicht. Aber es ist sowieso egal. Ich weiß nicht, ob ich überhaupt noch genug Energie dafür hätte. Flipflops anziehen, die Beine rasieren, flirten, so tun, als fände man seine Freunde nett ... Das ist doch alles wahnsinnig anstrengend.«

Melody kräuselte die Nase. »Heißt das etwa, du rasierst dir nicht die Beine?«

»Doch, doch«, beruhigte Beth sie. Und mit gesenkter Stimme fügte sie hinzu: »Meistens jedenfalls.« Sie richtete sich auf. »Aber du hast vollkommen Recht, diese Anfangsphase ist strapaziös. Zumal in meinem Alter.«

»Ich bitte dich! Du bist noch nicht mal dreißig, und du siehst toll aus.«

Seit sie denken konnte, hörte Beth dieses Kompliment, und sie war natürlich nicht immun dagegen, dass Männer – auch verheiratete Männer – sich umdrehten, wenn sie an ihr vorbeigingen. In ihren ersten drei Jahren als Lehrerin erschien beim Elternsprechtag nur ein einziger Vater allein. Sonst kamen immer die Mütter. Erst neulich hatte sie sich mit Nana darüber unterhalten, und Nana hatte gesagt: »Sie wollen dich nicht mit ihren Ehemännern allein lassen, weil du so hübsch bist wie ein feiner Kürbis.«

Nana hatte schon immer eine sehr eigenwillige Art, sich auszudrücken.

»Du vergisst, wo wir leben«, sagte Beth jetzt. »Hier in der Gegend gibt es nicht viele alleinstehende Männer in meinem Alter. Und wenn sie allein sind, hat das seine Gründe.«

»Stimmt doch gar nicht.«

»In der Großstadt ist es vielleicht anders. Aber in diesem Kaff? Glaub mir. Ich wohne schon mein ganzes Leben hier, sogar als ich auf dem College war, bin ich immer gependelt. Wenn sich mal ein junger Mann mit mir verabreden wollte, was selten genug vorkam, hat er spätestens nach dem dritten Mal nicht mehr angerufen. Frag mich nicht, warum.« Sie machte eine resignierte Handbewegung. »Aber mir macht das nichts aus. Ich habe Ben und Nana. Es ist ja nicht so, dass ich allein lebe, nur mit zwei Dutzend Katzen.«

»Nein. Du hast Hunde.«

»Aber es sind nicht meine Hunde, sondern die Hunde anderer Leute. Das ist ein Unterschied.«

»Ja, klar.« Melody lachte belustigt auf. »Ein Riesenunterschied.«

Am anderen Ende des Gartens lief Ben mit seiner Wasserpistole hinter den anderen Kindern her. Er gab sich größte Mühe, mit ihnen Schritt zu halten, aber auf einmal rutschte er aus und fiel hin. Seine Brille landete im Gras. Beth wusste, es würde nichts bringen, wenn sie jetzt aufstand und zu ihm lief, um zu sehen, ob er sich auch nicht wehgetan hatte. Das letzte Mal, als sie sich so verhalten hatte, war es Ben spürbar peinlich gewesen. Er tastete nach seiner Brille, setzte sie auf und rannte weiter.

Melody unterbrach ihre Gedanken. »Die Kinder werden so schnell groß, nicht wahr?« Sie schüttelte den Kopf.

»Es ist ein Klischee, aber es stimmt einfach. Meine Mutter hat das am Anfang immer zu mir gesagt, und damals habe ich natürlich gedacht, was redet sie für einen Unsinn. Ich konnte es gar nicht erwarten, dass Zach endlich älter wird. Nach der Geburt hatte er doch so fürchterliche Koliken, und ich habe über einen Monat lang immer höchstens zwei, drei Stunden geschlafen. Aber schwupp – schon kommen die Zwerge auf die weiterführende Schule.«

»Noch nicht ganz. Erst in einem Jahr.«

»Richtig. Aber es beschäftigt mich trotzdem schon sehr stark.«

»Warum?«

»Ach, du weißt doch … das wird ein schwieriges Alter. In dem Stadium lernen die Kinder allmählich die Welt der Erwachsenen kennen, aber sie haben noch nicht die notwendige Reife, um mit dem, was um sie herum passiert, entsprechend umgehen zu können. Mit den ganzen Versuchungen. Und gleichzeitig wollen sie nicht mehr auf uns hören, sie werden in der Pubertät launisch und gereizt – also, ich freue mich auf diese Phase überhaupt nicht, das gebe ich zu. Du bist Lehrerin. Du kennst das doch.«

»Deshalb unterrichte ich vor allem die zweite Klasse.«

»Gute Entscheidung.« Melody schwieg für eine Weile. »Hast du von Elliot Spencer gehört?«

»Ich habe wirklich so gut wie nichts mitbekommen diesen Sommer. Wie gesagt – ich war in Klausur.«

»Er ist beim Dealen erwischt worden.«

»Aber er ist doch höchstens zwei Jahre älter als Ben!«

»Genau.«

»Jetzt machst du mir Angst!«

Melody verdrehte die Augen. »Du hast doch keinen Grund, Angst zu haben. Wenn mein Sohn so wäre wie Ben, würde ich mir keine Sorgen machen. Er ist immer höflich, immer nett, immer der Erste, der jüngeren Kindern hilft. Er ist einfühlsam. Aber ich habe Zach.«

»Zach ist auch ein ganz toller Junge.«

»Ich weiß. Aber er war vom ersten Tag an schwieriger als Ben. Er gehört zu den Kindern, die alles mitmachen wollen und hinter den anderen herlaufen.«

»Hast du sie gerade beim Spielen beobachtet? Wenn hier einer hinterherläuft, ist das Ben!«

»Du weißt genau, was ich meine.«

Das stimmte. Tatsächlich hatte Ben von klein auf am liebsten sein eigenes Ding gemacht. Das war angenehm, zugegeben, denn er suchte sich eigentlich immer gute Sachen aus. Zwar hatte er nicht viele Freunde, aber er interessierte sich für alles Mögliche und hatte diverse Hobbys. Richtig spannende Hobbys. Videospiele und das Internet interessierten ihn kaum, und wenn er vor dem Fernseher saß, stellte er ihn meistens nach einer halben Stunde wieder aus. Er las viel und spielte Schach – ein Spiel, das er ganz intuitiv zu erfassen schien. Zu Weihnachten hatte er ein elektronisches Spielbrett bekommen. Schreiben machte ihm auch großen Spaß. Sogar mit den Hunden im Zwinger gab er sich gern ab, doch die ignorierten ihn meistens. Wenn er nachmittags Tennisbälle für sie warf, raffte sich nur selten einer von ihnen dazu auf, mitzuspielen.

»Es wird schon werden.«

»Hoffentlich.« Melody stellte ihr Glas weg. »Ich glaube, ich gehe jetzt mal rein und hole den Kuchen, was meinst du? Zach hat nämlich um fünf schon Training.«

»Bei der Hitze!«

Melody stand auf. »Bestimmt würde er am liebsten seine Wasserpistole mitnehmen und den Trainer nassspritzen.«

»Brauchst du Hilfe?«

»Nein, danke. Bleib ruhig sitzen. Ich bin gleich wieder da.«

Beth schaute Melody nach. Wie dünn sie war! Bis jetzt war ihr das gar nicht so aufgefallen. Sie hatte sicher etliche Kilo abgenommen, seit sie sich das letzte Mal gesehen hatten. Garantiert lag das am Stress. Davids Affäre hatte sie sehr mitgenommen. Beth selbst hatte völlig anders reagiert, als ihr das passiert war, aber Melody wollte unbedingt ihre Ehe retten. Klar, jedes Paar war anders. David hatte einen großen Fehler gemacht und Melody sehr wehgetan, aber aufs Ganze gesehen waren die beiden ein glückliches Paar, fand Beth. Schon immer. Beths Ehe hingegen war vom ersten Tag an eine Katastrophe gewesen. Genau wie Nana es vorausgesagt hatte. Nana hatte die Gabe, Menschen mit einem Blick zu durchschauen, und wenn sie jemanden nicht leiden konnte, reagierte sie immer mit einem ganz bestimmten Schulterzucken. Als Beth ihr eröffnete, sie sei schwanger und werde doch nicht gleich aufs College gehen, sondern lieber heiraten, zuckte sie so heftig die Achseln, dass man den Eindruck hatte, es sei eine nervöse Angewohnheit. Beth hatte diese Reaktion damals natürlich ignoriert und gedacht: *Sie gibt ihm keine Chance. Dabei kennt sie ihn doch gar nicht! Wir schaffen das schon*. Aber sie hatten es nicht geschafft. Nana war immer höflich, immer nett, wenn er zu Besuch kam, aber das Achselzucken hörte nicht auf, bis Beth vor zehn Jahren wieder nach Hause gezogen war. Keine neun Monate hatte die Ehe gehalten; Ben war fünf Wochen alt. Nana hatte die ganze Zeit absolut Recht gehabt.

Melody verschwand im Haus, und als sie nach ein paar Minuten wieder herauskam, folgte ihr David auf dem Fuß. Er trug Pappteller und Plastikgabeln und sah aus, als wäre er mit seinen Gedanken ganz woanders. Beth merkte, dass seine Haare an den Schläfen schon grau wurden. Und er hatte tiefe Falten in der Stirn. Bei ihrer letzten Begegnung waren sie noch nicht so ausgeprägt gewesen. Vermutlich konnte man daran ablesen, dass er ebenfalls unter Stress stand.

Gelegentlich fragte sich Beth, wie sich ihr Leben anfühlen würde, wenn sie verheiratet wäre. Natürlich nicht mit ihrem Ex. Beim Gedanken daran schüttelte sie sich gleich. Dass sie jedes zweite Wochenende mit ihm zu tun hatte, reichte ihr vollkommen. Nein, mit einem anderen Mann. Mit einem … besseren. Die Vorstellung gefiel ihr, jedenfalls abstrakt. Nach zehn Jahren war sie an ihr jetziges Leben gewöhnt. Klar, es wäre sicher schön, jemanden zu haben, mit dem sie nach der Arbeit die Abende verbringen konnte oder der ihr hin und wieder den Rücken massierte. Aber es hatte durchaus auch seine angenehmen Seiten, dass sie den ganzen Samstag im Schlafanzug vertrödeln konnte, wenn sie Lust dazu hatte. Und das tat sie manchmal auch. Genau wie Ben. Sie nannten das ihre »faulen Tage«. So einen Tag, an dem sie absolut gar nichts unternahmen, krönten sie dann damit, dass sie eine Pizza bestellten und sich einen Film anschauten. Himmlisch.

Außerdem – Beziehungen waren schon kompliziert genug, aber eine Ehe war noch viel schwieriger. Nicht nur Melody und David kämpften mit Problemen. Man hatte vielmehr den Eindruck, dass dies für die meisten Paare galt. Wie sagte Nana immer? *Sperre zwei verschiedene Menschen mit zwei verschiedenen Leben unter ein Dach, dann gibt's an Ostern nicht immer Lammbraten und Kartoffeln.*

Genau. Auch wenn Beth oft nicht recht verstand, wo Nana ihre Metaphern hernahm.

Sie schaute auf die Uhr. Sobald der Kindergeburtstag vorbei war, musste sie los und nach Nana sehen. Garantiert war sie im Zwinger bei den Hunden oder hinter dem Schreibtisch. Nana konnte wahnsinnig stur sein. Spielte es eine Rolle, dass sie das linke Bein fast nicht belasten durfte? *Mein Bein ist nicht das beste, aber es ist auch nicht aus Bienenwachs.* Oder dass sie hinfallen und sich verletzen konnte? *Ich bin doch keine Porzellanschüssel.* Und dass ihr linker Arm praktisch nutzlos war? *Solange ich meine Suppe mit dem anderen löffeln kann, brauche ich ihn sowieso nicht.*

Sie war wirklich etwas ganz Besonderes. Schon immer.

»Hey, Mom.«

Weil Beth so in Gedanken versunken war, hatte sie Ben gar nicht kommen hören. Sein sommersprossiges Gesicht glänzte verschwitzt. Wasser tropfte von seinen Kleidern, und das T-Shirt hatte einen Grasfleck, der bestimmt nicht mehr rausging.

»Ja, mein Schatz?«

»Kann ich heute bei Zach übernachten?«

»Ich dachte, er muss zum Fußballtraining.«

»Nach dem Training. Es bleiben noch ein paar andere Kinder hier, und seine Mom hat ihm *Guitar Hero* zum Geburtstag geschenkt.«

Aha, daher wehte der Wind! Von diesem populären Computerspiel hatte Beth schon öfter gehört.

»Heute geht es leider nicht. Dein Dad holt dich um fünf ab.«

»Kannst du ihn nicht anrufen?«

»Ich kann's versuchen. Aber du weißt ja …«

Ben nickte verständig, und wenn er das tat, gab es ihr immer einen kleinen Stich ins Herz.

Die Sonne brannte auf die Windschutzscheibe, im Auto war es brütend heiß. Sie musste unbedingt die Klimaanlage reparieren lassen. Jetzt hatte sie das Seitenfenster geöffnet, und die Haare wehten ihr ins Gesicht. Noch ein Vorsatz: Sie sollte sich die Haare abschneiden lassen. Beth stellte sich vor, wie sie zu ihrer Friseurin sagte: *Schneiden Sie alles radikal kurz, Terri. Damit ich aussehe wie ein Mann.* Aber sie wusste, dass sie im entscheidenden Moment dann doch wieder ihren normalen Schnitt haben wollte. In manchen Dingen war sie ein Feigling.

»War's schön?«

»Ja.«

»Mehr nicht?«

»Ich bin k. o., Mom.«

Sie deutete auf das Dairy-Queen-Fastfood-Restaurant, an dem sie gerade vorbeifuhren. »Du kannst dir ein Eis kaufen, wenn du Lust hast.«

»Das ist nicht gut für mich.«

»Hör mal zu – ich bin hier die Mutter, das sind meine Sätze. Ich dachte nur, wenn du so schwitzt, hättest du vielleicht gern ein Eis.«

»Ich hab keinen Hunger. Ich habe gerade Kuchen gegessen.«

»Okay, wie du meinst. Aber wenn du nachher doch eins möchtest, gib mir nicht die Schuld, dass du die Chance verpasst hast.«

»Bestimmt nicht.« Er drehte sich zum Fenster.

»Hey, was ist los? Hast du was?«

Wegen des Windes konnte sie seine Antwort kaum hören. »Warum muss ich zu Dad? Das macht echt keinen Spaß. Er schickt mich um neun ins Bett, als wäre ich noch in der zweiten Klasse. Auch wenn ich noch gar nicht müde bin. Und morgen muss ich bestimmt wieder putzen und alles.«

»Ich dachte, er geht mit dir nach der Kirche zum Frühstücken zu deinem Urgroßvater.«

»Ich will aber trotzdem nicht hin.«

Ich möchte auch nicht, dass du hingehst, dachte sie. Aber was konnte sie tun?

»Nimm doch ein Buch mit«, schlug sie vor. »Dann kannst du heute Abend in deinem Zimmer lesen, und wenn es dir morgen langweilig wird, kannst du auch lesen.«

»Das sagst du immer.«

Weil ich nicht weiß, was ich sonst sagen soll. »Möchtest du in die Buchhandlung?«

»Nein«, brummte er, aber sie merkte, dass er es nicht ganz ernst meinte.

»Ach, komm doch trotzdem mit. Ich würde mir gern ein Buch kaufen.«

»Okay.«

»Tut mir leid, dass das alles so blöd ist.«

»Ja, ich weiß.«

Die Buchhandlung verbesserte Bens Laune auch nicht grundlegend. Zwar kaufte er sich ein paar Kinderkrimis mit den Hardy Boys, aber Beth fiel auf, wie lustlos er in der Schlange an der Kasse wartete. Auf der Heimfahrt schlug er eins der Bücher auf und tat so, als würde er lesen. Beth war sich ziemlich sicher, er tat das nur, damit sie ihn nicht mit Fragen bombardierte oder gezwungen fröhlich versuchte, ihn wegen der Übernachtung bei seinem Vater zu trösten. Mit seinen zehn Jahren konnte Ben ihr Verhalten schon gut vorausahnen.

Es war sehr schlimm für sie, dass er seinen Dad nicht gern besuchte. Sie schaute ihm nach, als er ins Haus ging, und stellte sich vor, wie er in sein Zimmer stapfte, um seine Sachen zusammenzupacken. Statt ihm zu folgen, setzte sie sich auf die Verandastufen und dachte zum tausendsten Mal, wie schön es wäre, wenn sie so eine große Schaukel hätten. Es war noch heiß, und aus dem Gejaule, das vom Zwinger am anderen Ende des Grundstücks zu ihr drang, konnte sie schließen, dass auch die Hunde unter der Hitze litten. Sie horchte nach Nana. Wenn sie in der Küche gewesen wäre, hätte man ihre Stimme gehört, als Ben ins Haus kam. Nana hatte ein kräftiges Organ. Nicht wegen ihres Schlaganfalls, sondern weil die Lautstärke ihrer Persönlichkeit entsprach. Mit ihren sechsundsiebzig Jahren führte sie sich manchmal auf, als würde sie demnächst siebzehn: Sie lachte schallend und knallte beim Kochen mit dem Löffel auf den Topf, sie liebte Baseball und stellte das Radio ohrenbetäubend laut, wenn eine Big Band spielte. »Solche Musik wächst nicht auf Bananen, weißt du.« Bis zu ihrem Schlaganfall war sie jeden Tag in Gummistiefeln und Overall und mit einem riesigen Strohhut auf dem Kopf durch den Garten gestapft und hatte den Hunden das Gehorchen beigebracht.

Früher hatte Nana zusammen mit ihrem Mann die Tiere fast alles gelehrt. Gemeinsam hatten sie Jagdhunde, Führhunde für Blinde, Drogenhunde für die Polizei und Wachhunde für Zuhause gezüchtet und trainiert. Seit dem Tod ihres Mannes machte sie so etwas nur noch gelegentlich. Nicht, weil sie es nicht konnte – sie hatte sowieso zum großen Teil das Training geleitet. Aber es dauerte vierzehn Monate; um beispielsweise einen Wachhund zu erziehen, und da Nana keine drei Sekunden brauchte, um sich in ein Eichhörnchen zu verlieben, brach es ihr immer das Herz, wenn sie einen Hund, nachdem das Training abgeschlossen war, wieder abgeben musste. Und jetzt war Grandpa nicht mehr da, um ihr zu sagen: »Wir haben ihn schon verkauft, also bleibt uns keine andere Wahl.« Da fiel es Nana leichter, diesen Teil des Geschäfts vollständig einzustellen.

Stattdessen leitete sie jetzt nur noch eine ganz normale Hundeschule, in der die Tiere Gehorsam lernten und die sehr gut lief. Die Besitzer überließen ihr die Hunde zwei Wochen lang – *Bootcamp für Hunde*, sagte Nana gern –, und in der Zeit lernten sie das Wesentliche, nämlich die Grundkommandos, die eigentlich jedes Tier schnell begriff. Meistens hatte sie fünfzehn bis fünfundzwanzig Hunde da, die alle zwei Wochen wechselten, und jeder einzelne brauchte etwa zwanzig Minuten Training pro Tag. Viel länger konnte man nicht üben, weil der Hund sonst das Interesse verlor. Bei fünfzehn Hunden war das nicht übel, aber wenn man fünfundzwanzig versorgen musste, wurde der Arbeitstag sehr lang, vor allem, weil man ja auch mit jedem Tier rausmusste. Und dazu kamen noch die ganzen anderen Verpflichtungen: das Füttern, die Pflege des Zwingers, die Telefonanrufe, der Kontakt mit den Kunden und natürlich die Bürokratie. Natürlich erledigte Nana das längst nicht mehr allein. Während des Sommers hatte Beth meistens zwölf, dreizehn Stunden am Tag geschuftet.

Sie hatten immer viel zu tun. Eigentlich war es gar nicht so schwer, einen Hund zu erziehen – Beth half Nana, seit sie zwölf war –, und es gab Dutzende von Büchern zu diesem Thema. Außerdem bot auch die Tierarztpraxis jeden Samstagvormittag Unterricht für Hunde und ihre Besitzer an – zu einem Bruchteil des Preises. Beth fand sowieso, dass die meisten Leute sich ruhig zwei Wochen lang täglich zwanzig Minuten Zeit für ihr Haustier nehmen konnten. Aber das taten sie nicht. Stattdessen kamen sie von weit her, sogar aus Florida und Tennessee, um ihre Hunde hier abzuliefern, damit jemand anderes diese Aufgabe für sie übernahm. Klar, ihre Großmutter hatte einen erstklassigen Ruf, aber sie brachte den Tieren auch nur das Grundlegende bei: Sitz, Platz, Komm, Bleib und Bei Fuß. Wahrhaftig keine Zauberei. Trotzdem waren die Leute extrem dankbar. Und immer, *immer* verblüfft angesichts des Erfolgs.

Beth schaute wieder auf die Uhr. Keith, ihr Ex, würde gleich hier sein. Obwohl sie Probleme mit diesem Mann hatte – und zwar ziemlich große, wahrhaftig –, teilten sie das Sorgerecht. So war es eben, und sie versuchte, das Beste daraus zu machen. Sie sagte sich immer, dass es für Ben wichtig war, mit seinem Vater zusammen zu sein. Vor allem jetzt, vor der Pubertät. Und sie musste zugeben, dass Keith meistens gar nicht so übel war. Unreif, ja, aber nicht böse. Ab und zu trank er ein paar Bier, aber er war kein Alkoholiker. Er nahm keine Drogen, er hatte weder sie noch Ben je geschlagen. Jeden Sonntag ging er brav in die Kirche. Er hatte einen festen Job und zahlte pünktlich den Unterhalt. Vielmehr, seine Familie zahlte. Das Geld kam aus einem der zahlreichen Fonds, die seine Familie im Lauf der Jahre angelegt hatte. Und meistens schaffte er es sogar, an den Wochenenden, die er mit seinem Sohn verbrachte, seine endlose Reihe von Freundinnen fernzuhalten. Entscheidend war hier allerdings das Wörtchen »meistens«. In letzter Zeit hatte er sich mehr Mühe gegeben, aber Beth war sich ziemlich sicher, dass diese Zurückhaltung nichts damit zu tun hatte, dass er seine Aufgabe als Vater ernster nahm – nein, bestimmt hatte er gerade eine Freundin in die Wüste geschickt, und die nächste ließ noch auf sich warten. Grundsätzlich hätte die Anwesenheit einer anderen Frau Beth nicht weiter gestört, aber diese Freundinnen waren altersmäßig oft näher bei Ben als bei Keith, und im Allgemeinen hatten sie den Intelligenzquotienten einer Salatschüssel. Das klang zwar gehässig, entsprach aber der Wahrheit. Selbst Ben merkte das schon. Vor zwei Monaten musste er einer von ihnen helfen, Makkaroni mit Käse zu kochen. Ein Fertiggericht! Beim ersten Versuch war alles angebrannt. Die Anweisung »Milch und Butter dazugeben, vermischen und umrühren« hatte das gute Mädchen offensichtlich überfordert.

Aber das war es nicht, was Ben belastete. Die Freundinnen fand er ganz in Ordnung – sie behandelten ihn eher wie ihren kleinen Bruder als wie einen Sohn. Dass er so viel arbeiten musste, machte ihm eigentlich auch nichts aus. An manchen Wochenenden sollte er im Garten Laub rechen, die Küche putzen oder den Müll hinaustragen, aber Keith ging dabei nett mit ihm um. Und im Grund taten ihm solche Aufgaben gut. Wenn Ben das Wochenende bei ihr verbrachte, spannte sie ihn auch ein. Nein, das Problem lag darin, dass Keith von Ben enttäuscht war, auf eine dumme, kindische Art. Er wünschte sich einen Sportler als Sohn, aber stattdessen hatte er einen Jungen, der Geige spielte. Er wollte jemanden, mit dem er auf die Jagd gehen konnte, und er hatte ein Kind, das sich lieber mit einem Buch in die Ecke verkroch und las. Er wollte einen Sohn, der Baseball spielte und Körbe warf, doch Ben war ungeschickt und hatte schlechte Augen.

Keith sagte das nie ausdrücklich zu Ben oder zu ihr, aber das war auch nicht nötig. Man sah es an seiner verächtlichen Miene, wenn er Ben beim Fußballspielen zuschaute. Und er konnte sich beispielsweise nicht überwinden, ihn dafür zu loben, dass er das letzte Schachturnier gewonnen hatte. Ständig drängte er seinen Sohn dazu, ein anderer zu sein, als er war. Das machte Ben ganz verrückt, und Beth brach es das Herz. Seit Jahren versuchte der arme Junge, es seinem Vater irgendwie recht zu machen, aber allmählich entmutigten ihn diese vergeblichen Anstrengungen. Zum Beispiel beim Baseball. Da musste man bestimmte Wurf- und Fangtechniken lernen. Beth hatte nichts dagegen, vielleicht würde es ihm sogar Freude machen, in der *Little League* zu spielen. Es klang sehr vernünftig, als ihr Ex das vorschlug, und am Anfang war Ben auch Feuer und Flamme. Aber nach einer Weile fing er an, Baseball zu hassen. Er wollte nicht einmal mehr daran denken. Wenn er drei Bälle nacheinander fing, verlangte sein Vater, dass er sich steigerte und vier Bälle schaffte. Und danach mussten es fünf sein. Als er noch besser wurde, erwartete Keith von ihm, dass er alle Bälle fing. Und dann sollte er lernen, im Laufen zu fangen. Danach im Rückwärtslaufen, im Rutschen, im Fallen. Er sollte die Bälle erwischen, die sein Vater mit aller Kraft warf. Und wenn ihm einer aus der Hand rutschte? Dann hätte man denken können, die Welt geht unter. Sein Dad gehörte nicht zu den Leuten, die sagten: *Trotzdem – gut gemacht, Junge* oder *Es klappt bestimmt beim nächsten Mal!* Nein, er schrie sofort los: *Mensch, mach schon, stell dich nicht so blöd an!*

Beth hatte schon oft mit Keith darüber geredet. Immer und immer wieder. Aber bei ihm ging es zum einen Ohr rein und zum anderen wieder raus. Stets die gleiche Leier. Trotz seiner Unreife – oder vielleicht gerade deswegen – war ihr Ex stur und hatte in vielen Dingen eine ganz feste Meinung. Dazu gehörte die Erziehung seines Kindes. Er wollte eine bestimmte Art von Sohn, und diesen Sohn würde er auch bekommen, koste es, was es wolle. Ben begann, auf seine eigene passiv-aggressive Art Widerstand zu leisten. Er ließ alle Bälle fallen, die Keith warf, auch die leichten, und ignorierte die wachsende Frustration seines Vaters, bis dieser schließlich wütend seinen Baseballhandschuh auf den Boden schleuderte und ins Haus stürmte, um den Rest des Nachmittags zu schmollen. Ben tat dann so, als würde er es gar nicht merken, setzte sich unter eine Weihrauchkiefer und las, bis Beth ihn ein paar Stunden später abholte.

Sie stritt sich mit ihrem Ex nicht nur wegen Ben. Auch sonst waren sie Feuer und Eis. Das heißt, er war Feuer, und sie war Eis. Keith fand, dass zwischen ihnen immer noch was laufen könnte – was sie unglaublich ärgerte. Wieso wollte er nicht kapieren, dass sie nichts mehr für ihn empfand? Das begriff sie beim besten Willen nicht, aber sie konnte sich den Mund fusselig reden – er fing trotzdem immer wieder davon an. Dabei konnte sie sich nicht einmal mehr genau daran erinnern, was ihr damals, vor vielen Jahren, eigentlich an ihm gefallen hatte. Warum sie ihn geheiratet hatte, wusste sie sehr wohl – sie war jung und dumm gewesen und außerdem schwanger –, aber heute spürte sie nur Abwehr, wenn sie merkte, dass er sie von oben bis unten musterte. Er war nicht ihr Typ. Und wenn sie ehrlich war, musste sie zugeben, dass er nie ihr Typ gewesen war. Hätte man ihr bisheriges Leben auf Video festgehalten, dann wäre ihre Ehe eine der Passagen, die sie gern überspielen würde. Bis auf Ben natürlich.

Wenn doch Drake hier wäre! Drake war ihr jüngerer Bruder, und wie immer, wenn sie an ihn dachte, durchzuckte sie ein tiefer Schmerz. Wenn Drake vorbeikam, ließ Ben alles stehen und liegen und folgte ihm. So wie die Hunde Nana folgten. Gemeinsam zogen die beiden los, um Schmetterlinge zu fangen, oder sie kletterten in das Baumhaus, das Grandpa gebaut hatte und das man nur erreichte, wenn man eine wackelige Hängebrücke überquerte, die einen der beiden Bäche auf dem Grundstück überspannte. Im Gegensatz zu Keith akzeptierte Drake ihren Sohn so, wie er war. In vieler Hinsicht erfüllte er für Ben viel eher die Vaterrolle als ihr Ex. Ben liebte ihn heiß und innig, und Beth war Drake unendlich dankbar dafür, dass er ihrem Sohn auf seine ruhige, gelassene Art sehr viel Selbstbewusstsein vermittelte. Als sie sich einmal bei ihm bedanken wollte, hatte er nur die Achseln gezuckt. »Ich bin einfach gern mit ihm zusammen«, war seine ganze Erklärung.

Aber jetzt musste sie nach Nana schauen. Beth erhob sich von ihrem gemütlichen Sitzplatz. Im Büro brannte Licht. Erledigte Nana etwa den Verwaltungskram? Nein, das konnte sie sich nicht vorstellen. Bestimmt war sie irgendwo im Zwinger. Hoffentlich hatte sie sich nicht in den Kopf gesetzt, mit einer Gruppe von Hunden rauszugehen. Sie konnte doch das Gleichgewicht nicht mehr halten, wenn die Tiere an den Leinen zerrten! Aber Nana hatte diese Ausflüge immer sehr geliebt. Ihrer Überzeugung nach bekamen die meisten Hunde nicht genug Auslauf, und das Grundstück bot viele Möglichkeiten, diesen Mangel auszugleichen. Es hatte fast dreißig Hektar und viele offene Wiesen, die an unberührte Laubwälder grenzten. Ein halbes Dutzend Wege und kleine Rinnsale durchzogen das Gelände, außerdem zwei etwas größere Bäche, die in den South River mündeten. Das Grundstück, das ihre Großeltern vor fünfzig Jahren für fast nichts gekauft hatten, war inzwischen sehr wertvoll. Das behauptete jedenfalls der Anwalt, der vorbeigekommen war, um zu erfahren, ob Nana eventuell zu einem Verkauf bereit wäre.

Beth wusste genau, wer dahintersteckte. Und Nana wusste es auch. Sie stellte sich dumm, als der Anwalt mit ihr sprach, schaute ihn nur mit großen Augen an, ließ Trauben auf den Boden fallen, eine nach der anderen, und brummelte unverständliches Zeug. Kaum war er weg, konnten sie und Beth sich nicht mehr halten vor Lachen.

Als sie jetzt durch das Fenster des Büros spähte, sah sie keine Spur von Nana, aber sie hörte ihre Stimme aus dem Zwinger.

»Bleib ... Komm. Braver Hund. Gut gemacht.«

Beim Näherkommen sah Beth, dass Nana einen tibetischen Shih-Tzu lobte, der auf sie zutrottete. Diese Hunderasse erinnerte sie an die Aufziehspielzeuge, die man bei Wal-Mart kaufen konnte.

»Was machst du da, Nana? Du weißt doch, dass du nicht hier hinten sein sollst!«

»Oh – hallo, Beth.« Sie redete nicht mehr so schleppend wie noch vor zwei Monaten.

Beth stemmte die Hände in die Hüften. »Du sollst nicht allein in den Zwinger gehen.«

»Ich hab das Handy dabei. Wenn was ist, kann ich jederzeit telefonieren.«

»Du hast doch gar kein Handy.«

»Doch – deines. Heute Morgen habe ich es aus deiner Handtasche stibitzt.«

»Und wen hättest du dann angerufen?«

Darüber hatte sich Nana offensichtlich keine Gedanken gemacht. Mit gerunzelter Stirn musterte sie den Shih-Tzu. »Da siehst du, wie ich leide, Precious. Ich habe dir doch gesagt, dieses Mädel ist schlauer als eine Seidenraupe.« Sie stöhnte laut.

Beth ahnte, dass sie gleich das Thema wechseln würde.

»Wo ist Ben?«, fragte Nana prompt.

»Im Haus. Er packt seine Sachen, weil er gleich zu seinem Vater muss.«

»Ich wette, er freut sich wie ein Schneekönig. Bist du dir sicher, dass er sich nicht im Baumhaus verkrochen hat?«

»Lass gut sein, Nana«, sagte Beth. »Keith ist immer noch sein Dad.«

»Denkst du.«

»Nein, das weiß ich.«

»Könnte es nicht sein, dass du dich damals noch mit einem anderen amüsiert hast? Gab's vielleicht einen kurzen Flirt mit einem Kellner oder einem Lastwagenfahrer oder mit einem Kommilitonen vom College?«

»Ich weiß mit hundertprozentiger Sicherheit, dass kein anderer Mann infrage kommt. Aber das habe ich dir schon tausendmal gesagt.«

Nana zwinkerte ihrer Enkelin zu. »Ja, aber ich gebe die Hoffnung nicht auf, dass dein Erinnerungsvermögen sich plötzlich verbessert.«

»Wie lange bist du denn schon hier hinten?«

»Wie viel Uhr ist es jetzt?«

»Gleich vier.«

»Na, dann sind es drei Stunden.«

»In dieser Hitze?«

»Man muss mich nicht in Watte wickeln, Beth. Ich hatte nur eine kleine Unpässlichkeit.«

»Du hattest einen Schlaganfall!«

»Aber keinen schweren.«

»Du kannst deinen Arm nicht mehr bewegen.«

»Solange ich meine Suppe mit dem anderen löffeln kann, brauche ich ihn doch gar nicht. So, und jetzt will ich meinen Urenkel sehen. Ich möchte mich von ihm verabschieden, bevor er geht.«

Sie gingen in Richtung Trainingsgelände. Precious folgte ihnen hechelnd und mit wedelndem Schwanz. Was für ein süßer Hund!

»Ich glaube, ich würde heute Abend gern chinesisch essen«, verkündete Nana. »Was meinst du?«

»Ich habe noch nicht darüber nachgedacht.«

»Na, dann wird es aber Zeit.«

»Gut, von mir aus können wir gern chinesisch essen. Aber nichts, was schwer im Magen liegt. Und nichts Gebratenes. Dafür ist es heute zu heiß.«

»Du bist eine Spielverderberin.«

»Aber gesund.«

»Das ist das Gleiche. Ach ja – und weil du so gesund bist, macht es dir doch sicher nichts aus, Precious wegzubringen? Sie ist in Nummer zwölf. Ich habe einen neuen Witz gehört, den ich Ben unbedingt erzählen muss.«

»Wo hast du den gehört?«

»Im Radio.«

»Ist er jugendfrei?«

»Natürlich! Wo denkst du hin?«

»Ich kenne dich nur zu gut. Deshalb frage ich. Wie geht der Witz?«

»Zwei Kannibalen verspeisen einen Comedian, und hinterher fragt der eine den anderen: ›Findest du, er hat komisch geschmeckt?‹«

Beth kicherte. »Der gefällt ihm bestimmt.«

»Ja. Der arme Junge braucht ein bisschen Aufheiterung.«

»Es geht ihm gut.«

»Klar, das weiß ich doch. Ich bin nicht gerade erst vom Himmel gefallen.«

Als sie den Zwinger erreicht hatten, ging Nana weiter in Richtung Haus. Man sah viel deutlicher als am Morgen, wie sie humpelte. Insgesamt ging es ihr schon besser, das stimmte, aber sie hatte noch einen weiten Weg vor sich.

KAPITEL 4

Thibault

Das Marine Corps basierte auf der Dreierregel. Das lernte man gleich zu Anfang in der Grundausbildung, damit man den Aufbau dieser Eliteeinheiten besser verstand.

Drei Marines bildeten ein *Fire Team*, also das Grundelement. Drei *Fire Teams* bildeten ein *Squad*, drei *Squads* ergaben ein *Platoon*, aus drei *Platoons* wurde eine Kompanie, aus drei Kompanien ein Bataillon und schließlich aus drei Bataillonen ein Regiment. Jedenfalls in der Theorie. Als die Invasion in den Irak begann, war sein Regiment mit Teilen aus drei anderen Einheiten kombiniert worden, unter anderem mit einem leichten Aufklärungsbataillon, mit einem amphibischen Angriffsbataillon und mit Kompanie B vom Ersten Kampfbataillon. Eine riesige Maschinerie. Auf alles vorbereitet. Insgesamt fast sechstausend Mann.

Während Thibault auf der Suche nach dem Platz, an dem das Foto entstanden war, immer weiterging, beobachtete er, wie sich mit Einbruch der Dämmerung die Farben veränderten. Er musste an jenen Abend denken, an dem er sich als Soldat praktisch das erste Mal auf feindlichem Gebiet befand. Sein Regiment war das erste, das in den Irak einmarschierte, um die Ölfelder von

Rumaila zu besetzen. Jeder erinnerte sich daran, dass Saddam Hussein im ersten Golfkrieg bei seinem Rückzug die Ölquellen in Brand gesteckt hatte, und man wollte unter allen Umständen verhindern, dass dies wieder passierte. Und tatsächlich schafften sie es, rechtzeitig dorthin zu gelangen. Nur sieben Ölquellen brannten, als das Gebiet eingenommen wurde. Von dort wurde Thibaults Gruppe weitergeschickt nach Bagdad, um bei der Einnahme der Hauptstadt Unterstützung zu leisten. Sein Regiment war das höchstdekorierte des gesamten Marine Corps und wurde daher ausgewählt, tief ins Land vorzudringen – tiefer als je ein Regiment in der Geschichte des Corps. Thibaults erster Irak-Aufenthalt dauerte gut vier Monate.

Das war jetzt fünf Jahre her, und die Erinnerung an die Details dieses ersten Einsatzes war inzwischen verblasst. Er hatte seine Pflicht getan und wurde schließlich nach Camp Pendleton zurückgeschickt. Im Allgemeinen sprach er nicht über seine Erfahrungen. Er versuchte, möglichst gar nicht daran zu denken. Nur einen Vorfall konnte er nicht ganz verdrängen, und dieser hatte etwas mit Ricky Martinez und Bill Kincaid zu tun, den beiden anderen Männern seines *Fire Teams*.

An der Oberfläche waren er, Ricky und Bill grundverschieden. Ricky war in einer kleinen Mietwohnung in Midland, Texas, groß geworden, hatte immer sehr viel Baseball gespielt und war ein fanatischer Gewichtheber. Bevor er zum Militär ging, gehörte er zur Jugendliga der Minnesota Twins. Bill, der in der Blaskapelle seiner Highschool Trompete gespielt hatte, stammte aus dem Staat New York und war mit fünf Schwestern auf einer Farm aufgewachsen, die hauptsächlich Milchwirtschaft betrieb. Ricky liebte Blondinen, Bill mochte Frauen mit dunklen Haaren. Ricky kaute Tabak, während Bill Zigaretten rauchte. Alles kein Problem. Sie exerzierten zusammen, sie aßen zusammen, sie schliefen im selben Zelt. Sie diskutierten über Sport und über Politik. Sie unterhielten sich stundenlang, wie Brüder, und ließen sich immer etwas Neues einfallen, um den anderen zu ärgern. Eines Morgens wachte Bill auf, und eine seiner Augenbrauen war rasiert. Und als Ricky am nächsten Tag in den Spiegel schaute, stellte er fest, dass er überhaupt keine Brauen mehr hatte. Thibault verstand sofort, dass er beim geringsten Geräusch aufwachen musste, und so schaffte er es, seine Augenbrauen zu behalten. Noch Monate später lachten sie über diesen Streich. Und als Bill und Ricky einmal sturzbetrunken waren, ließen sie sich die gleichen Tattoos stechen, um ihre Treue zum Marine Corps zu beschwören.

Weil sie so viel Zeit miteinander verbrachten, wussten sie oft schon im Voraus, wie sich der andere verhalten würde. Beide hatten irgendwann Thibault das Leben gerettet oder ihn zumindest vor schweren Verletzungen bewahrt. Bill packte Thibault von hinten an der Splitterschutzweste, als er ins Freie treten wollte – und wenige Sekunden später wurden zwei Männer ganz in der Nähe von einem Heckenschützen verwundet. Ein anderes Mal wäre Thibault, weil er in Gedanken ganz woanders war, fast von einem viel zu schnell fahrenden Humvee, einem dieser riesigen Mehrzweck-Geländefahrzeuge, erfasst worden – am Steuer saß einer ihrer Kameraden. Diesmal war es Ricky, der ihn am Arm zurückriss. Auch im Krieg starben Menschen bei Autounfällen.

Nachdem sie die Ölfelder gesichert hatten, rückten sie bis zu den Außenbezirken von Bagdad vor, gemeinsam mit dem Rest ihrer Kompanie. Die Stadt war noch nicht eingenommen. Ihre Einheit gehörte zu einem riesigen Konvoi – sie waren drei Männer unter Hunderten, die den Ring um die Stadt immer enger zogen. Bis auf das Heulen der Motoren der Alliierten war alles sehr still, als sie in die Vorstädte eindrangen. Aber dann konnte man aus einer kleinen Seitenstraße, die von der Hauptstraße abging, Schüsse hören. Thibaults Squad bekam den Befehl, der Sache nachzugehen.

Sie sondierten die Lage. Häuser mit zwei bis drei Stockwerken, dicht beieinander. Eine Straße mit unzähligen Schlaglöchern. Ein streunender Hund, der im Müll wühlte. Die qualmenden Überreste eines Autos, etwa hundert Meter entfernt. Sie warteten. Sie sahen nichts. Warteten noch eine Weile. Hörten nichts. Schließlich wurde Thibault, Ricky und Bill aufgetragen, sie sollten die Straße überqueren. Sie reagierten zügig und schafften es ohne Zwischenfall. Nun bewegte sich die ganze Gruppe die schmale Straße hinunter in unbekanntes Terrain.

Plötzlich ging es los. Keine vereinzelten Schüsse mehr, nein – stattdessen eine nicht enden wollende Todesmelodie aus mehreren automatischen Waffen. Und nirgends die Möglichkeit, Deckung zu suchen, höchstens in einem Hauseingang, aber auch da war man nur sehr unzulänglich geschützt.

Der Beschuss habe nicht lange gedauert, hieß es später. Aber lange genug. Die Geschosse regneten aus den Fenstern auf sie herunter. Thibault und die anderen erwiderten das Feuer blindlings. Auf der anderen Straßenseite wurden zwei ihrer Männer verletzt, doch da rückte bereits Verstärkung an. Ein Panzer rollte in die Straße, mit schneller Infanterie. Die Luft vibrierte vom Mündungsfeuer. Die oberen Stockwerke der Häuser explodierten. Überall Staub und Glassplitter. Thibault hörte von allen Seiten Schreie, er sah Menschen aus den Häusern auf die Straße rennen. Der streunende Hund wurde erwischt und brach zusammen. Zivilisten stürzten, im Rücken getroffen, zu Boden. Ihre Schreie wurden von den Schüssen übertönt. Ein dritter Soldat wurde ins Bein getroffen. Thibault, Ricky und Bill konnten immer noch nicht weiter vorrücken, sie waren gelähmt durch den ständigen Beschuss. Ein lautes Donnern erfüllte die Luft, und wieder brach das obere Stockwerk eines Hauses zusammen. Der Panzer kam immer näher. Plötzlich wurden sie aus *zwei* Richtungen attackiert. Bill schaute Thibault an, Thibault blickte zu Ricky. Sie wussten, was zu tun war. Sie mussten weg – wenn sie stehen blieben, würden sie sterben. Thibault rannte als Erster los.

Eine Sekunde später sah er ein grelles Licht. Dann nur noch pechschwarze Nacht.

Jetzt, mehr als fünf Jahre später und in Hampton, konnte Thibault die Einzelheiten nicht mehr heraufbeschwören – er erinnerte sich nur noch daran, dass er das Gefühl hatte, er befände sich in einer Wäscheschleuder. Er wurde von der Explosion auf die Straße katapultiert. In seinen Ohren dröhnte es. Sofort war sein Freund Victor an seiner Seite, mit ihm noch ein anderer Soldat. Aus dem Panzer wurde unablässig geschossen, und nach und nach gelang es ihnen, die Straße unter ihre Kontrolle zu bekommen.

Das erfuhr er aber alles erst später, auch, dass die Explosion von einer sogenannten RPG ausgelöst worden war, einer raketengetriebenen Granate. Ein Offizier sagte zu Thibault, diese Granate sei vermutlich für den Panzer bestimmt gewesen. Sie verfehlte den Geschützturm nur um Zentimeter und raste stattdessen auf Thibault, Ricky und Bill zu.

Thibault wurde auf einen Humvee geladen und bewusstlos abtransportiert. Wie durch ein Wunder waren seine Verletzungen vergleichsweise harmlos, und nach drei Tagen konnte er wieder zurück zu seiner Gruppe. Aber Ricky und Bill kehrten nicht wieder. Sie wurden mit militärischen Ehren beigesetzt. Ricky wäre eine Woche später zweiundzwanzig geworden. Bill hatte gerade seinen zwanzigsten Geburtstag gefeiert. Die beiden waren weder die ersten Opfer noch die letzten. Der Krieg ging weiter.

Thibault zwang sich, nicht an die beiden toten Kameraden zu denken. Das klang herzlos, aber im Krieg muss man solche Erlebnisse wegschieben. Die Erinnerung tat unheimlich weh, also verdrängte er sie. Den anderen in seiner Gruppe ging es genauso. Statt zu grübeln, erfüllten sie ihre Pflicht und konzentrierten sich darauf, am Leben zu bleiben. Und Thibault konzentrierte sich vor allem auch darauf, den anderen beizustehen.

Heute spürte er, wie die Erinnerung an den Verlust in sein Bewusstsein drang, aber diesmal schob er sie nicht fort. Sie begleitete ihn, während er durch die stillen Straßen von Hampton wanderte, bis er in die Außenbezirke am anderen Ende der Stadt gelangte. An der Rezeption des Motels hatte er sich ein paar Tipps geben lassen. Er ging die Route 54 entlang, auf dem schmalen Grasstreifen am Rand, möglichst weit weg von den Autos. Während seiner Wanderung hatte er gelernt, dass man Autofahrern nicht vertrauen durfte. Zeus trottete hechelnd hinter ihm her. Thibault blieb stehen, um seinem Hund Wasser zu geben. Es war der letzte Rest in der Flasche.

Auf beiden Seiten des Highways befanden sich Geschäfte. Ein Matratzenladen, eine Autowerkstatt, ein Spielzeugsupermarkt, eine Tankstelle, die neben Benzin auch in Plastik verpackte Sandwiches verkaufte. Außerdem entdeckte er zwei alte Farmgebäude, die etwas deplatziert wirkten – als hätte sich die moderne Welt immer weiter ausgebreitet, ohne auf sie Rücksicht zu nehmen. Wahrscheinlich war genau das passiert. Wie lange würden die Besitzer noch durchhalten?, fragte sich Thibault. Und wieso wollte jemand in einem Haus wohnen, das direkt am Highway stand und von Geschäften umzingelt war?

Autos rasten vorbei, in beide Richtungen. Allmählich verdunkelte sich der Himmel, und graue Wolkentürme bauten sich auf. Thibault roch den Regen, ehe der erste Tropfen ihn traf – und schon goss es in Strömen. Erst nach einer Viertelstunde hörte es wieder auf, aber da war er bereits völlig durchnässt. Die Wolkenmassen zogen weiter in Richtung Küste und ließen nur einen leichten Dunstschleier zurück. Zeus schüttelte sein Fell aus. Die Vögel begannen wieder zu singen, und die feuchte Erde dampfte.

Schließlich gelangte Thibault zum Rummelplatz. Er war menschenleer. Nichts Besonderes, dachte er, während er das Gelände inspizierte. Ein gekiester Parkplatz auf der linken Seite, ganz rechts ein paar uralte Scheunen, dazwischen eine große Wiese für die Fahrgeschäfte, und alles von Maschendrahtzaun umgeben.

Er brauchte nicht über den Zaun zu klettern. Es war auch nicht nötig, dass er einen Blick auf das Foto warf. Er kannte es ja längst in- und auswendig. Er trat noch einen Schritt näher. Ja, genau – da war der Kartenschalter. Dahinter eine Art Bogen, in dem ein Banner aufgehängt werden konnte. Als er das Kartenhäuschen erreichte, wandte er den Blick nach Norden, so dass sich für ihn der Bogen genau im Zentrum befand, wie auf dem Bild. Die Perspektive stimmte. Von dieser Stelle aus war das Foto aufgenommen worden.

Das Marine Corps basierte auf der Dreierregel. Drei Mann in einem *Fire Team.* Drei *Fire Teams* in einem *Squad,* drei *Squads* in einem *Platoon.* Er war dreimal im Irak gewesen. Als er auf die Uhr schaute, merkte er, dass er sich seit genau drei Stunden in Hampton aufhielt. Und direkt vor ihm in der Ferne, genau da, wo sie sein sollten, standen drei immergrüne Bäume dicht beieinander.

Thibault ging zum Highway zurück. Er war auf dem Weg zu ihr ein ganzes Stück vorangekommen. Sein Ziel hatte er noch nicht erreicht, aber es konnte nicht mehr lange dauern.

Sie war hier gewesen. Das wusste er nun mit Sicherheit.

Als Nächstes brauchte er einen Namen. Auf seinem Marsch quer durch die Landschaft hatte er viel Zeit zum Nachdenken gehabt, und er war zu dem Schluss gekommen, dass es drei strategische Möglichkeiten gab. Erstens konnte er eine regionale Veteranengruppe ausfindig machen und dort anfragen, ob ein Mitbürger aus Hampton im Irak gedient hatte. Das führte ihn möglicherweise zu jemandem, der die junge Frau kannte. Die zweite Variante war die Highschool: Dort konnte er sich die Jahrbücher der letzten zehn, fünfzehn Jahre geben lassen und ein Foto nach dem anderen studieren. Oder drittens: Er konnte das Bild herumzeigen und die Leute direkt fragen.

Alle drei Methoden hatten ihre Vor- und Nachteile, und bei keiner war der Erfolg garantiert. Was die Veteranengruppe anging – er hatte schon herausgefunden, dass im Telefonbuch keine aufgeführt war. Erster Fehlschlag. Weil die Kinder noch Sommerferien hatten, vermutete er, dass die Highschool geschlossen war. Und selbst wenn man hineinkam, durfte man sicher nicht in die Bibliothek zu den Jahrbüchern. Zweiter Fehlschlag. Jedenfalls für den Augenblick. Das hieß, er musste es mit der dritten Variante versuchen und möglichst viele Leute ansprechen und sie fragen, ob jemand die junge Frau auf dem Foto erkannte.

Aber an wen sollte er sich wenden?

Aus dem Internet wusste er, dass Hampton, North Carolina, neuntausend Einwohner hatte. Im engeren Umkreis lebten weitere dreizehntausend Personen. Viel zu viele. Er brauchte eine effiziente Taktik. Am besten beschränkte er seine Befragung erst einmal auf die Kandidaten, die am ehesten infrage kamen. Welcher Personenkreis war das? Okay, er musste wieder mit den Informationen arbeiten, die er bisher herausgefiltert hatte.

Sie sah aus wie Anfang zwanzig, als das Foto aufgenommen wurde. Das heißt, inzwischen war sie Ende zwanzig. Vielleicht auch Anfang dreißig. Eine attraktive

Frau, das war nicht zu leugnen. Wenn man annahm, dass die Einwohner etwa gleichmäßig auf die verschiedenen Altersgruppen verteilt waren, ergab sich bei einer Stadt von dieser Größe samt Umgebung folgende Rechnung: 2750 Kinder von neugeboren bis zehn, 2750 von elf bis zwanzig und rund 5500 Personen zwischen einundzwanzig und vierzig, also *ihre* Altersgruppe. Grob geschätzt. Von diesen war die eine Hälfte männlich, die andere weiblich. Davon konnte man ausgehen. Vermutlich reagierten Frauen auf solche Aktionen eher misstrauisch, vor allem, wenn sie das Mädchen auf dem Foto kannten. Er war ein Fremder. Fremde sind immer bedrohlich. Dass die Frauen ihm viel mitteilen würden, konnte er sich nicht vorstellen.

Bei den Männern war das sicher anders – je nach dem, wie er die Frage formulierte. Seiner Erfahrung nach hatten alle Männer einen Blick für attraktive Frauen in ihrem Alter, vor allem, wenn sie nicht verheiratet waren. Wie viele Männer in dieser Kategorie waren unverheiratet? Schätzungsweise dreißig Prozent. Ob das genau stimmte, konnte er natürlich nicht überprüfen, aber er nahm es an. Also etwa 900. Von diesen 900 hatten vielleicht achtzig Prozent damals schon hier gelebt. Auch das war nur eine vage Vermutung, aber Hampton kam ihm vor wie eine Stadt, aus der die Leute eher weggingen als dass welche hierherzogen. Was die Kandidaten auf 720 reduzierte. Die Zahl verkleinerte sich noch, wenn er sich auf die unverheirateten Männer zwischen fünfundzwanzig und fünfunddreißig spezialisierte, statt auf alle zwischen zwanzig und vierzig. Damit war er bei 360 angelangt. Garantiert kannte ein großer Teil dieser Männer sie heute – oder hatte sie vor fünf Jahren gekannt. Vielleicht waren sie mit ihr auf die Highschool gegangen. Oder auch nicht. Jedenfalls gab es in Hampton eine Highschool, so viel war sicher. Gleichgültig – wenn sie unverheiratet war, mussten die Männer sie kennen. Und wenn sie einen Ehering trug? In den Kleinstädten der Südstaaten heirateten die Frauen ja vergleichsweise jung. Aber diese Überlegungen gaben ihm erst mal das notwendige Werkzeug an die Hand, mit dem er weitermachen konnte. Der Text hinten auf dem Foto – *Pass gut auf dich auf! E.* – erschien ihm nicht romantisch genug für einen festen Freund oder einen Verlobten. Nichts von »In Liebe« oder »Du wirst mir fehlen«. Nur der Anfangsbuchstabe des Namens. Ein Freund.

Von 22 000 auf 360 in weniger als zehn Minuten. Gar nicht schlecht. Und als Ausgangsbasis hervorragend geeignet. Vorausgesetzt natürlich, dass die Frau auch hier wohnte, wo das Bild aufgenommen worden war. Womöglich hatte sie nur jemanden besucht …

Aber irgendwo musste er anfangen. Immerhin stand fest, dass sie einmal hier gewesen war. Er würde schon etwas erfahren, was ihm weiterhalf.

Wo trafen sich die unverheirateten Männer? Vor allem die Typen, die sich gern in ein Gespräch verwickeln ließen? *Ich bin ihr vor ein paar Jahren begegnet, und sie hat gesagt, ich soll mich melden, wenn ich mal wieder hier vorbeikomme, aber dummerweise habe ich ihren Namen und ihre Telefonnummer vergessen …*

In Bars. In Billardhallen.

In einer so kleinen Stadt gab es sicher nur drei oder vier Lokalitäten, wo man sich abends versammelte. Bars und Billardhallen hatten den Vorteil, dass man dort Alkohol trinken durfte, und es war Samstagabend. Da war garantiert viel Betrieb. In spätestens zwölf Stunden würde er die Antwort wissen. Ganz bestimmt.

Er musterte seinen Hund. »Ich fürchte, du wirst den Abend allein verbringen, Zeus. Ich würde dich gern mitnehmen, aber dann musst du wieder draußen warten, und ich habe keine Ahnung, wie lange ich brauche.«

Zeus trottete unbeirrt weiter, mit gesenktem Kopf und hängender Zunge. Müde, erhitzt. Ihm war alles egal.

»Ich mache die Klimaanlage für dich an, einverstanden?«

KAPITEL 5

Clayton

Es war Samstagabend, neun Uhr, und er saß zu Hause fest, weil er mal wieder den Babysitter für Ben spielen musste. Toll. Wirklich supertoll.

Aber das war nur das passende Ende eines ohnehin beschissenen Tages. Zuerst erwischt ihn fast eins der Mädchen beim Fotografieren, dann wird die Kamera gestohlen, die dem Sheriff's Department gehört, und dann schlitzt ihm dieser Logan Thibault auch noch die Autoreifen auf.

Das Unangenehmste dabei war allerdings, dass er das Verschwinden der Kamera und die Sache mit den Reifen seinem Dad, dem Sheriff, erklären musste. Wie nicht weiter verwunderlich, war sein Vater stocksauer und nahm ihm die erfundenen Erklärungen nicht ab, sondern hakte dauernd mit nervenden Fragen nach. Am Schluss hätte Clayton ihn am liebsten verprügelt. Die meisten Leute hier in der Gegend schätzten seinen Dad sehr, aber das gab ihm noch lange nicht das Recht, mit ihm, seinem Sohn, so zu reden, als wäre er ein Vollidiot. Clayton hielt an seiner Geschichte fest – er habe geglaubt, einen Verdächtigen zu sehen, also sei er in den Wald eingebogen und dabei über ein paar Nägel gefahren. Und die Kamera? Tja, er habe leider nicht die geringste Ahnung, ob sie überhaupt im Streifenwagen gewesen sei. Nicht besonders überzeugend, diese Ausreden, das wusste er. Aber besser ging's nicht.

»Sieht eher so aus, als hätte jemand die Reifen mit einem Messer attackiert«, sagte sein Vater und beugte sich hinunter, um den Schaden genauer zu überprüfen.

»Ich hab dir schon gesagt, es waren Nägel.«

»Aber da draußen gibt's keine Baustelle oder so etwas Ähnliches.«

»Ich weiß doch auch nicht, wie es passiert ist! Ich kann dir nur beschreiben, *was* passiert ist.«

»Wo sind die Nägel?«

»Keine Ahnung. Ich hab sie ins Gebüsch geworfen.«

Sein alter Herr glaubte ihm nicht so ganz, aber Clayton wusste, er hatte keine andere Wahl, als auf seiner Geschichte zu beharren. Wenn man abwich, geriet man später leicht ins Schleudern. Das lernte man schon auf der Polizeischule, im Kurs »Befragungstechnik«.

Endlich ging sein Vater nach Hause. Clayton wechselte die Reifen und fuhr zur Werkstatt, um die kaputten reparieren zu lassen. Inzwischen waren zwei Stunden vergangen, und es war zu spät, um noch einmal nach diesem Mr Logan Thai-bolt zu fahnden. Niemand, aber wirklich niemand durfte es wagen, sich mit Keith Clayton anzulegen! Und erst recht nicht so ein blöder Hippie. Wenn sich dieser Kerl tatsächlich einbildete, er könnte ihm eins auswischen, hatte er sich gewaltig geschnitten.

Der Deputy verbrachte den Rest des Nachmittags damit, in Arden durch die Straßen zu fahren und die Leute zu fragen, ob ihnen dieser Mann aufgefallen war. Man konnte ihn unmöglich übersehen, schon allein deswegen, weil er einen Schäferhund dabei hatte. Die Suche brachte nichts. Das machte Clayton noch wütender, weil er daraus schließen musste, dass Thai-bolt ihm ins Gesicht gelogen hatte, ohne dass er, Clayton, hellhörig geworden war.

Aber er würde diesen Mistkäfer schon finden. Er *musste* ihn finden. Schon wegen der Kamera. Oder, genauer gesagt, wegen der Aufnahmen. Vor allem wegen der *anderen* Bilder. Es galt, mit allen Mitteln zu verhindern, dass dieser Mann ins Sheriff's Department wanderte und dort das kleine Ding abgab – oder dass er, was noch viel schlimmer wäre, sich direkt an die Zeitung wandte. Da wäre das Department noch das vergleichsweise kleinere Übel, weil sein Vater eingreifen konnte, um die Angelegenheit zu vertuschen. Dad würde zwar durchdrehen und ihm für die nächsten Wochen lauter widerliche Arbeiten aufbrummen, aber an die große Glocke hängen würde er es nicht. Der alte Herr war zwar nicht besonders hilfsbereit, aber bei solchen Dingen konnte man sich auf ihn verlassen. Schon wegen der Familienehre.

Aber die Zeitung ... Das wäre schon verflucht unangenehm. Klar, sein Großvater, den alle nur Gramps nannten, würde seine Beziehungen spielen lassen und alles tun, um die Sache zu kaschieren, aber ab einem bestimmten Punkt war es schlicht nicht mehr möglich, solche Informationen zu unterdrücken. Sie waren zu brisant, und alle möglichen Gerüchte würden sich wie ein Lauffeuer verbreiten, mit oder ohne Zeitungsartikel. Clayton galt sowieso schon als das schwarze Schaf in der Familie, und auf keinen Fall wollte er Gramps wieder mal einen Anlass liefern, ihn kleinzumachen. Sein Großvater neigte ohnehin dazu, immer nur das Negative zu sehen. Selbst jetzt noch, nach so vielen Jahren, ärgerte er sich darüber, dass Keith und Beth geschieden waren, obwohl ihn das doch wahrlich nichts anging. Und bei sämtlichen Familienfeiern erwähnte er garantiert irgendwann, Keith sei ja nicht mal aufs College gegangen. Von den Noten her wäre das kein Problem für ihn gewesen, aber die Vorstellung, noch einmal vier Jahre die Schulbank zu drücken, hatte er unerträglich gefunden, also war er lieber zu seinem Vater ins Sheriff's Department gegangen. Das hatte Gramps einigermaßen beschwichtigt. Aber bis heute verbrachte Clayton mindestens die Hälfte seiner Zeit damit, Gramps bei Laune zu halten.

Ihm blieb keine andere Wahl. Eigentlich mochte er seinen Großvater gar nicht besonders – er war ein frommer Südstaaten-Baptist, der jeden Sonntag in die Kirche ging und nicht nur Alkohol, sondern auch Tanzveranstaltungen für Sünde hielt, was Clayton schon immer total lächerlich fand –, aber er wusste genau, was Gramps von ihm erwartete, und Schnappschüsse von nackten Studentinnen standen definitiv nicht auf der Checkliste. Genauso wenig wie einige andere Fotos auf der Speicherkarte, besonders die Bilder von ihm in kompromittierenden Positionen mit verschiedenen Damen. So etwas würde nur wieder dazu führen, dass Gramps *tief enttäuscht* war, und mit Leuten, von denen er enttäuscht war, hatte er wenig Geduld, selbst wenn sie zur Familie gehörten. *Vor allem*, wenn sie zur Familie gehörten! Die Claytons waren seit 1753 in Hampton Court ansässig; in vieler Hinsicht waren sie identisch mit dem Ort. In der Familie gab es

Richter, Anwälte, Ärzte und Großgrundbesitzer, und selbst der Bürgermeister hatte in die Familie eingeheiratet, aber jeder wusste, dass Gramps derjenige war, der oben am Tisch saß. Gramps herrschte wie ein Mafiapate, fand Keith. Die meisten Leute in der Stadt sangen sein Loblied und betonten immer wieder, was für ein wunderbarer Mann er doch sei. Gramps glaubte, das liege daran, dass er sehr viele Projekte großzügig unterstützte, von der Bibliothek bis zum Theater und zur Grundschule, aber Clayton wusste, der eigentliche Grund war, dass so ziemlich jedes Geschäftshaus in der Innenstadt Gramps gehörte, ebenso das Sägewerk, beide Jachthäfen, drei Autohändler, drei Lagerhäuser, der einzige Apartmentkomplex in der Stadt und mehrere riesige Farmen. Die Familie war unglaublich wohlhabend und einflussreich, und da Keith den größten Teil seines Geldes aus dem Familienfonds bezog, hätte es ihn sehr gestört, wenn ihn hier in der Stadt ein Fremder in Verruf brachte.

Zum Glück hatte er in der kurzen Zeit mit Beth einen Sohn gezeugt. Gramps nahm den Familienstammbaum sehr ernst, und da Ben nach ihm benannt worden war – ziemlich clevere Idee, dafür musste er sich selbst loben –, liebte sein Urgroßvater ihn über alles. Meistens hatte Keith Clayton das Gefühl, dass Gramps den kleinen Ben viel lieber mochte als ihn, seinen Enkel.

Clayton fand natürlich auch, dass Ben ein netter Junge war. Nicht nur Gramps sagte das – alle waren dieser Meinung. Und er hatte ihn durchaus gern, obwohl der Junge manchmal eine schreckliche Nervensäge war.

Von seinem Platz auf der vorderen Veranda spähte Clayton jetzt durchs Fenster und sah, dass Ben die Küche aufgeräumt hatte und nun auf dem Sofa saß. Eigentlich hätte er zu ihm gehen müssen, aber dazu hatte er keine Lust. Er wollte nicht wieder ausrasten und etwas sagen, was ihm später leidtat. In letzter Zeit gab er sich da wirklich große Mühe – Gramps hatte ihm nämlich vor zwei Monaten ins Gewissen geredet und gesagt, es sei sehr wichtig, dass man einen *stabilisierenden Einfluss* auf seine Kinder ausübe. Blöder Besserwisser. Er hätte lieber mit Ben sprechen sollen und ihm sagen, dass ein Kind immer tun musste, was der Vater sagte, und zwar sofort. Das wäre wesentlich sinnvoller gewesen. Heute Abend hatte der Junge ihn schon wieder auf die Palme gebracht, aber er hatte an Gramps gedacht und sich auf die Zunge gebissen, statt zu explodieren. Vorsichtshalber war er dann allerdings auf die Veranda gegangen.

In letzter Zeit nervte Ben ihn oft gnadenlos. Das war aber nicht Claytons Schuld – er gab sich alle Mühe, mit dem Jungen gut auszukommen. Und zuerst war der Nachmittag auch ganz positiv gelaufen. Sie unterhielten sich über die Schule, aßen Hamburger, schauten sich im Fernsehen eine Sportsendung an. Alles bestens. Aber dann hatte er zu Ben gesagt, er solle die Küche aufräumen. Und das war anscheinend ein unzumutbares Verbrechen. Dabei war es doch wirklich nicht zu viel verlangt, oder? Clayton hatte in den vergangenen Tagen keine Zeit gehabt, Ordnung zu machen, und er wusste, dass sein Sohn so was gut konnte. Ben versprach, er werde es tun, blieb aber sitzen. Absolut stur. Die Zeit verging. Er saß immer noch da und rührte sich nicht. Also wiederholte Clayton seine Aufforderung – immer noch sehr freundlich, fand er. Er konnte es zwar nicht beschwören, aber er war sich ziemlich sicher, dass Ben die Augen verdrehte, ehe er sich aufraffte und in die Küche trottete. Mehr war als Aufreger nicht nötig. Clayton hasste es, wenn Ben die Augen verdrehte! Und Ben wusste das genau. Wahrscheinlich überlegte er sich die ganze Zeit, was er als Nächstes machen könnte, um seinen Vater zu ärgern. Deshalb saß Clayton jetzt auf der Veranda.

Dass sich Ben so benahm, lag nur an seiner Mutter, daran gab es nicht den geringsten Zweifel. Beth sah fantastisch aus – aber sie hatte keine Ahnung, wie man einen Jungen zu einem richtigen Mann erzog. Er hatte ja nichts dagegen, dass sein Sohn in der Schule gute Noten bekam, aber anscheinend wollte er dieses Jahr nicht mehr Fußball spielen, weil er Geigenunterricht nahm! Was sollte der Quatsch? Geige spielen! Da konnte er ja gleich ein rosarotes Röckchen anziehen und im Damensitz reiten. Clayton tat, was er konnte, um gegenzusteuern, aber er hatte den Jungen ja nur jedes zweite Wochenende bei sich. Anderthalb Tage! In der kurzen Zeit konnte er nichts daran ändern, dass Ben mit dem Baseballschläger ausholte wie ein Mädchen. Er spielte aber auch die ganze Zeit nur *Schach*. Und ein Punkt musste ein für alle Mal klargestellt werden: Er, Clayton, würde lieber tot umfallen, als zu einem Geigenvorspiel zu gehen.

Geigenvorspiel! Du lieber Gott. Was kam als Nächstes?

Seine Gedanken wanderten wieder zu diesem Thaibolt, und obwohl er sich am liebsten eingeredet hätte, der Typ sei längst über alle Berge, wusste er doch, dass es nicht stimmte. Der Mann war zu Fuß unterwegs, also schaffte er es vor Einbruch der Dunkelheit nicht bis an die Bezirksgrenze. Und sonst? Etwas nagte schon den ganzen Tag an ihm, und erst als er auf die Veranda ging, um sich zu beruhigen, war es ihm so richtig bewusst geworden. Wenn Thibault tatsächlich aus Colorado kam – vielleicht hatte er ja gelogen, aber er ging jetzt mal davon aus, dass es stimmte –, bedeutete das, dass er sich von Westen nach Osten bewegte. Und die nächste Stadt in Richtung Osten war – nicht Arden, so viel war sicher. Arden lag südwestlich. Nein, wenn er weiter ostwärts ging, kam er nach Hampton. In Claytons Heimatstadt. Und das bedeutete wiederum, dass der Typ möglicherweise keine Viertelstunde von der Stelle entfernt war, an der er jetzt saß.

Und was machte Clayton? War er auf der Suche nach Thibault? Nein, keineswegs – er saß tatenlos hier rum und musste auf seinen Sohn aufpassen.

Frustriert kniff er die Augen zusammen und schaute wieder durchs Fenster. Ben saß auf dem Sofa und las. Zu etwas anderem hatte er offenbar nie Lust. Außer natürlich zum Geigespielen. Clayton schüttelte den Kopf. Hatte der Junge auch nur ein einziges Gen von ihm geerbt? Sah nicht danach aus. Er war ein absolutes Mamakind. Beths Sohn.

Beth …

Klar, die Ehe hatte nicht funktioniert. Aber es war trotzdem noch etwas zwischen ihnen. Und das würde immer so bleiben. Seine Exfrau benahm sich zwar manchmal sehr belehrend und streng, aber er würde immer gut für sie sorgen, nicht nur wegen Ben, sondern auch, weil sie die hübscheste Frau war, mit der er je geschlafen hatte. Sie hatte schon früher klasse ausgesehen, aber jetzt war sie fast noch schöner. Komisch. Als hätte sie das Alter erreicht, das ihr genau entsprach, und seither wurde sie einfach nicht mehr älter. Das konnte zwar nicht ewig so bleiben, denn auch bei Beth würde sich eines Tages das Gesetz der Schwerkraft durchsetzen, aber trotzdem … Er malte sich oft aus, wie toll es wäre, mit ihr eine schnelle Nummer zu schieben. Um der alten Zeiten willen, und damit er sich … *entspannen* konnte.

Wie wär's, wenn er Angie anrufen würde? Oder lieber Kate? Die eine war zwanzig und arbeitete in der Zoohandlung, die andere war ein Jahr älter und putzte im Stafford Inn die Toiletten. Beide hatten eine hübsche Figur und waren erstklassig dafür geeignet, sich mit ihnen zu entspannen. Er wusste, Ben wäre nicht begeistert, wenn er eine von ihnen einladen würde, aber er musste die Mädels ja sowieso erst noch fragen. Sie waren beide seit dem letzten Treffen ziemlich sauer auf ihn. Er würde sich bei ihnen entschuldigen und eine Charmeoffensive starten. Aber wollte er sich wirklich anhören, wie sie Kaugummi kauten oder schwachsinnige Geschichten erzählten, die sie auf MTV gesehen oder im *National Enquirer* gelesen hatten? Manchmal war es schon sehr öde mit diesen Frauen.

Den Gedanken, Angie oder Kate anzurufen, konnte er also getrost wieder aufgeben. Morgen nach Thai-bolt zu suchen, kam leider auch nicht infrage, weil Gramps darauf bestand, dass nach der Kirche alle zum Brunch erschienen. Trotzdem – Thai-bolt war zu Fuß unterwegs, mit einem Hund und einem riesigen Rucksack. Das bedeutete, dass er nicht gut trampen konnte. Wo war er dann wohl morgen Nachmittag? Wie viele Kilometer schaffte er bis dahin? Dreißig vielleicht? Allerhöchstens fünfzig. Das würde bedeuten, dass er sich noch hier in der Gegend aufhielt. Clayton würde in den Nachbarbezirken anrufen und die Leute dort bitten, nach ihm Ausschau zu halten. Es gab nicht allzu viele Straßen, die von hier nach Osten führten, und wenn er ein paar Stunden damit verbrachte, mit den Geschäften am Straßenrand zu telefonieren, fand er bestimmt jemanden, der den Hippie mit Hund gesehen hatte. Und dann konnte er sich augenblicklich auf die Socken machen. Thai-bolt hätte sich niemals mit Keith Clayton anlegen dürfen!

Er war so in Gedanken versunken, dass er nicht hörte, wie die Haustür aufging und Ben herauskam.

»Hey, Dad?«

»Ja, was ist?«

»Telefon für dich.«

»Wer?«

»Tony.«

»Oh, Mann.«

Er stand auf und ging hinein. Was wollte Tony schon wieder von ihm? Dieser jämmerliche Versager. Mickrig und verpickelt, wie er war, hängte er sich gern an die Deputys, weil er am liebsten selbst einer wäre. Garantiert wollte er wissen, wo Clayton war und ob er heute noch etwas vorhatte, damit er nur ja nichts verpasste. Jammerlappen.

Clayton kippte schnell noch einen Schluck Bier hinunter und warf die Dose in den Mülleimer, mit Schwung, damit es schön klapperte. Dann griff er zum Telefon.

»Ja, hallo?«

Im Hintergrund hörte er die Melodie eines Country-Western-Songs verzerrt aus der Jukebox, dazu das dumpfe

Gemurmel einer Menschenmenge. Von wo rief dieser Idiot denn diesmal an?

»Hey, ich bin in der Billardhalle, und hier treibt sich so ein komischer Typ rum. Ich glaube, den solltest du dir mal anschauen.«

Sofort war Keith hellwach. »Hat er einen Hund dabei? Einen Rucksack? Sieht er ungewaschen aus, als hätte er seit Tagen im Wald übernachtet?«

»Nein.«

»Wirklich nicht?«

»Wirklich nicht. Er spielt da hinten Pool. Aber was ganz komisch ist – er hat ein Foto von deiner Exfrau.«

Keith war so perplex, dass er sich bemühte, betont lässig zu klingen. »Na und?«

»Ich dachte, das interessiert dich.«

»Warum soll mich das interessieren?«

»Keine Ahnung.«

»Ganz was Neues – du hast doch nie 'ne Ahnung. Also, bis dann.«

Er legte auf. Diese Null hatte doch Kartoffelsalat an der Stelle, wo sich bei anderen das Gehirn befand! Clayton ließ seinen Blick durch die Küche wandern. Tipptopp sauber. Der Junge hatte seine Sache ausgezeichnet gemacht, wie immer. Fast hätte er es laut gerufen, doch dann sah er Ben, und wieder einmal fiel ihm auf, wie klein sein Sohn doch war. Klar, das war vor allem Veranlagungssache, manche Kinder schossen später als andere in die Höhe, aber es hatte auch etwas mit der allgemeinen körperlichen Verfassung zu tun. Das sagte einem doch der gesunde Menschenverstand. Richtige Ernährung, Sport, genügend Schlaf. Das waren die Grundlagen, die jede

Mutter ihrem Kind eintrichterte. Und die Mütter hatten Recht. Wenn man nicht genug aß, konnte man nicht richtig wachsen. Wenn man nicht genug Sport machte, stagnierten die Muskeln. Und wann wuchs der Mensch? Klar – nachts. Wenn sich der Körper erholte. Wenn man träumte.

Er fragte sich oft, ob der Junge bei seiner Mutter genügend Schlaf bekam. Dass Ben kräftig aß, wusste er – er hatte seinen Burger mit den Pommes aufgegessen –, und auch, dass er jede Menge Bewegung hatte. Also musste es der Schlafmangel sein, der ihn nicht wachsen ließ. Ben konnte doch unmöglich so klein bleiben, oder? Natürlich nicht. Also nichts wie ins Bett. Außerdem brauchte Clayton jetzt ein bisschen Zeit für sich. Er wollte sich überlegen, was er mit Thai-bolt anstellen würde, wenn er ihm das nächste Mal begegnete.

Er räusperte sich. »Hey, Ben – es ist schon ziemlich spät, findest du nicht auch?«

KAPITEL 6

Thibault

Auf dem Weg von der Billardhalle zum Motel musste Thibault an seinen zweiten Aufenthalt im Irak denken.

Eigentlich genügte zur Beschreibung dieses Aufenthalts ein einziges Wort: Falludscha. Frühjahr 2004. Gemeinsam mit anderen wurde seine Einheit losgeschickt, um die wachsende Gewalt einzudämmen, die sich in dieser Stadt seit der Einnahme von Bagdad im Vorjahr ausbreitete. Die Zivilisten wussten, was ihnen bevorstand, und flohen aus der Stadt, wodurch die Zufahrtstraßen blockiert wurden. Etwa ein Drittel des Ortes leerte sich innerhalb eines Tages. Luftangriffe wurden geflogen, dann marschierten die Marines ein. Sie durchkämmten einen Straßenzug nach dem anderen, gingen von Haus zu Haus, von Zimmer zu Zimmer. Es waren die schlimmsten Gefechte seit der Anfangsphase der Invasion. Nach drei Tagen kontrollierten sie ein Viertel der Stadt. Aber da es so viele Tote unter den Zivilisten gab, wurde eine Feuerpause ausgerufen. Man beschloss, die Operation zu beenden, und fast alle Truppen wurden zurückgezogen, unter ihnen auch Thibaults Kompanie.

Allerdings nicht die gesamte Kompanie.

Am zweiten Tag der Kämpfe bekamen Thibault und

sein Platoon den Befehl, in einem Industriegebiet im Süden der Stadt ein Gebäude zu durchsuchen, in dem sich angeblich ein Waffenlager befand. Welches Gebäude es genau war, wusste allerdings niemand – es kamen mehrere zerstörte Häuser in Betracht, die sich etwa in einem Halbkreis um eine verlassene Tankstelle gruppierten. Thibault und sein Zug rückten auf diese Gebäude vor. Dabei machten sie einen großen Bogen um die Tankstelle, die einen links herum, die anderen rechts herum. Es herrschte eine unheimliche Stille – bis plötzlich die Tankstelle explodierte. Flammen schossen in die Höhe, die Wucht der Explosion schleuderte die Hälfte der Männer zu Boden. Dazu ein ohrenbetäubender Krach. Thibault war wie benommen, er konnte fast nichts mehr sehen. Auf einmal wurden sie von allen Seiten beschossen – aus den Fenstern und von den Dächern über ihnen, und auch hinter den ausgebrannten Autowracks, die auf der Straße herumstanden, hatten sich Schützen verborgen.

Thibault war neben Victor auf dem Boden gelandet. Zwei Männer aus ihrem Zug, Matt und Kevin – Mad Dog und K-Man genannt –, lagen bei ihnen. Nach und nach merkte man, wie sich das Marine-Corps-Training durchsetzte. Der Geist der Kameradschaft. Obwohl sie massiv beschossen wurden, obwohl sie alle große Angst hatten und den Tod vor Augen, griff Victor nach seiner Waffe, ging hoch auf die Knie und zielte. Einen Schuss nach dem anderen gab er ab, mit ruhigen, konzentrierten Bewegungen. Mad Dog tat es ihm gleich. Auch die anderen Soldaten erhoben sich, überall bildeten sich *Fire Teams*. Feuer. Deckung. Los. Nur dass sie in der Falle saßen. Wohin hätten sie entkommen können? Der erste Soldat fiel. Dann der zweite. Ein dritter, ein vierter.

Als Verstärkung kam, war es eigentlich schon zu spät. Mad Dog war in die Oberschenkelarterie getroffen worden, und trotz eines Druckverbands verblutete er innerhalb weniger Minuten. Kevin bekam einen Kopfschuss und war auf der Stelle tot. Zehn andere Männer wurden verwundet. Nur wenige überstanden die Aktion unversehrt. Zu ihnen gehörten Thibault und Victor.

Einer der jungen Männer, mit denen er sich in der Billardhalle unterhielt, erinnerte ihn an Mad Dog. Er hätte sein Bruder sein können – genauso groß und eine ähnliche Figur, die gleichen Haare, die gleiche Art zu sprechen. Waren die beiden vielleicht tatsächlich Brüder? Nein, sagte er sich, das war unmöglich.

Er wusste, dass er mit seiner Strategie ein Risiko einging. In Kleinstädten sind Fremde immer verdächtig, und gegen Ende des Abends beobachtete er, wie ein dünner, pickeliger Typ zum Münzfernsprecher bei den Toiletten ging, um jemanden anzurufen. Dabei schaute er immer wieder nervös zu ihm herüber. Der Typ hatte schon vorher ziemlich hektisch gewirkt, und Thibault vermutete, dass er entweder die Frau auf dem Foto anrief oder jemanden, der sie gut kannte. Als er sich später verabschiedete, sah er sich in dieser Vermutung bestätigt: Wie erwartet, folgte ihm der Typ bis zur Tür, um zu sehen, in welche Richtung er ging. Weil Thibault das merkte, schlug er zuerst einen Weg ein, der nicht zu seinem Motel führte, und drehte nach einer Weile um.

Als er am frühen Abend in die Billardhalle gekommen war, ging er zielstrebig an der Bar vorbei und direkt zu den Tischen. Schnell identifizierte er die Männer in der entsprechenden Altersgruppe. Sie schienen fast alle Single zu sein. Er fragte, ob er mitspielen könne, was mit dem üblichen Gebrummel beantwortet wurde. Um sich beliebt zu machen, bezahlte er ein paar Runden Bier und verlor die ersten Spiele. Gleich wurden die Männer zutraulicher und lockerer. Nebenbei erkundigte er sich nach dem Alltagsleben in der Stadt. Er traf die Kugeln nur sehr schlecht und gratulierte den anderen zu ihrer hervorragenden Technik.

Nach einer Weile begannen sie ihn auszufragen. Wo er herkomme, was er hier mache? Er beließ es bei Andeutungen, murmelte etwas von einem Mädchen und wechselte dann das Thema, aber nun waren sie neugierig geworden. Also bestellte er noch ein paar Bier, und als die Fragerei wieder begann, erzählte er zögernd seine Geschichte: Er sei vor ein paar Jahren mit einem Freund hier auf dem Rummel gewesen und habe dort ein Mädchen kennengelernt. Sie hätten sich auf Anhieb gut verstanden. Ausführlich beschrieb er, wie nett sie gewesen sei und dass sie gesagt habe, er solle sie doch besuchen, wenn er mal wieder in der Gegend sei. Das würde er nun gern tun – nur falle ihm leider ihr Name nicht mehr ein.

»Du weißt nicht mehr, wie sie heißt?«, fragten die anderen. »Nein«, antwortete er, »ich hatte schon immer ein schlechtes Namensgedächtnis. Als Kind habe ich einen Baseball an die Schläfe bekommen, deshalb habe ich da Probleme.« Er zuckte die Schultern, weil er wusste, dass die Jungs lachen würden – was sie auch prompt taten.

»Aber ich habe ein Foto«, fügte er hinzu. Es klang so, als wäre ihm das gerade erst eingefallen.

»Hast du's dabei?«

»Ja, ich glaube schon.«

Er wühlte in seinen Taschen und holte das Bild heraus. Die Männer kamen näher, um es sich anzuschauen. Einer von ihnen schüttelte resigniert den Kopf. »Tja, da hast du leider Pech«, sagte er. »Die ist nicht zu haben.«

»Ist sie verheiratet?«

»Nein, aber sie geht nicht mit Männern aus. Ihr Ex hat was dagegen. Und glaub mir – mit ihrem Exmann will sich keiner anlegen.«

Thibault schluckte. »Wie heißt sie denn?«

Beth Green, sagten sie. Sie sei Lehrerin an der Hampton Elementary School und wohne mit ihrer Großmutter in dem Haus mit den Zwingern. Es sei eine Hundeschule, sie heiße *Sunshine Kennels*.

Beth Green. Oder, korrekterweise, Elizabeth Green.

E.

Während sie redeten, bemerkte Thibault, dass einer der Männer, die das Foto angeschaut hatten, sich von der Gruppe entfernte. Wahrscheinlich habe ich wirklich Pech, dachte Thibault und steckte das Foto wieder ein.

Er blieb noch eine halbe Stunde und unterhielt sich über andere Sachen, damit es nicht auffiel, dass er nur wegen des Bildes hier war. Er beobachtete, wie gesagt, dass der pickelige Typ bei den Toiletten telefonierte, und sah seine enttäuschte Reaktion nach dem Anruf. Als wäre er ein Schüler, der gepetzt hat und dafür angepfiffen wurde. Gut. Trotzdem hatte Thibault das Gefühl, dass er diesen Mann nicht das letzte Mal gesehen hatte. Er spendierte noch eine Runde Bier und verlor noch ein paar Spiele, ließ dabei aber nie die Tür aus den Augen, weil er wissen wollte, ob jemand Neues hereinkam. Es kam niemand. Schließlich hob er die Hände und verkündete, er habe kein Geld mehr und müsse sich leider auf den Weg machen. Der Abend hatte ihn insgesamt über hundert Dollar gekostet. Die Einheimischen versicherten ihm, er könne jederzeit wiederkommen.

Er hörte kaum, was sie sagten. Für ihn gab es nur noch einen Gedanken: Er kannte den Namen, der zu dem Gesicht gehörte. Als Nächstes würde er sie kennenlernen.

KAPITEL 7

Beth

Sonntag.

Nach der Kirche hatte sie sich eigentlich ein bisschen ausruhen wollen, um für die kommende Woche neue Kraft zu tanken. Da gab es verschiedene Möglichkeiten: Sie konnte entweder den Rest des Tages mit ihrer Familie verbringen, etwas kochen und am Fluss einen entspannenden Spaziergang machen. Oder sich mit einem guten Buch auf das Sofa zurückziehen und dazu ein Gläschen Wein trinken. Oder ein warmes Schaumbad nehmen.

Dagegen gab es Dinge, auf die sie gar keine Lust hatte. Zum Beispiel von den Rasenflächen, auf denen die Hunde trainiert wurden, Kot aufzusammeln und die Zwinger zu reinigen. Oder mit zwölf Hunden zu üben, mit einem nach dem anderen, und anschließend in dem heißen Büro zu sitzen, um auf die Leute zu warten, die ihre in den klimatisierten Zwingern untergebrachten Haustiere abholen sollten. Doch genau mit diesen undankbaren Aufgaben war sie beschäftigt, seit sie am Morgen aus der Kirche zurückgekommen war.

Zwei Hunde waren bereits abgeholt worden, vier weitere standen noch auf der Liste für heute. Nana war so nett gewesen, die Unterlagen bereitzulegen, ehe sie sich nach vorn ins Haus zurückgezogen hatte, um das Baseballspiel zu sehen. Die Atlanta Braves spielten gegen die New York Mets, und Nana liebte die Braves mit einer Leidenschaft, die Beth ziemlich albern fand. Sie sammelte alles, was mit ihrem Team zusammenhing. Deshalb standen massenhaft Atlanta-Braves-Kaffeetassen herum, an den Wänden hingen Atlanta-Braves-Fähnchen, auf dem Schreibtisch lag ein Atlanta-Braves-Kalender, und beim Fenster leuchtete eine Atlanta-Braves-Lampe.

Obwohl die Tür offen stand, war die Hitze in dem kleinen Büro erdrückend. Es war einer dieser schwülheißen Sommertage, an denen man wunderbar im Fluss baden konnte – zu viel mehr aber beim besten Willen nicht fähig war. Beths T-Shirt war schweißnass, und weil sie Shorts trug, klebten ihre Beine immer wieder an dem Plastikstuhl fest. Jedes Mal, wenn sie sie bewegte, gab es ein Geräusch, als würde jemand Klebeband von einem Karton abziehen. Nicht besonders vornehm.

Nana fand es wichtig, dass sich die Hunde in kühlen Räumen aufhielten, aber sie hatte sich nie die Mühe gemacht, auch das Büro mit einer Klimaanlage auszustatten. »Wenn es dir zu heiß ist, musst du die Tür zu den Zwingern aufmachen«, sagte sie immer zu Beth und übersah dabei völlig, dass sie selbst sich zwar durch das ständige Gebell nicht gestört fühlte, andere Leute aber durchaus. Und heute profilierten sich im Zwinger zwei besonders hübsche kleine Kläffer: ein Jack-Russell-Terrier-Pärchen. Seit Beths Ankunft lärmten die beiden ohne Pause. Bestimmt hatten sie die ganze Nacht hindurch randaliert, denn die meisten anderen Hunde wirkten ebenfalls mies gelaunt. Alle paar Minuten schloss sich ein neues Tier dem Gebell an, was die Lautstärke natürlich noch steigerte. Deshalb konnte Beth unmöglich die Tür zum Zwinger öffnen, um kühlere Luft ins Büro dringen zu lassen.

Sie spielte mit der Idee, noch mal ins Haus zurückzugehen und sich ein frisches Glas Eiswasser zu holen, aber sie befürchtete, dass die Besitzer des Cockerspaniels, der zum Gehorsamstraining hier gewesen war, genau in dem Moment auftauchen könnten. Die Leute hatten vor einer halben Stunde angerufen und gesagt, sie seien unterwegs – »In zehn Minuten sind wir bei Ihnen.« Von wegen! Aber sie regten sich garantiert maßlos auf, wenn ihr Hündchen auch nur eine Minute länger als unbedingt nötig in einem Zwinger sitzen musste, vor allem, nachdem er zwei Wochen nicht zu Hause gewesen war.

Aber wo steckten sie?

Es wäre viel einfacher, wenn Ben hier wäre. Heute Morgen in der Kirche hatte sie ihn mit seinem Vater gesehen, und er sah genauso bedrückt aus, wie sie erwartet hatte. Wie immer schien es ihm nicht besonders gut bei Keith zu gefallen. Am Abend zuvor hatte er sie angerufen, bevor er ins Bett ging, und ihr erzählt, dass sein Dad den größten Teil des Abends allein draußen auf der Veranda verbracht habe, während er, Ben, die Küche putzen musste. Was hatte das zu bedeuten?, fragte sich Beth. Warum freute sich Keith denn nicht, wenn sein Sohn bei ihm war? Wieso unterhielt er sich nicht mit ihm? Es war doch gar nicht schwer, mit Ben gut auszukommen, und das sagte sie nicht, weil sie voreingenommen war. Na ja, ein bisschen voreingenommen war sie vielleicht, aber als Lehrerin hatte sie mit vielen verschiedenen Kindern Kontakt, und sie wusste genau, wovon sie sprach. Ben war klug, Ben hatte Humor, Ben war freundlich, Ben war höflich. Ben war einfach ein toller Junge, und es machte Beth ganz verrückt, dass Keith zu dumm war, um das zu merken.

Wie gern wäre sie jetzt im Haus, um ... ja, was würde sie tun? Sie fände es sogar noch spannender, die Wäsche zu waschen, als im Büro zu hocken. Außerdem hatte sie hier draußen viel zu viel Zeit, um zu grübeln. Nicht nur über Ben, sondern auch über Nana. Und darüber, ob sie dieses Schuljahr unterrichten sollte. Und sogar über den betrüblichen Zustand ihres Liebeslebens dachte sie nach – ein Thema, das sie mit hundertprozentiger Sicherheit in Depressionen stürzte. Es wäre so schön, wenn sie mal jemanden kennenlernen würde, der wirklich zu ihr passte, mit dem sie lachen konnte und der Ben genauso gern mochte wie sie selbst! Vielleicht würde es ja auch genügen, wenn sie einen Mann traf, der mit ihr essen und ins Kino ging. Einen ganz normalen Mann, der wusste, dass man im Restaurant die Serviette in den Schoß legte, und der ihr ab und zu die Tür aufhielt. Das war doch nicht zu viel verlangt, oder? Sie hatte nicht gelogen, als sie zu Melody sagte, die Auswahl hier in der Stadt sei sehr klein, und sie gab auch sofort zu, dass sie wählerisch war. Bis auf die kurze Zeit mit Adam hatte sie letztes Jahr jedes zweite Wochenende allein zu Hause verbracht. So wahnsinnig wählerisch war sie übrigens gar nicht. Adam war weit und breit der einzige Mann, der sie in letzter Zeit gefragt hatte, ob sie mit ihm ausgehen wolle. Und aus Gründen, die sie bis heute nicht durchschaute, hatte er auf einmal nicht mehr angerufen. Und damit waren ihre neueren Männergeschichten auch schon abgehakt.

Aber sie kam auch ohne Beziehung ganz gut durch, und sie hatte nicht vor, zu resignieren. Meistens störte es sie gar nicht. Wenn heute nicht so ein schrecklich heißer Tag wäre, würde sie wahrscheinlich nicht hier sitzen und grübeln. Woraus man schließen konnte, dass sie dringend eine Abkühlung brauchte. Sonst fing sie womöglich noch an, über die Vergangenheit nachzudenken, und das wollte sie auf jeden Fall vermeiden. Beth nahm das leere Glas, um sich nun doch frisches Eiswasser zu holen. Und dann konnte sie sich auch gleich ein kleines Handtuch zum Draufsitzen mitbringen.

Sie stand auf und blickte den Kiesweg hinunter. Kein Auto weit und breit. Schnell schrieb sie auf einen Zettel, sie sei in zehn Minuten wieder da, und hängte ihn an die Bürotür. Draußen brannte erbarmungslos die Sonne auf sie nieder. Beth suchte Schutz im Schatten der alten Magnolie und eilte dann den Kiesweg hinunter. Er führte zu dem Haus, in dem sie aufgewachsen war. Es war um 1920 gebaut worden und sah aus wie viele der großen Farmhäuser hier in der Gegend, mit einer riesigen Veranda und kunstvoll geschnitzten Balken. Der hintere Garten, von Zwinger und Büro durch hohe Hecken getrennt, war von gigantischen Eichen überschattet, und die Terrasse machte das Essen im Freien zu einem Hochgenuss. Früher war dieser Ort bestimmt zauberhaft gewesen, aber wie bei so vielen Gebäuden in Hampton und um Hampton herum war auch hier zu beobachten, dass sich die Zeit und die Witterungsverhältnisse gegen die Schönheit verschworen hatten. Die Veranda hing durch, die Dielen knarzten, und wenn der Wind stark genug wehte, flog das Papier auch bei geschlossenen Fenstern vom Schreibtisch. Auch im Inneren des Hauses wäre es dringend nötig gewesen, größere Renovierungsmaßnahmen vorzunehmen, vor allem in der Küche und in den Badezimmern. Nana wusste das und versicherte hin und wieder, sie werde demnächst etwas deswegen unternehmen, aber diese Pläne wurden immer wieder auf die lange Bank geschoben. Und Beth musste zugeben, dass das Anwesen trotz allem einen ganz besonderen Charme besaß. Nicht nur der Garten – der eine echte Oase der Ruhe war –, sondern auch das Haus selbst. Jahrelang hatte Nana in Antiquitätengeschäften gestöbert, ihre besondere Vorliebe galt französischen Möbeln aus dem neunzehnten Jahrhundert. Außerdem ging sie am Wochenende oft auf Flohmärkte und hielt dort Ausschau nach alten Gemälden. Sie hatte einen guten Blick für Kunst, und mit einigen Galeriebesitzern in den Südstaaten war sie schon lange befreundet. Fast an jeder Wand im Haus hing ein Original. Zum Spaß hatte Beth einmal die Namen verschiedener Maler bei Google eingegeben und herausgefunden, dass die Künstler zum Beispiel auch im Metropolitan Museum of Art in New York City vertreten waren sowie in der berühmten Huntington Library im kalifornischen San Marino bei Los Angeles. Als sie das Nana gegenüber erwähnte, zwinkerte die ihr verschmitzt zu. »Das ist so ähnlich, wie wenn man ein Glas Champagner trinkt, was?« Ihre seltsamen Metapher und Vergleiche verschleierten oft die Tatsache, dass sie einen treffsicheren Instinkt besaß.

Beth öffnete die Haustür. Herrlich kühle Luft wehte ihr entgegen, so erfrischend, dass sie eine Weile im Türrahmen stehen blieb, um dieses Gefühl zu genießen.

»Mach die Tür zu!«, rief Nana über die Schulter. »Sonst geht die ganze Kälte nach draußen.« Dann drehte sie sich in ihrem Sessel um und musterte Beth von oben bis unten. »Du siehst aus, als wär's dir zu heiß.«

»Mir ist es zu heiß.«

»Bestimmt ist das Büro heute der reinste Backofen.«

»Wie kommst du denn auf die Idee?«

»Warum hast du nicht die Tür zum Zwinger aufgemacht, wie ich's dir vorgeschlagen habe? Das ist nämlich meine Patentlösung. Na, nun komm schon rein und kühl dich ein bisschen ab.«

Beth deutete auf den Fernseher. »Und – wie spielen die Braves?«

»Wie ein Bündel Karotten.«

»Heißt das gut oder schlecht?«

»Können Karotten Baseball spielen?«

»Vermutlich nicht.«

»Da hast du deine Antwort.«

Mit einem Grinsen ging Beth in die Küche. Nana war immer ziemlich gereizt, wenn die Atlanta Braves kurz davor waren zu verlieren.

Sie holte das Eiswürfeltablett aus dem Gefrierfach und brach ein paar Stückchen heraus, gab sie in ein Glas, füllte das Glas mit Wasser und trank einen großen Schluck. Das tat gut! Erst jetzt merkte sie, dass sie auch Hunger hatte, also nahm sie sich eine Banane aus der Obstschale, ging zurück ins Wohnzimmer und setzte sich auf die Armlehne des Sofas. Wie angenehm sich der kühle Luftzug auf ihrer verschwitzten Haut anfühlte! Versonnen beobachtete sie Nana und verfolgte gleichzeitig mit einem Auge das Spiel. Am liebsten hätte sie gefragt, wie viele

Touchdowns es schon gegeben habe, aber sie wusste, dass ihre Großmutter die Frage gar nicht witzig fände. Jedenfalls nicht, solange die Braves wie ein Bündel Karotten spielten.

Beth warf einen Blick auf die Uhr und seufzte. Gleich musste sie zurück ins Büro.

»Es war nett bei dir, Nana.«

»Ganz meinerseits. Pass auf, dass dir nicht zu heiß wird.«

»Ich werde mein Bestes tun.«

Beth ging langsam den Weg entlang. Voller Enttäuschung stellte sie fest, dass auf dem Parkplatz kein Auto stand. Also waren die Besitzer des Cockerspaniels immer noch nicht eingetroffen. Doch dann sah sie einen Mann die Zufahrt heraufkommen, in Begleitung eines deutschen Schäferhundes und gefolgt von einer feinen Staubwolke. Der Hund trottete mit gesenktem Kopf und hängender Zunge. Wieso waren die beiden an einem Tag wie heute unterwegs? Bei der Hitze blieben selbst Tiere lieber im Haus. Überhaupt, wenn sie es sich richtig überlegte – sie hatte noch nie erlebt, dass jemand mit seinem Hund zu Fuß zum Zwinger kam. Und der Typ hatte auch gar keinen Termin vereinbart. Leute, die ihre Hunde herbrachten, riefen eigentlich immer vorher an.

Sie würde etwa gleichzeitig mit ihm das Büro erreichen, erkannte sie und winkte dem Mann von weitem zu. Er blieb stehen und starrte sie an. Was hatte das zu bedeuten? Der Hund machte ebenfalls halt, mit gespitzten Ohren. Er sah aus wie Oliver, fand Beth, der Schäferhund, den Nana ins Haus gebracht hatte, als Beth dreizehn war. Er hatte die gleichen schwarz-beigefarbenen

Markierungen, legte den Kopf schräg wie Oliver und wirkte sicher ebenso einschüchternd auf Fremde. Sie selbst hatte vor Oliver nie Angst gehabt. Tagsüber war er eher Drakes Hund gewesen, aber nachts schlief er neben ihrem Bett, denn er fand ihre Anwesenheit sehr beruhigend.

Weil sie in ihre Erinnerungen an Drake und Oliver vertieft war, merkte sie erst an der Bürotür, dass der unbekannte Besucher immer noch nicht weitergegangen war. Und er hatte auch noch kein Wort zur Begrüßung gerufen. Merkwürdig. Vielleicht hatte er mit Nana gerechnet und nicht mit ihr. Da sein Gesicht im Schatten lag, konnte sie nicht erkennen, was in ihm vorging. Sie nahm den Zettel ab und ließ die Tür offen stehen. Der Mann würde schon kommen, wenn er so weit war. Sie ging um den Schreibtisch herum, und als sie den Plastikstuhl sah, fiel ihr ein, dass sie vergessen hatte, ein Handtuch mitzubringen. Wie dumm!

Bestimmt wollte der Mann seinen Hund hier abgeben. Deshalb holte sie schon mal das entsprechende Formular aus dem Aktenschrank und befestigte es im Klemmbrett, suchte in der Schreibtischschublade nach einem Stift und legte beides bereit. In dem Moment betraten Herrchen und Hund das Büro. Der Mann lächelte. Als sich ihre Blicke begegneten, war Beth auf einmal sprachlos, was ihr nur selten im Leben passierte. Und sie hatte keine Ahnung, warum sie so reagierte.

Sie wunderte sich nicht darüber, *dass* er sie anstarrte, sondern darüber, *wie* er sie anstarrte. Es klang zwar völlig verrückt – aber er schaute sie an, als würde er sie wiedererkennen. Dabei war sie ihm garantiert noch nie begegnet, das wusste sie genau. Er wäre ihr nämlich im Gedächtnis geblieben, schon allein deswegen, weil seine Präsenz, seine Art, den Raum auszufüllen, sie stark an Drake erinnerte. Genau wie Drake war er über eins achtzig groß und schlank, mit muskulösen Armen und breiten Schultern. Seine ganze Erscheinung hatte etwas Anziehendes, was durch die verwaschenen Jeans und das T-Shirt noch betont wurde.

Da hörte die Ähnlichkeit mit ihrem Bruder allerdings schon auf. Drakes Augen waren haselnussbraun, mit einem hellen Rand um die Iris, während dieser Fremde auffallend blaue Augen hatte. Drake hatte die Haare immer sehr kurz geschnitten, wohingegen sie bei diesem Mann eher lang und ungebändigt waren. Doch obwohl er zu Fuß hierhergekommen war, wirkte er weniger verschwitzt als sie selbst.

Plötzlich fühlte sie sich geradezu befangen, und als der Mann auf den Schreibtisch zukam, wandte sie sich ab. Aus dem Augenwinkel sah sie, wie er dem Hund mit der flachen Hand ein Zeichen gab. Diese Bewegung hatte sie schon tausendmal bei Nana beobachtet. Der Hund, der offensichtlich auf das kleinste Kommando reagierte, blieb sofort sitzen. Er schien sehr gut erzogen zu sein. Das bedeutete, dass ihr Gegenüber wahrscheinlich eine Unterkunft für ihn suchte.

»Was für ein schönes Tier«, sagte sie anerkennend und schob dem Mann das Klemmbrett hin. Als sie den Klang ihrer Stimme hörte, ließ die Beklommenheit etwas nach. »Ich hatte früher auch mal einen Schäferhund. Wie heißt er denn?«

»Zeus. Und danke für das Kompliment.«

»Hallo, Zeus.«

Zeus legte den Kopf schräg.

»Sie müssen sich hier eintragen«, sagte sie. »Und falls Sie eine Kopie der Tierarztunterlagen dabei haben, wäre das sehr hilfreich. Oder eine Kontaktadresse.«

»Wie bitte?«

»Die Tierarztunterlagen. Sie wollen Zeus doch vorübergehend hier unterbringen, oder?«

»Nein«, sagte der Mann. Er deutete hinter sich. »Ich habe das Schild im Fenster gesehen. Ich suche Arbeit und wollte fragen, ob Sie immer noch Hilfe brauchen.«

»Ach so.« Damit hatte sie nun wirklich nicht gerechnet.

Er zuckte die Achseln. »Ich weiß, ich hätte vorher anrufen sollen, aber ich war sowieso in der Gegend, und da habe ich gedacht, ich schaue persönlich vorbei und frage, ob es sich überhaupt noch lohnt, dass ich mich bewerbe. Wenn es Ihnen lieber ist, kann ich auch morgen wiederkommen.«

»Nein, nein, kein Problem, ich bin nur etwas überrascht. Normalerweise kommen die Leute nicht ausgerechnet sonntags, um sich für eine Stelle zu bewerben.« In Wirklichkeit kamen sie auch an normalen Wochentagen nicht, aber das müsste sie ihm ja nicht auf die Nase binden. »Es gibt irgendwo ein Bewerbungsformular«, murmelte sie und drehte sich zu dem Aktenschrank um. »Warten Sie einen Moment – ich hab's gleich.« Sie zog die unterste Schublade auf und begann zu suchen. »Wie heißen Sie?«

»Logan Thibault.«

»Ist der Nachname französisch?«

»Ja.«

»Ich habe Sie noch nie gesehen.«

»Ich bin neu hier.«

»Ah, da ist es.« Beth zog ein Formular heraus und reichte es ihm. »Bitte.«

Sie gab ihm auch einen Stift, und während der Mann seinen Namen eintrug, beäugte sie ihn verstohlen. Seine Haut war ziemlich trocken. Offensichtlich verbrachte er viel Zeit im Freien. Bei der zweiten Zeile des Formulars hielt er inne und schaute hoch. Wieder begegneten sich ihre Blicke. Beth merkte, wie ihr die Röte ins Gesicht stieg. Sie versuchte, diese Reaktion zu überspielen, indem sie ihre Bluse zurechtzupfte.

»Ich weiß nicht, was ich als Adresse angeben soll. Wie gesagt – ich bin neu hier und wohne erst mal im Holiday Motor Court. Ich kann natürlich auch die Adresse meiner Mutter in Colorado angeben. Was wäre Ihnen lieber?«

»Colorado?«

»Ja, ich weiß. Ziemlich weit weg.«

»Was führt Sie denn nach Hampton?«

Du hast mich nach Hampton geführt, hätte er am liebsten gesagt. Ich bin hier, weil ich dich gesucht habe. »Hampton wirkt sehr angenehm, und ich habe mir gedacht, ich versuch's mal hier.«

»Keine Familienangehörigen?«

»Nein.«

»Oh.« Gleichgültig, wie gut der Typ aussah – an dieser Geschichte stimmte irgendetwas nicht. Bei Beth schrillten die Alarmglocken. Und da war noch etwas, was sie beunruhigte. Es dauerte allerdings ein paar Sekunden, bis sie begriff, was es war. Dann wich sie ein Stück zurück, um Distanz zu ihm zu gewinnen. »Wenn Sie neu hier sind – woher wussten Sie dann, dass wir eine Arbeitskraft suchen? Ich habe diese Woche keine Zeitungsannonce geschaltet.«

»Ich habe das Schild gesehen.«

»Wann?« Sie musterte ihn mit zusammengekniffenen Augen. »Ich habe Sie doch beobachtet, wie Sie den Weg heraufgekommen sind, und Sie können das Schild erst bemerkt haben, als Sie direkt vor dem Büro standen.«

»Ich war heute schon mal hier. Wir sind die Straße entlanggegangen, und Zeus hat die Hunde gehört. Er rannte sofort in diese Richtung, und als ich ihm gefolgt bin, habe ich das Schild gesehen. Weil niemand da war, habe ich mir gesagt, am besten schaust du später noch mal vorbei.«

Die Erklärung klang plausibel, aber Beth spürte trotzdem, dass er entweder log oder etwas ausließ. Und was bedeutete das, wenn er vorher schon mal hier gewesen war? Hatte er das Gelände ausspioniert?

Der Fremde schien ihr Unbehagen zu spüren. Er legte den Stift weg, holte seinen Pass aus der Tasche, schlug ihn auf und schob ihn ihr hin. Beth schaute das Foto an, dann ihn. Der Name stimmte, aber die Alarmglocken wollten trotzdem nicht verstummen. Kein Mensch kam auf der Durchreise nach Hampton und beschloss spontan, hierzubleiben. Bei einer Stadt wie Charlotte wäre das anders. Bei Raleigh sowieso. Und natürlich bei Greensboro. Aber Hampton? Unvorstellbar.

»Verstehe.« Plötzlich wollte sie das Gespräch beenden. »Tragen Sie doch die Adresse Ihrer Mutter ein. Und Ihre bisherigen Jobs. Ich brauche vor allem eine Telefonnummer, unter der ich Sie erreichen kann.«

Er betrachtete sie mit ruhigem Blick. »Aber Sie werden mich nicht anrufen.«

Er ist klug, dachte sie. Und direkt. Also wollte sie auch keine Spielchen spielen. »Stimmt.«

Mit einem verständnisvollen Nicken sagte er: »Okay. Ich würde mich selbst wahrscheinlich auch nicht anrufen, nach dem, was Sie bisher gehört haben. Aber ehe Sie ein endgültiges Urteil über mich fällen, möchte ich gern noch etwas hinzufügen.«

»Schießen Sie los.«

Ihr Tonfall gab deutlich zu verstehen, dass er wohl kaum etwas vorbringen konnte, was sie umstimmen würde.

»Ich wohne zwar momentan in dem Motel, aber ich habe vor, mir hier in der Gegend eine Wohnung zu suchen. Und einen Job.« Sein Blick ließ sie nicht los. »Nun zu meiner Person. Ich habe 2002 an der University of Colorado einen Abschluss in Anthropologie gemacht. Danach bin ich zu den Marines gegangen und wurde vor zwei Jahren in Ehren entlassen. Ich bin noch nie verhaftet worden, ich nehme keine Drogen, und ich habe bis jetzt kein einziges Mal wegen mangelnder Kompetenz einen Job verloren. Ich bin bereit, mich einem Drogentest zu unterziehen, und wenn Sie es für notwendig befinden, können Sie meine Daten gern überprüfen lassen. Oder, falls das einfacher ist – Sie können meinen ehemaligen Vorgesetzten bei den Marines kontaktieren. Er wird Ihnen alles, was ich gesagt habe, bestätigen. Und obwohl ich gesetzlich nicht verpflichtet bin, solche Fragen zu beantworten, kann ich Ihnen trotzdem sagen, dass ich keinerlei Medikamente nehme. Ich bin weder schizophren, noch habe ich eine bipolare Störung, und ich bin auch nicht manisch-depressiv. Ich bin nur ein Mann, der Arbeit sucht. Und ich habe vorhin das Schild gesehen.«

Beth wusste nicht, was sie erwartet hatte, aber jetzt hatte er sie eindeutig überrumpelt.

»Verstehe«, sagte sie wieder. Am meisten beeindruckte sie, dass er beim Militär gewesen war.

»Ist es immer noch reine Zeitverschwendung, wenn ich das Formular ausfülle?«

»Das habe ich noch nicht entschieden.« Intuitiv spürte sie, dass er gerade die Wahrheit gesagt hatte, aber sie war sich gleichzeitig auch absolut sicher, dass er etwas ganz Zentrales verschwieg. Ratlos kaute sie auf ihrer Backe herum. Sie brauchte unbedingt eine Hilfskraft. Was war wichtiger – herauszufinden, was der Fremde für sich behielt, oder einen neuen Angestellten zu bekommen?

Er stand vor ihr, aufrecht, gelassen, und seine Körperhaltung drückte ein ungetrübtes Selbstbewusstsein aus. Typisch Militär, dachte sie mit einem Stirnrunzeln.

»Warum möchten Sie hier arbeiten?« Sie hörte selbst, wie misstrauisch sie klang. »Mit einem Universitätsabschluss müssten Sie doch etwas Besseres finden.«

Er deutete auf Zeus. »Ich mag Hunde.«

»Die Bezahlung ist nicht üppig.«

»Ich brauche nicht viel.«

»Die Arbeitstage können sehr lang sein.«

»Darauf bin ich gefasst.«

»Haben Sie schon mal in einem Hundezwinger gearbeitet?«

»Nein.«

»Verstehe.«

Er grinste. »Das sagen Sie oft.«

»Stimmt.« Sie nahm sich vor, es nicht mehr zu sagen. »Und Sie kennen tatsächlich niemanden hier?«

»Nein.«

»Sie sind nach Hampton gekommen und haben einfach so beschlossen, hierzubleiben?«

»Ja.«

»Wo ist Ihr Auto?«

»Ich habe keines.«

»Wie sind Sie dann hierhergekommen?«

»Zu Fuß.«

Sie blinzelte verdutzt. »Wollen Sie damit etwa sagen, Sie sind die ganze Strecke von Colorado bis Hampton gelaufen?«

»Ja.«

»Finden Sie das nicht eigenartig?«

»Es kommt darauf an, warum man es tut, würde ich sagen.«

»Warum haben Sie es getan?«

»Ich gehe gern zu Fuß.«

»Verstehe.« Ihr fiel nichts Besseres ein. Sie griff nach dem Stift, um Zeit zu gewinnen. »Ich nehme an, Sie sind unverheiratet?«

»Stimmt.«

»Kinder?«

»Keine. Nur Zeus und ich. Aber meine Mutter lebt noch, wie gesagt in Colorado.«

Beth strich sich die verschwitzten Haare aus der Stirn, halb nervös, halb verwirrt.

Sie öffnete den Mund, um eine Frage zu stellen, überlegte es sich aber anders. »Entschuldigen Sie mich bitte einen Moment. Ich muss das kurz mit jemandem besprechen.«

Beth wurde mit den meisten Situationen im Leben gut fertig, aber hier fühlte sie sich überfordert. Sosehr sie sich auch bemühte – sie konnte das, was der Mann ihr erzählt hatte, nicht richtig einordnen. Manche Sachen erschienen ihr logisch und einleuchtend, aber insgesamt fand sie alles sehr ungewöhnlich. Wenn er die Wahrheit sagte, war er ein komischer Vogel. Wenn er log, wählte er seltsame Lügen.

Aber gleichgültig, wie sie seine Geschichte drehte und wendete – sie verstand sie einfach nicht. Deshalb wollte sie unbedingt mit Nana sprechen. Wenn jemand bei solchen merkwürdigen Situationen durchblickte, dann war sie es.

Als sie sich dem Haus näherte, fiel ihr ein, dass dummerweise das Spiel noch nicht zu Ende war. Sie hörte, wie die Kommentatoren darüber diskutierten, ob es gut war, dass die Mets einen neuen Pitcher ins Spiel brachten. Oder so etwas Ähnliches. Sie trat ein – und stellte zu ihrer Überraschung fest, dass Nana nicht in ihrem Sessel saß.

»Nana?«

Aus der Küche antwortete ihre Stimme: »Hier bin ich. Ich wollte mir gerade ein Glas Limonade eingießen. Möchtest du auch eins? Ich schaffe das gut mit einer Hand.«

Beth ging zu ihr. »Nana – ich muss unbedingt mit dir

reden. Hast du einen Moment Zeit? Ich weiß, das Spiel ist noch nicht vorbei …«

Mit einer wegwerfenden Handbewegung erwiderte ihre Großmutter: »Ach, das interessiert mich nicht mehr. Du kannst den Fernseher ruhig ausmachen. Die Braves können einfach nicht gewinnen, und ich habe keine Lust, mir ihre blöden Ausreden anzuhören. Ich hasse Ausreden. Es gibt überhaupt keinen Grund, warum sie verlieren mussten, und das wissen sie ganz genau. Also, was gibt's?«

Beth lehnte sich an den Tisch, während Nana die Limonade aus dem Krug in die Gläser goss. »Hast du Hunger? Ich kann dir ein Sandwich machen.«

»Ich habe gerade eine Banane gegessen.«

»Das reicht doch nicht! Du bist so dünn wie ein Golfschläger.«

Also wirklich. »Vielleicht später dann. Hör zu – im Büro wartet ein Mann, der sich für den Job bewerben möchte.«

»Du meinst den hübschen Kerl mit dem deutschen Schäferhund? Ich hab mir schon gedacht, dass er hier arbeiten will. Wie ist er denn so? War es schon immer sein Traum, Hundezwinger zu säubern?«

»Du hast ihn gesehen?«

»Ja, klar.«

Beth schüttelte den Kopf. Nana war ihr immer einen Schritt voraus. »Ich glaube, es wäre gut, wenn du mal mit ihm sprichst. Ich weiß nicht, was ich von ihm halten soll.«

»Liegt das an seiner Frisur?«

»Wie bitte?«

»Mit den langen Haaren sieht er aus wie Tarzan, findest du nicht?«

»Die Haare sind mir gar nicht aufgefallen.«

»Das glaube ich dir nicht. Mir kannst du nichts vormachen. Also – was ist das Problem?«

Beth fasste das Gespräch kurz zusammen. Nana schwieg für einen Augenblick, ehe sie fragte:

»Er ist den ganzen Weg von Colorado zu Fuß gegangen?«

»Das behauptet er jedenfalls.«

»Und du glaubst ihm nicht?«

Beth zögerte. »Doch, das glaube ich ihm«, sagte sie dann. »In dem Punkt sagt er die Wahrheit.«

»Das ist ein sehr ausgedehnter Spaziergang.«

»Stimmt.«

»Wie viele Kilometer?«

»Keine Ahnung. Viele.«

»Merkwürdig, oder?«

»Ja«, sagte sie. »Und dann diese andere Sache.«

»Welche?«

»Dass er bei den Marines war.«

Nana seufzte. »Warte am besten hier. Ich geh und rede mit ihm.«

Während der nächsten zehn Minuten beobachtete Beth die beiden durch die Gardinen im Wohnzimmer. Nana war mit dem Mann nicht im Büro geblieben, sondern hatte ihn samt seinem Hund für das Gespräch zu der schattigen Bank unter dem Magnolienbaum geführt. Zeus döste zu ihren Füßen und zuckte nur ab und zu mit dem Ohr, um eine lästige Fliege zu verjagen. Auf die Entfernung konnte Beth nicht verstehen, was geredet wurde, aber gelegentlich runzelte Nana die Stirn, was die Vermutung nahelegte, dass sie nicht besonders begeistert war. Schließlich wanderten Logan Thibault und Zeus den Kiesweg zurück zur Hauptstraße, während Nana ihnen mit besorgter Miene nachschaute.

Beth erwartete, ihre Großmutter würde gleich wieder zu ihr zurückkommen, aber sie ging stattdessen ins Büro. Erst da bemerkte Beth, dass ein blauer Volvo Kombi den Weg entlangfuhr.

Der Cockerspaniel! Sie hatte völlig vergessen, dass er abgeholt werden sollte. Aber Nana würde das schon regeln. Beth nutzte die Zeit, um sich mit einem kalten Waschlappen abzureiben und noch ein Glas Eiswasser zu trinken.

In der Küche hörte sie, wie sich die Haustür quietschend öffnete. Nana war wieder da.

»Wie ist es gelaufen?«

»Ausgezeichnet.«

»Und – was denkst du?«

»Ich fand alles sehr … interessant. Der junge Mann ist intelligent und höflich, aber du hast Recht – irgendetwas verschweigt er.«

»Und was heißt das jetzt für uns? Soll ich noch eine Anzeige schalten?«

»Wir können ja erst mal abwarten, wie er sich macht.«

Beth war sich nicht sicher, ob sie Nana richtig verstanden hatte. »Willst du damit sagen, dass du ihm den Job anbieten wirst?«

»Nein, ich möchte damit sagen, dass ich ihm den Job

bereits angeboten habe. Am Mittwoch um acht fängt er an.«

»Und wieso, wenn ich fragen darf?«

»Ich vertraue ihm.« Sie lächelte traurig, als wüsste sie genau, was Beth jetzt dachte. »Obwohl er bei den Marines war.«

KAPITEL 8

Thibault

Thibault wollte nicht in den Irak zurück, aber im Februar 2005 wurde sein Regiment erneut im Kriegsgebiet eingesetzt. Dieses Mal schickte man sie nach Ramadi. Das war die Hauptstadt der Provinz al-Anbar und der südwestliche Eckpunkt des sogenannten »Todesdreiecks«. Thibault verbrachte sieben Monate dort.

Autobomben und IEDs – improvisierte Sprengfallen – waren an der Tagesordnung. Diese IEDs waren keine besonders komplizierten Waffen, aber hochgefährlich: Meistens wurde eine Mörsergranate mit einer geringen Menge Sprengstoff per Handy zur Detonation gebracht. Als Thibault das erste Mal in einem Humvee über so eine Falle fuhr, entging er nur mit knapper Not dem Schlimmsten.

»Wie gut, dass ich die Bombe gehört habe«, sagte Victor später. Er und Thibault gingen inzwischen meistens gemeinsam auf Patrouille. »Daran habe ich nämlich gemerkt, dass ich noch lebe.«

»Ich auch«, entgegnete Thibault.

»Aber es wäre mir lieber, wenn es nicht noch mal passieren würde.«

»Mir auch.«

Doch man konnte diesen Sprengfallen nicht so leicht

ausweichen. Als sie am nächsten Tag patrouillierten, erwischte sie gleich wieder eine. Eine Woche später wurde ihr Humvee von einer Autobombe getroffen. Aber solche Erfahrungen waren nichts Ungewöhnliches. Alle Soldaten waren betroffen, nicht nur Thibault und Victor. Im Grund wurden die Humvees bei fast jedem Einsatz attackiert. Und jeder kannte die Geschichte von Tony Stevens, einem Mitglied der Bodenkampftruppen, der neun Bomben unversehrt überstanden hatte. Eine große Tageszeitung brachte einen Artikel über ihn mit der Überschrift: »Der größte Glückspilz unter den Marines«. Niemand hatte den Ehrgeiz, seinen Rekord zu brechen.

Thibault brach ihn. Als er aus Ramadi wegging, konnte er insgesamt elf solcher Zwischenfälle zusammenrechnen. Sie waren im Rückblick kaum noch zu unterscheiden. Allerdings gab es eine Explosion, die er nie vergessen sollte.

Es war Explosion Nummer acht. Wie immer befand er sich in Victors Begleitung. Eigentlich verlief alles nach dem üblichen Schema – nur mit einem schrecklicheren Ende. Sie fuhren in einem Konvoi von vier Humvees eine der großen Durchgangsstraßen von Ramadi entlang. Ein RPG, also eine raketenbetriebene Granate, traf den ersten Humvee vorn, zum Glück ohne größeren Schaden anzurichten. Trotzdem mussten alle anhalten. Auf beiden Straßenseiten standen verrostete Autowracks. Plötzlich kamen sie unter Beschuss. Thibault sprang aus dem zweiten Humvee, um sich einen besseren Überblick zu verschaffen. Victor folgte ihm. Sie suchten Deckung und machten sich schussbereit. Zwanzig Sekunden später ging eine Autobombe hoch und zerstörte das Fahrzeug, in dem sie gerade noch gesessen hatten. Drei Marines wurden getötet, Victor war bewusstlos. Thibault schleppte ihn zurück zum Konvoi, und nachdem sie die Toten geborgen hatten, zogen sie sich in die Sicherheitszone zurück.

Wenig später merkte Thibault, dass die Soldaten in seinem Platoon sich ihm gegenüber irgendwie anders verhielten als sonst. Sie schienen zu denken, dass er immun war gegen die Gesetze des Krieges. Dass andere starben, während er verschont blieb. Oder noch schlimmer: Seine Kameraden glaubten offenbar, dass er besonders viel Glück hatte, wohingegen die Männer, die mit ihm Patrouille fuhren, vom Pech verfolgt wurden. Niemand sprach das offen aus, aber er spürte trotzdem ganz deutlich, dass sich die allgemeine Haltung ihm gegenüber verändert hatte. Er blieb noch zwei Monate in Ramadi, nachdem diese drei Marines gestorben waren. Die letzten Bomben, die er überlebte, verstärkten die seltsamen Gerüchte nur noch. Die anderen Marines gingen ihm jetzt regelrecht aus dem Weg. Nur Victor benahm sich wie immer.

Gegen Ende ihres Aufenthalts in Ramadi mussten sie in einer Nacht gemeinsam eine Tankstelle bewachen. Thibault sah, wie Victors Hand zitterte, als er sich eine Zigarette anzündete. Am dunklen Himmel über ihnen funkelten die Sterne.

»Alles okay?«, fragte er seinen Freund.

»Allmählich möchte ich nach Hause«, antwortete Victor. »Ich finde, ich habe meine Pflicht getan.«

»Du meldest dich nächstes Jahr nicht wieder?«

Er rauchte einen tiefen Zug. »Meine Mutter will, dass ich daheimbleibe, und mein Bruder hat mir einen Job angeboten. Als Dachdecker. Meinst du, ich kann Dächer decken?«

»Klar kannst du das. Du bist bestimmt ein erstklassiger Dachdecker.«

»Maria, meine Freundin, wartet auch auf mich. Ich war vierzehn, als ich mich in sie verliebt habe.«

»Ich weiß. Du hast mir schon öfter von ihr erzählt.«

»Ich will sie heiraten.«

»Auch das hast du bereits erwähnt.«

»Und ich möchte, dass du zur Hochzeit kommst.«

Im Widerschein der Zigarette sah Thibault, wie ein gespenstisches Lächeln über Victors Gesicht huschte. »Da komme ich ganz bestimmt. Deine Hochzeit möchte ich auf keinen Fall verpassen«, versicherte er ihm.

Victor inhalierte abermals tief. Schweigend standen die beiden Männer nebeneinander, in Gedanken bei einer Zukunft, die unerreichbar schien. »Und was ist mit dir?«, wollte Victor wissen, während er den Rauch ausatmete. »Meldest du dich wieder?«

Thibault schüttelte den Kopf. »Nein. Mir reicht's auch.«

»Was machst du, wenn du hier raus bist?«

»Keine Ahnung. Erst mal eine Weile gar nichts. Vielleicht gehe ich in Minnesota angeln. Irgendwo, wo es kühl und grün ist und wo man einfach in einem Boot sitzen und sich entspannen kann.«

Victor seufzte. »Klingt gut.«

»Kommst du mit?«

»Natürlich.«

»Gut – ich rufe dich an, bevor ich losfahre«, versprach Thibault.

»Erinnerst du dich an die Attacke, bei der Jackson und die anderen gestorben sind, als der Humvee in die Luft flog?«

Thibault hob einen kleinen Kieselstein auf und warf ihn in die Dunkelheit. »Ja, klar.«

»Du hast mir das Leben gerettet.«

»Nein, hab ich nicht. Ich habe dich nur weggeschleppt.«

»Thibault – *ich bin dir gefolgt*. Als du aus dem Humvee gesprungen bist. Eigentlich wollte ich drin sitzen bleiben, aber als ich gesehen habe, du springst raus, wusste ich, dass ich keine Wahl habe.«

»Wovon re-?«

Victor unterbrach ihn. »Von dem Foto. Ich weiß, du hast es immer bei dir. Ich bin deinem Glücksbringer gefolgt, und er hat mich gerettet.«

Es dauerte einen Augenblick, bis Thibault begriff, was sein Freund meinte. Fassungslos schüttelte er den Kopf. »Es ist doch nur ein Foto, Victor.«

»Es ist ein Glücksbringer«, beharrte Victor und brachte sein Gesicht ganz nah an Thibaults. »Und du bist der Mann, der Glück hat. Wenn dein Einsatz hier vorbei ist, musst du die Frau suchen. Die Sache mit ihr ist für dich noch nicht zu Ende.«

»Aber –«

»Das Bild hat mich gerettet.«

»Den anderen hat es nicht geholfen. Sie sind trotzdem gestorben. Viel zu viele von uns sind gestorben!«

Jeder wusste, dass ihr Regiment im Irak mehr Männer verloren hatte als jede andere Einheit des Marine Corps.

»Weil es dich beschützt. Und als ich aus dem Humvee gesprungen bin, war ich fest davon überzeugt, dass es mich ebenfalls beschützt – so wie du immer denkst, dass es dich rettet.«

»Das denke ich doch gar nicht«, erwiderte Thibault.

»Warum trägst du es dann immer noch mit dir herum?«

Es war Freitag, sein dritter Arbeitstag im Zwinger, und obwohl sich Thibault von den meisten Relikten seines bisherigen Lebens getrennt hatte, behielt er doch das Foto immer bei sich in der Tasche. Und er musste sehr oft daran denken, was Victor an jenem Abend zu ihm gesagt hatte.

Jetzt führte er einen Mastiff den schattigen Pfad entlang, außer Sichtweite des Büros, aber immer noch auf dem Gelände. Der Hund war riesig, mindestens so groß wie eine Dogge, und alle zehn Sekunden wollte er Thibaults Hand lecken. Ein sehr freundliches Tier.

Thibault beherrschte bereits die einfacheren Routineabläufe, die zu seinem Job gehörten: Hunde füttern und ausführen, Zwinger putzen, Termine vereinbaren. Nicht besonders anstrengend. Er war sich ziemlich sicher, dass Nana überlegte, ob sie ihn nicht auch beim Training mitmachen lassen sollte. Am Tag zuvor hatte sie ihn aufgefordert, ihr zuzuschauen, wie sie mit einem der Hunde arbeitete. Was er sah, erinnerte ihn an seine Erziehungsbemühungen bei Zeus: klare, kurze Kommandos, visuelle Unterstützung, strikte Kontrolle durch die Leine – und sehr viel Lob. Anschließend sagte sie, er solle mit ihr gemeinsam den Hund in den Zwinger zurückbringen.

»Glauben Sie, das würden Sie auch schaffen?«, fragte sie ihn unterwegs.

»Ja.«

Sie warf einen Blick über die Schulter. Zeus trottete hinter ihnen her. »Haben Sie Ihren Hund ungefähr so erzogen?«

»Ja, ganz ähnlich.«

Beim Vorstellungsgespräch hatte Thibault Nana um zwei Dinge gebeten. Erstens wollte er die Erlaubnis, Zeus zur Arbeit mitzubringen. Er sei schon so lange ständig mit ihm zusammen, sagte er, dass er fürchte, Zeus würde auf längere Trennungsphasen nicht unbedingt positiv reagieren, vor allem, wenn sie zu abrupt kamen. Zum Glück hatte Nana das sofort verstanden. »Ich habe früher häufig mit Schäferhunden zusammengearbeitet, deshalb weiß ich genau, was Sie meinen«, sagte sie. »Solange Zeus keine Schwierigkeiten macht, bin ich einverstanden.«

Zeus machte keine Schwierigkeiten. Thibault begriff sehr schnell, dass er ihn nicht in den Zwinger mitnehmen konnte, wenn er die Hunde fütterte oder wenn er putzte, weil seine Anwesenheit manche der anderen Tiere irritierte. Aber sonst fügte sich Zeus problemlos ein. Er kam mit, wenn Thibault die Hunde ausführte oder den Trainingsrasen säuberte, und er legte sich faul auf die Veranda bei der Tür, während Thibault im Büro den Papierkram erledigte. Sobald Kunden auftauchten, ging Zeus in Hab-Acht-Stellung, so wie sein Herrchen es ihm beigebracht hatte. Das genügte schon, um die meisten Leute auf Abstand zu halten, aber mit einem leisen »Alles okay« konnte Thibault ihn wieder besänftigen.

Seine zweite Bitte war gewesen, erst am Mittwoch mit der Arbeit anfangen zu dürfen, damit er Zeit hatte, sich eine Wohnung zu suchen. Auch dagegen hatte Nana nichts einzuwenden. Gleich am Sonntag nahm Thibault auf dem Rückweg zum Motel eine Zeitung mit und studierte die Wohnungsanzeigen. Die Liste war sehr überschaubar. Es gab nur vier Angebote, von denen er zwei sofort ausschließen konnte, weil er nicht so viel Platz brauchte.

Die beiden anderen Häuser lagen natürlich genau an entgegengesetzten Enden der Stadt. Das erste Haus befand sich in einem älteren Viertel, nicht allzu weit vom Zentrum, mit Blick auf den South River. Perfekt renoviert. Hübsche Straße. Aber nichts für ihn. Die Gebäude standen hier viel zu dicht beieinander. Das zweite Haus hingegen gefiel ihm auf Anhieb. Es lag am Ende einer ungeteerten Straße, etwa drei Kilometer von seinem Arbeitsplatz entfernt, in einer eher ländlichen Wohngegend, die an den Wald grenzte, durch den man zum Zwinger gelangte. Eine Abkürzung war der Weg durch den Wald zwar nicht, aber dafür konnte sich Zeus frei bewegen. Das Haus hatte nur ein Stockwerk, war eher rustikal, im Südstaatenstil, und mindestens hundert Jahre alt, aber relativ gut in Schuss. Thibault wischte das Fenster ab, um hineinzuspähen. Klar, man musste sicher einiges machen, aber, soweit er es beurteilen konnte, nichts Gravierendes, also nichts, was ihn am Einziehen hindern konnte. Die Küche wirkte sehr altmodisch, in der Ecke stand ein Holzofen, vermutlich die einzige Heizung im ganzen Haus. Die breiten Bodendielen waren fleckig und abgenutzt, und die Einbauschränke schienen so alt zu sein wie das Haus selbst, aber all das verlieh ihm auch einen gewissen Charme. Außerdem gab es noch einen großen Pluspunkt: Die wichtigsten Möbelstücke waren vorhanden, ein Sofa mit Couchtischchen, Stehlampen, sogar ein Bett.

Thibault rief die Nummer an, die auf dem Schild stand. Zwei Stunden später kam der Besitzer angefahren, und sie unterhielten sich eine Weile. Wie sich herausstellte, war der Typ zwanzig Jahre beim Militär gewesen, die letzten sieben in Fort Bragg. Das Haus habe seinem Vater gehört, der vor zwei Monaten gestorben sei, erklärte er. Das war ein Vorteil, befand Thibault, denn Häuser waren wie Autos – wenn man sie nicht regelmäßig benutzte, beschleunigte sich ihr Verfall. Aber nach zwei Monaten war dieses Haus hier noch in Ordnung. Kaution und Miete erschienen ihm zu hoch, aber er musste sich schnell entscheiden. Also bezahlte er die Kaution und zwei Monatsmieten im Voraus. Das verdutzte Gesicht des Vermieters zeigte deutlich, dass dieser im Schlaf nicht damit gerechnet hatte, so viel Bargeld in die Hand gedrückt zu bekommen.

Thibault schlief schon in der Nacht von Montag auf Dienstag in seiner neuen Bleibe. Er legte sich einfach in seinem Schlafsack aufs Bett. Am Dienstag bestellte er in der Stadt eine neue Matratze, die noch am Abend geliefert werden sollte. Außerdem besorgte er sich ein paar Sachen, die er dringend für seinen Haushalt brauchte. Als er heimkam, war sein Rucksack vollgepackt mit Laken, Handtüchern und Putzzeug. Danach musste er noch zweimal los, um den Kühlschrank aufzufüllen und um sich Geschirr zu besorgen – Teller, Gläser, Töpfe, Besteck.

Und schließlich noch einen Zwanzigkilobeutel Hundefutter. Am Ende des Tages wünschte er sich zum ersten Mal, seit er von Colorado weggegangen war, er hätte ein Auto. Doch nun hatte er alles Lebensnotwendige angeschleppt, und das genügte erst mal. Am nächsten Tag konnte er zur Arbeit gehen.

Seit Mittwoch verbrachte er den größten Teil seiner Zeit mit Nana, die ihm alles genau erklärte. Beth – oder Elizabeth, wie er sie innerlich nannte – hatte er bisher kaum gesehen. Morgens fuhr sie früh los, für die Schule zurechtgemacht, und sie kam erst am späten Nachmittag zurück. Sie grüßte ihn immer sehr höflich, aber sie hatte erst ein einziges Mal länger mit ihm gesprochen, und zwar gleich am ersten Tag: Sie nahm ihn beiseite und bat ihn, auf Nana aufzupassen. Er wusste, was sie meinte. Dass Nana einen Schlaganfall erlitten hatte, war ihm sofort klar gewesen. Das morgendliche Training brachte sie stärker aus der Puste, als man erwarten sollte, und man konnte deutlich sehen, wie sie beim Gehen humpelte. Das beunruhigte ihn.

Er mochte Nana. Sie hatte eine unglaublich originelle Ausdrucksweise. Ihre Sprache amüsierte ihn, und er hätte gern gewusst, inwieweit sie das absichtlich machte. Exzentrisch oder nicht – auf jeden Fall war Nana hochintelligent, daran gab es keinen Zweifel. Oft hatte er das Gefühl, dass sie ihn kritisch musterte und bewertete, selbst bei einer normalen Unterhaltung. Sie hatte zu allem eine Meinung und keinerlei Hemmungen, diese zu äußern. Außerdem redete sie auch sehr gern über sich selbst. In den letzten Tagen hatte er schon einiges über sie erfahren. Sie erzählte von ihrem Mann und dem Zwinger, von dem Training, das sie früher gemacht hatte, von ihren Reisen. Sie stellte ihm auch Fragen zu seiner Person. Pflichtbewusst berichtete er über seine Familie und seine Herkunft. Seltsamerweise fragte sie nie nach seiner Zeit beim Militär oder ob er im Irak gewesen sei. Das wunderte ihn. Aber von sich aus wollte er nicht davon anfangen.

Die Tatsache, dass Nana dieses Thema – und dadurch eine Vierjahreslücke in seinem Leben – betont mied, legte die Vermutung nahe, dass sie Verständnis für seine diesbezügliche Schweigsamkeit hatte. Vielleicht ahnte sie ja auch, dass der Irak-Aufenthalt etwas mit seiner Wanderung nach Hampton zu tun hatte.

Eine kluge Frau.

Offiziell arbeitete er von acht bis fünf. Inoffiziell kam er morgens immer schon um sieben und blieb meistens bis sieben Uhr abends. Er verabschiedete sich nur ungern, wenn er wusste, dass es noch so viel zu tun gab. Außerdem hatte Elizabeth auf diese Weise die Chance, ihn zu sehen, wenn sie von der Arbeit nach Hause kam. Nähe schuf Vertrauen, Vertrauen führte zu Sympathie. Und jedes Mal, wenn er sie sah, wurde er daran erinnert, dass er ihretwegen hier war.

Abgesehen davon waren die Gründe, weshalb er jetzt in Hampton wohnte, schwer greifbar. Auch für ihn selbst. Was wollte er eigentlich von ihr? Würde er ihr je die Wahrheit gestehen? Wohin sollte das alles führen? Wenn er während seiner großen Wanderung über diese Fragen nachgedacht hatte, hatte er immer angenommen, er werde die Antworten wissen, sobald er die Frau auf dem Foto gefunden hatte. Doch jetzt sah er sie vor sich, jeden Tag, und er war immer noch nicht viel klüger als am Morgen seines Aufbruchs.

Ein paar Dinge wusste er inzwischen über sie. Beispielsweise, dass sie einen Sohn hatte. Das war eine kleine Überraschung – an diese Möglichkeit hatte er vorher nicht gedacht. Der Sohn hieß Ben und schien ein netter Junge zu sein, soweit er das bis jetzt beurteilen konnte. Nana hatte nebenbei erwähnt, dass Ben Schach spielte und viel las, aber das war auch schon alles. Thibault merkte, dass Ben ihn öfter durch die Gardinen beobachtete oder in seine Richtung schielte, wenn er bei Nana war. Aber er hielt sich demonstrativ von ihm fern. War das seine Entscheidung oder die seiner Mutter?

Vermutlich die seiner Mutter.

Bei ihrer ersten Begegnung hatte er bestimmt keinen besonders guten Eindruck auf sie gemacht. Dass er völlig erstarrt war, als er sie aus der Ferne sah, hatte ihr Misstrauen ihm gegenüber natürlich noch verstärkt. Dass sie attraktiv war, hatte er ja gewusst, aber die Wärme ihres Lächelns gab das verblasste Foto nicht richtig wieder, so wenig wie den ernsten Blick, mit dem sie ihn studierte, als forsche sie nach verborgenen Mängeln.

In Gedanken versunken kam er zum Trainingsareal hinter dem Büro. Der Mastiff hechelte jetzt noch stärker, deshalb brachte Thibault ihn zurück zum Zwinger, füllte seine Wasserschüssel und kontrollierte auch die Versorgung der übrigen Hunde, während Zeus draußen wartete. Anschließend holte er sich aus dem Büro das Lunchpaket, das er sich am Morgen gepackt hatte, und begab sich hinunter zum Fluss.

Wie gern er dort seine Mahlzeiten einnahm! Das langsam fließende Wasser und die Eiche mit ihren niedrigen, schattenspendenden Zweigen verliehen dem Ort ein fast prähistorisches Flair, das ihm und auch Zeus gut gefiel. Etwas weiter entfernt hatte er ein Baumhaus und eine improvisierte Hängebrücke aus schiefen Brettern entdeckt. Die Brücke sah aus, als hätte sie ein eher unbegabter Bastler aus Holzresten zusammengestückelt.

Zeus stand wie immer bis zum Bauch im Wasser, um sich abzukühlen, tauchte dann kurz mit dem Kopf unter und bellte laut. Verrückter Hund.

»Was macht er da?«, fragte eine Stimme.

Thibault drehte sich um und sah Ben am Rand der Lichtung stehen. »Keine Ahnung.« Er zuckte die Achseln. »Wahrscheinlich bellt er die Fische an.«

Ben schob seine Brille hoch. »Tut er das öfter?«

»Jedes Mal, wenn er hierherkommt.«

»Komisch.«

»Finde ich auch.«

Weil er Bens Anwesenheit ebenfalls bemerkt hatte, versicherte sich Zeus, dass der Junge keine Gefahr bedeutete, dann steckte er den Kopf wieder ins Wasser und kläffte hinterher fröhlich. Ben rührte sich nicht vom Fleck. Thibault biss in sein Sandwich, weil er nicht wusste, was er sagen sollte.

»Ich hab gesehen, wie Sie gestern hierhergekommen sind«, sagte Ben.

»Ach, ja?«

»Ich bin hinter Ihnen hergegangen.«

»Das habe ich mir fast gedacht.«

»Dort drüben ist mein Baumhaus.« Ben deutete in die Richtung. »Mein Geheimversteck.«

»So was braucht man manchmal«, bestätigte Thibault. Dann zeigte er auf den Ast neben sich. »Willst du dich zu mir setzen?«

»Ich darf Ihnen nicht zu nahe kommen.«

»Wieso nicht?«

»Meine Mom sagt, Sie sind ein Fremder.«

»Es ist immer gut, wenn man auf seine Mutter hört.«

Mit dieser Antwort schien Ben zufrieden zu sein, aber er war unsicher, was er als Nächstes tun sollte. Er schaute von Thibault zu Zeus und war offenbar hin und her gerissen. Schließlich nahm er auf einem umgestürzten Baumstamm Platz, gleich neben der Stelle, an der er gestanden hatte. So wahrte er weiterhin Distanz.

»Wollen Sie wirklich hier arbeiten?«, fragte er.

»Ich arbeite schon hier.«

»Ich meine – kündigen Sie bald wieder?«

»Das habe ich nicht vor.« Thibault hob etwas verdutzt die Augenbrauen. »Weshalb fragst du das?«

»Weil die letzten beiden ganz schnell abgehauen sind. Die hatten keine Lust, den Hundedreck wegzuräumen.«

»Ja, manche Leute mögen das nicht.«

»Macht es Ihnen was aus?«

»Eigentlich nicht.«

»Mich stört der Geruch.« Ben verzog das Gesicht.

»Der stört jeden. Ich versuche einfach, ihn zu ignorieren.«

Wieder schob Ben seine Brille die Nase hoch. »Wie sind Sie eigentlich auf den Namen Zeus gekommen?«

Thibault konnte sich ein Lächeln nicht verkneifen. Er hatte vergessen, wie neugierig Kinder sein konnten. »Er hieß schon so, als ich ihn bekommen habe.«

»Warum haben Sie ihn nicht umbenannt und ihm einen Namen gegeben, der Ihnen gefällt?«

»Weiß ich nicht. Auf die Idee bin ich gar nicht gekommen.«

»Wir hatten auch mal einen Schäferhund. Er hieß Oliver.«

»Ehrlich?«

»Er ist tot.«

»Das tut mir leid.«

»Nicht so schlimm«, beruhigte Ben ihn. »Er war alt.«

Thibault aß sein Sandwich auf, steckte die Plastiktüte in die Tasche und riss die Packung Mandeln auf, die er sich mitgebracht hatte. Er merkte, dass Ben ihn dabei beobachtete.

»Möchtest du ein paar?«

Ben schüttelte den Kopf. »Ich darf von Fremden nichts annehmen.«

»Okay. Wie alt bist du?«

»Zehn. Wie alt sind Sie?«

»Achtundzwanzig.«

»Sie sehen älter aus.«

»Du auch.«

Ben musste grinsen. »Ich heiße Ben.«

»Freut mich, Ben. Ich heiße Logan Thibault.«

»Sind Sie wirklich von Colorado bis hierher gelaufen – zu Fuß?«

Thibault musterte ihn mit zusammengekniffenen Augen. »Wer hat dir das erzählt?«

»Ich habe gehört, wie sich meine Mom mit Nana darüber unterhalten hat. Sie haben beide gesagt, normale Leute würden mit dem Auto fahren.«

»Stimmt.«

»Sind Ihre Beine nicht ganz müde geworden?«

»Am Anfang schon. Aber dann habe ich mich daran gewöhnt. Für Zeus war es ähnlich. Ich glaube, insgesamt hat ihm die lange Wanderung gefallen. Unterwegs hat er immer was Neues entdeckt, und er konnte zehntausend Eichhörnchen jagen.«

Ben scharrte mit den Füßen auf dem Boden. »Kann Zeus apportieren?«, erkundigte er sich mit ernster Miene.

»Wie ein Weltmeister. Aber nur ein paarmal nacheinander. Danach wird's ihm langweilig. Willst du mal ein Stöckchen für ihn werfen?«

»Darf ich?«

Thibault legte die Hände an den Mund und rief Zeus zu sich. Der Hund kam augenblicklich aus dem Wasser, blieb kurz stehen und schüttelte sich, dass die Tropfen nur so flogen. Dann musterte er Thibault mit fragendem Blick.

»Hol ein Stöckchen.«

Zeus senkte die Schnauze und begann, zwischen den vielen Zweigen auf dem Boden zu wühlen. Schließlich wählte er einen kleinen Ast aus und kam damit zu Thibault.

Sein Herrchen schüttelte den Kopf. »Größer«, sagte er. Zeus starrte ihn an. Er schien enttäuscht, drehte sich weg, ließ den kleinen Ast fallen und fing wieder an zu suchen. »Er freut sich wahnsinnig, wenn man mit ihm spielt – und wenn der Stock zu klein ist, zerbeißt er ihn gleich vor lauter Begeisterung«, erklärte Thibault. »So läuft das immer.«

Ben nickte.

Jetzt brachte der Hund seinem Herrn einen größeren Ast. Thibault knickte ein paar der kleinen Verzweigungen ab, damit sie nicht störten, und gab ihn dann Zeus zurück.

»Bring ihn Ben.«

Zeus verstand das Kommando nicht und legte mit gespitzten Ohren den Kopf schräg. Thibault deutete auf den Jungen. »Ben«, sagte er. »Stöckchen.«

Gehorsam trabte der Hund los, den Stock zwischen den Zähnen. Nachdem er ihn Ben vor die Füße gelegt hatte, beschnupperte er den Jungen und ließ sich von ihm streicheln.

»Er weiß, wie ich heiße?«

»Jetzt weiß er es.«

»Für immer?«

»Vermutlich, ja. Er kennt deinen Geruch.«

»Wieso kapiert er so schnell?«

»Das ist bei ihm so. Er lernt alles sehr rasch.«

Zeus leckte Ben übers Gesicht, entfernte sich dann ein Stück und schaute von Ben zu dem Ast und wieder zurück.

Thibault deutete auf den Stock. »Er möchte, dass du ihn wieder wirfst. Das ist Zeus' Art, um etwas zu bitten.«

Ben überlegte. »Kann ich ihn denn auch ins Wasser werfen?«

»Das fände er ganz besonders toll.«

Ben schleuderte den Stock in den langsam fließenden Fluss. Sofort sprang Zeus hinterher und paddelte los. Er schnappte sich den Stock, kam wieder aus dem Wasser und blieb ein paar Schritte vor Ben stehen, um sich zu schütteln. Dann ging er zu ihm und legte den Stock ab.

»Ich habe ihm beigebracht, dass er sich schütteln soll, bevor er zu nahe kommt, weil ich mich nicht gern nassspritzen lasse«, erklärte Thibault.

»Das finde ich cool.«

Thibault lächelte, als Ben den Stock zum zweiten Mal warf.

»Und was kann er sonst noch?«, fragte Ben über die Schulter.

»Einiges. Zum Beispiel kann er hervorragend Verstecken spielen. Egal, wo du dich versteckst – er findet dich.«

»Können wir das irgendwann mal ausprobieren?«

»Ja, klar.«

»Super. Wird er auch mal aggressiv?«

»Ja. Aber meistens ist er freundlich.«

Während Thibault sein Mittagessen vollends aufaß, warf Ben noch ein paarmal den Stock. Beim sechsten Wurf holte Zeus ihn zwar, ging aber nicht mehr damit zu Ben. Stattdessen legte er sich ein paar Meter entfernt auf den Boden, hielt den Stock mit einer Pfote fest und fing an, daran herumzunagen.

»Das bedeutet, dass er genug hat«, sagte Thibault. »Du hast eine gute Wurftechnik, finde ich. Spielst du Baseball?«

»Letztes Jahr habe ich gespielt. Aber ich weiß noch nicht, ob ich weitermache. Ich möchte gern Geige spielen lernen.«

»Ich habe als Junge auch Geige gespielt«, sagte Thibault.

»Echt?« Ben schien überrascht.

»Und Klavier. Acht Jahre lang.«

In dem Moment hob Zeus wachsam den Kopf. Wenig später hörte auch Thibault, dass jemand den Pfad entlangkam. Elizabeths Stimme tönte durch die Bäume.

»Ben?«

»Ich bin hier, Mom!«, antwortete der Junge.

Thibault gab seinem Hund mit der flachen Hand ein Zeichen. »Alles okay«, murmelte er leise.

»Ach, da bist du ja.« Elizabeth betrat die Lichtung. »Was tust du hier?«

Sie lächelte, aber ihre Miene erstarrte, als sie Thibault bemerkte. Er konnte in ihren Augen deutlich die Frage sehen: *Warum ist mein Sohn hier draußen mit einem Mann, den ich kaum kenne?* Thibault wollte sich nicht verteidigen – schließlich hatte er nichts getan, was sie ihm vorwerfen konnte. Also nickte er ihr zur Begrüßung freundlich zu.

»Hallo.«

»Hi«, antwortete sie zurückhaltend. Ben rannte zu ihr.

»Du musst dir mal ansehen, was dieser Hund alles kann. Er ist superschlau! Sogar noch schlauer als Oliver.«

»Das ist ja schön.« Sie legte ihm den Arm um die Schulter. »Kommst du mit ins Haus? Das Mittagessen steht auf dem Tisch.«

»Er kennt mich schon richtig gut und –«

»Wer?«

»Der Hund. Zeus. Er weiß, wie ich heiße.«

Beth schaute Thibault fragend an. »Stimmt das?«

Thibault nickte. »Ja, das stimmt.«

»Ja, dann … wunderbar.«

»Und soll ich dir was sagen, Mom? Er hat früher Geige gespielt.«

»Zeus?«

»Nein, natürlich nicht. Mr Thibault. Als Junge. Er hat Geige gespielt!«

»Tatsächlich?«, fragte sie verwundert.

Thibault nickte. »Meine Mutter ist eine große Musikliebhaberin. Sie wollte unbedingt, dass ich Schostakowitsch spiele, aber dafür war ich leider nicht begabt genug. Aber Mendelssohn konnte ich immerhin.«

Beth lächelte verkrampft. »Verstehe.«

Obwohl er merkte, wie unwohl sie sich fühlte, musste er lachen.

»Was ist?«, fragte sie irritiert, aber ihr war in dem Moment auch wieder eingefallen, wie oft sie das bei dem Vorstellungsgespräch gesagt hatte, dieses »Verstehe«.

»Was hast du, Mom?«

»Gar nichts«, sagte sie. »Ich finde nur, du hättest mir sagen sollen, wohin du gehst.«

»Aber ich bin doch oft hier draußen.«

»Ich weiß«, räumte sie ein. »Aber nächstes Mal sagst du es mir trotzdem, okay?«

Damit ich ein Auge auf dich haben kann. Damit ich weiß, du bist in Sicherheit. Wieder hörte Thibault deutlich die unausgesprochene Botschaft, die Ben vermutlich gar nicht mitbekam.

»Ich glaube, ich muss zurück ins Büro«, sagte er und stand auf. »Ich möchte nachsehen, ob der Mastiff noch genug Wasser hat. Der Ärmste hat so geschwitzt vorhin. Bis später, Ben. Tschüss.« Er drehte sich um. »Zeus! Komm mit.«

Sofort war Zeus bei ihm, und gemeinsam gingen Herr und Hund den Fußpfad entlang.

»Tschüss, Mr Thibault!«, rief Ben.

Thibault drehte sich um und ging ein paar Schritte rückwärts. »Hat Spaß gemacht, mit dir zu reden, Ben. Und übrigens – nicht Mr Thibault. Thibault reicht.«

Im Gehen spürte er, dass Elizabeths Blick ihm folgte, bis er außer Sichtweite war.

KAPITEL 9

Clayton

Keith Clayton lag im Bett und rauchte eine Zigarette. Gut, dass Nikki duschte – danach sah sie immer so toll aus, mit den nassen, wilden Haaren. Zum Glück. Sonst wäre es ihm nämlich lieber gewesen, sie würde ihre Sachen nehmen und sich aus dem Staub machen.

Es war schon das vierte Mal in den letzten fünf Tagen, dass sie über Nacht blieb. Sie arbeitete als Kassiererin im Quick Stop, wo er immer seine Doritos kaufte, und seit etwa einem Monat hatte er sich überlegt, ob er sie ansprechen sollte. Ihre Zähne waren nicht besonders schön, und ihre Haut war pockennarbig, aber sie hatte eine sagenhafte Figur, und das genügte ihm eigentlich, weil er ja mit ihrer Hilfe nur den allgemeinen Stress ein bisschen runterfahren wollte.

Am Sonntagabend, als er Ben ablieferte, hatte er Beth gesehen. Das hatte ihm den Rest gegeben. In Shorts und Tanktop kam sie auf die Veranda, winkte Ben zu und lächelte dieses hinreißende Farrah-Fawcett-Lächeln. Obwohl es nur Ben galt, war ihm, Keith Clayton, wieder einmal aufgefallen, dass sie mit jedem Jahr besser aussah.

Hätte er gewusst, dass sie sich so gut entwickeln würde, dann hätte er vielleicht nicht gleich in eine Scheidung eingewilligt. Und während er darüber nachdachte, wie hübsch seine Exfrau war, hatte er den Entschluss gefasst, noch am selben Abend mit Nikki ins Bett zu gehen.

Die Sache war die: Eigentlich hatte er keine Lust, wieder mit Beth zusammenzukommen. Erstens kommandierte sie ihn zu viel herum, und außerdem fing sie immer Streit an, wenn er eine Entscheidung traf, die ihr nicht passte. Das wusste er schon seit einer Ewigkeit, und jedes Mal, wenn er sie sah, wurde er daran erinnert. Gleich nach der Scheidung wollte er überhaupt nicht mehr an sie denken, und daran hatte er sich auch lange gehalten. Er führte ein Leben, wie es ihm gefiel, amüsierte sich mit verschiedenen Mädchen und blickte nicht zurück. Seine einzige familiäre Aufgabe bestand darin, dass er sich um den Jungen kümmerte. Aber als Ben drei oder vier Jahre alt war, hörte er Gerüchte, Beth verabrede sich wieder mit Männern, und das fand er gar nicht gut. Wenn er selbst andere Frauen hatte, war das okay, aber bei seiner Ex war es etwas völlig anderes. Und auf keinen Fall würde er es dulden, dass sich ein anderer Mann als Bens Daddy aufspielte. Außerdem ging ihm die Vorstellung, dass Beth mit einem anderen Kerl im Bett lag, völlig gegen den Strich. Er kannte doch die Männer und wusste, dass sie nur das Eine wollten. Und Beth schien in der Hinsicht ziemlich naiv zu sein, zumal er bei ihr der Erste gewesen war. Höchstwahrscheinlich war er, Keith Clayton, sowieso der einzige Mann, mit dem sie je geschlafen hatte, und das war auch gut so, weil er dadurch den Maßstab gesetzt hatte. Sie erzog ihren gemeinsamen Sohn, und obwohl Ben oft ein bisschen zimperlich war, machte sie ihre Sache insgesamt doch gut. Überhaupt war sie ein lieber

Mensch, und sie hatte es nicht verdient, dass ihr ein Mann das Herz brach. Sie brauchte ihn, Clayton – er musste auf sie aufpassen.

Aber neulich abends …

Hatte sie sich so provozierend angezogen, weil sie wusste, dass er kam? War das möglich? Vor zwei Monaten hatte sie ihn sogar hereingebeten, während Ben seine Sachen zusammensuchte. Es goss an dem Abend wie aus Kübeln, das stimmte, und Nana musterte ihn die ganze Zeit mit grimmiger Miene, aber Beth war richtig nett zu ihm. Konnte es sein, dass er die Lage falsch einschätzte? Sie hatte Bedürfnisse wie jeder Mensch. Und was würde es schaden, wenn er ihr ab und zu half, diese Bedürfnisse zu befriedigen? Es war ja nicht so, dass er sie noch nie nackt gesehen hatte, und sie hatten immerhin ein Kind miteinander. Wie nannte man das heutzutage? Eine Freundschaft mit Extrabonus? Ihm würde es jedenfalls gefallen. Solange sie nicht zu viel redete oder ihn mit ihren Erwartungen überforderte. Er drückte seine Zigarette aus. Ob er ihr das mal vorschlagen sollte?

Im Gegensatz zu ihm war sie schon lange allein, schon sehr lange sogar, das wusste er. Gelegentlich tauchte ein Verehrer auf, aber Keith wusste genau, was dann zu tun war. Er dachte an das kleine Gespräch, das er vor einigen Monaten mit Adam geführt hatte. Mit diesem Kerl, der ein Jackett über dem T-Shirt trug, wie diese Schnösel in Hollywood. Wie auch immer – Adam wurde kreidebleich, als Clayton ihn nach seiner dritten Verabredung mit Beth auf dem Heimweg anhielt und ans Autofenster klopfte. Die beiden hatten zum Abendessen gemeinsam eine Flasche Wein getrunken – das hatte Clayton von der anderen Straßenseite aus beobachtet –, und als er ihn in das Röhrchen pusten ließ, das er speziell für diesen Zweck präpariert hatte, wurde der Typ noch blasser.

»Na, einen über den Durst getrunken?«, fragte Clayton von oben herab. Adam beteuerte immer wieder, er habe sich nur ein einziges Gläschen gegönnt, und als Keith ihm dann die Handschellen anlegte, dachte er schon, der Typ würde gleich ohnmächtig oder sich in die Hose machen. Fast hätte er laut losgelacht.

Aber das tat er nicht. Stattdessen füllte er betont langsam die entsprechenden Formulare aus und hielt Adam anschließend einen Vortrag – den Vortrag, den jeder zu hören bekam, für den sich Beth zu interessieren schien. Dass er und Beth verheiratet gewesen seien und ein Kind hätten und dass es seine Pflicht sei, aufzupassen, dass den beiden nichts zustoße. Beth könne in ihrem Leben niemanden gebrauchen, der sie von Bens Erziehung ablenke und sie womöglich nur ausnutze. Dass sie geschieden seien, heiße noch lange nicht, dass ihr Wohlbefinden ihm nicht mehr am Herzen liege.

Der Typ verstand natürlich, was das bedeutete. Alle verstanden das. Nicht nur wegen Claytons Familie und wegen seiner Beziehungen, sondern auch, weil sich Clayton bereiterklärte, das Röhrchen und die gesamten Unterlagen verschwinden zu lassen, sobald der Typ versprach, Beth nicht mehr zu belästigen und das Gespräch für sich zu behalten. Denn sollte Beth je davon erfahren, wäre das gar nicht gut. Das könnte zum Beispiel Schwierigkeiten bei dem Jungen auslösen. Und er, Clayton, würde gar nicht erfreut reagieren, wenn es Probleme mit seinem Jungen gab.

Am nächsten Tag saß er natürlich in seinem Streifenwagen und beobachtete, wie Adam von der Arbeit kam. Adam wurde wieder schneeweiß, als er sah, dass Clayton mit dem Pusteröhrchen spielte. Jetzt hatte er endgültig kapiert, worum es hier ging, und beim nächsten Zusammentreffen befand sich Adam in Begleitung einer rothaarigen Sekretärin, die in derselben Steuerberaterkanzlei arbeitete wie er. Was bestätigte, dass Clayton von vornherein Recht gehabt hatte: Der Typ wollte gar keine feste Beziehung mit Beth. Er war ein typischer Macho, der nur eine Frau suchte, mit der er ins Bett steigen konnte.

Aber nicht mit Beth!

Sie würde ausrasten, wenn sie von seinen Machenschaften erführe, aber zum Glück brauchte er ja nicht allzu oft zu solchen Maßnahmen zu greifen. Nur hin und wieder, und es funktionierte jedes Mal.

Es klappte sogar perfekt. Selbst das Fiasko mit der Kamera und den Fotos von den Studentinnen hatte ein gutes Ende genommen. Weder der Fotoapparat noch die Speicherkarte waren aufgetaucht. Im Sheriff's Department herrschte Ruhe und Frieden, genau wie bei der Zeitung. Er hatte am Montagmorgen keine Zeit gehabt, nach dem verdammten Hippie zu fahnden, weil er zu viel Bürokram erledigen musste, aber ihm wurde zugetragen, der Kerl habe im Holiday Motor Court übernachtet. Dort hatte er sich leider – oder vielleicht auch zum Glück – schon wieder abgemeldet, und seither war er spurlos verschwunden. Was mit Sicherheit bedeutete, dass er längst über alle Berge war.

Eigentlich gefiel ihm sein Leben richtig gut. Vor allem die Idee mit Beth und dem Extrabonus – und so weiter.

Clayton verschränkte die Hände hinter dem Kopf und legte sich in sein Kissen zurück. In dem Moment kam Nikki, in ein Handtuch gehüllt, aus dem Bad, gefolgt von einer Dampfwolke. Er grinste.

»Komm her, Beth.«

Sie stutzte. »Ich heiße Nikki.«

»Weiß ich doch. Aber heute Abend sage ich Beth zu dir.«

»Was soll das?«

Seine Augen funkelten. »Halt die Klappe und komm her, okay?«

Nach kurzem Zögern gehorchte Nikki.

KAPITEL 10

Beth

Vielleicht hatte sie ihn falsch eingeschätzt. Jedenfalls, was die Arbeit betraf. In den letzten drei Wochen hatte sich Logan Thibault als der ideale Angestellte bewiesen. Eigentlich noch besser als ideal. Er war immer topfit, und außerdem kam er immer zu früh, vor dem offiziellen Arbeitsbeginn, damit er die Hunde füttern konnte – was Nana bisher gemacht hatte. Abends blieb er länger, und er fegte sogar das Büro. Einmal hatte sie beobachtet, wie er mit Fensterputzmittel und zerknülltem Zeitungspapier die Scheiben putzte. Der Zwinger war so sauber wie in den besten Zeiten, die Trainingswiese wurde jeden zweiten Nachmittag gemäht, und Thibault hatte zudem angefangen, die Kundenkartei neu zu ordnen. Es ging so weit, dass Beth direkt ein schlechtes Gewissen bekam, als sie ihm seinen ersten Lohn per Scheck auszahlte. Sie wusste, dass das Geld kaum zum Leben reichte. Aber er nahm den Umschlag lächelnd entgegen und sagte: »Das ist schön – danke.«

Und sie brachte nur ein leises »Bitte« über die Lippen.

Abgesehen davon begegneten sie sich nicht sehr häufig. Inzwischen war schon die dritte Woche Schule, aber Beth musste sich erst wieder an die Routine gewöhnen.

Sie verbrachte viele Stunden in ihrem kleinen Arbeitszimmer vorn im Haus, entwarf Unterrichtseinheiten und korrigierte Hausaufgaben. Ben hingegen rannte immer sofort los, wenn er heimkam, weil er unbedingt mit Zeus spielen wollte. Was Beth von ihrem Fenster aus mitbekam, gefiel ihr: Ihr Sohn schien Zeus als seinen besten Freund zu betrachten, und dem Hund ging es offenbar genauso. Sobald sie mit dem Wagen in die Einfahrt bogen, fing Zeus an, nach einem Stöckchen zu suchen, um Ben damit zu begrüßen. Ben kletterte blitzschnell aus dem Wagen, und während Beth die Treppe zur Veranda hinaufging, hörte sie schon, wie er lachend mit dem Hund über die Wiese rannte. Logan – der Name passte viel besser zu ihm als Thibault, gleichgültig, was er vorher zu Ben gesagt hatte – beobachtete die beiden ebenfalls, und ein Lächeln spielte um seine Lippen, wenn er sich wieder der Arbeit zuwandte.

Gegen ihren Willen mochte Beth dieses Lächeln. Es gefiel ihr auch, dass er oft strahlte, wenn er mit Ben oder Nana zusammen war. Beth wusste, dass sich der Krieg manchmal in der Seele eines Soldaten einnistete und es ihm schwermachte, wieder in den Alltag zurückzukehren, aber Thibault zeigte keine Symptome eines posttraumatischen Stresssyndroms. Bis auf die Tatsache, dass er eine so weite Strecke zu Fuß gegangen war, wirkte er ziemlich normal. Bedeutete das vielleicht, dass er nie bei einem Auslandeinsatz gewesen war? Nana versicherte ihr, sie habe ihn noch nicht danach gefragt. Diese Art von Zurückhaltung schien verwunderlich, wenn man Nana näher kannte – aber das war eine andere Geschichte. Insgesamt fügte sich Thibault viel besser in ihr kleines Familienunternehmen ein, als sie, Beth, es je für möglich gehalten hätte. Vor ein paar Tagen, als Logan gerade seine Arbeit abschloss, hatte sie gehört, wie Ben in sein Zimmer hinaufrannte. Gleich darauf fiel die Haustür schon wieder ins Schloss. Neugierig spähte sie aus dem Fenster und sah, dass Ben seinen Baseball geholt hatte, um mit Logan verschiedene Fangtechniken zu üben. Sie schaute eine Weile lang zu, wie die beiden den Ball hin und her warfen. Zeus tat sein Bestes, um sich die Bälle, die sie nicht erwischten, möglichst noch zu schnappen, bevor Ben sie aufhob.

Wenn doch nur ihr Ex da gewesen wäre, um zu sehen, wie fröhlich Ben spielte, wenn er sich nicht unter Druck gesetzt fühlte und wenn nicht dauernd jemand an ihm herummeckerte!

Dass Logan und Nana gut miteinander auskamen, wunderte sie nicht, aber ein bisschen nervte es sie doch, dass Nana so viel über ihn redete, wenn er sich nach der Arbeit verabschiedet hatte. »Du würdest ihn auch nett finden«, sagte sie immer wieder zu Beth. Oder: »Ich wüsste gern, ob er Drake gekannt hat.« Mit solchen Andeutungen gab sie zu verstehen, dass Beth versuchen sollte, Logan näher kennenzulernen. Nana erlaubte ihm inzwischen sogar, die Hunde zu trainieren, was sie bisher noch keinem einzigen Mitarbeiter gestattet hatte. Gelegentlich erwähnte sie etwas Interessantes aus seiner Vergangenheit – zum Beispiel, dass er in Nordtexas neben einer Familie von Gürteltieren übernachtet habe oder dass er früher davon geträumt habe, in Kenia für das *Koobi Fora Research Project* zu arbeiten, das den Ursprung des Menschen erforschte. Wenn sie solche Anekdoten erzählte, merkte man deutlich, dass Logan und seine Art zu leben sie faszinierten.

Das Beste war allerdings, dass sich langsam, aber sicher die Probleme mit dem Zwinger sortierten. Nach dem langen, hektischen Sommer spielte sich allmählich wieder eine Form von Rhythmus ein. Deshalb musterte Beth ihre Großmutter ziemlich besorgt, als sie beim Abendessen mit einer überraschenden Neuigkeit herausrückte.

»Was soll das heißen – du möchtest deine Schwester besuchen?«

Nana gab ein Stückchen Butter in die Schüssel mit *Shrimps and Grits*, diesem cremigen Maisbrei mit gebratenen Shrimps, eine typische Südstaatenspezialität. »Ich habe seit dem kleinen Zwischenfall keine Möglichkeit mehr gehabt, meine Schwester zu sehen, und ich wüsste gern, wie's ihr geht. Schließlich ist sie noch älter als ich. Und du unterrichtest, Ben ist in der Schule – also gibt es keinen günstigeren Zeitpunkt.«

»Aber wer kümmert sich um den Zwinger?«

»Thibault. Er kennt sich aus. Sogar das Training beherrscht er tadellos. Er hat gesagt, er ist gern bereit, noch ein paar Überstunden zu machen. Außerdem hat er angeboten, mich nach Greensboro zu fahren, also brauchst du dir deswegen keine Gedanken zu machen. Wir haben alles genauestens geplant. Er ist sogar bereit, für mich die Akten auf den neuesten Stand zu bringen.« Sie spießte eine Garnele auf und kaute genüsslich.

»Kann er Auto fahren?«

»Er sagt, ja.«

»Aber er hat keinen gültigen Führerschein.«

»Stimmt. Er muss sich beim Verkehrsamt einen ausstellen lassen. Deshalb ist er heute früher gegangen. Ich habe Frank angerufen, und er kann gleich heute noch den Fahrtest mit Thibault machen.«

»Und ein Auto hat Thibault auch nicht.«

»Er nimmt meinen Pick-up-Truck.«

»Und wie kommt er zum Verkehrsamt?«

»Er fährt hin.«

»Ohne Führerschein?«

»Aber das habe ich dir doch schon erklärt.« Nana schaute sie an, als wäre sie plötzlich schwer von Begriff.

»Was ist mit dem Chor? Du hast doch gerade wieder angefangen, mitzusingen.«

»Kein Problem. Ich habe der Chorleiterin gesagt, dass ich meine Schwester besuchen will, und sie meinte, das macht nichts. Sie findet die Idee sogar gut. Allerdings kann sie nicht gut Nein sagen, weil ich schon viel länger im Chor bin als sie.«

Beth schüttelte den Kopf. »Seit wann planst du das alles? Diesen Besuch, meine ich.«

Nana aß munter weiter und tat so, als würde sie überlegen. »Seit meine Schwester angerufen und mich gefragt hat natürlich.«

»Wann hat sie dich angerufen?«

»Heute Morgen.«

»Heute Morgen?« Aus dem Augenwinkel sah sie, dass Ben diesen Wortwechsel zwischen Mutter und Großmutter mit den Augen verfolgte, als wäre er Zuschauer bei einem Tennismatch. Beth warf ihm einen warnenden Blick zu, ehe sie sich wieder Nana zuwandte. »Und du findest wirklich, dass das eine gute Idee ist?«

»Wie Bonbons auf einem Schlachtschiff«, versicherte Nana mit Nachdruck.

»Was soll das heißen?«

»Es heißt«, sagte Nana, »dass ich meine Schwester besuchen werde. Sie hat gesagt, dass sie sich langweilt und dass sie mich vermisst. Und deshalb fahre ich jetzt zu ihr. So einfach ist das.«

»Wie lange willst du denn fortbleiben?« Beth versuchte, ihre wachsende Panik zu unterdrücken.

»Ungefähr eine Woche.«

»Eine Woche?«

Nana schaute Ben an. »Ich glaube, deine Mom hat Raupen in den Ohren. Sie wiederholt alles, was ich sage, als würde sie nicht richtig hören.«

Ben kicherte und steckte sich eine Garnele in den Mund. Beth starrte die beiden an. Manchmal fand sie ein Abendessen mit Nana und Ben fast genauso anstrengend wie ein Mittagessen mit ihren Zweitklässlern in der Schul-Cafeteria.

»Und was ist mit deinen Medikamenten?«, fragte sie.

Nana nahm sich noch mehr *Shrimps and Grits*. »Die nehme ich mit. Ich kann meine Tabletten genauso gut dort schlucken wie hier.«

»Was ist, wenn dir etwas passiert?«

»Dann bin ich bei meiner Schwester vermutlich in besseren Händen als hier, meinst du nicht?«

»Wie kannst du so etwas sagen!«

»Ihr zwei, Ben und du, seid doch den ganzen Tag weg, und ich bin allein im Haus. Thibault würde nicht merken, wenn es mir schlecht geht. Aber meine Schwester ist in Greensboro die ganze Zeit in meiner Nähe. Und ob du's glaubst oder nicht – sie hat ein Telefon und alles, was man braucht. Seit vergangenem Jahr sendet sie keine Rauchzeichen mehr.«

Ben musste wieder lachen, war aber klug genug, sich nicht einzumischen. Stattdessen grinste er nur vergnügt vor sich hin.

»Aber du bist nicht mehr vom Zwinger weg gewesen seit Grandpas Tod und –«

»Ganz genau«, unterbrach Nana sie.

»Aber …«

Nana fasste über den Tisch und tätschelte Beths Hand. »Ich weiß, du bist traurig, weil du ein paar Tage auf meine unterhaltsame Gegenwart verzichten musst, aber auf diese Weise hast du Gelegenheit, Thibault etwas näher kennenzulernen. Er kommt am Wochenende hierher, um dir zu helfen.«

»Dieses Wochenende? Wann fährst du denn?«

»Morgen.«

»Morgen?« Vor lauter Aufregung klang Beths Stimme fast schrill.

Nana zwinkerte Ben zu. »Siehst du? Raupen in den Ohren.«

Nachdem sie den Tisch abgedeckt hatte, ging Beth auf die vordere Veranda, um ein bisschen allein zu sein. Sie wusste, dass Nana fest entschlossen war und dass sie selbst etwas überzogen reagiert hatte. Schlaganfall oder nicht – Nana konnte hervorragend für sich sorgen, und Tante Mimi freute sich bestimmt, wenn ihre Schwester sie besuchte. Man wusste ja nie, wann es das letzte Mal war.

Aber das gesamte Gespräch hatte sie beunruhigt. Es war nicht nur die Reise selbst, sondern das, was diese Auseinandersetzung signalisierte – dass sie in den kommenden Jahren eine neue Rolle übernehmen musste, und zwar eine Rolle, der sie sich noch nicht gewachsen fühlte. Es war leicht, Bens Mutter zu sein. Da waren ihre Aufgaben und Pflichten klar umrissen. Aber bei Nana? Nana war immer so voller Leben, voller Energie gewesen, dass Beth noch vor ein paar Monaten nicht auf die Idee gekommen wäre, sie könnte je einen Gang herunterschalten. Und es ging ihr jetzt ja auch wieder gut, wirklich gut, vor allem, wenn man bedachte, dass der Schlaganfall noch gar nicht lange her war. Aber was würde passieren, wenn Nana das nächste Mal etwas tun wollte, was sie sich nach Beths Ansicht nicht zumuten durfte? Etwas Einfaches wie … nachts Auto fahren, zum Beispiel. Nana konnte längst nicht mehr so gut sehen wie früher. Und wie würde es später sein, wenn Nana darauf beharrte, nach der Arbeit zum Einkaufen zu fahren?

Beth wusste, dass sie mit solchen Situationen fertigwerden würde, wenn es so weit war. Aber sie fürchtete sich davor. Es war schwer genug gewesen, Nana den ganzen Sommer hindurch zu bremsen, und da waren ihre körperlichen Probleme noch viel offensichtlicher, auch für Nana selbst. Aber was sollte sie tun, wenn ihre Großmutter anfing, die Schwierigkeiten konsequent zu leugnen?

Sie schüttelte diesen Gedanken ab, als sie sah, wie Nanas Truck bedächtig die Einfahrt herauffuhr. Er blieb vor dem Eingang zum Zwinger stehen. Logan stieg aus und ging nach hinten zur Ladefläche, packte sich einen Zwanzigkilobeutel Hundefutter auf die Schulter und verschwand im Zwinger. Als er wieder herauskam, war Zeus an seiner Seite und schnupperte an seiner Hand. Offenbar hatte er den Hund im Büro untergebracht, solange er in der Stadt Erledigungen machte.

Er brauchte eine Weile, um das restliche Hundefutter abzuladen, und als er fertig war, ging er in Richtung Haus. Es begann schon zu dämmern. Die Grillen stimmten ihr abendliches Zirpkonzert an, und in der Ferne hörte man leises Donnergrollen. Das Gewitter würde also noch eine Weile auf sich warten lassen. Bis auf ein paar Regenschauer war der Sommer sehr trocken gewesen. Doch die Luft, die jetzt vom Ozean hergetragen wurde, roch nach Kiefernnadeln und nach Salz, und Beth musste plötzlich an längst vergangene Tage am Strand denken. Sie konnte sich noch gut daran erinnern, wie die Spinnenkrabben über den Sand flitzten, im Schein der Taschenlampen, die sie und Drake und Grandpa auf die Tiere richteten. Das Gesicht ihrer Mom leuchtete im Abglanz des kleinen Feuers, das ihr Vater entfacht hatte. Und Nanas Marshmallow, das sie in den Flammen hatte rösten wollen, fing plötzlich an zu brennen. Das war eine der wenigen Szenen mit ihren Eltern, die ihr noch lebhaft vor Augen standen. Wie viel daran stimmte, wusste sie nicht genau. Sie war damals noch sehr klein gewesen, deshalb hegte sie den Verdacht, dass Nanas Erinnerungen und ihre eigenen miteinander verschmolzen. Nana hatte ihr oft von jenem Abend erzählt – vielleicht, weil sie damals das letzte Mal alle zusammen gewesen waren. Wenige Tage später waren Beths Eltern bei einem Autounfall ums Leben gekommen.

»Ist alles in Ordnung?«

Weil sie so in ihre Erinnerungen versunken war, hatte sie gar nicht bemerkt, dass Logan schon auf der Veranda stand. Im schwindenden Licht erschienen ihr seine Gesichtszüge weicher als sonst.

»Ja, klar.« Sie richtete sich auf und zupfte ihre Bluse zurecht. »Ich war nur in Gedanken.«

»Hier sind die Schlüssel für den Truck«, sagte er leise. »Ich wollte sie schnell zurückgeben, bevor ich nach Hause gehe.«

Er reichte sie ihr, und Beth wusste, dass sie sich jetzt einfach bei ihm bedanken und ihm eine gute Nacht wünschen konnte. Aber sie entschied sich anders – vielleicht, weil sie wegen Nana immer noch ein bisschen durcheinander war oder weil sie sich ihr eigenes Urteil über Logan bilden wollte. Jedenfalls nahm sie die Schlüssel entgegen und schaute ihm dabei direkt in die Augen. »Vielen Dank«, sagte sie. »Heute war ein langer Tag für Sie, was?«

Sie vermochte ihm nicht anzusehen, ob er sich wunderte, dass sie ein Gespräch mit ihm begann. »Ach, so schlimm war es nicht. Und ich habe einiges erledigt«, entgegnete er.

»Zum Beispiel, dass Sie jetzt wieder legal Auto fahren können?«

Er lächelte. »Unter anderem.«

»Haben Ihnen die Bremsen Probleme gemacht?«

»Nachdem ich mich an das Knirschen gewöhnt hatte, war alles okay.«

Beth musste grinsen. »Ich wette, der Kontrolleur war begeistert.«

»Allerdings. Ich habe es daran gemerkt, dass er immer wieder zusammengezuckt ist.«

Jetzt lachte sie richtig. Danach schwiegen sie beide für eine Weile. Am Horizont sah man Blitze aufflammen. Es dauerte auch jetzt einen Moment, bis leiser Donner zu hören war. Das Unwetter war immer noch einige Kilometer entfernt. Während Beth Logan verstohlen beobachtete, fand sie, dass er sie anschaute, als hätte er sie schon einmal gesehen. Doch er schien ihren Blick zu spüren und drehte sich schnell weg. Beth folgte seinen Augen und sah, dass Zeus in Richtung Bäume gewandert war. Dort stand er in Hab-Acht-Stellung und fixierte Logan, als wollte er ihn fragen: *Möchtest du nicht ein Stück mit mir spazieren gehen?* Um seine Aufforderung zu unterstreichen, bellte er. Logan schüttelte den Kopf und rief:

»Warte noch ein bisschen!« An Beth gewandt fügte er hinzu: »Er war ziemlich lange drinnen eingesperrt und will jetzt unbedingt laufen.«

»Aber er läuft doch schon rum, oder?«

»Nein – das heißt, ja, aber er will, dass ich mitkomme. Er lässt mich nicht aus den Augen.«

»Nie?«

»Er kann nicht anders. Er ist ein Hütehund und denkt, ich bin seine Herde.«

Beth hob belustigt die Augenbrauen. »Ziemlich kleine Herde, würde ich sagen.«

»Stimmt, aber sie vergrößert sich im Moment. Er fühlt sich jetzt auch für Ben und Nana zuständig.«

»Für mich nicht?« Sie tat so, als wäre sie gekränkt.

Logan zuckte die Achseln. »Sie haben noch nie ein Stöckchen für ihn geworfen.«

»Mehr muss man nicht tun?«

»Man kann ihn leicht für sich gewinnen.«

Wieder lachte Beth. Es überraschte sie, dass Logan so viel Humor hatte. Und noch mehr wunderte sie sich, als er fragte: »Haben Sie vielleicht Lust, ein Stück mit uns zu gehen? Für Zeus ist ein gemeinsamer Spaziergang fast so gut, wie wenn man ein Stöckchen für ihn wirft.«

»Ach, tatsächlich?«, erwiderte sie, um Zeit zu gewinnen.

»Ich habe die Regeln nicht aufgestellt, ich kann sie nur beschreiben. Und ich möchte auf keinen Fall, dass Sie sich ausgeschlossen fühlen.«

Beth zögerte, kam dann aber zu dem Schluss, dass Thibault keine Hintergedanken hatte und diese Einladung einfach nur nett meinte. »Ich glaube, ich sage Nana und Ben kurz Bescheid.«

»Wenn Sie wollen, können Sie das natürlich tun – aber wir bleiben nicht lange weg. Zeus möchte nur zum Fluss und dort ein bisschen herumplanschen, bevor wir nach Hause gehen. Sonst wird es ihm zu heiß.« Er wippte auf den Fersen, die Hände in den Taschen. »Gehen wir?«

»Okay.«

Sie liefen in Richtung Kiesweg. Zeus zottelte vor ihnen her und versicherte sich unterwegs immer wieder, dass Beth und Logan ihm folgten. Sie gingen nebeneinander, hielten aber genug Abstand, um sich nicht aus Versehen zu berühren.

»Nana hat mir erzählt, dass Sie als Lehrerin arbeiten?«, erkundigte sich Logan.

Beth nickte. »Ja, ich unterrichte das zweite Schuljahr.«

»Und wie ist Ihre Klasse?«

»Dieses Jahr habe ich eine sehr nette Gruppe. Bis jetzt jedenfalls. Und es haben sich schon sieben Mütter gemeldet, die irgendwelche Aufgaben übernehmen möchten. Das ist immer ein gutes Zeichen.«

Sie gingen am Zwinger vorbei und kamen zu dem schmalen Pfad, der zum Fluss führte. Die Sonne war hinter den Bäumen verschwunden, so dass der Weg im Schatten lag. Und wieder hörte man fernes Donnergrollen.

»Wie lange unterrichten Sie schon?«

»Seit drei Jahren.«

»Macht es Ihnen Spaß?«

»Meistens, ja. Ich arbeite mit vielen tollen Leuten zusammen, das erleichtert die Arbeit enorm.«

»Aber?«

Sie verstand seine Frage nicht. Thibault vergrub die Hände noch tiefer in den Taschen und fuhr fort:

»Es gibt immer ein ›Aber‹, wenn es um Jobs geht. Zum Beispiel: Ich mag meinen Job, und meine Kollegen sind großartig, aber … ein paar von ihnen ziehen sich am Wochenende wie Superhelden an, und da frage ich mich doch, ob sie nicht übergeschnappt sind.«

Beth kicherte. »Nein, sie sind wirklich nett. Und ich unterrichte für mein Leben gern. Nur ab und zu gibt es Schüler aus schwierigen Familien – und man kann so wenig für sie tun. Das bricht einem manchmal fast das Herz.« Sie schwieg kurz. »Und wie ist es mit Ihnen? Arbeiten Sie gern hier?«

»Ja, sehr gern.« Das klang ehrlich.

»Aber?«

Er schüttelte den Kopf. »Kein Aber.«

»Das ist nicht fair. Ich habe auf die Frage geantwortet.«

»Ja, aber Sie haben nicht mit der Enkelin Ihrer Chefin geredet. Apropos Chefin – haben Sie eine Ahnung, wann wir morgen losfahren?«

»Das hat sie Ihnen nicht gesagt?«

»Nein. Ich wollte es mit ihr besprechen, wenn ich ihr die Schlüssel zurückgebe.«

»Sie hat nichts gesagt, aber ich bin sicher, dass es ihr am liebsten wäre, wenn Sie noch mit den Hunden rausgehen, bevor Sie aufbrechen, damit die nicht unruhig werden.«

Inzwischen war der Fluss in Sichtweite, und Zeus spurtete los, sprang ins Wasser, spritzte und bellte. Logan und Beth schauten ihm lächelnd zu. Dann deutete Logan auf den niedrigen Ast, auf dem er in seiner Mittagspause meistens saß. Beth setzte sich, er nahm neben ihr Platz, immer sorgfältig darauf bedacht, dass nur ja genug Zwischenraum blieb.

»Wie weit ist es von hier nach Greensboro?«, fragte er.

»Fünf Stunden, hin und zurück. Man fährt hauptsächlich Schnellstraße.«

»Wissen Sie, wann Ihre Großmutter wieder zurückkommen möchte?«

Beth zuckte die Achseln. »Zu mir hat sie gesagt, sie würde gern eine Woche bleiben.«

»Ah …« Logan schien die Information erst einmal verdauen zu müssen.

Dabei hatte Nana doch behauptet, sie habe alles mit ihm besprochen! Aber ihr Angestellter wusste offensichtlich noch weniger Bescheid als ihre Enkelin. »Ich habe den Eindruck, dass meine Großmutter Sie nicht informiert hat.«

»Sie hat mir nur mitgeteilt, dass sie zu ihrer Schwester fahren will, dass ich sie hinbringen soll und mir deshalb sofort einen Führerschein beschaffen muss. Ah ja, und dass ich am Wochenende arbeite.«

»Typisch Nana. Also … wenn Sie etwas anderes vorhaben, kann ich das Wochenende übernehmen, das schaffe ich schon –«

»Nein, nein, das ist wirklich kein Problem«, entgegnete Logan. »Ich habe keine anderen Pläne. Und es gibt genug Dinge, zu denen ich bisher noch nicht gekommen bin. Zum Beispiel müssen verschiedene Kleinigkeiten repariert werden.«

»Wie wär's, wenn Sie im Büro eine Klimaanlage installieren würden?«

»Ich habe eher daran gedacht, den Türrahmen zu streichen und zu sehen, ob ich es endlich schaffe, das Bürofenster wieder zu öffnen.«

»Sie meinen das Fenster, das mit Farbe zugekleistert ist? Viel Glück. Mein Großvater hat jahrelang versucht, es aufzubekommen. Einmal hat er es stundenlang mit einer Rasierklinge bearbeitet – mit dem Ergebnis, dass er eine ganze Woche ein Pflaster tragen musste. Und das Fenster ging immer noch nicht auf.«

»Sie machen mir nicht gerade Mut.«

»Ich will Sie nur warnen. Mein Großvater war übrigens auch derjenige, der es falsch gestrichen hat. Er gehörte zu den Leuten, die denken, sie können alles reparieren. Aber leider hat es nie ganz so geklappt, wie er es wollte. Dabei hatte er einen ganzen Schuppen voller Werkzeug – da fehlt nichts. In Wahrheit war er eher ein Visionär als ein Heimwerker. Haben Sie Bens Baumhaus und die Hängebrücke schon gesehen?«

»Von weitem.«

»Das Baumhaus ist ein gutes Beispiel für Grandpas Kunst. Fast einen ganzen Sommer hat er daran herumgebastelt, aber jedes Mal, wenn Ben hochklettert, zittre ich vor Angst. Keine Ahnung, wie es kommt, dass es immer noch hält – eigentlich hätte es längst runterkrachen müssen. Aber Ben liebt dieses Baumhaus. Vor allem, wenn er wütend oder unruhig ist, zieht er sich dorthin zurück. Er sagt, es ist sein Geheimversteck. Er ist ziemlich oft dort.« Sie verstummte, und Thibault sah ihr an, dass der Gedanke daran sie belastete. Nach einer kurzen Pause redete sie weiter. »Grandpa war ein absolutes Original. Mit einem riesengroßen Herzen. Und er hat uns die schönste Kindheit beschert, die man sich nur wünschen kann.«

»Uns?«

»Meinem Bruder und mir.« Sie schaute in den Baum hinauf, dessen Blätter jetzt im Mondlicht silbern schimmerten. »Hat Nana Ihnen von meinen Eltern erzählt?«

Er nickte. »Ja, kurz. Es tut mir sehr leid.«

Beth wartete, weil sie nicht wusste, ob er noch etwas hinzufügen wollte, aber er schwieg.

»Wie war das eigentlich, diese lange Wanderung quer durchs Land?«, fragte sie ganz unvermittelt.

Logan überlegte für einen Moment, bevor er antwortete: »Es war sehr … friedlich. Ich konnte gehen, wohin ich wollte, wann ich wollte, ohne mich beeilen zu müssen.«

»Das klingt fast therapeutisch.«

»War es auch, glaube ich.« Ein trauriges Lächeln erschien auf seinem Gesicht, verschwand aber gleich wieder. »In gewisser Weise.«

»Haben Sie gefunden, was Sie suchten?«, fragte Beth mit ernstem Gesicht.

Logan zögerte und sagte dann: »Ja, ich hab's gefunden.«

»Und?«

»Mehr kann ich noch nicht sagen.«

Sie war sich nicht ganz sicher, wie sie diese Antwort deuten sollte. »Bitte, verstehen Sie mich nicht falsch, aber ich kann mir bei Ihnen nicht vorstellen, dass Sie je für längere Zeit an einem Ort bleiben.«

»Weil ich den ganzen Weg von Colorado bis hierher zu Fuß gegangen bin?«

»Ja, auch deswegen.«

Er lachte, und jetzt erst fiel Beth auf, wie lange es her war, dass sie das letzte Mal mit jemandem solch ein Gespräch geführt hatte. So mühelos, so unverkrampft. Mit Adam war es oft anstrengend gewesen, weil sie sich beide zu sehr bemühten. Sie hatte zwar immer noch keine Ahnung, was sie von Logan halten sollte, aber von ihrem Gefühl her erschien es ihr richtig, dass sie sich endlich ein wenig anfreundeten. Sie räusperte sich. »Also – noch mal wegen morgen. Ich glaube, dass Sie und Nana mein Auto nehmen sollten, und ich fahre mit dem Truck in die Schule. Ich mache mir nämlich wegen der Bremsen wirklich Sorgen.«

»Ich muss zugeben, dass ich auch etwas beunruhigt war deswegen. Aber ich bin überzeugt, dass ich das Problem beheben kann. Nicht bis morgen, aber irgendwann am Wochenende.«

»Sie können auch Autos reparieren?«, fragte Beth mit nur halb gespieltem Staunen.

»Ja.«

Sie lachte. »Ausgezeichnet. Ich werde mit Nana reden. Sie ist bestimmt auch damit einverstanden, dass Sie meinen Wagen nehmen. Und ich kümmere mich um die Hunde, wenn ich von der Schule nach Hause komme. Okay? Das hat Nana bestimmt auch noch nicht mit Ihnen besprochen.«

Er nickte. In dem Moment kam Zeus aus dem Wasser, schüttelte sich und näherte sich dann Beth, um sie zu beschnuppern und ihre Hand zu lecken.

»Er mag mich.«

»Vermutlich will er sich Ihren Geruch einprägen.«

»Lustig.« Genau das hätte Drake auch sagen können. Auf einmal merkte sie, dass sie allein sein wollte. Sie stand auf. »Ich gehe jetzt lieber zurück. Die beiden fragen sich bestimmt schon, wo ich stecke.«

Logan schaute zum Himmel. Die Wolken wurden immer dichter. »Ja, ich muss auch heim, sonst werde ich noch nass. Das Unwetter kommt immer näher.«

»Soll ich Sie schnell fahren?«

»Vielen Dank, aber das ist wirklich nicht nötig. Ich gehe gern zu Fuß.«

»Auf die Idee wäre ich nie gekommen!«, sagte sie mit einem Lächeln in der Stimme. Sie gingen zurück in Richtung Haus, und als sie zu dem Kiesweg gelangten, zog Beth ihre Hand aus der Jeanstasche und winkte Thibault zum Abschied zu.

»Danke für den Spaziergang, Logan.«

Sie erwartete, dass er sie korrigieren würde, so wie er es bei Ben gemacht hatte – dass er ihr sagen würde, er heiße Thibault –, doch er schwieg, streckte nur grinsend das Kinn vor und murmelte dann leise:

»Danke, Elizabeth.«

Sie wusste, es würde nicht lange gewittern, obwohl sie dringend Regen brauchten. Es war bis jetzt ein sehr heißer, trockener Sommer gewesen, und man hatte das Gefühl, dass die Hitze nie aufhören würde. Während sie horchte, wie die Tropfen auf das Blechdach klopften, dachte sie an ihren Bruder Drake.

Bevor Drake ging, hatte er zu ihr gesagt, am allermeisten werde er dieses Geräusch vermissen, wenn die Regentropfen aufs Dach prasselten. Sie hätte gern gewusst, wie oft er von den Sommergewittern in North Carolina träumte, in diesem kargen, ausgedörrten Land, in dem er schließlich gelandet war. Beim Gedanken daran hatte sie ein flaues Gefühl im Magen und wurde unendlich traurig.

Nana war in ihrem Zimmer und packte den Koffer. Sie freute sich wie schon lange nicht mehr. Ben hingegen wurde immer bedrückter, woraus man schließen konnte, dass er einen großen Teil des Wochenendes mit seinem Vater verbringen musste. Was wiederum hieß, dass sie, Beth, seit langem das erste Wochenende allein zu Hause war.

Nur mit Logan.

Sie konnte verstehen, warum sich Nana und Ben zu ihm hingezogen fühlten. Er besaß eine ruhige Gelassenheit, der man ziemlich selten begegnete. Erst als sie zum Haus zurückkam, fiel ihr auf, dass sie eigentlich nichts über ihn erfahren hatte, was sie nicht bereits von dem Vorstellungsgespräch gewusst hatte. War er schon immer so zurückhaltend, oder hing das mit seinen Erfahrungen im Irak zusammen?

Dass er dort gewesen war, davon war sie jetzt überzeugt. Er hatte es zwar nicht ausdrücklich gesagt, aber sie hatte etwas in seinem Gesicht wahrgenommen, als sie den Tod ihrer Eltern erwähnte – seine schlichte Antwort erschien ihr ebenfalls ein Zeichen dafür, dass er schon viel Leid gesehen hatte und dass er den Schmerz als einen unvermeidlichen Teil des Lebens akzeptierte.

Sie konnte nicht recht sagen, ob er ihr dadurch sympathischer wurde oder nicht. Wie Drake hatte er dem Marine Corps angehört. Aber Logan war hier, und Drake war nicht mehr hier. Aus diesem Grund und aus vielen anderen, komplexeren Gründen wusste sie nicht, ob sie je fähig sein würde, Logan fair zu behandeln.

Als sie zu den Sternen emporblickte, die jetzt zwischen den Gewitterwolken hervorblitzten, spürte sie den Verlust von Drake wie eine tiefe Wunde, die sich wieder geöffnet hat. Nach dem Tod ihrer Eltern waren sie und Drake unzertrennlich gewesen, sie hatten zwölf Monate lang sogar im selben Bett geschlafen. Er war nur ein Jahr jünger als sie, und sie erinnerte sich noch genau, wie sie ihn an seinem ersten Tag in den Kindergarten begleitet hatte. Damit er aufhörte zu weinen, hatte sie ihm vorgeschwärmt, er werde viele neue Freunde finden und sie werde später bei den Schaukeln auf ihn warten. Im Gegensatz zu vielen anderen Geschwisterpaaren empfanden sie einander nie als Konkurrenten. Sie war Drakes größter Fan, und er unterstützte sie uneingeschränkt. Während der Highschool ging sie zu jedem Football-, Basketball- oder Baseballspiel, bei dem er mitmachte, und sie half ihm bei den Hausaufgaben, wenn er Unterstützung brauchte. Drake seinerseits war der Einzige, der sich von ihren schwindelerregenden Stimmungsschwankungen während der Pubertät nicht beeindrucken ließ. Es hatte nur eine ernsthafte Auseinandersetzung zwischen ihnen gegeben, und zwar wegen Keith, doch im Gegensatz zu Nana behielt Drake seine Gefühle weitgehend für sich. Sie wusste allerdings genau, was er dachte, und nachdem sie und Keith sich getrennt hatten, wandte sie sich hilfesuchend an Drake, während sie versuchte, als alleinerziehende Mutter wieder Boden unter den Füßen zu bekommen. Und Drake war es gewesen, das wusste sie, der Keith daran hinderte, in den Monaten nach der Trennung immer wieder an ihre Tür zu hämmern. Drake war weit und breit der einzige Mensch gewesen, vor dem Keith Angst hatte.

Damals war er schon ein erwachsener junger Mann. Er war ein erstklassiger Athlet und zeichnete sich in fast allen Sportarten aus. Mit zwölf fing er an zu boxen. Mit achtzehn hatte er in North Carolina schon dreimal den Goldenen Boxhandschuh gewonnen, und er übte regelmäßig mit Soldaten, die in Fort Bragg oder in Camp Lejeune stationiert waren. Die Stunden, die er mit diesen Männern verbrachte, weckten in ihm den Wunsch, zum Militär zu gehen.

Er war nie ein besonders guter Schüler gewesen, und nach einem Jahr College befand er, dass er eigentlich nicht studieren wollte. Über seine Pläne sprach er aber nur mit Beth. Sie fand es gut, dass er seinem Land dienen wollte, und als sie ihn das erste Mal in Uniform sah, war sie maßlos stolz auf ihn. Natürlich wurde ihr dann angst und bange, als er nach Kuwait und später in den Irak geschickt wurde, aber sie glaubte fest daran, dass er unversehrt zurückkommen würde.

Doch Drake Green kam nie mehr nach Hause.

An die Tage, nachdem sie erfahren hatte, dass ihr Bruder tot war, konnte sie sich kaum erinnern. Auch jetzt wollte sie eigentlich nicht daran denken. Sein Tod hatte eine abgrundtiefe Leere in ihr hinterlassen, und sie wusste, dass diese Leere nie wieder gefüllt werden konnte. Doch die Zeit hatte den Schmerz gelindert. Kurz nach der schrecklichen Nachricht hätte sie sich nicht vorstellen können, dass ihr beim Gedanken an Drake auch wieder die glücklicheren Zeiten einfallen würden, die sie gemeinsam erlebt hatten. Aber inzwischen sah sie ihn vor sich, wie er lachte. Auch wenn sie auf den Friedhof ging, um mit ihm zu reden, litt sie nicht mehr so furchtbar wie am Anfang. Heute war ihre Wut fast stärker als die Trauer.

Doch diese Entwicklung erschien ihr in Ordnung zu sein – auch jetzt, da sie spürte, dass sie sich, genau wie Nana und Ben, zu Thibault hingezogen fühlte, und sei es auch nur, weil sie mit ihm so entspannt reden konnte wie mit sonst niemandem, seit Drake nicht mehr lebte.

Und da war noch etwas: Drake war der Einzige, der sie immer bei ihrem richtigen Vornamen genannt hatte. Seit sie denken konnte, sagten sonst alle nur Beth zu ihr – ihre Eltern, Nana, Grandpa, ihre Freundinnen und Freunde. Und natürlich auch Keith. Bei ihm war sie sich nicht einmal sicher, ob er überhaupt wusste, wie sie eigentlich hieß. Drake hatte als Einziger Elizabeth zu ihr gesagt. Allerdings auch nur, wenn sie allein waren. Das war ihr Geheimnis gewesen, ein Geheimnis zwischen Geschwistern, und sie hatte sich nie vorstellen können, wie ihr Vorname klingen würde, wenn jemand anderes ihn aussprach.

Bei Logan klang er genau richtig.

KAPITEL 11

Thibault

Als er im Herbst 2007 das Marine Corps verließ, verabredete Thibault mit Victor ein Treffen in Minnesota – und zwar möglichst bald. Sie kannten beide diesen Bundesstaat nicht, und nun war der ideale Zeitpunkt gekommen: Victor hatte vor einem halben Jahr geheiratet, mit Thibault als Trauzeugen. Als Thibault ihn jetzt anrief, um den gemeinsamen Ausflug vorzuschlagen, hoffte er, dass Victor nichts dagegen hatte, zur Abwechslung mal wieder ein paar Tage ohne seine Frau zu verbringen.

Am ersten Tag hockten sie in einem kleinen Ruderboot auf dem See und unterhielten sich über alles Mögliche. Doch dann fragte ihn Victor:

»Hast du eigentlich Alpträume?«

Thibault schüttelte den Kopf. »Nein. Du?«

»Ja«, antwortete Victor.

Die Luft war herbstlich frisch, und ein feiner Nebelschleier schwebte über dem Wasser. Aber der Himmel war wolkenlos, und man spürte schon, dass es bald wärmer werden würde und ein wunderschöner Herbsttag bevorstand.

»So wie früher?«, hakte Thibault nach.

»Schlimmer.« Er rollte seine Angelleine auf und warf

sie wieder aus. »Ich sehe tote Menschen.« Er grinste hilflos, und die Müdigkeit stand ihm ins Gesicht geschrieben. »Wie in dem Film mit Bruce Willis. Du weißt schon – *Der sechste Sinn*.«

Thibault nickte.

»In meinen Träumen erlebe ich alles, was wir durchgemacht haben, noch mal. In verschiedenen Variationen. Meistens werde ich getroffen, ich rufe um Hilfe, aber niemand kommt, und dann wird mir klar, dass es alle anderen bereits erwischt hat. Und ich spüre richtig, wie ich langsam sterbe.« Er rieb sich die Augen, bevor er weitersprach. »Das ist schon ganz schön schrecklich, aber noch viel schlimmer ist es, wenn ich sie tagsüber sehe – die Toten, meine ich. Ich bin in irgendeinem Supermarkt, und plötzlich sehe ich sie vor mir, sie stehen herum und blockieren den Gang. Oder sie liegen blutend auf dem Boden und werden von Sanitätern verarztet. Aber sie geben nie einen Mucks von sich. Sie schauen mich nur an, als wäre ich schuld daran, dass sie verwundet sind. Oder dass sie sterben. Ich muss dann die Augen schließen und tief durchatmen, damit sie verschwinden.« Er schwieg. »Manchmal habe ich Angst, ich werde verrückt.«

»Hast du mal mit jemandem darüber geredet?«, erkundigte sich Thibault.

»Nein, mit keinem. Außer mit meiner Frau natürlich, aber wenn ich ihr so was erzähle, erschrickt sie und fängt an zu weinen. Also sage ich lieber nichts mehr.«

Thibault schwieg.

»Sie ist nämlich schwanger«, fügte Victor ergänzend hinzu.

Thibault lächelte. Das war doch ein Hoffnungsschimmer. »Herzlichen Glückwunsch.«

»Danke. Es wird ein Junge. Wir wollen ihn Logan nennen.«

Thibault richtete sich auf und nickte Victor zu. »Ich fühle mich geehrt.«

»Zwischendurch bekomme ich immer wieder Angst, wenn ich mir vorstelle, dass ich bald einen Sohn habe. Ich weiß nicht, ob ich ein guter Vater sein kann.« Er starrte aufs Wasser.

»Du bist bestimmt ein wunderbarer Vater«, beruhigte Thibault ihn.

»Wer weiß. Ich habe überhaupt keine Geduld mehr. Es gibt so viele Sachen, die mich wütend machen! Lauter Kleinigkeiten, die eigentlich völlig banal sind, aber aus irgendeinem Grund bringen sie mich in Rage. Und obwohl ich versuche, die Wut zu unterdrücken, kommt sie trotzdem hoch. Bis jetzt war es noch nie wirklich problematisch, aber ich habe keine Ahnung, wie lange ich die Gefühle noch wegschieben kann. Vielleicht sind sie bald stärker als ich.« Er zupfte an seiner Angelschnur. »Geht dir das auch so?«

»Manchmal.«

»Aber nicht besonders oft?«

»Nein.«

»Das hab ich mir schon gedacht. Bei dir ist alles anders. Wegen des Fotos, glaube ich.«

Thibault schüttelte den Kopf. »Stimmt doch gar nicht. Für mich ist es auch nicht leicht. Ich kann nicht die Straße hinuntergehen, ohne über die Schulter zu schauen. Oder ich suche die Fenster über mir danach ab, ob jemand auf mich zielt. Und im Grund weiß ich gar nicht mehr, wie man ein normales Gespräch führt. Die anderen Leute machen sich über die komischsten Sachen Gedanken – mit den meisten kann ich überhaupt nichts anfangen. Wer wo arbeitet und wie viel jemand verdient und was im Fernsehen kommt und wer mit wem eine Beziehung hat. Am liebsten würde ich immer sagen: Na und?«

»Du hattest noch nie eine Begabung für Smalltalk«, spottete Victor.

»Vielen Dank.«

»Aber dass du über die Schulter schaust, ist völlig normal. Das mache ich auch.«

»Ehrlich?«

»Aber bisher habe ich nirgends eine Waffe entdeckt.«

Thibault lachte leise. »Zum Glück!« Dann beschloss er, das Thema zu wechseln, und fragte: »Wie fühlst du dich als Dachdecker?«

»Im Sommer ist es ganz schön heiß da oben.«

»So wie im Irak?«

»Nein, kein Vergleich. Aber ziemlich strapaziös.« Er grinste. »Ich bin befördert worden. Inzwischen bin ich schon Vorarbeiter.«

»Gut gemacht. Wie geht's Maria?«

»Sie wird immer runder, aber sie fühlt sich sehr wohl. Maria gibt meinem Leben einen Sinn. Mit ihr habe ich wirklich einen Glücksgriff getan.« Er schüttelte beinahe verwundert den Kopf. »Es gibt nichts Schöneres als die Liebe. Du solltest das auch mal ausprobieren.«

Thibault zuckte die Achseln. »Irgendwann vielleicht.«

Elizabeth.

Er hatte gemerkt, wie ein Schatten über ihr Gesicht huschte, als er sie Elizabeth nannte, eine emotionale Reaktion, die er nicht richtig einordnen konnte. Ihr voller Name erfasste ihr Wesen besser als die Abkürzung Beth. Der elegante Rhythmus der Vokale passte genau zu ihren graziösen Bewegungen, und obwohl er eigentlich nicht vorgehabt hatte, sie so zu nennen, waren ihm die Silben über die Lippen gekommen, als hätte er keine andere Wahl.

Auf dem Heimweg ging er in Gedanken das Gespräch mit ihr noch einmal durch. Wie selbstverständlich es sich angefühlt hatte, neben ihr zu sitzen! Sie war entspannter gewesen als erwartet, aber er wusste, dass sie, genau wie Nana, nicht ganz sicher war, was sie von ihm halten sollte. Als er später im Bett lag und zur Decke hinaufstarrte, fragte er sich, was sie wohl in ihm sah.

Am Freitagmorgen sorgte Thibault dafür, dass alles erledigt war, ehe er Nana mit Elizabeths Wagen nach Greensboro brachte. Zeus saß auf dem Rücksitz und streckte die meiste Zeit den Kopf zum Fenster hinaus, so dass der Fahrtwind seine Ohren nach hinten wehte. Die ständig wechselnden Gerüche und die unbekannte Szenerie schienen ihn zu faszinieren. Thibault hatte befürchtet, Nana könnte vielleicht etwas dagegen haben, dass Zeus mitfuhr, aber sie hatte den Hund in den Wagen gewinkt. »Beth ist das egal. Und mein Koffer passt sowieso in den Kofferraum.«

Die Rückfahrt nach Hampton erschien ihm viel kürzer. Und als er in die Einfahrt bog, freute er sich richtig. Wie schön, dass Ben in der Nähe des Hauses Ball spielte! Zeus rannte erwartungsvoll zu ihm, und prompt warf Ben seinen Ball in Richtung Wiese. Sofort flitzte Zeus hinterher, mit anliegenden Ohren und hängender Zunge. In dem Moment trat Elizabeth auf die Veranda, und Thibault durchfuhr nur ein Gedanke: *Sie ist die schönste Frau, die ich je gesehen habe*. Sie trug eine Sommerbluse und Shorts, die ihre wohlgeformten Beine gut zur Geltung brachten. Sie winkte ihm freundlich zu, und er musste sich zusammenreißen, um sie nicht allzu verzückt anzustarren.

»Hey, Thibault!«, rief Ben. Er sauste hinter Zeus her, der mit dem Ball in der Schnauze umherlief und sehr stolz darauf zu sein schien, dass er Ben immer ein paar Schritte voraus war, gleichgültig, wie schnell der Junge rannte.

»Hey, Ben! Wie war's in der Schule?«

»Langweilig. Wie war die Arbeit?«

»Spannend!«

Ben rannte weiter. »Ja, klar!«

Seit Ben in der Schule war, wechselten sie jeden Tag dieselben Sätze. Thibault schüttelte amüsiert den Kopf. Nun kam Elizabeth die Verandastufen herunter.

»Hallo, Logan.«

»Hallo, Elizabeth.«

Sie lehnte sich ans Geländer, ein Lächeln auf dem Gesicht. »Wie war die Fahrt?«

»Gar nicht übel.«

»Aber es war bestimmt ein seltsames Gefühl, oder?«

»Wieso?«

»Wann sind Sie das letzte Mal fünf Stunden am Stück gefahren?«

Er kratzte sich im Nacken. »Keine Ahnung. Aber es ist schon ziemlich lange her.«

»Nana hat gesagt, Sie seien ein bisschen zappelig gewesen am Lenkrad – als könnten Sie sich nicht richtig entspannen.« Mit einer Kopfbewegung zeigte sie zum Haus. »Ich habe gerade mit ihr telefoniert. Sie hat schon zweimal angerufen.«

»Langweilt sie sich?«

»Glaube ich nicht – das erste Mal wollte sie Ben fragen, wie's in der Schule war.«

»Und?«

»Langweilig, hat er gesagt.«

»Wenigstens ist er konsequent und gibt immer dieselbe Antwort.«

»Stimmt. Aber ich fände es trotzdem gut, wenn er mal was anderes sagen würde. Zum Beispiel ›Ich habe viel gelernt, und das hat unglaublichen Spaß gemacht.‹« Sie grinste. »Davon träumt jede Mutter.«

»Bestimmt.«

»Haben Sie Durst?«, erkundigte sich Beth. »Es ist noch ein Rest Limonade im Krug. Nana hat sie zubereitet, bevor Sie beide heute Morgen aufgebrochen sind.«

»Ja, ich hätte gern einen Schluck. Aber ich sollte erst mal nachsehen, ob die Hunde genug Wasser haben.«

»Schon erledigt.« Beth hielt die Haustür auf. »Kommen Sie rein. Ich bin gleich wieder da.«

Er ging die Stufen hinauf, streifte die Schuhe ab und betrat das Haus. Interessiert schaute er sich um. Antike Möbel. An den Wänden Gemälde – offenbar lauter Originale. Wie in einem vornehmen Landhaus, dachte er. Damit hatte er nicht gerechnet.

»Es ist sehr schön hier!«, rief er.

»Danke!« Sie streckte den Kopf aus der Küchentür. »Waren Sie noch nie hier im Haus?«

»Nein.«

»Ach, ich bin davon ausgegangen, dass Sie schon öfter hier waren. Sie können sich gern ein bisschen umschauen.«

Sie verschwand wieder. Thibault wanderte langsam umher. Im Regal neben der Durchreiche zum Esszimmer standen Hummel-Figuren. Er lächelte. Diese kleinen Sammlerstücke hatte er schon immer sehr gemocht.

Auf dem Kaminsims entdeckte er mehrere gerahmte Fotografien. Er trat näher, um sie zu studieren. Zwei oder drei Aufnahmen von Ben. Auf einem der Fotos hatte er vorn zwei lustige Zahnlücken. Daneben eine hübsche Aufnahme von Elizabeth bei der College-Abschlussfeier. Sie stand neben ihren Großeltern, mit Umhang und Barrett. Ein Porträt von Nana und ihrem Ehemann. In der Ecke entdeckte er das Foto eines jungen Marine in blauer Uniform, der ganz entspannt dastand.

Der junge Soldat, der in Kuwait das Foto verloren hatte?

»Das ist Drake«, hörte er Elizabeths Stimme. »Mein Bruder.«

Thibault drehte sich um. »Jünger oder älter?«

»Ein Jahr jünger.«

Sie reichte ihm ein Glas Limonade, ohne noch mehr hinzuzufügen, und Thibault spürte, dass das Thema damit für sie abgeschlossen war. Sie ging zur Haustür.

»Kommen Sie, wir machen es uns auf der Veranda gemütlich. Ich war den ganzen Tag in der Schule eingesperrt, und außerdem möchte ich Ben im Auge behalten. Er verschwindet gern schon mal.«

Sie setzten sich draußen auf die Stufen. Die Sonne drang durch die Wolken, aber das Verandadach sorgte dafür, dass sie im Schatten waren. Elizabeth strich sich eine Haarsträhne hinters Ohr. »Tut mir leid, dass ich keine bessere Sitzgelegenheit anzubieten habe. Ich versuche seit einer Ewigkeit, Nana zu einer Verandaschaukel zu überreden, aber sie findet, das ist zu rustikal.«

In der Ferne sah man Ben und Zeus über die Wiese rennen. Ben lachte laut, während er versuchte, Zeus das Stöckchen aus dem Mund zu zerren. Elizabeth strahlte. »Ich freue mich immer, wenn ich sehe, wie er sich austobt. Heute hatte er gleich nach der Schule die erste Geigenstunde, deshalb war bisher keine Zeit dafür.«

»Hat es ihm Spaß gemacht?«

»Ich glaube schon. Jedenfalls hat er es gesagt.« Sie schaute Thibault an. »Haben Sie als Kind gern Geige gespielt?«

»Ja, meistens. Als ich älter wurde, hat der Spaß etwas nachgelassen.«

»Lassen Sie mich raten – als Sie älter wurden, haben Sie sich mehr für Mädchen und für Sport interessiert?«

»Und für Autos, nicht zu vergessen.«

»Typisch«, stöhnte sie. »Aber normal. Ich bin froh, dass sich Ben selbst für das Instrument entschieden hat. Er interessiert sich schon lange für Musik, und die Geigenlehrerin ist ein echter Schatz. Sie ist unglaublich geduldig.«

»Das ist ein großer Vorteil. Und ihm tut es garantiert gut.«

Beth tat so, als würde sie ihn kritisch mustern. »Ich weiß nicht, warum – aber ich finde, Sie sehen eher aus wie jemand, der E-Gitarre spielt statt Geige.«

»Wegen der Frisur?«

»Ja, genau.«

»Ich hatte jahrelang einen Rasierschnitt.«

»Und dann hat der Rasierapparat nicht mehr funktioniert, was?«

»So ähnlich.«

Grinsend griff sie nach ihrem Glas. Sie schwiegen nun beide. Thibaults Blick schweifte in die Ferne. Am anderen Ende des Gartens stieg ein Schwarm Stare aus den Bäumen auf, flog ein Stück in perfekt geometrischer Formation, um sich dann auf der gegenüberliegenden Seite wieder niederzulassen. Dicke Wolkenkissen zogen vorüber und veränderten in der nachmittäglichen Brise ständig ihre Form. Er spürte, dass Elizabeth ihn anschaute.

»Sie haben nicht das Bedürfnis, pausenlos zu reden, stimmt's?«, sagte sie.

Er grinste. »Ja, das stimmt.«

»Die meisten Leute fürchten sich vor der Stille und quasseln immer weiter.«

»Es ist nicht so, dass ich nicht gern rede. Aber nur, wenn ich etwas zu sagen habe.«

»Es wird hier in Hampton garantiert nicht leicht für Sie. Die Leute unterhalten sich entweder über ihre Familie, über die Nachbarn und das Wetter oder über die Chancen der Highschool-Footballmannschaft.«

»Ach, ja?«

»Und das wird schnell langweilig.«

Er nickte. »Kann ich mir vorstellen.« Mit einem kräftigen Schluck leerte er sein Glas. »Und wie schlägt sich die Footballmannschaft in dieser Spielzeit?«

Beth musste lachen. »Sehr gut!« Sie nahm ihm sein Glas ab. »Hätten Sie gern noch mehr Limonade?«

»Nein, danke. Aber sie ist wirklich sehr erfrischend.«

Sie stellte sein Glas neben ihres. »Selbst gemacht. Wie gesagt – Nana hat die Zitronen heute Morgen noch höchstpersönlich gepresst.«

»Ja, mir ist schon aufgefallen, dass sie Armmuskeln hat wie Popeye.«

Mit dem Finger fuhr Beth über den Rand ihres Glases. Sein Humor gefiel ihr. »So wie's aussieht, sind wir beide am Wochenende allein hier.«

»Was ist mit Ben?«

»Er geht morgen zu seinem Vater. Jedes zweite Wochenende.«

»Ach, ja?«

Sie seufzte. »Er mag das nicht besonders. Eigentlich hat er nie richtig Lust dazu.«

Schweigend beobachtete Thibault Beths Sohn.

»Kein Kommentar?«

»Ich weiß nicht, was ich sagen soll«, murmelte Thibault.

»Und wenn Sie etwas gesagt hätten …?«

»Dann hätte ich gesagt, dass er vermutlich seine Gründe hat.«

»Und ich hätte geantwortet: Da haben Sie Recht.«

»Sie verstehen sich nicht mit Bens Vater?«, erkundigte sich Thibault vorsichtig.

»Eigentlich kommen wir ganz gut miteinander aus. Aber Ben und sein Vater verstehen sich nicht. Mein Exmann hat Schwierigkeiten mit ihm.« Nach kurzem Zögern fügte sie hinzu: »Ich glaube, er hätte gern einen anderen Sohn.«

»Warum lassen Sie Ben dann zu ihm gehen?« Thibault musterte sie intensiv.

»Weil ich keine Alternative habe.«

»Es gibt immer eine Alternative.«

»Nein, in dem Fall leider nicht.« Beth neigte sich zur Seite und pflückte eine Ringelblume, die neben der Treppe blühte. »Mein Ex und ich, wir teilen uns das Sorgerecht. Wenn ich versuchen würde, das anzufechten, würde das Gericht aller Wahrscheinlichkeit nach in seinem Sinne entscheiden, und Ben müsste womöglich noch viel öfter zu ihm als bisher.«

»Das wäre nicht fair.«

»Es ist sowieso nicht fair. Aber im Moment kann ich nicht viel mehr tun, als Ben zu raten, das Beste daraus zu machen.«

»Ich habe das Gefühl, die Situation ist ziemlich komplex.«

Beth lachte wieder. »Ach, Sie haben ja keine Ahnung, wie komplex!«

»Möchten Sie gern darüber reden?«

»Eigentlich nicht.«

Auch wenn Thibault gern mehr erfahren hätte – da sich Ben der Veranda näherte, wollte er zu diesem Thema keine Fragen mehr stellen. Der Junge war nassgeschwitzt, seine Wangen waren gerötet. Die Brille saß schief im Gesicht. Zeus trabte hechelnd hinter ihm her.

»Hey, Mom!«

»Hallo, Schatz. Na, hat's Spaß gemacht?«

Der Hund leckte Thibault die Hand und legte sich dann erschöpft zu seinen Füßen nieder.

»Zeus ist einfach genial! Hast du gesehen, wie wir gespielt haben?«

»Ja, klar.« Beth zog ihren Sohn an sich und fuhr ihm

durch die Haare. »Du bist ja ganz erhitzt! Geh am besten rein und trink einen Schluck Wasser.«

»Mach ich. Bleiben Thibault und Zeus zum Abendessen?«

»Wir haben noch nicht darüber gesprochen.«

Ben schob seine Brille nach oben, ohne zu merken, dass sie verbogen war. »Es gibt Tacos«, erklärte er Thibault. »Sie schmecken wahnsinnig gut. Mom macht ihre eigene Salsa-Soße und alles.«

»Ich kann mir vorstellen, dass die Tacos sehr lecker sind«, sagte Thibault in neutralem Ton.

»Wir reden gleich darüber, okay?« Beth zupfte einen Grashalm von Bens T-Shirt. »Aber jetzt trink erst mal was und mach dich ein bisschen frisch.«

»Aber ich möchte lieber mit Zeus Verstecken spielen«, beschwerte sich ihr Sohn. »Thibault sagt, Zeus kann das.«

»Wie gesagt – wir reden gleich drüber«, wiederholte Elizabeth.

»Kann Zeus mit mir reinkommen? Er hat bestimmt auch Durst.«

»Lass ihn lieber hier draußen. Wir holen ihm eine Schüssel mit Wasser. Was ist eigentlich mit deiner Brille?«

Ohne auf Bens Protest Rücksicht zu nehmen, nahm sie ihm die Brille ab. »Es dauert nur eine Sekunde.« Sie bog das Gestell zurecht, überprüfte das Ergebnis, drückte noch ein bisschen mehr und gab sie ihm dann zurück. »Probier mal, ob's so besser ist.«

Ben warf einen kurzen Blick auf Thibault, als er die Brille aufsetzte. Thibault tat so, als hätte er nichts gemerkt, und tätschelte Zeus, der ruhig neben ihm lag. Elizabeth lehnte sich zurück, um ihren Sohn samt Brille zu begutachten.

»Perfekt«, verkündete sie.

»Okay«, brummte Ben, ging rasch die Stufen hinauf, öffnete die quietschende Fliegengittertür und ließ sie mit einem lauten Knall wieder zufallen. Elizabeth blinzelte Thibault zu.

»Ich habe ihn in Verlegenheit gebracht.«

»Das tun Mütter gern.«

»Danke«, sagte sie mit einem sarkastischen Unterton. »Und was ist das mit Zeus und dem Versteckspiel?«

»Ach, wir haben uns mal darüber unterhalten, als wir unten am Fluss waren. Ben wollte wissen, was Zeus alles kann, und ich habe erwähnt, dass er auch Verstecken spielt. Aber das muss ja nicht unbedingt heute Abend sein.«

»Kein Problem.« Sie nahm ihr Limonadenglas, ließ die restlichen Eiswürfel klimpern und dachte nach. Schließlich fragte sie: »Möchten Sie zum Abendessen bleiben?«

Er begegnete ihrem Blick. »Ja, gern«, antwortete er. »Sehr gern sogar.«

»Es gibt aber nur Tacos.«

»Ich mag Tacos.« Er erhob sich lächelnd. »Aber vorher muss ich Zeus etwas zu trinken geben. Und Hunger hat er vermutlich auch. Haben Sie etwas dagegen, wenn ich ihm ein bisschen Hundefutter aus dem Zwinger hole?«

»Natürlich nicht. Wir haben ja reichlich Vorräte. Gestern hat jemand eine ganze Ladung angeschleppt.«

»Wer könnte das wohl gewesen sein?«

»Keine Ahnung. Irgendein Wanderer mit langen Haaren, glaube ich.«

»Ich dachte, es war ein Veteran mit College-Abschluss.«

»Das ist dasselbe.« Sie nahm die Gläser und stand ebenfalls auf. »Ich will kurz schauen, ob sich Ben gewaschen hat. Das vergisst er nämlich gern. Bin gleich wieder da.«

Im Zwinger füllte Thibault Zeus' Schüsseln mit Wasser und mit Hundefutter, dann setzte er sich hin und wartete. Zeus nahm sich Zeit, schlabberte einen Schluck, probierte das Futter und warf immer wieder einen Blick auf sein Herrchen, als wollte er fragen: *Warum beobachtest du mich?* Thibault sagte nichts. Er wusste, jeder Kommentar würde nur bewirken, dass der Hund sein Tempo noch mehr drosselte.

Also schaute er lieber nach den anderen Hunden, obwohl Elizabeth gesagt hatte, sie habe das bereits erledigt. Alles war in bester Ordnung, und die Tiere wirkten insgesamt sehr friedlich. Gut. Dann machte er im Büro das Licht aus und schloss die Tür ab, bevor er zurück zum Haus ging. Zeus folgte ihm, die Nase dicht am Boden.

An der Haustür gab er Zeus durch ein Handzeichen zu verstehen, er solle sich hinlegen. Dann öffnete er die Fliegengittertür.

»Hallo?«

»Kommen Sie rein. Ich bin in der Küche.«

Thibault trat ein. Elizabeth hatte eine Schürze umgebunden und stand am Herd, um das Hackfleisch anzubraten. Auf der Arbeitsplatte neben ihr stand eine offene Flasche Michelob-Light-Bier.

»Wo ist Ben?«, erkundigte sich Thibault.

»Unter der Dusche. Er kommt gleich.« Sie gab einen

Beutel mit Taco-Gewürzen und etwas Wasser zu dem Fleisch, dann wusch sie sich die Hände, rieb sie an ihrer Schürze trocken und griff nach dem Bier. »Möchten Sie auch eins? Zu Tacos trinke ich immer ein Bier.«

»Ich nehme sehr gern eins.«

Sie holte eine Flasche aus dem Kühlschrank und gab sie ihm. »Es ist light. Was anderes habe ich leider nicht.«

»Vielen Dank.«

An die Arbeitsplatte gelehnt, sah er sich in der Küche um. In gewisser Weise erinnerte ihn die Einrichtung an seine eigene. Die Schränke waren garantiert gleichzeitig mit dem Haus gebaut worden. Die Spüle war aus rostfreiem Stahl, und die gesamten Gerätschaften wirkten schon etwas älter. An der Wand unter dem Fenster stand ein kleiner Esstisch. Alles in allem war die Küche jedoch besser in Schuss als seine, und es gab eindeutige Hinweise darauf, dass in diesem Haus Frauen lebten: Blumen in einer Vase, eine gut gefüllte Obstschale, Vorhänge an den Fenstern. Heimelig.

Aus dem Kühlschrank holte Elizabeth einen Salatkopf und Tomaten, außerdem ein großes Stück Cheddar-Käse. Dazu noch eine grüne Paprika und eine Zwiebel. Sie legte alles auf der Arbeitsplatte bereit samt einem scharfen Messer und einer Käsereibe. Als Erstes schnitt sie die Zwiebel mit raschen, harmonischen Bewegungen in kleine Würfel.

»Kann ich mich nützlich machen?«, fragte Thibault.

Sie musterte ihn mit skeptischem Blick. »Wollen Sie etwa behaupten, dass Sie nicht nur ein erfahrener Hundetrainer, Automechaniker und Musiker sind, sondern auch noch ein Chefkoch?«

»So weit würde ich nicht gehen. Aber eine Art Küchenexperte bin ich schon. Schließlich mache ich mir jeden Abend etwas zu essen.«

»Ach, wirklich? Und was gab's gestern Abend?«

»Truthahnsandwich mit sauren Gürkchen.«

»Und vorgestern?«

»Truthahnsandwich ohne Gürkchen.«

Sie kicherte. »Und wann haben Sie das letzte Mal eine warme Mahlzeit zubereitet?«

Er tat so, als müsste er überlegen. »Am Montag. Bohnen und Würstchen.«

»Das ist allerdings eine Leistung«, erwiderte sie mit gespielter Bewunderung. »Und wie gut können Sie Käse reiben?«

»Also, auf dem Gebiet bin ich ein echter Fachmann, würde ich sagen.«

»Okay«, sagte sie. »Im Schrank da drüben ist eine Schüssel, unter dem Mixer. Aber Sie brauchen nicht das ganze Stück zu reiben. Ben isst meistens zwei Tacos, ich nur einen. Wie viele Sie wollen, müssen Sie selbst entscheiden.«

Thibault stellte sein Bier weg und holte die Schüssel aus dem Schrank. Dann wusch er sich in der Spüle die Hände und wickelte den Käse aus. Während er ihn rieb, warf er immer wieder einen verstohlenen Blick auf Elizabeth. Sie schnippelte jetzt die grüne Paprika. Als Nächstes war die Tomate dran. Das Messer tanzte regelmäßig, sie arbeitete sehr präzise.

»Sie sind sehr fix.«

Ohne den Rhythmus ihrer Bewegungen zu unterbrechen, antwortete sie: »Es gab mal eine Zeit, da habe ich davon geträumt, ein eigenes Restaurant aufzumachen.«

»Wann war das?«

»Ach, ich war ungefähr fünfzehn. Zu meinem Geburtstag habe ich mir damals sogar ein Ginsu-Messer gewünscht.«

»Sie meinen das Messer, für das immer abends im Fernsehen Werbung gemacht wurde? Der Typ im Werbespot schneidet mit dem Messer eine Blechdose auf, stimmt's?«

Sie nickte. »Ja, genau.«

»Haben Sie das Messer bekommen?«

»Ich verwende es gerade.«

Er grinste. »Ich kenne sonst niemanden, der das Messer gekauft hat – und es auch noch zugibt.«

»Tja, jetzt kennen Sie jemanden.« Sie warf ihm einen kurzen Blick zu. »Ich habe davon geträumt, in Charleston oder Savannah ein fantastisches Lokal zu eröffnen und eigene Kochbücher rauszubringen und eine Kochshow im Fernsehen zu moderieren. Verrückt, ich weiß. Jedenfalls habe ich den ganzen Sommer geübt, Gemüse zu schnippeln. Alles, was es gab, habe ich in kleine Würfel geschnitten, so schnell ich nur konnte, bis ich so geschickt war wie der Typ in der Werbung. Als Ergebnis hatten wir jede Menge Tupperdosen voll mit klein gehackten Zucchini, Karotten und Kürbis. Alles aus unserem Garten. Nana wurde fast verrückt, weil wir jeden Tag Sommereintopf essen mussten.«

»Was ist ein Sommereintopf?«

»Alles wird in einem Topf gekocht, mit Reis oder mit Nudeln.«

Grinsend schob Thibault ein Häufchen geriebenen Käse beiseite. »Und was ist dann passiert?«

»Der Sommer ging zu Ende, und wir hatten kein Gemüse mehr im Garten.«

»Aha«, sagte er und fragte sich gleichzeitig, wie jemand mit einer Schürze so unglaublich hübsch aussehen konnte.

»Na gut – dann fange ich mal mit der Salsa an«, verkündete sie und holte noch einen Topf unter dem Herd hervor.

Sie kippte eine große Dose Tomatenpüree hinein, gab Zwiebel, Paprika und einen Schuss Tabasco dazu, dann Salz und Pfeffer, rührte alles gut um und stellte die Flamme auf mittlere Hitze.

»Ihr eigenes Rezept?«

»Nein, ein Rezept von Nana. Ben mag es nicht, wenn die Sachen zu scharf gewürzt sind, deshalb hat sie diese Variante erfunden.«

Thibault befand, dass er genug Käse gerieben hatte, und packte den Cheddar wieder ein. »Was jetzt?«

»Es gibt nicht mehr viel zu tun. Ich brauche nur noch ein bisschen grünen Salat klein zu rupfen, das ist alles. Ach ja – die Tortillas muss ich im Backofen erhitzen. Das Fleisch und die Soße können vor sich hin köcheln.«

»Soll ich die Tortillas übernehmen?«

Sie gab ihm das Blech und stellte den Backofen an. »Man muss sie gleichmäßig verteilen. Drei für Ben und mich – und für Sie so viele, wie Sie möchten. Aber die Tortillas müssen nicht sofort in den Herd. Wir haben noch Zeit. Ben mag sie am liebsten ganz frisch und knusprig.«

Thibault folgte ihren Anweisungen, und Beth war etwa gleichzeitig wie er mit den Salatblättern fertig. Sie stellte drei Teller auf die Arbeitsplatte, nahm ihre Bierflasche und deutete zur Tür. »Kommen Sie mit nach hinten. Ich möchte Ihnen etwas zeigen.«

Thibault folgte ihr – und blieb wie angewurzelt stehen, als er die Aussicht von der überdachten hinteren Veranda sah. Was für ein zauberhafter Anblick! Umschlossen von einer Hecke, führten gepflasterte Wege an runden, aus Backstein gefertigten Pflanzkübeln entlang, in denen prächtige Hartriegelsträucher wuchsen. Das Zentrum des Gartens bildete ein Brunnen mit drei Etagen, und das Wasser speiste einen riesigen Koi-Teich.

»Wow«, murmelte er. »Das ist ja unglaublich.«

»Sie hatten keine Ahnung, dass sich hier ein Garten befindet, nicht wahr? Er ist auch in dieser Jahreszeit wunderschön, aber Sie sollten ihn im Frühling sehen! Jedes Jahr pflanzen Nana und ich ein paar Tausend Tulpen, Osterglocken und Lilien, und die blühen gleich nach den Azaleen und den Hartriegelsträuchern. Von März bis Juli ist dieser Garten der schönste Ort auf der ganzen Welt. Und da drüben, hinter der niedrigeren Hecke« – sie deutete nach rechts – »dort befindet sich unser unerschöpflicher Gemüse- und Kräutergarten.«

»Nana hat mir gegenüber noch nie erwähnt, dass sie gärtnert.«

»Ja, darüber redet sie nicht. Der Garten war das gemeinsame Projekt von Nana und Grandpa, sozusagen ihr kleines Geheimnis. Weil der Zwinger gleich hier beim Haus ist, wollten sie sich eine Art Oase schaffen, in die sie flüchten konnten, um die Arbeit, die Hunde und ihre Besitzer zu vergessen … und auch ihre Angestellten. Drake und ich, wir haben natürlich mitgeholfen, und später dann auch Ben, aber im Grund war es immer nur ihr Baby. Und als Gartenbauarchitekt war Grandpa echt fantastisch. Nach seinem Tod hat Nana beschlossen, weiterzumachen, um sein Andenken zu bewahren.«

»Wirklich sagenhaft.«

»Ja, finde ich auch. Als Kinder waren wir allerdings nicht übermäßig begeistert. Wenn wir nicht Tulpenzwiebeln oder so was setzten, durften wir nicht hier hinten spielen. Alle unsere Geburtstagspartys fanden auf dem großen Rasen statt, der das Haus vom Zwinger trennt. Das hat bedeutet, dass wir zwei Tage vorher schon anfangen mussten, den ganzen Hundedreck einzusammeln, damit niemand aus Versehen reintritt.«

»Denn das hätte jede Party kaputt gemacht –«

»Hey – wo seid ihr?«, kam eine Stimme aus der Küche.

Elizabeth drehte sich um. »Hier draußen, Schätzchen. Ich zeige Mr Thibault gerade den Garten.«

Ben kam zu ihnen, in einem schwarzen T-Shirt und mit Tarnhosen. »Wo ist Zeus? Ich möchte jetzt mit ihm Verstecken spielen.«

»Ich glaube, wir sollten vorher essen. Ihr könnt ja anschließend noch spielen.«

»Mom …«

»Im Dunkeln ist es sowieso viel spannender«, warf Thibault ein. »Da kannst du dich richtig unsichtbar machen.«

»Und was machen wir bis dahin?«

»Nana hat mir erzählt, dass du Schach spielst.«

Ben musterte ihn skeptisch. »Sie können Schach?«

»Vielleicht nicht so gut wie du, aber ich weiß, wie's geht.«

»Okay.« Er kratzte sich am Arm. »Hey, wo ist Zeus überhaupt?«

»Auf der vorderen Veranda.«

»Darf ich mit ihm spielen?«

»Vorher musst du bitte den Tisch decken«, sagte Elizabeth. »Aber es sind nur noch ein paar Minuten – das Essen ist fast fertig.«

»Okay«, sagte er. »Danke.«

Mit diesen Worten rannte er davon. Elizabeth legte die Hände an den Mund und rief: »Vergiss nicht, den Tisch zu decken!«

Ben blieb abrupt stehen, holte drei Gabeln aus der Schublade, warf sie auf den Tisch wie ein Kartengeber in Las Vegas und knallte die drei Teller hin, die Elizabeth vorher bereitgestellt hatte. Alles in allem dauerte diese Aktion weniger als zehn Sekunden – das Ergebnis war allerdings auch dementsprechend. Dann sauste er weiter. Elizabeth schüttelte den Kopf. »Bevor Zeus hierhergekommen ist, war Ben nach der Schule immer still und unkompliziert. Er hat gelesen oder gelernt, und jetzt will er nur noch mit Ihrem Hund herumtoben.«

Thibault verzog schuldbewusst das Gesicht. »Tut mir leid.«

»Dafür gibt es keinen Grund. Ich hab's zwar gern ein bisschen ... ruhig, wie jede Mutter, aber es gefällt mir, wenn ich seine gute Laune sehe.«

»Warum schenken Sie ihm nicht einen eigenen Hund?«

»Das kommt schon noch. Zum richtigen Zeitpunkt. Sobald ich weiß, wie es mit Nana weitergeht.« Sie trank einen Schluck Bier. »Aber ich glaube, wir sollten uns um das Essen kümmern. Der Backofen ist bestimmt schon warm genug.«

Elizabeth schob das Blech in den Ofen, dann rührte sie das Fleisch und die Soße um, bevor sie beides in Schüsseln füllte, die sie zum Tisch trug, samt einem Stapel Papierservietten. Thibault legte das Besteck ordentlich hin, schob die Teller zurecht und holte den geriebenen Käse, den Salat und die Tomaten. Als Elizabeth ihre Bierflasche auf den Tisch stellte, bewunderte Thibault wieder einmal insgeheim ihre natürliche Schönheit.

»Wollen Sie Ben rufen, oder soll ich es machen?«

Er zwang sich, den Blick von ihr zu nehmen. »Ich hole ihn«, sagte er.

Ben saß auf der vorderen Veranda und streichelte den hechelnden Zeus.

»Er ist müde von eurem Spiel«, sagte Thibault.

»Ja, ich kann sehr schnell rennen.«

»Kommst du rein? Das Essen steht schon auf dem Tisch.«

Ben stand auf, und Zeus hob den Kopf. »Du bleibst hier«, sagte Thibault zu ihm. Der Hund legte die Ohren an, als wäre er gerade bestraft worden, blieb aber brav liegen, während Ben und Thibault ins Haus gingen.

Elizabeth saß schon am Tisch. Nachdem Ben und Thibault ebenfalls Platz genommen hatten, füllte Ben sofort eine Tortilla mit dem gewürzten Hackfleisch.

»Ich würde gern mehr über Ihre lange Wanderung erfahren.« Elizabeth schaute Thibault auffordernd an.

Dieser nahm sich eine Serviette und legte sie sich auf den Schoß. »Was möchten Sie wissen?«

Sie wedelte mit ihrer Serviette. »Warum fangen Sie nicht einfach vorn an?«

Einen Moment lang überlegte Thibault, ob er ihr die Wahrheit sagen sollte: dass alles mit einem Foto in der Wüste von Kuwait begonnen hatte. Aber das konnte er ihr nicht erzählen. Stattdessen beschrieb er den kalten Märzmorgen, an dem er seinen Rucksack aufsetzte und loswanderte, auf dem Grasstreifen neben der Straße. Er erzählte von den Dingen, die er gesehen hatte – Ben zuliebe beschrieb er vor allem auch die Tiere, die ihm begegnet waren –, und er schilderte einige der skurrilen Gestalten, die er unterwegs getroffen hatte. Elizabeth schien zu spüren, dass er es nicht gewohnt war, so viel über sich selbst zu reden, denn sie fragte immer nach, wenn er nicht mehr wusste, was er sagen sollte. Dann erkundigte sie sich nach seiner College-Zeit und amüsierte sich königlich darüber, wie beeindruckt ihr Sohn reagierte, als er erfuhr, dass dieser Mann tatsächlich *echte Skelette ausgegraben* hatte. Auch Ben stellte Fragen: Haben Sie Geschwister? *Nein.* Haben Sie Sport gemacht? *Ja, aber ich war insgesamt nur guter Durchschnitt.* Welche Footballmannschaft finden Sie am besten? *Natürlich die Denver Broncos.* Während sich Ben und Thibault unterhielten, hörte Elizabeth mit Interesse und leiser Belustigung zu.

Draußen ging die Sonne unter, schickte schräge Strahlen durchs Fenster und verschwand schließlich hinter dem Horizont. In der Küche wurde es dämmrig. Sie waren fertig mit der Mahlzeit. Ben stand auf und ging wieder zu Zeus auf die Veranda. Thibault half Elizabeth, den Tisch abzuräumen, die Reste im Kühlschrank zu verstauen, Geschirr und Besteck in die Spülmaschine zu packen. Entgegen ihrer Gewohnheit nahm sich Elizabeth eine zweite Flasche Bier und bot auch Thibault eine an. Dann flohen sie aus der warmen Küche hinaus ins Freie.

Draußen auf der Veranda war die Luft wesentlich kühler. Eine frische Brise ließ die Blätter an den Bäumen tanzen. Ben und Zeus tobten wieder herum – Bens Gelächter wehte zu ihnen herüber. Elizabeth beugte sich übers Geländer, um ihren Sohn besser beobachten zu können, und Thibault musste sich wieder beherrschen, um sie nicht dauernd anzustarren. Sie hatten beide nicht das Bedürfnis zu reden. Thibault trank einen großen Schluck Bier und fragte sich: *Wohin wird das alles führen?*

KAPITEL 12

Beth

Langsam wurde es dunkel. Beth stand auf der hinteren Veranda und beobachtete Logan, der hochkonzentriert das Schachbrett vor ihm studierte. *Ich mag ihn*, dachte sie. Der Gedanke überraschte sie, aber gleichzeitig erschien er ihr plötzlich ganz selbstverständlich.

Ben und Logan machten ihr zweites Spiel, und Logan brütete über seinem nächsten Zug. Die erste Partie hatte Ben ohne Probleme gewonnen, und man hatte Logan angemerkt, dass er von seinem Partner ziemlich überrumpelt worden war. Aber er war ein guter Verlierer und wollte sogar von Ben wissen, was er falsch gemacht hatte. Sie stellten die Figuren noch einmal so auf wie während des Spiels, und Ben erklärte Logan, bei welchen Zügen er sich geirrt hatte, erst mit dem Turm, dann mit der Königin und schließlich mit dem Springer.

»Alle Achtung«, murmelte Logan und grinste Ben an. »Gut gemacht.«

Beth wollte lieber gar nicht daran denken, wie Keith an seiner Stelle reagiert hätte. Das heißt – sie brauchte es sich nicht auszumalen, sie wusste es, denn vor ein, zwei Jahren hatte er einmal mit seinem Sohn gespielt, und Ben hatte gewonnen. In seiner Frustration hatte Keith buchstäblich das Brett umgekippt und war aus dem Zimmer gestürmt, während Ben geduldig die Figuren wieder einsammelte. Als Keith wieder ins Zimmer kam, entschuldigte er sich nicht, sondern verkündete, Schach sei sowieso nichts als Zeitverschwendung und Ben solle lieber etwas Richtiges machen, zum Beispiel für die Schule lernen oder seine Schlagtechnik beim Baseball verbessern, denn er schlage »wie ein Blinder«.

Manchmal hätte sie diesen Mann am liebsten erwürgt.

Bei Logan war das völlig anders. Beth ahnte bereits, dass er auch bei diesem Spiel wieder in Schwierigkeiten steckte. Das merkte sie allerdings nicht an der Konstellation auf dem Schachbrett – die Feinheiten, die einen guten Spieler von einem erstklassigen unterschieden, konnte sie nicht auf einen Blick erfassen. Aber immer, wenn Ben seinen Gegenspieler musterte und nicht die Schachfiguren, war das Ende des Spiels nicht mehr fern. Ihr war das sonnenklar, auch wenn Logan selbst es noch nicht zu ahnen schien.

Was ihr an dieser Szene besonders gut gefiel, war, dass Logan und Ben, obwohl das Spiel ihre volle Konzentration verlangte, sich trotzdem nebenher noch unterhalten konnten. Über die Schule, über Bens Lehrer und über Zeus, als er noch ein Welpe war. Weil Logan echtes Interesse zeigte, gab Ben ein paar Dinge preis, die Beth überraschten – dass einer der Jungen in seiner Klasse ihm ein paarmal sein Lunchpaket weggenommen hatte und dass er in ein Mädchen namens Cici verliebt war. Logan gab keine guten Ratschläge, sondern fragte Ben, was er jetzt tun wollte.

Logans natürliche Schweigsamkeit ließ Ben genügend Raum, um sich auszudrücken. Man spürte, dass Logan Ben mochte, so wie er war, und sich in seiner Gegenwart wohlfühlte. Und er versuchte nicht, Beth zu beeindrucken, indem er ihr demonstrierte, wie gut er mit ihrem Sohn auskam.

Auch wenn sie in den vergangenen Jahren nicht oft mit Männern ausgegangen war, konnte sie ihre Verehrer doch in zwei Kategorien einordnen: Entweder taten sie so, als würde Ben gar nicht existieren, und wechselten nur hin und wieder ein paar Sätze mit ihm, oder sie bemühten sich völlig übertrieben um ihn und redeten ständig auf ihn ein, um zu zeigen, was für tolle Kerle sie waren, weil sie ihren Sohn so nett behandelten. Von klein an hatte Ben beide Typen von Männern sofort durchschaut. Beth ging es genauso, und für sie war das meistens Grund genug, gleich einen Schlussstrich zu ziehen. Falls die Männer die Beziehung nicht sowieso schon von sich aus beendet hatten.

Man spürte richtig, wie wohl sich Ben mit Logan fühlte. Was Beth allerdings noch mehr freute, war, dass sich Logan auch gern mit Ben abgab. Jetzt starrte er immer noch stumm auf das Schachbrett. Seine Finger berührten den Springer, doch dann ließ er ihn wieder los und entschied sich für einen Bauern. Ben hob ganz leicht die Augenbrauen. Beth konnte nicht erkennen, ob er den Zug, den Logan erwog, gut oder schlecht fand. Mutig schob Logan seinen Bauern ein Feld weiter.

Ben zog ganz schnell. Das war ein schlechtes Zeichen für Logan. Ein paar Minuten später musste er einsehen, dass er seinen König nicht mehr retten konnte, gleichgültig, was er machte. Er schüttelte fassungslos den Kopf.

»Du hast mich wieder drangekriegt.«

»Stimmt«, bestätigte Ben.

»Ich habe gedacht, diesmal hätte ich besser gespielt.«

»Stimmt auch.«

»Bis wann?«

»Bis zum zweiten Zug.«

Logan musste lachen. »Ist das ein Spruch unter Schachspielern?«

»Ja, wir haben lauter solche Sprüche auf Lager«, verkündete Ben, sichtlich stolz. Er deutete hinaus zum Garten. »Ist es jetzt dunkel genug?«

»Ich glaube schon. Zeus, willst du spielen?«

Zeus stellte sofort die Ohren auf und legte den Kopf schräg. Als Logan und Ben aufstanden, sprang er ebenfalls auf die Füße.

»Gehst du mit, Mom?«

Beth erhob sich von ihrem Stuhl. »Ja, ich komme hinterher.«

Sie gingen durch die Dunkelheit zur Vorderseite des Hauses. Beth blieb an der Verandatreppe stehen. »Vielleicht hole ich doch lieber eine Taschenlampe.«

»Aber das wäre gemogelt!«, protestierte Ben.

»Nicht für den Hund. Für dich. Damit du dich nicht verläufst.«

»Er verläuft sich bestimmt nicht«, versicherte Logan ihr. »Zeus findet ihn.«

»Sie haben gut reden – Ben ist nicht Ihr Sohn!«

»Ich schaff das schon, Mom.«

Sie schaute von Ben zu Logan und schüttelte den Kopf. Ganz überzeugt war sie nicht, aber Logan wirkte völlig unbesorgt. »Na gut«, sagte sie mit einem Seufzer.

»Ich hätte aber gern eine Taschenlampe für mich selbst. Ist das erlaubt?«

»Okay«, verkündete Ben. »Und was mache ich als Nächstes?«

»Du versteckst dich«, sagte Logan. »Dann schicke ich Zeus los, damit er dich sucht.«

»Kann ich mich *irgendwo* verstecken?«

»Am besten gehst du in diese Richtung.« Logan deutete zu den Bäumen westlich vom Fluss, auf der anderen Seite der Zwingerzufahrt. »Ich möchte nicht, dass du aus Versehen im Wasser landest. Außerdem ist dein Geruch da draußen noch frisch, von vor dem Essen. Und wenn dich Zeus gefunden hat, folgst du ihm gleich – kapiert? Auf die Art kannst du dich nicht verirren.«

Ben schaute hinüber zu den Bäumen. »Okay. Aber wie weiß ich, dass er nicht sieht, wohin ich gehe?«

»Ich bringe ihn ins Haus und zähle bis hundert, ehe ich ihn rauslasse.«

»Und er kann vorher wirklich nichts sehen?«

»Versprochen.« Logan wandte sich jetzt Zeus zu. »Komm mit«, sagte er zu seinem Hund und öffnete die Haustür. Doch dann zögerte er. »Ist es okay, wenn ich Zeus reinlasse?«, fragte er Beth.

Sie nickte. »Ja, klar.«

Logan gab Zeus mit einer Handbewegung zu verstehen, er solle ins Haus gehen und sich hinlegen, dann schloss er die Tür wieder. »Okay, es geht los!«, sagte er zu Ben.

Der Junge lief zu den Bäumen, und Logan begann laut zu zählen. Ben rief über die Schulter: »Langsamer!« Seine Gestalt wurde von der Dunkelheit verschluckt, noch bevor er beim ersten Baum angelangt war.

Beth verschränkte die Arme vor der Brust. »Ich muss sagen, ich habe kein gutes Gefühl bei der ganzen Sache.«

»Warum nicht?«

»Mein Sohn versteckt sich im Dunkeln da hinten zwischen den Bäumen? Also, ich weiß nicht …«

»Ihm passiert schon nichts. Zeus findet ihn in zwei, drei Minuten. Spätestens.«

»Sie haben unglaublich viel Vertrauen zu Ihrem Hund.«

Logan lächelte nur. Einen Moment lang standen sie nebeneinander auf der Veranda und blickten hinaus in den Abend. Die Luft war noch warm und feucht, aber die Hitze war verschwunden. Es roch nach Eiche, Kiefer und Erde. Dieser Geruch rief bei Beth immer den Gedanken wach, dass sich die Welt ständig veränderte, während dieser Ort hier immer gleich zu bleiben schien.

Sie spürte schon die ganze Zeit, wie Logan sie anschaute, auch wenn er es zu verbergen versuchte. Seine Aufmerksamkeit gefiel ihr. Und dass er sie attraktiv fand, freute sie richtig. Gleichzeitig empfand sie es als angenehm, dass er nicht aufdringlich wurde und dass in seinem Blick nicht dieses unverhüllte Begehren lag, wie oft bei anderen Männern, die sie anstarrten.

»Ich finde es schön, dass Sie zum Essen geblieben sind«, sagte sie, weil ihr nichts Besseres einfiel.

»Die Freude ist ganz meinerseits.«

»Und Sie waren wirklich nett zu Ben. Beim Schachspielen, meine ich.«

»Es ist nicht schwierig, nett zu Ihrem Sohn zu sein.«

»Das geht nicht jedem so.«

Logan zögerte kurz, ehe er fragte: »Reden wir wieder von Ihrem Exmann?«

»Merkt man das so schnell?« Beth lehnte sich an den Pfosten. »Aber Sie haben Recht, ich rede von meinem Exmann. Dem Trottel.«

Thibault lehnte sich an den Pfosten auf der anderen Seite der Treppe und schaute sie fragend an. »Und?«

»Ich wäre so froh, wenn alles anders wäre.«

Er schwieg.

»Sie könnten ihn bestimmt nicht besonders gut leiden«, sagte Beth. »Und ich glaube, ihm ginge es umgekehrt genauso. Aber keine Sorge – das macht nichts.«

Er schaute sie immer noch unverwandt an, ohne etwas zu sagen. Sie strich sich die Haare aus der Stirn. Sollte sie weiterreden? »Wollen Sie noch mehr hören?«, fragte sie Logan.

»Nur, wenn Sie noch mehr sagen wollen«, erwiderte er.

Sie merkte, wie ihre Gedanken aus der Gegenwart in die Vergangenheit wanderten, und seufzte leise. »Es ist die übliche Geschichte … Ich war in der letzten Highschool-Klasse und ziemlich naiv. Er ist zwei Jahre älter als ich, aber wir waren schon immer in derselben Kirchengemeinde, eigentlich seit ich denken kann, deshalb habe ich ihn gut gekannt, und ein paar Monate vor meiner Abschlussprüfung wurden wir ein Paar. Seine Familie ist extrem reich, und er hatte immer die beliebtesten Mädchen als Freundinnen. Ich glaube, ich habe mich geschmeichelt gefühlt. Die Probleme, die nicht zu übersehen waren, habe ich ignoriert, und plötzlich war ich schwanger. Dadurch hat sich mein ganzes Leben verändert. Ich ging im Herbst nicht wie geplant aufs College. Ich hatte keine Ahnung, was es bedeutet, ein Kind zu haben, und ein Leben als alleinerziehende Mutter konnte ich mir beim besten Willen nicht vorstellen. Ich hätte nie im Leben erwartet, dass er mir einen Heiratsantrag macht. Aber genau das hat er getan, und ich habe Ja gesagt. Ich habe mir eingebildet, dass alles klappen wird, und versucht, Nana davon zu überzeugen, dass ich genau weiß, was ich mache – aber ich glaube, noch bevor die Tinte auf der Heiratsurkunde trocknen konnte, sahen wir beide ein, dass die ganze Sache ein Riesenfehler war. Wir hatten praktisch keine Gemeinsamkeiten. Jedenfalls haben wir uns dauernd gestritten, und die Trennung kam schon kurz nach Bens Geburt. Und dann war ich wirklich ohne jede Orientierung.«

Logan presste die Handflächen gegeneinander. »Aber das hat Sie nicht aufgehalten.«

»Inwiefern?«

»Na ja, Sie sind trotzdem aufs College gegangen und Lehrerin geworden. Und Sie haben gelernt, wie man das macht als alleinerziehende Mutter.« Er grinste. »Ich habe den Eindruck, Sie haben es sehr gut hinbekommen.«

Sie schenkte ihm ein dankbares Lächeln. »Mit Nanas Hilfe.«

»Mag sein.« Er überkreuzte die Beine und musterte sie aufmerksam.

»Und wie hat es auf dem College geklappt?«

»Mit Ben, meinen Sie? Leicht war es nicht. Aber ich hatte ja in der Schule gute Noten, deshalb waren die Startbedingungen ganz günstig. Erst habe ich an dem kleinen College hier ein paar Kurse belegt – als Ben noch in den Windeln war. Nana hat sich um ihn gekümmert, während ich weg war, also zwei oder drei Tage in der Woche, und gelernt habe ich immer, wenn Ben schlief. Später bin ich auf das College in Wilmington gegangen, da konnte ich abends immer zu Hause sein. Ich habe insgesamt sechs Jahre gebraucht, um meinen Abschluss zu machen, aber ich wollte Nana nicht übermäßig belasten und außerdem meinem Exmann keinen Vorwand liefern, das alleinige Sorgerecht für sich zu beanspruchen. Und damals hätte er das sicher versucht.«

»Er klingt wie ein ausgesprochen liebenswürdiger Mensch.«

Beth zog eine Grimasse. »Ach, wenn Sie wüssten …«

»Wollen Sie, dass ich ihn verprügle?«

Jetzt musste sie lachen. »Das klingt sicher lustig – aber es gab Zeiten, da hätte ich dieses Angebot womöglich angenommen. Inzwischen nicht mehr. Er ist einfach nur … unreif. Und aus irgendeinem Grund glaubt er, dass jede Frau, die er kennenlernt, verrückt nach ihm ist. Dabei regt er sich über jede Kleinigkeit auf, und wenn irgendetwas schiefläuft, sind immer die anderen schuld. Er ist schon einunddreißig, benimmt sich aber wie ein Sechzehnjähriger.« Sie spürte Logans intensiven Blick. »Aber nun habe ich genug über ihn geredet. Erzählen Sie mir doch ein bisschen von sich.«

»Zum Beispiel?«

»Ich wüsste gern, warum Sie Anthropologie studiert haben.«

Er überlegte. »Ich denke, das hat etwas mit meiner Persönlichkeit zu tun.«

»Wie meinen Sie das?«

»Ich wollte nichts Praktisches studieren wie Betriebswirtschaft oder Maschinenbau. Deshalb bin ich bei den Geisteswissenschaften gelandet. Und am allerspannendsten fand ich es bei den Anthropologen. Ich wollte mich sicher auch interessant machen.«

»Das soll ein Witz sein, oder?«

»Nein, überhaupt nicht. Jedenfalls habe ich deswegen den Einführungskurs belegt. Danach war mir klar, dass die Anthropologie eine großartige Mischung aus Geschichte, Spekulationen und ewigem Geheimnis ist, und das hat mich sehr gelockt. Da gab's kein Zurück mehr.«

»Und wie waren die College-Partys?«

»Nicht mein Ding.«

»Die Footballspiele?«

»Auch nicht.«

»Hatten Sie je das Gefühl, dass Sie deswegen das sogenannte College-Leben verpasst haben?«

»Nein.«

»Ich auch nicht. Schon gar nicht nach Bens Geburt.«

Er nickte verständnisvoll, dann deutete er zu den Bäumen. »Ähm … meinen Sie, wir sollten Zeus jetzt losschicken?«

»Ach, du meine Güte!«, rief Beth leicht panisch. »Ja, klar. Er findet Ben doch bestimmt, oder? Wie lange ist er schon weg?«

»Vielleicht fünf Minuten. Ich hole Zeus. Und machen Sie sich bitte keine Sorgen. Er findet Ben sofort.«

Logan öffnete die Haustür. Schwanzwedelnd kam Zeus angelaufen und tapste die Stufen hinunter. Seitlich von der Veranda hob er das Bein, kam dann wieder zurück und postierte sich vor Logan.

»Wo ist Ben?«, fragte ihn Logan.

Zeus stellte die Ohren auf. Logan zeigte in die Richtung, in die Ben gegangen war, und rief: »Such Ben!«

Augenblicklich machte sich der Hund auf den Weg, die Nase dicht auf dem Boden. Innerhalb von Sekunden nahm er die Spur auf und verschwand in der Dunkelheit.

»Sollen wir hinterher?«, fragte Beth.

»Haben Sie Lust?«

»Ja.«

»Gut, dann gehen wir.«

Noch bevor sie die Bäume erreicht hatten, hörten sie schon, wie Zeus ein fröhliches Bellen von sich gab. Gleich darauf hörte man Ben begeistert quietschen. Als Beth Logan anschaute, zuckte dieser nur die Achseln.

»Sie haben nicht übertrieben«, sagte sie erleichtert.

»Es war nicht besonders schwer für ihn. Ich habe auch gewusst, dass sich Ben nicht allzu weit entfernen würde.«

»Wie lange war die längste Spur, die Zeus je verfolgt hat?«

»Einmal war er hinter einem Reh her – dreizehn Kilometer, würde ich schätzen. Er hätte noch weitergemacht, aber dann ist er an einen unüberwindlichen Zaun gekommen. Das war in Tennessee.«

»Warum haben Sie ihn auf das Reh angesetzt?«

»Zur Übung. Zeus ist ein hochintelligenter Hund, er lernt gern, und es macht ihm Spaß, seine Fähigkeiten anzuwenden.« In dem Moment kam Zeus auf sie zu, dicht gefolgt von Ben. »Ihm bereitet dieses Spiel mindestens so viel Freude wie Ben.«

»Das ist ja echt super!«, rief Ben. »Er ist direkt zu mir gekommen. Dabei habe ich keinen Mucks von mir gegeben.«

»Willst du dich noch mal verstecken?«, fragte Logan.

»Darf ich?«

»Wenn deine Mom einverstanden ist.«

Ben schaute seine Mutter an, die resigniert die Hände hob. »Meinetwegen.«

»Dann müsst ihr Zeus aber wieder ins Haus bringen. Und diesmal suche ich mir ein super schwieriges Versteck!«, verkündete Ben.

»Also, los!«, rief Logan.

Auch beim zweiten Mal war Zeus erfolgreich: Er entdeckte Ben auf einem Baum. Beim dritten Mal versuchte der Junge ihn zu täuschen, indem er im Zickzack ging. Aber der Hund fand ihn trotzdem – in seinem Baumhaus unten beim Bach, etwa fünfhundert Meter entfernt. Beth war nicht gerade begeistert von diesem letzten Versteck, die wackelige Brücke und auch das Baumhaus erschienen ihr bei Nacht noch gefährlicher als am Tag. Aber danach war Ben sowieso müde und hatte keine Lust mehr weiterzumachen.

Logan begleitete sie zurück zum Haus. Nachdem er sich von dem erschöpften Ben verabschiedet hatte, schaute er Beth an, räusperte sich und murmelte leise: »Ich möchte mich bei Ihnen für den schönen Abend bedanken – aber jetzt muss ich mich auf den Heimweg machen.«

Obwohl es schon fast zehn war, ließ sie ihn nur ungern gehen.

»Soll ich Sie schnell nach Hause fahren?«, bot sie an. »Ben schläft sicher gleich ein, und ich mache es gern.«

»Das ist sehr nett von Ihnen, aber wir schaffen das schon, Zeus und ich. Ich gehe gern zu Fuß.«

»Viel habe ich ja noch nicht über Sie erfahren, aber dass Sie gern zu Fuß gehen, habe ich inzwischen begriffen.« Sie grinste. »Also dann – bis morgen.«

»Ich bin um sieben hier.«

»Wenn Sie lieber ein bisschen später kommen wollen, kann ich die Hunde füttern.«

»Nein, nein, kein Problem. Und außerdem würde ich Ben gern sehen, bevor er geht. Zeus sicher auch. Der arme Hund weiß wahrscheinlich gar nicht, was er den ganzen Tag tun soll, wenn Ben ihn nicht durch die Gegend jagt.«

»Gut …« Sie schlang die Arme um sich und war auf einmal richtig enttäuscht, dass sie sich von Logan verabschieden musste.

»Darf ich morgen vielleicht mal den Truck ausborgen? Ich muss in die Stadt und ein paar Sachen kaufen, damit ich die Bremsen reparieren kann. Wenn es nicht passt, kann ich natürlich auch zu Fuß gehen.«

Beth grinste wieder. »Kein Problem. Ich muss Ben abliefern und noch ein paar Besorgungen machen, aber falls wir uns verfehlen, lege ich den Schlüssel unter die Matte auf der Fahrerseite.«

»Ausgezeichnet«, sagte er und schaute ihr in die Augen. »Gute Nacht, Elizabeth.«

»Gute Nacht, Logan.«

Als er weg war, schaute Beth noch einmal nach Ben, gab ihm einen Kuss auf die Wange und ging dann in ihr

Zimmer. Während sie sich auszog, ließ sie die Ereignisse des Abends Revue passieren und dachte über das Rätsel Logan Thibault nach.

Er war anders als alle Männer, die sie bisher kennengelernt hatte. Und Keith hatte nicht die geringste Ähnlichkeit mit ihm. So wenig wie die anderen Männer, mit denen sie seit ihrer Scheidung ausgegangen war. Die meisten waren ziemlich durchschaubar gewesen. Gleichgültig, wie höflich und charmant oder wie grob und mittelmäßig – ihr ganzes Verhalten war immer offensichtlich darauf ausgerichtet gewesen, sie ins Bett zu kriegen. »Männerkram«, pflegte Nana zu sagen. Und Nana hatte Recht.

Aber bei Logan … tja, genau da lag das Rätsel. Beth hatte nicht die geringste Ahnung, was er von ihr wollte. Sie spürte, dass sie ihm gefiel, und er schien sich in ihrer Nähe durchaus wohlzufühlen. Aber viel mehr wusste sie nicht. Was hatte er vor? Er war ja auch sehr gern mit Ben zusammen. In gewisser Weise behandelte er sie wie manche der verheirateten Männer, die sie kannte: *Du bist hübsch, du bist interessant, aber ich bin schon vergeben.*

Vielleicht war er ja tatsächlich in festen Händen. Hatte er in Colorado womöglich eine Freundin? Natürlich konnte es auch sein, dass er sich gerade von der großen Liebe seines Lebens getrennt und diese Trennung noch nicht überwunden hatte. Wenn sie es sich richtig überlegte – er hatte vieles von dem, was er unterwegs gesehen und erlebt hatte, ausführlich beschrieben, aber warum er diese lange Wanderung wirklich gemacht hatte und weshalb er ausgerechnet in Hampton bleiben wollte, verstand sie immer noch nicht. Da gab es etwas, was er nicht preisgeben wollte.

Sie schüttelte den Kopf. Vielleicht nahm sie das alles viel zu wichtig. Sie hatte ja nicht vor, etwas mit ihm anzufangen. Es war einfach nur ein netter Abend gewesen – Tacos, Schach, Gespräche. Wie in einer Familie.

Beth zog ihren Schlafanzug an, kroch unter die Bettdecke und griff zu der Zeitschrift, die auf dem Nachttisch lag. Geistesabwesend blätterte sie darin, knipste aber bald das Licht aus. Als sie die Augen schloss, sah sie sein Gesicht vor sich – wie sich die Mundwinkel leicht nach oben zogen, wenn er etwas lustig fand, wie er die Stirn runzelte, wenn er sich konzentrierte. Lange warf sie sich hin und her und konnte nicht einschlafen. Und sie fragte sich, ob es ihm vielleicht, ganz vielleicht, so ähnlich ging – lag er auch wach im Bett und dachte an sie?

KAPITEL 13

Thibault

Thibault schaute zu, wie Victor die Leine ins kühle Wasser warf. Es war ein wolkenloser Samstagmorgen. Die Luft war ruhig, im See spiegelte sich der hellblaue Himmel. Sie waren schon früh hinausgerudert, damit sie angeln konnten, ehe die Jetski-Fahrer und die Schnellboote auftauchten. Es war ihr letzter gemeinsamer Tag. Am Abend wollten sie in dem Steakhouse essen, das als das beste in der ganzen Stadt galt.

»Ich glaube, du wirst die Frau finden«, verkündete Victor unvermittelt.

Thibault war gerade dabei, seine Leine aufzurollen. »Welche Frau?«

»Die Frau auf dem Foto – die Frau, die dir Glück bringt.«

Mit zusammengekniffenen Augen musterte Thibault ihn. »Wovon redest du?«

»Wenn du sie suchst, dann findest du sie, glaub mir.«

Nachdem er seinen Angelhaken sehr gründlich inspiziert hatte, warf er ihn wieder aus. »Ich werde sie nicht suchen.«

»Das sagst du jetzt. Aber irgendwann machst du dich auf den Weg.«

»Nein, ganz bestimmt nicht.« Thibault schüttelte energisch den Kopf. »Und selbst wenn ich sie finden wollte – das wäre doch ein aussichtsloses Unterfangen.«

»Dir fällt bestimmt was ein.« Victor klang fast anmaßend, weil er so fest von seiner Theorie überzeugt war.

Thibault hatte genug. »Ich weiß gar nicht, warum wir überhaupt darüber reden.«

»Weil das Ganze noch nicht abgeschlossen ist. Es ist noch nicht zu Ende«, beharrte Victor.

»Doch, es ist zu Ende.«

»Ich weiß, dass du das denkst. Aber es stimmt nicht.«

Schon vor langer Zeit hatte Thibault begriffen, wie das bei Victor war: Wenn er etwas glaubte, wiederholte er es immer wieder – so oft, bis er annahm, dass der andere es endlich verstanden hatte. Weil Thibault nicht den ganzen Tag mit diesem Thema verbringen wollte, beschloss er, es gleich hinter sich zu bringen.

»Okay«, sagte er mit einem Seufzer. »Wieso denkst du, dass die Sache noch nicht abgeschlossen ist?«

Victor zuckte die Achseln. »Weil noch kein Gleichgewicht hergestellt wurde.«

»Kein Gleichgewicht«, wiederholte Thibault.

»Ja, genau. Verstehst du, was ich meine?«

»Nein.«

Victor stöhnte ungeduldig. »Stell dir vor, jemand kommt, um dein Dach zu decken. Der Mann arbeitet hart, und am Schluss bekommt er sein Geld. Erst dann ist die Angelegenheit erledigt. In deinem Fall, also bei dem Foto, ist es so, als wäre das Dach gedeckt worden, aber der Besitzer hätte noch nicht bezahlt. Erst wenn die Bezahlung getätigt wurde, ist das Gleichgewicht hergestellt.«

»Willst du damit sagen, dass ich der Frau etwas schulde?«, fragte Thibault skeptisch.

»Ja. Das Foto hat dich beschützt und dir Glück gebracht. Aber solange nicht bezahlt wurde, ist die Sache nicht erledigt.«

Thibault holte ein Mineralwasser aus der Kühlbox und reichte es Victor. »Dir ist hoffentlich klar, dass das völlig verrückt klingt.«

Victor nahm die Dose entgegen und nickte. »Für manche Leute vielleicht. Aber irgendwann wirst du sie suchen. Hinter dem Ganzen steht ein tieferer Sinn. Es ist dein Schicksal. Deine Bestimmung.«

»Meine Bestimmung.«

»Ja.«

»Und was soll das heißen?«

»Keine Ahnung. Aber wenn du am Ziel bist, weißt du es.«

Thibault sagte nichts mehr und wünschte sich insgeheim, Victor hätte das Thema nicht angesprochen. Sie schwiegen beide eine Zeit lang.

»Vielleicht seid ihr füreinander bestimmt«, murmelte Victor schließlich kaum hörbar.

»Ich bin nicht in sie verliebt, Victor.«

»Aber trotzdem denkst du oft an sie.«

Dazu sagte Thibault nichts.

Am Samstagmorgen kam Thibault früh und begab sich sofort in den Zwinger, machte sauber, fütterte die Hunde und arbeitete mit ihnen wie sonst auch. Ben spielte währenddessen mit Zeus, bis Elizabeth ihn rief, weil er gleich gehen müsse. Sie winkte Thibault von der Veranda aus zu, aber selbst aus der Ferne bemerkte er, dass sie irgendwie unkonzentriert war.

Als er mit den Hunden losging, war sie wieder im Haus. Normalerweise führte er die Tiere in Dreiergruppen aus, und Zeus trottete hinterher. Wenn sie weit genug entfernt waren, ließ er die Hunde von der Leine, denn sie gehorchten ihm immer, welche Richtung er auch einschlug. Er variierte seine Route gern ein bisschen, und die Abwechslung verhinderte, dass sich die Tiere zu weit absetzten. Es verhielt sich bei ihnen nicht anders als bei den Menschen: Wenn sie jeden Tag das Gleiche tun mussten, fingen sie an, sich zu langweilen. Meistens dauerte solch ein Gang dreißig Minuten pro Gruppe. Nach der dritten Gruppe merkte er, dass Elizabeths Wagen nicht mehr dastand. Vermutlich brachte sie Ben zu seinem Vater.

Er konnte Bens Vater nicht leiden – hauptsächlich, weil Ben und Elizabeth ihn nicht mochten. Aber natürlich hatte er, Thibault, kein Recht, sich einzumischen. Er konnte nur zuhören, wenn Beth etwas erzählte. Mehr nicht. Um Ratschläge zu erteilen, wusste er nicht genug, und sie hatte ihn ja auch nicht darum gebeten. Letztlich ging ihn das alles nichts an.

Aber was ging ihn denn etwas an? Warum war er hier? Obwohl er es nicht wollte, wanderten seine Gedanken wieder zurück zu dem Gespräch mit Victor. Eigentlich war er hier, weil Victor an jenem Morgen auf dem See so mit ihm gesprochen hatte. Und natürlich auch, weil später noch etwas passiert war …

Er zwang sich, die Erinnerung wegzuschieben. Im Moment konnte und wollte er sich nicht damit auseinandersetzen. Nicht schon wieder.

Er rief die Hunde zu sich und führte sie zurück in den Zwinger. Nachdem er sie in ihre Abteile gebracht hatte, ging er in den Werkzeugschuppen. Er knipste das Licht an – und war sprachlos. Elizabeths Großvater war wirklich ein Perfektionist gewesen. Dieser Schuppen glich einem gut sortierten Eisenwarenladen. Thibault inspizierte alles ganz genau, die Regale, die Schränke, die Werkbank. Schließlich wählte er zwei verstellbare Schraubenschlüssel und einen Sechskantschlüssel aus, nahm den Wagenheber mit und ging hinaus zum Truck. Wie versprochen hatte Elizabeth die Schlüssel unter der Matte versteckt. Thibault fuhr die Einfahrt hinunter und dann in Richtung Stadtzentrum. Er erinnerte sich vage, dort einen Auto-Shop gesehen zu haben.

Nach einer knappen halben Stunde war er mit den neuen Bremsbelägen schon wieder zurück. Mit dem Wagenheber bockte er den Truck auf und nahm das erste Rad ab. Dann drückte er den Bremszylinder bis zum Anschlag zurück, wechselte die Bremsbeläge, schraubte das Rad wieder an und wiederholte den ganzen Vorgang beim nächsten.

Als er gerade dabei war, den dritten Bremsbelag zu erneuern, hörte er Elizabeths Wagen kommen. Sie parkte direkt neben dem alten Truck. Erst da wurde ihm bewusst, dass sie ein paar Stunden weg gewesen war.

»Wie läuft's?«, fragte sie.

»Ich bin gleich fertig.«

»Ehrlich?« Sie schien überrascht.

»Es sind doch nur die Bremsbeläge. Keine große Sache.«

»Ich wette, genauso würde ein Chirurg reden. Es ist doch nur der Blinddarm.«

»Soll ich Ihnen zeigen, wie man das macht?«, fragte Thibault und blickte hoch. Ihre Gestalt hob sich als Silhouette vom Himmel ab.

»Wie lange dauert das?«

»Nicht lange.« Er zuckte die Achseln. »Vielleicht zehn Minuten.«

»Ehrlich?«, sagte sie wieder. »Okay. Ich bringe nur schnell die Lebensmittel ins Haus.«

»Brauchen Sie Hilfe?«

»Nein, es sind nur zwei Tüten.«

Er zog die Schrauben beim dritten Rad an und machte sich an Nummer vier. Als Elizabeth zurückkam, war er gerade dabei, die Schrauben herauszudrehen. Sie kauerte sich neben ihn, und er roch den Duft ihrer Kokosnusslotion, die sie vermutlich am Morgen aufgetragen hatte.

»Zuerst montiert man das Rad ab …«, begann er und ging dann den ganzen Ablauf methodisch mit ihr durch. Dabei achtete er darauf, dass sie die einzelnen Schritte nachvollziehen konnte. Als er den Wagenheber wieder entfernte und das Werkzeug einsammelte, sagte Elizabeth kopfschüttelnd:

»Das ist ja wirklich einfach. Ich glaube, ich würde das auch hinkriegen.«

»Ganz bestimmt.«

»Warum muss man dann so viel dafür bezahlen?«

»Keine Ahnung.«

»Ich fürchte, ich habe den falschen Beruf gewählt«, sagte sie, erhob sich und band ihre Haare zu einem lockeren Pferdeschwanz. »Vielen Dank, dass Sie sich darum gekümmert haben.«

»Gern geschehen.«

»Haben Sie Hunger? Ich habe frische Truthahnscheiben mitgebracht, für Sandwiches. Und saure Gurken.«

»Klingt verlockend.«

Sie aßen auf der hinteren Veranda, mit Blick auf den Garten. Elizabeth wirkte immer noch etwas abgelenkt. Sie unterhielten sich darüber, wie es war, in den Südstaaten in einer Kleinstadt aufzuwachsen, in der jeder alles über jeden wusste. Manche Anekdoten waren amüsant, aber Thibault gab zu, dass ihm eine etwas anonymere Existenz besser gefiel.

»Das wundert mich nicht«, sagte Elizabeth und grinste.

Während Beth den Nachmittag damit verbrachte, das Haus zu putzen, machte sich Thibault wieder an die Arbeit. Im Gegensatz zu ihrem Großvater schaffte er es, das zugeklebte Bürofenster zu öffnen. Allerdings stellte sich heraus, dass die Lösung dieses Problems wesentlich schwieriger war als die Erneuerung der Bremsbeläge. Auch jetzt ließ sich das Fenster nicht besonders leicht öffnen und schließen, obwohl Thibault es sorgfältig abschmirgelte, um die Kanten zu glätten. Als Letztes strich er den ganzen Rahmen neu.

Der Rest des Tages gehörte der normalen Routine. Als Thibault seine Arbeit im Zwinger abgeschlossen hatte, war es fast fünf Uhr. Er hätte natürlich nach Hause gehen können, entschloss sich aber, lieber noch die Papiere auf den neuesten Stand zu bringen, damit er sich nicht am nächsten Tag damit herumplagen musste. Er arbeitete etwa zwei Stunden und hatte das Gefühl, einiges weggeschafft zu haben – aber wer konnte das schon mit Sicherheit sagen? Jedenfalls war er so in seine Tätigkeit vertieft, dass er Elizabeth nicht kommen hörte. Erst als sich Zeus erhob und zur Tür ging, wurde er auf sie aufmerksam.

»Ich bin erstaunt, dass Sie noch hier sind.« Sie stand im Türrahmen. »Als ich das Licht gesehen habe, dachte ich, Sie hätten vergessen, es auszumachen.«

»So was vergesse ich nicht.«

Sie deutete auf die Aktenstapel auf dem Schreibtisch. »Ich kann Ihnen gar nicht sagen, wie froh ich bin, dass Sie sich um diesen Verwaltungskram kümmern. Nana hat den ganzen Sommer über versucht, mich zu motivieren – sie wollte, dass ich das alles auf Vordermann bringe, aber ich habe meine ganze Fantasie eingesetzt, um mich davor zu drücken.«

»Da habe ich ja Glück«, sagte er.

»Nein, *ich* habe Glück. Aber jetzt bekomme ich ein schlechtes Gewissen deswegen.«

»Das würde ich Ihnen gern glauben, wenn dieses verräterische Grinsen nicht wäre ... Haben Sie was von Ben oder Nana gehört?«

»Ja, von beiden«, antwortete sie. »Nana geht es ausgezeichnet, aber Ben fühlt sich gar nicht wohl. Er sagt es zwar nicht ausdrücklich, aber ich höre es an seiner Stimme.«

»Das tut mir leid.«

Elizabeth zuckte resigniert die Schultern und begann mit dem Türknauf zu spielen, drehte ihn in beide Richtungen, als wollte sie den Mechanismus studieren. Dann stieß sie einen tiefen Seufzer aus. »Haben Sie vielleicht Lust, mir zu helfen, Eiscreme zu machen?«

»Wie bitte?« Er legte den Ordner weg, den er gerade mit einem Etikett versehen hatte.

»Ich liebe selbst gemachtes Eis. Bei dieser Hitze gibt es nichts Besseres, aber wenn man es allein essen muss, schmeckt es nicht halb so gut.«

»Ich glaube, ich habe noch nie selbst gemachtes Eis gegessen.«

»Dann wissen Sie nicht, was Ihnen bisher entgangen ist!«

Ihre fast kindliche Begeisterung wirkte ansteckend. »Okay«, sagte er. »Ich bin dabei.«

»Ich muss nur noch schnell los und die Zutaten besorgen. Aber das dauert nur ein paar Minuten.«

»Wäre es nicht einfacher, eine Packung Eis zu kaufen?«

Ihre Augen blitzten. »Aber das ist nicht das Gleiche, glauben Sie mir. Also, bis später.«

Sie war tatsächlich nach kürzester Zeit wieder zurück. Thibault hatte nur den Schreibtisch aufgeräumt und nach den Hunden geschaut, als sie bereits die Einfahrt hochfuhr.

»Würden Sie bitte den Beutel mit den zerstoßenen Eiswürfeln ins Haus bringen?«, bat sie ihn. »Er liegt auf dem Rücksitz.«

Er folgte ihr in die Küche, und sie deutete auf die Kühltruhe, während sie einen Liter Sahne auf den Tisch stellte.

»Ach, und könnten Sie wohl die Eismaschine holen? Sie steht in der Speisekammer. Oberstes Regal links.«

In der Kammer fand Thibault tatsächlich eine Eismaschine mit Handkurbel, die aussah, als wäre sie mindestens fünfzig Jahre alt. »Meinen Sie die hier?«, fragte er.

»Ja, genau.«

»Funktioniert sie noch?«

»Sie funktioniert einwandfrei. Da staunen Sie, was? Nana hat das Ding zur Hochzeit geschenkt bekommen, aber wir benutzen die Maschine immer wieder. Man kann damit extrem leckeres Eis herstellen.«

Er stellte sie auf die Arbeitsplatte und schaute Elizabeth fragend an. »Was kann ich tun?«

»Wenn Sie die Kurbel drehen, mische ich die Zutaten.«

»Einverstanden.«

Beth holte ein elektrisches Mixgerät und eine Schüssel, dazu einen Messbecher. Sie gab drei Tassen Zucker sowie eine Tasse Mehl in die Schüssel und mischte sie erst von Hand. Als Nächstes kamen drei Eier dazu, der Liter Sahne und drei Teelöffel Vanilleextrakt. Dann mixte sie alles durch. Zur Ergänzung kippte sie noch etwas Milch hinein und gab schließlich die ganze Mischung in die Eiscremeschüssel, die sie in die alte Maschine stellte und mit zerstoßenen Eiswürfeln und Steinsalz umgab.

»Das war's schon«, verkündete sie und reichte Thibault die Maschine. Sie selbst nahm die restlichen Eiswürfel und das Steinsalz. »Wir gehen am besten raus auf die Veranda. Eis muss man in Freien machen, sonst wird es nicht richtig.«

»Aha«, murmelte Thibault.

Beth setzte sich neben ihn auf die Verandastufen, ein winziges Stückchen näher als am Tag vorher. Thibault klemmte die Schüssel zwischen die Knie und begann die Kurbel zu drehen, was verblüffend leicht ging.

»Danke, dass Sie das übernehmen«, sagte Elizabeth.

»Ich brauche das Eis jetzt unbedingt. Heute war nämlich nicht mein Tag.«

»Ach, nein?«

Sie schaute ihn an, und ein spöttisches Lächeln spielte um ihre Lippen. »Sie machen das echt gut, muss ich sagen.«

»Was?«

»Dieses ›Ach, nein?‹. Es reicht gerade aus, um den anderen dazu zu bringen, weiterzureden, ohne dass es zu persönlich oder aufdringlich klingt.«

»Ach, ja?«

Sie kicherte. »Ach, ja«, machte sie ihn nach. »Die meisten Leute würden fragen: ›Oh, was ist passiert?‹ oder ›Warum denn?‹«

»Also gut: Was ist passiert? Warum war es nicht Ihr Tag?«

Sie schnaubte. »Ach, Ben war wieder so schlechter Laune, als er heute Morgen seine Sachen gepackt hat, und ich habe ihn angefahren, er soll sich beeilen, weil er wahnsinnig getrödelt hat. Sein Dad kann es nicht leiden, wenn er zu spät kommt. Aber dann war wieder mal alles anders. Ich glaube, Keith hatte völlig vergessen, dass Ben kommt. Ich musste immer wieder klingeln, bis er endlich aufgemacht hat, und so wie's aussah, kam er direkt aus dem Bett. Wenn ich gewusst hätte, dass er ausschlafen will, hätte ich Ben nicht so angetrieben, und deswegen habe ich immer noch ein schlechtes Gewissen. Als ich weggefahren bin, habe ich noch gesehen, wie Ben den Müll raustrug, weil sein alter Dad zu faul dafür ist. Und dann habe ich den ganzen Tag damit verbracht, das Haus zu putzen. Die ersten zwei Stunden sind immer nicht so schlimm, aber dann wird's furchtbar. Deshalb brauche ich jetzt mein Eis.«

»Klingt nicht gerade wie ein erholsamer Samstag.«

»Stimmt.«

Thibault merkte, dass sie nicht wusste, ob sie noch mehr sagen sollte oder nicht. Es gab irgendetwas, was sie quälte.

Sie seufzte wieder. »Heute hat mein Bruder Geburtstag«, sagte sie schließlich leise. Thibault glaubte, ein leichtes Zittern in ihrer Stimme zu hören. »Ich war bei ihm, nachdem ich Ben zu seinem Vater gebracht hatte. Ich bin auf den Friedhof gegangen, mit frischen Blumen.«

Thibault merkte, wie es ihm die Kehle zuschnürte. Er musste an das Foto auf dem Kaminsims denken. Zwar hatte er schon vermutet, dass ihr Bruder gefallen war, aber weder Nana noch Elizabeth hatten es je ausgesprochen. Jetzt verstand er auch, warum sie heute Abend nicht allein sein wollte.

»Das tut mir leid«, sagte er mit aufrichtiger Anteilnahme.

»Ja, mir tut es auch leid – und ich denke, dass Sie ihn gemocht hätten. Alle mochten ihn.«

»Das glaube ich sofort.«

Sie krampfte die Hände ineinander. »Nana hat es vergessen. Das heißt, heute Nachmittag ist es ihr dann eingefallen, und sie hat mich angerufen, um mir zu sagen, wie traurig sie ist, weil sie nicht bei mir sein kann. Sie war den Tränen nahe, also habe ich sie getröstet und ihr gesagt, dass es nicht so schlimm ist.«

»Aber es ist schlimm. Er war Ihr Bruder, und er fehlt Ihnen.«

Ein wehmütiges Lächeln erschien auf ihrem Gesicht und verschwand gleich wieder. »Sie erinnern mich an ihn«, sagte sie leise. »Nicht äußerlich, sondern in Ihrem Verhalten. Das ist mir gleich aufgefallen, als Sie das erste Mal ins Büro gekommen sind wegen des Jobs. Manchmal habe ich das Gefühl, als wären Sie aus demselben Holz geschnitzt wie er. Ich glaube, das hat was mit dem Marine Corps zu tun.«

»Vielleicht«, sagte er. »Aber man trifft dort alle möglichen Typen.«

»Kann ich mir vorstellen.« Sie schwieg, zog die Knie an und umschlang sie mit den Armen. »Hat es Ihnen bei den Marines gefallen?«

»Manchmal.«

»Nicht immer?«

»Nein.«

»Drake war begeistert. Von allem.« Obwohl sie wie gebannt die Bewegung der Eiskurbel verfolgte, merkte Thibault, dass sie in Gedanken ganz woanders war. »Ich weiß noch genau, wie die Invasion begonnen hat. Camp Lejeune ist ja weniger als eine Stunde entfernt, deshalb waren die Ereignisse für uns sehr präsent. Ich hatte Angst um Drake, vor allem wegen der chemischen Waffen und wegen der Selbstmordattentate – aber soll ich Ihnen sagen, was ihn am meisten beschäftigt hat? Vor der Invasion, meine ich?«

»Was?«

»Ein Foto. Ein ganz banales Foto. Können Sie sich das vorstellen?«

Bei dem Wort »Foto« begann Thibaults Herz heftig zu klopfen, aber er bemühte sich, ruhig zu bleiben.

»Er hat ein Foto von mir gemacht, als wir hier auf dem Rummel waren«, fuhr Elizabeth fort. »Es war unser letztes gemeinsames Wochenende, ehe er zur Armee gegangen ist, und nachdem wir uns alle Attraktionen angeschaut hatten, gingen wir ein Stück, um für uns zu sein. Mir kommt es vor, als wäre es gestern gewesen – wir saßen bei dieser hohen Kiefer und redeten und redeten und haben dabei dem Riesenrad zugeschaut. Das Rad war wirklich riesig – mit tausend bunten Lichtern, und die Kinder haben ›Oooh‹ und ›Aaah‹ gerufen, während es sich unter dem strahlenden Sommerhimmel drehte. Wir sprachen über unsere Mom und unseren Dad, wir haben uns ausgemalt, wie sie jetzt wären, wenn sie noch leben würden – ob sie graue Haare hätten, ob wir in Hampton geblieben oder ob wir weggezogen wären. Ich weiß noch, wie ich nach oben geschaut habe – und auf einmal ist eine Sternschnuppe über den Himmel gesaust, und ich hatte das Gefühl, dass unsere Eltern uns zuhören.«

Sie schwieg für einen Moment, doch dann erzählte sie weiter. »Er hat das Foto laminiert, und während der Grundausbildung hat er es dauernd bei sich getragen. Aber von Kuwait hat er mir dann eine E-Mail geschrieben, in der stand, dass er es verloren hat, und ich solle ihm doch bitte einen neuen Abzug schicken. Mir kam das verrückt vor, aber ich war ja nicht bei ihm und hatte keine Ahnung, was er durchmacht, also habe ich ihm versprochen, dass ich das Foto noch mal schicke. Aber ich bin nicht gleich dazugekommen – fragen Sie mich nicht, warum, ich weiß es selbst nicht mehr. Ich hatte auch irgendwie einen inneren Widerstand dagegen. Ich hatte die CD mit den Bildern in meiner Tasche, aber immer, wenn ich in der Nähe der Drogerie war, vergaß ich, das Foto noch mal zu bestellen. Und plötzlich begann die Invasion. Da habe ich es endlich geschafft, ihm das Bild zu schicken, aber der Brief kam ungeöffnet zurück. Drake ist gleich in der ersten Woche ums Leben gekommen.«

Beth schaute Thibault über ihre Knie hinweg an. »Fünf Tage. Länger war er nicht dabei. Und ich habe ihm seinen Wunsch nicht erfüllt, ich habe ihm das Foto nicht rechtzeitig geschickt, obwohl er mich darum gebeten hat. Können Sie sich vorstellen, wie sich das anfühlt?«

Thibaults Magen krampfte sich zusammen. »Ich weiß nicht, was ich sagen soll.«

»Es ist einfach alles nur schrecklich, schrecklich traurig. Und jetzt … Heute habe ich gemerkt, dass er immer mehr verschwindet. Nana hat nicht an ihn gedacht. Ben hat nicht an ihn gedacht. Bei Ben kann ich es verstehen. Er war noch nicht mal fünf, als Drake starb, und Sie wissen ja, wie das bei Kindern in dem Alter ist. Sie können sich nicht erinnern. Aber Drake war immer besonders nett zu Ben, weil es ihm wirklich Spaß gemacht hat, mit ihm zu spielen.« Sie zuckte die Achseln. »Es war ähnlich wie bei Ihnen.«

Thibault wäre es lieber gewesen, wenn sie das nicht gesagt hätte. Er gehörte nicht hierher …

»Ich wollte Ihnen den Job nicht geben«, sagte sie, ohne sein Unbehagen zu bemerken. »Haben Sie das gewusst?«

»Ja.«

»Aber nicht, weil Sie zu Fuß von Colorado hierhergelaufen sind. Das spielte im Grund keine Rolle. Für mich war es viel wichtiger, dass Sie bei den Marines waren.«

Er nickte stumm. Elizabeth griff nach der Eismaschine. »Ich glaube, wir müssen noch mehr Eiswürfel reintun«, sagte sie, öffnete den Deckel, gab etwas zerstoßenes Eis hinzu und reichte Thibault die Maschine dann wieder.

»Warum sind Sie hier?«, fragte sie unvermittelt.

Obwohl er genau wusste, was sie meinte, tat er so, als hätte er sie nicht verstanden. »Weil Sie mich gebeten haben, noch zu bleiben.«

»Ich meine: Warum Sind Sie in Hampton? Und diesmal will ich die Wahrheit hören.«

Er suchte nach einer passenden Erklärung. »Die Stadt hat mir gleich gefallen, und bisher hat sich dieser erste Eindruck bestätigt.«

An ihrem Gesichtsausdruck konnte er ablesen, dass sie wusste, es steckte mehr dahinter. Sie wartete. Als er nicht weitersprach, runzelte sie die Stirn. »Es hat etwas mit dem Irak zu tun, nicht wahr?«

Sein Schweigen sagte mehr als tausend Worte.

»Wie lange waren Sie dort?«, wollte Elizabeth wissen.

Er setzte sich anders hin. Eigentlich vermied er dieses Thema immer, aber ihm war klar, dass er jetzt keine andere Wahl hatte, als darüber zu reden. »Bei welchem Aufenthalt?«

»Wie oft mussten Sie hin?«

»Drei Mal.«

»Haben Sie viele Gefechte miterlebt?«

»Ja.«

»Aber Sie sind unversehrt zurückgekommen.«

»Ja.«

Ihre Lippen wurden schmal, und er hatte den Eindruck, als würde sie gleich in Tränen ausbrechen. »Warum Sie und nicht mein Bruder?«

Er drehte die Kurbel vier Mal, bevor er antwortete. Und die Antwort war eine Lüge. »Ich weiß es nicht.«

Als Elizabeth aufstand und ins Haus ging, um Schälchen und Löffel für das Eis zu holen, musste Thibault gegen den Impuls ankämpfen, Zeus zu sich zu rufen und ohne Abschied zu verschwinden. Weg von hier, am besten gleich zurück nach Colorado.

Dauernd dachte er an das Foto in seiner Tasche, dieses Foto, das Drake verloren hatte. Thibault hatte es gefunden. Drake war tot. Und er saß hier, vor dem Haus, in dem Drake aufgewachsen war, und unterhielt sich mit seiner Schwester.

Irgendwie schien das Ganze fast unwirklich, aber während er heftig schluckte, um die plötzliche Trockenheit in seinem Mund loszuwerden, konzentrierte er sich auf die Dinge, von denen er wusste, dass sie stimmten: Das Bild war nur ein Foto von Elizabeth, das ihr Bruder aufgenommen hatte. Es gab keine Glücksbringer. Thibault hatte den Krieg im Irak überlebt – wie auch die große Mehrheit der Marines, die dort stationiert waren. Er hatte überlebt wie die meisten Mitglieder seines Platoons, unter ihnen auch Victor. Aber manche Marines waren gefallen, so wie Drake. Das war tragisch, aber mit dem Foto hatte es nichts zu tun. Im Irak herrschte Krieg. Und er war hier, weil er beschlossen hatte, die Frau auf dem Foto zu suchen. Schicksal oder Magie spielten dabei keine Rolle.

Er blinzelte ein paarmal, um den Kopf klar zu bekommen. Nein, er glaubte nichts von dem, was sein Freund gesagt hatte.

Victor war abergläubisch. Seine Theorien konnten nicht stimmen. Jedenfalls nicht alle.

Zeus schien seinen inneren Konflikt zu spüren. Er schaute ihn an, spitzte die Ohren, gab ein leises Jaulen von sich und kam die Treppe herauf, um Thibault die Hand zu lecken. Thibault hob Zeus' Kopf, und der Hund rieb sich an seinem Gesicht.

»Was mache ich hier?«, flüsterte Thibault. »Warum bin ich hierhergekommen?«

Während er auf eine Antwort wartete, die er nie bekommen würde, hörte er, wie hinter ihm die Fliegengittertür zufiel.

»Reden Sie mit sich selbst oder mit Ihrem Hund?«, fragte Elizabeth.

»Beides.«

Sie setzte sich wieder neben ihn und reichte ihm einen Löffel. »Was haben Sie gesagt?«

»Nichts Wichtiges.« Mit einer Handbewegung gab er Zeus zu verstehen, er solle sich wieder hinlegen, und der Hund quetschte sich brav auf die Treppe. Offenbar hatte er das Bedürfnis, in der Nähe zu bleiben.

Elizabeth öffnete die Eismaschine und füllte zwei kleine Schalen mit der cremigen Masse. »Hoffentlich schmeckt es Ihnen«, sagte sie und hielt ihm eins der Schüsselchen hin.

Sie selbst probierte ein bisschen, bevor sie weitersprach. »Ich möchte mich bei Ihnen entschuldigen«, sagte sie ernst.

»Wofür?«

»Für das, was ich vorhin gesagt habe … Als ich fragte, warum Sie überlebt haben und mein Bruder nicht.«

»Ich finde die Frage berechtigt«, erwiderte er, fühlte sich aber nicht besonders wohl unter ihrem prüfenden Blick.

»Stimmt nicht. Es ist unfair, so etwas zu fragen. Deshalb tut es mir leid.«

»Ist schon okay«, beruhigte er sie.

Sie löffelte ihr Eis und starrte dabei stumm und nachdenklich vor sich hin. Doch dann fuhr sie fort: »Ich habe Ihnen gesagt, dass ich Sie nicht einstellen wollte, weil Sie bei den Marines waren.«

Er nickte.

»Der eigentliche Grund ist ein anderer, als Sie wahrscheinlich denken. Es war nicht deswegen, weil Sie mich an Drake erinnern. Sondern wegen der Art, wie Drake gestorben ist.« Sie klopfte mit dem Löffel an ihr Schüsselchen. »Drake wurde durch Beschuss seitens der eigenen Truppe getötet.«

Thibault senkte den Blick.

»Zuerst haben wir das natürlich nicht erfahren. Wir bekamen alle möglichen Ausreden zu hören. ›Die Untersuchungen laufen noch‹ oder ›Wir sind noch dabei, den Vorfall zu überprüfen‹, so in dem Stil. Es dauerte Monate, bis uns mitgeteilt wurde, wie er gestorben ist, und selbst dann hat man nicht gesagt, wer der Schuldige ist.«

Sie suchte nach den passenden Worten. »Das fand ich einfach nicht … nicht richtig, verstehen Sie? Ich weiß ja, dass es ein Unfall war, und mir ist klar, dass derjenige, der ihn getötet hat, es nicht mit Absicht getan hat. Aber wenn es hier in den Staaten passiert wäre, hätte es eine

Anzeige wegen fahrlässiger Tötung gegeben. Doch wenn so etwas im Irak geschieht, will niemand, dass die Wahrheit ans Tageslicht kommt. Und sie wird auch nie aufgedeckt werden.«

»Wieso erzählen Sie mir das?«, fragte Thibault mit ruhiger Stimme.

»Weil es der eigentliche Grund ist, weshalb ich Sie nicht einstellen wollte«, wiederholte sie. »Nachdem ich erfahren hatte, dass es die eigenen Leute waren, habe ich mich jedes Mal, wenn ich einem Soldaten begegnet bin, sofort gefragt: Ist das der Mann, der Drake getötet hat? Oder deckt er vielleicht den Täter? Ich weiß, das ist ungerecht, aber ich konnte einfach nicht anders. Und mit der Zeit ist diese Wut irgendwie ein Teil von mir geworden – als könnte ich nur so mit dem Schmerz leben. Ich mochte mich nicht besonders gut leiden, wenn ich so etwas dachte, aber ich war gefangen in einem Teufelskreis aus Fragen und Vorwürfen. Und dann kommen plötzlich Sie daher, aus heiterem Himmel, und wollen bei uns arbeiten. Und Nana – Nana hat genau gewusst, was ich fühle, aber sie hat trotzdem beschlossen, Ihnen die Stelle zu geben. Vielleicht *weil* sie meine Gefühle kennt.«

Beth stellte ihr Eisschüsselchen weg. »Deshalb habe ich in den ersten beiden Wochen auch kaum mit Ihnen geredet. Ich wusste einfach nicht, was ich sagen soll. Und ich bin davon ausgegangen, dass wir sowieso nicht viel miteinander zu tun haben werden, weil Sie garantiert nach ein paar Tagen kündigen, wie alle anderen auch. Aber Sie haben nicht gekündigt. Stattdessen machen Sie Ihre Arbeit erstklassig, Sie bleiben abends länger hier, Sie können sehr gut mit Nana und mit meinem Sohn umgehen … und plötzlich sind Sie nicht mehr nur ein Marine, sondern ein normaler Mann.« Sie verstummte und schien in ihren Gedanken zu versinken, doch dann stieß sie ihn mit dem Knie an. »Und nicht nur das – Sie sind sogar ein Mann, der aufgeregten Frauen erlaubt, pausenlos zu quasseln, ohne sie zu unterbrechen.«

Er stieß sie ebenfalls an, um ihr zu zeigen, dass es in Ordnung war. »Heute hat Drake Geburtstag.«

»Ja, stimmt.« Sie nahm ihr Schüsselchen und rief: »Auf meinen kleinen Bruder! Auf Drake!«

Thibault stieß mit seinem Eisschälchen gegen ihres. »Auf Drake«, wiederholte er.

Zeus jaulte und betrachtete die beiden besorgt. Trotz aller Anspannung zerwuschelte Beth ihm das Fell. »Es geht nicht um dich. Das ist Drakes Moment.«

Der Hund legte verwirrt den Kopf schräg, und Elizabeth musste lachen.

»Bla, bla, bla. Er versteht kein Wort von dem, was ich sage.«

»Ja, aber er spürt, dass Sie traurig sind. Deshalb ist er so dicht bei uns geblieben.«

»Ein erstaunliches Tier. Ich glaube, ich habe noch nie einen so einfühlsamen und wohlerzogenen Hund gesehen. Nana hat das auch schon gesagt, und Sie können mir glauben – wenn sie so etwas sagt, hat das wirklich etwas zu bedeuten.«

»Vielen Dank«, brummelte Thibault. »Er hat einen guten Stammbaum.«

»Okay«, sagte Elizabeth. »Aber jetzt sind Sie dran. Sie wissen inzwischen so gut wie alles über mich.«

»Was möchten Sie hören?«

Genüsslich aß sie noch einen Löffel Eiscreme, bevor sie ihn fragte: »Waren Sie schon mal verliebt?«

Als er angesichts dieser etwas indiskreten Frage verdutzt die Augenbrauen hochzog, drohte sie ihm warnend mit dem Finger. »Sagen Sie nur nicht, ich bin zu neugierig. Nach allem, was ich Ihnen erzählt habe, müssen Sie jetzt auspacken.«

»Einmal.«

»Vor kurzem?«

»Nein. Vor vielen Jahren. Auf dem College.«

»Und? Wie war sie so?«

Er schien nach einem treffenden Wort zu suchen. »Erdverbunden«, sagte er schließlich.

Beth schwieg, aber er sah ihr an, dass sie noch mehr erfahren wollte.

»Also gut«, fuhr er fort. »Sie hat Women's Studies studiert, am liebsten trug sie Birkenstocksandalen und Hippieröcke. Sie schrieb eine Kolumne für die Studentenzeitung und hat so ziemlich jede gesellschaftliche Gruppierung oder Minderheit auf der Welt unterstützt – bis auf weiße Männer und die reichen Schichten. Ach, und außerdem war sie auch noch Vegetarierin.«

»Irgendwie kann ich mir Sie nicht mit so einer Frau vorstellen.« Beth musterte ihn prüfend.

»Ich konnte es auch nicht. Jedenfalls nicht auf Dauer. Und ihr ging es ebenso. Aber eine Zeit lang fiel es uns verblüffend leicht, die unübersehbaren Unterschiede auszublenden.«

»Wie lange hat die Beziehung gehalten?«

»Etwas länger als ein Jahr.«

»Hören Sie noch manchmal von ihr?«

Er schüttelte den Kopf. »Nein, nie.«

»Und das war's dann schon?«

»Ja, außer ein, zwei Mädchen in der Highschool, in die ich verknallt war. Aber Sie dürfen nicht vergessen, dass die letzten fünf Jahre für eine neue Beziehung nicht gerade förderlich waren.«

»Kann ich mir vorstellen.«

Zeus erhob sich und schaute die Einfahrt hinunter. Seine Ohren zuckten. Es dauerte einen Moment, dann hörte auch Thibault ein leises Motorengeräusch und sah in der Ferne diffuses Scheinwerferlicht, das sich allmählich bündelte. Jemand kam die Einfahrt heraufgefahren. Elizabeth runzelte die Stirn, als ein Wagen um die Kurve bog und auf das Haus zufuhr. Obwohl das Verandalicht die Zufahrt nicht erhellte, erkannte Thibault, was für ein Wagen es war, und richtete sich auf. Entweder der Sheriff oder einer seiner Deputys.

Auch Elizabeth erkannte den Wagen. »Da stimmt was nicht«, murmelte sie beunruhigt.

»Was wollen die hier?«

Sie erhob sich. »Es ist nur einer. Mein Exmann.« Sie ging die Stufen hinunter. »Bleiben Sie einfach hier sitzen. Ich regle das schon.«

Thibault rief Zeus zu sich, als der Wagen neben Elizabeths Auto am anderen Ende des Hauses parkte. Durch die Büsche konnte er sehen, wie die Beifahrertür aufging. Ben stieg aus. Mit gesenktem Kopf trottete er auf seine Mutter zu und zog dabei seinen Rucksack hinter sich her. Dann öffnete sich die Fahrertür, und Deputy Keith Clayton wurde sichtbar.

Zeus gab ein leises Knurren von sich. Dann trat Ben ins Licht. Thibault merkte, dass er keine Brille trug und ein blaues Auge hatte. Im selben Moment reagierte auch Elizabeth.

»Was ist passiert?« Sie lief aufgeregt zu ihrem Sohn und ging vor ihm in die Hocke. »Was hast du gemacht?«

»Es ist nichts«, antwortete Clayton an Bens Stelle. »Nur ein kleiner Bluterguss.«

Ben drehte sich weg. Er wollte nicht, dass seine Mutter das blaue Auge sah.

»Wo ist seine Brille?«, fragte Elizabeth verwirrt, an Clayton gewandt. »Hast du ihn etwa geschlagen?«

»Nein, natürlich nicht. Himmelherrgott! Ich würde Ben doch nie schlagen. Für wen hältst du mich?«

Elizabeth schien ihn gar nicht zu hören. Sie hatte nur Augen für ihren Sohn. »Ist alles in Ordnung? Ach, das sieht ja furchtbar aus! Was ist denn passiert, Schätzchen? Ist deine Brille kaputt?«

Sie wusste, dass Ben erst antworten würde, wenn Clayton weg war. Als sie sein Kinn anhob, sah sie, dass das Auge innen ganz rot war. Lauter geplatzte Äderchen.

Auf einmal wusste sie, was geschehen war. »Wie hart hast du den Ball geworfen, Keith?«, rief sie entsetzt.

»Überhaupt nicht hart. Und es ist doch wirklich nur ein kleiner Bluterguss. Das Auge ist in Ordnung, und die Brille haben wir wieder geklebt.«

»Das ist mehr als ein kleiner Bluterguss!«, schrie Elizabeth. Sie konnte sich kaum noch beherrschen.

»Jetzt tu doch nicht so, als wäre ich schuld!«, zeterte Clayton.

»Aber du bist schuld!«

»Er hat den Ball nicht richtig gefangen! Wir haben nur werfen geübt. Es war ein Unfall, verflixt noch mal! Stimmt doch, Ben, oder? Eigentlich hat es Spaß gemacht, was?«

Ben starrte auf den Boden. »Ja, klar«, brummelte er.

»Sag ihr, was passiert ist. Sag ihr, dass es nicht meine Schuld war. Mach schon!«

Ben trat von einem Fuß auf den anderen. »Wir haben Werfen geübt. Ich habe den Ball nicht erwischt, deshalb hat er mich am Auge getroffen.« Er hielt seine Brille hoch, die in der Mitte und über einem Glas ziemlich dilettantisch mit Klebeband repariert war. »Dad hat meine Brille geklebt.«

Clayton hob die Hände. »Siehst du? Nichts Schlimmes. So was gibt's jeden Tag. Es gehört dazu, wenn man Ball spielt.«

»Wann ist das passiert?«, wollte Elizabeth wissen.

»Vor ein paar Stunden.«

»Und du hast mich nicht angerufen?«

»Nein. Ich bin mit ihm zur Notaufnahme gefahren.«

»Zur Notaufnahme?«

»Was hätte ich denn sonst tun sollen? Mir war klar, dass ich ihn nicht hierherbringen kann, ohne ihn vorher untersuchen zu lassen, also bin ich hingefahren. Das würden alle verantwortungsbewussten Eltern tun – du hast es ja auch damals gemacht, als er von der Schaukel gefallen ist und sich den Arm gebrochen hat. Und wenn du dich vielleicht erinnerst – ich bin nicht gleich ausgerastet und habe dir Vorwürfe gemacht, so wie ich dir auch keine Vorwürfe mache, dass er in dem Baumhaus spielen darf. Dabei ist das Ding eine Todesfalle.«

Beth war zu schockiert, um etwas zu erwidern. Clayton

hatte einen genervten Gesichtsausdruck. »Er wollte unbedingt nach Hause.«

»Okay«, murmelte Elizabeth. Man konnte sehen, wie sich ihre Kiefermuskeln anspannten. »Am besten gehst du jetzt wieder. Ich kümmere mich um alles.«

Sie legte den Arm um Ben. In dem Moment sah Clayton Thibault auf der Veranda sitzen. Er traute seinen Augen nicht und spürte, wie die Wut in ihm hochstieg. Langsam näherte er sich der Veranda.

»Was tun Sie hier?«, fragte er grimmig.

Thibault fixierte ihn nur stumm, ohne sich zu rühren. Zeus knurrte lauter und klang jetzt ziemlich erbost.

»Was hat dieser Typ hier verloren, Beth?«

»Bitte, geh jetzt, Keith. Wir reden morgen weiter.« Sie wandte sich ab.

»Du kannst mich nicht einfach hier stehen lassen«, schimpfte er und packte Beth am Arm. »Ich habe dich etwas gefragt.«

Zeus gab noch bedrohlichere Geräusche von sich, und seine Hinterbeine begannen zu zittern. Nun erst schien Clayton den Hund zu bemerken, die gebleckten Zähne, das gesträubte Rückenfell.

»An Ihrer Stelle würde ich ihren Arm loslassen«, sagte Thibault leise, ohne jede Erregung. Es klang eher wie ein Vorschlag als wie ein Befehl. »Sofort.«

Mit einem misstrauischen Blick auf den Hund ließ Clayton seine Exfrau los. Zeus machte einen einzigen Schritt auf ihn zu, immer noch knurrend.

»Sie sollten lieber gehen«, sagte Thibault betont ruhig.

Clayton überlegte kurz, dann wich er einen Schritt zurück und machte kehrt. Leise vor sich hin fluchend ging er zu seinem Auto und knallte demonstrativ die Wagentür hinter sich zu.

»So ist's brav«, murmelte Thibault und tätschelte seinen Hund.

Nachdem Clayton ziemlich ungeschickt gewendet hatte, bretterte er die Einfahrt hinunter, dass der Kies nur so spritzte. Die Rücklichter entfernten sich, wurden kleiner und kleiner, bis sie in der Nacht verschwanden. Erst dann glättete sich Zeus' Fell wieder. Aber als er Ben auf sich zukommen sah, wedelte er freudig mit dem Schwanz.

»Hi, Zeus!«, rief Ben.

Zeus schaute zu Thibault hoch, als würde er ihn um Erlaubnis bitten. »Es ist okay«, murmelte Thibault. Sofort sprang Zeus dem Jungen entgegen. Zärtlich stupste er ihn mit der Schnauze, und Ben tätschelte ihn entzückt.

»Du hast mich vermisst, stimmt's?«, fragte er zufrieden. »Ich hab dich auch vermisst ...«

»Komm mit, Schätzchen.« Elizabeth schob ihren Sohn vor sich her. »Wir gehen ins Haus und kühlen dein Auge mit Eiswürfeln. Ich will es mir drinnen genauer anschauen.«

Als sie die Fliegengittertür öffnete, erhob sich Thibault.

»Kann ich morgen mit Zeus spielen?«, fragte Ben Thibault.

»Von mir aus gern – wenn deine Mutter einverstanden ist.« Thibault sah Elizabeth an, dass sie jetzt mit ihrem Sohn allein sein wollte. »Ich gehe mal lieber nach Hause«, erklärte er. »Es ist schon spät, und morgen muss ich früh raus.«

»Vielen Dank«, sagte Beth. »Ich weiß es zu schätzen. Und – mir tut das alles sehr leid.«

»Es braucht Ihnen nicht leid zu tun.«

Nachdem er ein Stück gegangen war, drehte er sich noch einmal zum Haus um. Hinter den Vorhängen des Wohnzimmerfensters konnte man zwei Schatten erahnen.

Zum ersten Mal hatte er das Gefühl, zu begreifen, warum er hierhergekommen war.

KAPITEL 14

Clayton

Dass er diesen Kerl ausgerechnet bei Beth wiedersehen musste! Nicht zu fassen. Die statistische Wahrscheinlichkeit, dass das passieren würde, war verdammt gering.

Er hasste diesen Mann. Nein, mehr als das. Er wollte ihn fertigmachen, ihn vernichten. Nicht nur wegen der Sache mit der gestohlenen Kamera und den durchstochenen Autoreifen, obwohl da als Strafe durchaus ein Gefängnisaufenthalt in Gesellschaft einiger gewalttätiger Speed-Junkies angebracht wäre. Auch nicht, weil er mit der Speicherkarte jederzeit erpresst werden konnte. Nein, er wollte ihn zerstören, weil dieser Typ, von dem er schon einmal reingelegt worden war, jetzt erreicht hatte, dass er vor Beth wie ein Versager dastand.

An Ihrer Stelle würde ich ihren Arm loslassen, war schon übel genug gewesen. Aber dann! Ja, dann war der Kerl wirklich zu weit gegangen. *Sofort* … und *Sie sollten lieber gehen* … Alles mit dieser ernsten, ruhigen *Machen-Sie-bloß-keinen-Ärger-*Stimme, die Clayton selbst gegenüber Kriminellen anwendete. Und er war tatsächlich davongeschlichen wie ein streunender Hund, er hatte den Schwanz eingezogen, was die ganze Angelegenheit noch erheblich verschlimmerte.

Normalerweise hätte er sich das keine Sekunde lang gefallen lassen, schon gar nicht in Gegenwart von Beth und Ben. Niemand durfte es wagen, ihm Befehle zu erteilen, ohne es büßen zu müssen. Er hätte dem Kerl sehr deutlich zu verstehen gegeben, dass er gerade den größten Fehler seines Lebens begangen hatte. Aber er hatte es nicht geschafft! Das war das Problem. Er hatte es einfach nicht hingekriegt. Nicht in Gegenwart von Cujo, diesem Höllenhund, der seinen Schritt immer beäugte wie eine Vorspeise vom Sonntagsbüfett. Im Dunkeln sah das Biest tatsächlich aus wie ein tollwütiger Wolf, und Clayton konnte an nichts anderes denken als an die Geschichten, die Kenny Moore immer über Panther erzählte.

Aber was hatte dieser Typ bei Beth auf der Veranda verloren? Wie war er dort hingekommen? Bestimmt handelte es sich um eine kosmische Verschwörung. Jemand wollte einen sowieso schon beschissenen Tag für ihn endgültig ruinieren. Angefangen hatte der Tag damit, dass ein nörgeliger, schlecht gelaunter Ben um die Mittagszeit zu ihm gekommen war und sich sofort beschwerte, nur weil er den Müll raustragen sollte.

Er, Clayton, war eigentlich ein sehr geduldiger Mensch, aber das Verhalten dieses Jungen nervte ihn ohne Ende. Er hatte echt die Schnauze voll. Deshalb wollte er es auch nicht beim Müllraustragen belassen. Er zwang Ben anschließend, noch die Küche und das Bad zu putzen, weil er ihm demonstrieren wollte, wie's im richtigen Leben zugeht, denn da muss man sich auch zusammenreißen. Die Macht des positiven Denkens und so weiter. Außerdem wusste doch jeder, dass Mütter ihre Kinder verwöhnen durften, während Väter ihnen beizubringen hatten, dass es auf der Welt nichts umsonst gab – nicht wahr? Ben hatte wirklich gründlich geputzt, wie immer, und damit war für ihn, Clayton, alles erledigt und Zeit für eine Pause. Und welcher Junge wollte an einem sonnigen Samstagnachmittag nicht mit seinem Vater Baseball spielen?

Ja, genau – Ben. Ben wollte nicht.

Ich bin müde. Es ist so heiß, Dad. Muss das sein? Nichts als blödes Gejammer, bis sie schließlich doch nach draußen gingen, aber dann hatte der Junge völlig zugemacht und kein Wort mehr gesagt. Und egal, wie oft Clayton ihn ermahnte, auf den verdammten Ball zu achten – er verpasste ihn jedes Mal, weil er sich nicht die geringste Mühe gab. Das machte er absichtlich, unter Garantie. Aber rannte er dem Ball etwa hinterher, wenn er danebengegriffen hatte? Natürlich nicht. Zu so was war dieser Junge nicht bereit. Er spielte nur die beleidigte Leberwurst, weil er das Ganze unfair fand. Und tat so, als wäre er blind.

Schließlich war Clayton furchtbar sauer. Er wollte sich mit seinem Sohn einen schönen Nachmittag machen, aber Ben untergrub das systematisch, und – nun ja, vielleicht hatte er den letzten Ball ein bisschen zu hart geworfen. Aber was dann passierte, war nicht seine Schuld. Wenn Ben aufgepasst hätte, wäre der Ball nicht vom Handschuh abgeprallt, und Ben hätte nicht angefangen zu heulen wie ein Baby. Er klang so, als würde er sterben oder so! Und als wäre er der einzige Junge auf der Welt, der je von einem Ball am Auge getroffen wurde.

Aber das half alles nichts. Der Junge war verletzt. Nicht weiter gefährlich, und in zwei Wochen würde man von dem Bluterguss nichts mehr sehen. In einem Jahr hatte Ben die ganze Sache bestimmt vergessen, oder er gab seinen Freunden gegenüber damit an, dass er mal von einem Ball ein blaues Auge bekommen hatte.

Beth hingegen würde es niemals vergessen. Sie würde es lange, endlos lange mit sich herumtragen, auch wenn es viel mehr Bens Schuld war als seine. Sie kapierte einfach nicht, dass sich Jungs normalerweise voller Stolz an ihre Sportverletzungen erinnerten.

Er hatte im Voraus gewusst, dass Beth heute Abend überreagieren würde, aber deswegen machte er ihr keine Vorwürfe. Mütter waren nun mal so. Er fand auch, dass er insgesamt sehr gut mit der Situation umgegangen war – jedenfalls bis zu dem Moment, als er sah, dass der Typ mit seinem Hund auf der Veranda hockte, als würde er dort wohnen.

Logan Thai-bolt.

Der Name war ihm natürlich gleich wieder eingefallen. Immerhin hatte er – wenn auch ohne Erfolg – ein paar Tage nach ihm gesucht und dann die Sache nur deswegen mehr oder weniger einschlafen lassen, weil er zu dem Schluss gekommen war, dass Mr Thai-bolt längst weitergezogen sein musste. Ein Mann mit so einem Hund wäre doch garantiert irgendjemandem aufgefallen, oder? Also hatte er aufgehört, weiter herumzufragen.

Dumm von ihm.

Aber was konnte er jetzt tun? Wie sollte er angesichts der neuen Lage der Dinge vorgehen?

Er würde sich diesen Logan Thai-bolt vorknöpfen, so viel war sicher. Aber noch einmal wollte er sich nicht kalt erwischen lassen. Was bedeutete: Bevor er etwas unternehmen konnte, musste er sich erst einmal Informationen beschaffen. Er musste herausfinden, wo der Typ arbeitete, wo er sich sonst so aufhielt. Und vor allem: Wo man ihn allein antreffen konnte.

Was vermutlich gar nicht so leicht war – wegen des verdammten Hundes. Er hatte das Gefühl, dass Thai-bolt und sein Hund unzertrennlich waren. Aber auch da würde sich eine Lösung finden.

Als Erstes musste er allerdings in Erfahrung bringen, was zwischen Beth und diesem Kerl lief. Seit Adam, dem Trottel, hatte er nichts mehr von einem Verehrer gehört. Und ihm kam immer zu Ohren, was Beth so trieb. Außerdem – jemanden wie diesen Thai-bolt konnte Beth doch unmöglich interessant finden, sie würde sich niemals mit ihm einlassen. Schließlich war sie auf dem College gewesen! Das Letzte, was sie in ihrem Leben brauchte, war ein Penner, der zufällig hier in der Stadt auftauchte. Der Typ besaß ja nicht mal ein Auto.

Andererseits hockte er an einem Samstagabend bei ihr auf der Veranda, und das konnte kein Zufall sein. Irgendetwas stimmte hier nicht. Clayton überlegte. Arbeitete der Mann etwa im Zwinger? Na, auf alle Fälle musste er herausfinden, was da abging – um dann entsprechend durchzugreifen. Und Mr Logan Thai-bolt würde noch den Tag verfluchen, an dem er in Claytons Stadt gekommen war.

KAPITEL 15

Beth

Der Sonntag war der bisher heißeste Tag des Sommers, extrem schwül und mit Temperaturen über dreißig Grad. Im Piedmont begannen die Seen auszutrocknen, die Einwohner von Raleigh rationierten ihr Wasser, und im Osten des Bundesstaates verdorrte in der erbarmungslosen Hitze nach und nach das gesamte Getreide. Die Wälder hatten sich in den vergangenen drei Wochen in Zunder verwandelt, der nur darauf wartete, von einer achtlos weggeworfenen Zigarette oder von einem Blitzschlag entflammt zu werden – was beides unvermeidlich erschien. Es war nur eine Frage der Zeit, bis der erste Brand ausbrechen würde.

Die Hunde fühlten sich nur im klimatisierten Zwinger richtig wohl, und auch Logan spürte die Auswirkungen der Hitze. Er verkürzte die Trainingseinheiten um jeweils fünf Minuten, und wenn er die Hunde ausführte, ging er mit ihnen zum Fluss, damit sie sich im Wasser erfrischen konnten. Zeus rannte mindestens ein Dutzend Mal ins kühle Nass und wieder heraus, und selbst als Ben nach der Kirche mit ihm Hol-das-Stöckchen spielen wollte, zeigte er wenig Interesse. Also stellte der Junge einen Ventilator auf die vordere Veranda, richtete ihn direkt auf

Zeus und setzte sich neben ihn, um *Alibi* zu lesen – das war einer der wenigen Agatha-Christie-Krimis, die er noch nicht kannte. Zwischendurch stattete er Logan einen kurzen Besuch ab und kehrte dann wieder zu seinem Buch zurück.

Es war ein typischer fauler Sonntagnachmittag, und normalerweise hätte Beth die entspannte Stimmung genossen, aber jedes Mal, wenn ihr Blick auf Bens blaues Auge und die notdürftig reparierte Brille fiel, wurde sie wütend auf Keith. Sie musste gleich am Montag mit Ben zum Optiker, um die Brille reparieren zu lassen. Ihrer Meinung nach war es sonnenklar, dass Keith viel zu hart geworfen hatte, und sie fragte sich, welcher Vater so mit seinem zehnjährigen Sohn umging.

Ein Vater wie Keith Clayton – offensichtlich.

Klar, es war ein Fehler gewesen, Keith zu heiraten, aber würde sie wirklich bis an ihr Lebensende dafür büßen müssen? Bens Verhältnis zu seinem Dad schien sich immer mehr zu verschlechtern, statt zu verbessern. Natürlich stimmte es, dass Ben eine männliche Bezugsperson brauchte, und Keith war nun mal sein Vater, aber …

Sie schüttelte ratlos den Kopf. Ein Teil von ihr wäre am liebsten weggezogen, gemeinsam mit Ben. In einen anderen Bundesstaat. Noch einmal ganz von vorn anfangen. Es war leicht, sich das alles auszumalen und sich einzureden, wenn sie den Mut dazu hätte, könnte sie sämtliche Probleme aus der Welt schaffen. Nur hatte dieses Bild leider nichts mit der Realität zu tun. Sie hätte durchaus den Mut aufzubrechen. Es waren die äußeren Umstände, die dieses Szenario verhinderten. Selbst wenn Nana noch gesund genug wäre, um ihr Leben ohne Hilfe zu meistern, was ja nicht mehr zutraf – Keith würde sie finden, gleichgültig, wo sie hinging. Mit Gramps' Unterstützung. Das Gericht, samt Richter Clayton, würde sofort einschreiten. Höchstwahrscheinlich bekäme Keith in ihrer Abwesenheit das alleinige Sorgerecht zugesprochen. Keiths Onkel würde dafür sorgen; die Drohung war schon bei der Scheidung indirekt ausgesprochen worden, und in dieser Stadt hier musste man solche Ankündigungen ernst nehmen. Vielleicht hätte sie eine Chance, wenn sie Berufung einlegte, aber wie lange zog sich solch ein Prozess hin? Sie wollte nicht das Risiko eingehen, Ben auch nur für kurze Zeit abgeben zu müssen. Vor allem aber musste sie mit allen Mitteln verhindern, dass ihr Sohn gezwungen wurde, noch mehr Zeit mit Keith zu verbringen.

In Wirklichkeit legte Keith ja gar keinen Wert auf das alleinige Sorgerecht, das wusste sie genau, und im Lauf der Jahre hatten sie sich stillschweigend auf ein Arrangement geeinigt: Keith kümmerte sich so wenig wie möglich um Ben, aber doch immerhin häufig genug, um Gramps bei Laune zu halten. Es war nicht fair, Ben auf diese Weise als Pfand einzusetzen, aber was konnte sie, Beth, dagegen unternehmen? Sie wollte ihren Sohn auf keinen Fall verlieren. Keith tat alles, um den Geldfluss aufrechtzuerhalten, und Gramps bestand darauf, seinen Urenkel in der Nähe zu haben.

Die Menschen bildeten sich gern ein, dass sie ihr Leben frei gestalten konnten, aber Beth hatte längst begriffen, dass diese Entscheidungsfreiheit meistens eine Illusion war. Jedenfalls in Hampton, wo die Claytons so ziemlich alles bestimmten. Gramps verhielt sich immer höflich und zuvorkommend ihr gegenüber, wenn sie sich in der Kirche begegneten, und obwohl er seit vielen Jahren ein Auge auf Nanas Grundstück geworfen hatte, machte er ihnen bisher das Leben deswegen nicht schwer. Bisher. Aber in der Familie Clayton gab es genug Mitglieder, unter ihnen auch Gramps, die gern die Grauzonen ausnutzten und ihre Macht einsetzten, wie es ihnen gefiel. Jeder Einzelne von ihnen war mit dem Gefühl aufgewachsen, dass die Claytons etwas Besonderes waren, und deshalb wunderte sich Beth, dass Keith am Abend zuvor so widerstandslos abgezogen war.

Nur gut, dass Logan und Zeus da gewesen waren! Logan hatte die Situation in die Hand genommen und sie perfekt gelöst. Sie war ihm auch dankbar dafür, dass er anschließend gleich gegangen war. Offenbar hatte er gespürt, dass sie mit Ben allein sein wollte, und das ganz selbstverständlich akzeptiert.

Logan strahlte eine unerschütterliche Ruhe aus. Als sie von Drake erzählte, fing er nicht gleich an, von sich selbst zu reden und zu beschreiben, wie er sich fühlte, und er gab ihr auch keine guten Ratschläge. Das war einer der Gründe, weshalb sie ihm vertraute und weshalb sie ihm so viel von sich mitteilen konnte. Wegen Drakes Geburtstag war sie zwar etwas durcheinander gewesen, aber letztlich hatte sie genau gewusst, was sie tat. Ganz bewusst hatte sie Logan gebeten, noch länger zu bleiben. Tief in ihrem Innersten sehnte sie sich danach, mit ihm über ihre Gefühle zu sprechen.

»Hey, Mom?«

Das war Ben. Sein Auge sah immer noch schrecklich aus, aber Beth tat so, als würde sie es nicht merken. »Was ist, Schätzchen?«

»Haben wir Mülltüten? Und Trinkhalme?«

»Ja, klar. Wieso fragst du?«

»Thibault zeigt mir, wie man einen Drachen baut, und den können wir dann fliegen lassen.«

»Das klingt ja toll.«

»Er hat nämlich als Kind immer solche Drachen gebastelt, und die fliegen echt super, sagt er.«

»Mehr braucht man nicht? Nur Mülltüten und Strohhalme?«

»Die Angelschnur hab ich schon gefunden. Und das Klebeband. War alles in Grandpas Schuppen.«

Logan kam von der anderen Seite des Rasens auf sie zu. Ben bemerkte ihn im selben Augenblick wie Beth.

»Hey, Thibault!«, rief er. »Können wir schon anfangen mit dem Drachen?«

»Ich wollte dich gerade fragen, ob du so weit bist.«

»Gleich. Ich brauche nur noch Strohhalme und die Mülltüten.«

Beths Blick fiel auf Logans breite Schultern, auf seinen durchtrainierten Oberkörper. Es war nicht das erste Mal, dass seine athletische Figur sie beeindruckte, aber heute konnte sie kaum die Augen von ihm nehmen. Doch dann kam sie sich ziemlich albern vor und schaute schnell weg. »Die Mülltüten sind unter der Spüle«, sagte sie zu Ben. »Und die Strohhalme sind in der Speisekammer, bei den Keksen. Willst du die Sachen holen, oder soll ich gehen?«

»Ich hol sie«, erklärte Ben und rief Logan zu: »Ich bin sofort wieder da!« Schon war er im Haus verschwunden.

Logan blieb unten an der Verandatreppe stehen.

»Sie wollen einen Drachen basteln?«, fragte Beth ihn, halb erstaunt, halb bewundernd.

»Ben hat gesagt, ihm ist langweilig.«

»Können Sie so was wirklich?«

»Es ist gar nicht schwierig. Möchten Sie uns dabei helfen?«

»Nein.« Aus der Nähe konnte sie sehen, dass sein T-Shirt an der Brust klebte, weil er schwitzte. Wieder wandte sie rasch den Blick ab. »Ich überlasse das lieber Ihnen und Ben. So was sollen die Männer unter sich regeln. Aber ich steure gern die Limonade bei. Und wenn Sie anschließend etwas essen möchten, sind Sie herzlich eingeladen. Es gibt nichts Besonderes – Ben hat sich Hotdogs und Käse-Makkaroni gewünscht.«

»Das ist eins meiner Lieblingsgerichte.«

In dem Moment kam Ben aus dem Haus, in der einen Hand die Mülltüten, in der anderen die Strohhalme. Sein Gesicht leuchtete, trotz Bluterguss und schiefer Brille.

»Ich hab alles. Wir können anfangen.«

Logan hielt Beths Blick länger fest als nötig, und sie spürte, dass sie rot wurde. Schnell drehte sie sich weg. Hoffentlich hatte er nichts gemerkt.

Logan lächelte Ben aufmunternd zu. »Also – auf geht's!«

Beth beobachtete Logan verstohlen, während er mit ihrem Sohn den Drachen bastelte. Die beiden saßen an dem Picknicktisch unter der großen Eiche, Zeus lag zu ihren Füßen, und gelegentlich trug der Wind ein paar Gesprächsfetzen zu ihr herüber – Logan erklärte Ben, was er als Nächstes tun musste, oder Ben fragte, ob er alles richtig mache. Ganz offensichtlich bereitete das Projekt beiden großen Spaß; Ben redete die ganze Zeit und ärgerte sich nicht, wenn ihm zwischendurch mal etwas misslang, weil Logan seine Fehler mit viel Geduld ausbügelte.

Wann war sie das letzte Mal rot geworden, weil ein Mann sie anschaute? Vielleicht reagierte sie ja auch nur deswegen so empfindlich, weil Nana nicht da war. In den letzten beiden Nächten hatte sie das Gefühl gehabt, zum ersten Mal in ihrem Leben ganz auf sich allein gestellt zu sein. Sie war von Nana zu Keith gezogen und dann wieder zurück zu Nana. Und dort war sie geblieben. Auch wenn sie gern mit Nana zusammenlebte und die Stabilität genoss, musste sie zugeben, dass sie sich ihr Leben anders vorgestellt hatte. Sie träumte schon lange von einem eigenen Haus, aber irgendwie war nie der richtige Zeitpunkt dafür. Nach dem Debakel mit Keith hatte sie Nanas Hilfe gebraucht, schon allein wegen des Kindes. Als Ben ein bisschen älter war, starben ihr Bruder und ihr Großvater, und Beth war genauso auf Nanas Beistand angewiesen wie Nana auf ihren. Und dann? Gerade als sie dachte, sie könnte sich nach einem eigenen Heim umschauen, erlitt Nana einen Schlaganfall, und Beth hätte ihre Großmutter, die sie großgezogen hatte, niemals im Stich gelassen.

Doch jetzt, in diesem Augenblick, hatte sie plötzlich vor Augen, wie ihr Leben unter anderen Bedingungen aussehen könnte. Während über ihr die Stare von Baum zu Baum flatterten, während sie ganz allein auf der Veranda des leeren Hauses saß und diese Szene mit Ben und Logan beobachtete, erwachte in ihr die Hoffnung, dass die Welt vielleicht doch in Ordnung war. Selbst von weitem war deutlich zu erkennen, wie sich Ben konzentrierte, während Logan ihm die einzelnen Handgriffe erklärte. Ab und zu beugte sich Logan vor, um ihm Anweisungen zu geben. Dabei blieb er so geduldig und ruhig, dass sich Ben kompetent fühlen konnte, auch wenn etwas schiefging. Dass Ganze weckte in Beth eine enorme Dankbarkeit und Zuneigung. Sie staunte innerlich, weil diese Erfahrung neu für sie war. Schließlich begab sich Logan in die Mitte der großen Wiese. Er hielt den Drachen über den Kopf, während Ben die Angelschnur abwickelte und losrannte, gefolgt von Logan, der darauf achtete, dass der Drachen vom Wind erfasst wurde, ehe er ihn losließ. Dann blieb er stehen und schaute nach oben. Der Drachen stieg immer höher, und als Logan vor Freude über Bens Begeisterung in die Hände klatschte, musste Beth an eine Binsenweisheit denken: Aus den banalsten Dingen wurde etwas ganz Besonderes, wenn man sie mit den richtigen Leuten teilte.

Abends rief Nana an: Sie wollte am nächsten Freitag wieder abgeholt werden. Solange sie bei ihrer Schwester war, aß Logan immer mit Beth und Ben zu Abend. In der Regel war es Ben, der ihn einlud, noch zu bleiben. Beth begriff nach ein paar Tagen, dass Logan gern mit ihnen zusammen war, aber offenbar empfand er es als sehr angenehm, Ben weiterhin die Initiative zu überlassen. Hatte Logan etwa genauso wenig Erfahrung mit Nähe wie sie selbst?

Nach dem Essen gingen sie meistens noch ein bisschen auf dem Gelände spazieren. Ben und Zeus rannten den Pfad entlang, der zum Wasser führte, während sie und Logan gemächlich hinter den beiden herschlenderten. Einmal gingen sie sogar bis zum Ufer des South River und setzten sich dort unter die Brücke. Sie redeten über alles

Mögliche – ob bei der Arbeit etwas Interessantes vorgefallen war oder wie Logan mit der Neustrukturierung der Akten vorankam. Manchmal schritten sie auch nur schweigend nebeneinander her. Und weil Logan die Stille so gut aushielt, ging es auch Beth überraschend gut damit.

Das Verhältnis zwischen ihnen veränderte sich. Beth spürte das genau. Sie fühlte sich immer stärker zu ihm hingezogen. In der Schule musste sie häufig an ihn denken, und während die kleinen Zweitklässler um sie herumwuselten, fragte sie sich, was Logan wohl gerade machte. Und im Lauf der Tage gestand sie sich ein, dass sie sich darauf freute, nach Schulschluss heimzufahren, weil er sie dort erwartete.

Am Donnerstagabend kletterten sie zu dritt in Nanas Truck und fuhren in die Innenstadt, um eine Pizza zu essen. Zeus hockte auf der Ladefläche, den Kopf zur Seite geneigt. Auch wenn es eigentlich keinen Grund dafür gab, hatte Beth das Gefühl, dass dies ihr erstes offizielles Date mit Logan war – allerdings in Begleitung eines zehnjährigen Aufpassers.

Luigi's Pizza befand sich in einer ruhigen Querstraße zwischen einem Antiquitätengeschäft und einer Anwaltskanzlei. Ein urgemütliches Restaurant: rissige Steinfliesen, Picknicktische, holzgetäfelte Wände. Luigi hatte die Einrichtung seit Beths Kindheit nicht modernisiert. Im hinteren Teil des Lokals gab es Videospiele, die allesamt aus den achtziger Jahren stammten: Pac-Man, Millipede und Asteroids. Sie waren noch genauso beliebt wie damals – vermutlich, weil es in Hampton keine Spielotheken gab.

Beth kam sehr gern hierher. Luigi und seine Frau Maria waren beide schon über sechzig. Sie arbeiteten nicht nur sieben Tage in der Woche, sondern wohnten auch in einer kleinen Wohnung über dem Restaurant. Weil sie keine eigenen Kinder hatten, waren ihre Ersatzkinder fast alle Jugendlichen in der Stadt, und sie hießen jeden Gast mit einer so freundlichen Toleranz willkommen, dass das Lokal immer gut besucht war.

Auch am heutigen Abend hatte sich die übliche Mischung von Gästen dort versammelt: Familien mit Kindern, ein paar Männer, aus deren Kleidung man schließen konnte, dass sie in der Anwaltskanzlei nebenan arbeiteten, mehrere ältere Paare und dazwischen einige Gruppen von Jugendlichen. Maria strahlte, als sie Beth und Ben sah. Sie war klein und rundlich, mit dunklen Haaren und einem warmherzigen Lächeln. Freudig ging sie auf die neuen Gäste zu und griff unterwegs schon nach den Speisekarten.

»Hallo, Beth. Hallo, Ben.« Als sie an der Küche vorbeikam, rief sie: »Luigi, komm doch mal kurz! Beth und Ben sind hier.«

Das machte sie jedes Mal, wenn Beth kam. Und obwohl Beth wusste, dass Maria alle ihre Gäste freundlich begrüßte, hatte sie doch immer das Gefühl, für sie etwas Spezielles zu sein.

Luigi kam aus der Küche gelaufen. Seine bemehlte Schürze spannte über dem gewaltigen Bauch. Da er die Pizzas selbst machte und das Lokal voll war, hatte er keine Zeit, um zu plaudern, und winkte nur kurz. »Wie schön, dass ihr hier seid!«, rief er. »Danke für euren Besuch!«

Maria legte Ben liebevoll die Hand auf die Schulter. »Du bist ganz schön gewachsen, Ben. Ein richtiger junger

Mann. Und du, Beth – du bist so hübsch wie der Frühling.«

»Vielen Dank, Maria«, sagte Beth. »Wie geht es dir?«

»Wie immer. Viel zu tun. Und dir? Unterrichtest du wieder?«

»Ja, klar«, bestätigte sie. Auf einmal wurde Marias Gesicht ernst, und Beth ahnte die nächste Frage bereits. In einer Kleinstadt blieb nichts lange verborgen.

»Und wie geht es Nana?«

»Besser. Sie ist wieder richtig aktiv.«

»Ich habe schon gehört, dass sie ihre Schwester besucht.«

»Von wem?« Beth konnte ihre Überraschung nicht verbergen.

Maria zuckte die Achseln. »Keine Ahnung. Irgendwo muss ich es wohl aufgeschnappt haben.« Erst jetzt schien sie Logan zu bemerken. »Und darf ich fragen, wer dein Begleiter ist?«

»Das ist mein Freund Logan Thibault«, erklärte Beth und hoffte inständig, dass sie nicht rot wurde.

»Sind Sie neu hier? Ich habe Sie noch nie gesehen.« Maria musterte ihn mit unverhohlenem Interesse.

»Ich bin vor kurzem hierhergezogen.«

»Und schon befinden Sie sich in Gesellschaft meiner beiden Lieblingsgäste.« Sie winkte sie weiter. »Kommt mit, ich habe einen schönen Platz für euch, in einer der Nischen.«

Maria ging voraus, legte die Speisekarten auf den Tisch und fragte: »Eistee für alle?«

»Das wäre wunderbar, Maria«, sagte Beth. Sobald die Restaurantbesitzerin gegangen war, sagte sie zu Logan:

»Sie macht den besten Eistee weit und breit. Ich hoffe, Sie sind einverstanden.«

»Klingt doch sehr gut.«

»Kann ich ein paar Münzen haben?«, meldete sich Ben. »Ich möchte gern zu den Videospielen.«

»Das habe ich mir schon halb gedacht.« Beth kramte in ihrer Handtasche. »Und deshalb vorhin aus unserem Glas mit den Münzen einen Vorrat eingesteckt. Viel Spaß«, sagte sie. »Und lass dich nicht von fremden Leuten ansprechen.«

»Ich bin zehn«, wies Ben seine Mutter zurecht. »Nicht mehr fünf.«

Sie schaute ihm nach, belustigt über seine Antwort. Manchmal redete er so, als wäre er schon auf der Highschool.

»Dieses Lokal hat sehr viel Atmosphäre«, bemerkte Logan.

»Und das Essen schmeckt fantastisch. Sie backen hier eine Pizza wie in Italien, wirklich sagenhaft. Was hätten Sie gern auf Ihrer?«

Er rieb sich das Kinn. »Hmmm ... viel Knoblauch und eine extra Portion Sardellen.«

Beth kräuselte die Nase. »Ehrlich?«

»Nein, das sollte ein Witz sein. Am besten bestellen Sie das, was Sie immer nehmen. Ich bin nicht wählerisch.«

»Ben mag Salami.«

»Dann nehmen wir Salami.«

Sie musterte Logans funkelnde Augen. »Hat Ihnen schon mal jemand gesagt, dass Sie sehr schnell nachgeben?«

»Schon lange nicht mehr«, entgegnete er. »Andererseits habe ich mich auch nicht mit vielen Leuten unterhalten, während ich unterwegs war.«

»Haben Sie sich zwischendurch mal einsam gefühlt?«

»Nein – ich hatte ja Zeus. Er ist ein guter Zuhörer.«

»Aber er trägt nicht viel zum Gespräch bei.«

»Stimmt. Aber dafür hat er unterwegs auch nicht gequengelt. Was die meisten Leute getan hätten.«

»Ich hätte auch nicht gequengelt.« Beth strich sich eine Haarsträhne hinters Ohr.

Logan schwieg.

»Das meine ich ernst«, beharrte sie. »Ich könnte ohne Probleme quer durch die ganzen Vereinigten Staaten laufen.«

Logan schwieg immer noch.

»Okay, Sie haben Recht. Ein- oder zweimal hätte ich vielleicht genörgelt.«

Jetzt lachte er und blickte sich im Lokal um. »Wie viele von den Leuten hier kennen Sie?«

Beth ließ ihren Blick über die Gäste schweifen. »Den meisten bin ich im Lauf der Jahre mal begegnet – irgendwann, irgendwo. Aber Sie wollen wissen, wie viele ich richtig kenne? Vielleicht dreißig.«

Er schätzte, dass das mehr als die Hälfte der anwesenden Gäste war. »Wie fühlt sich das an?«

»Sie meinen, wenn jeder alles von einem weiß? Ich glaube, es hängt davon ab, wie viele Patzer man sich leistet. Über das, was schiefgeht, wird ja letzten Endes am meisten geredet. Affären, Kündigungen, Drogen oder Alkoholprobleme, Verkehrsunfälle. Aber wenn man so ist wie ich, mit einer Weste, so weiß wie Schneeflocken, dann ist es gar nicht so übel.«

Er grinste. »Es ist bestimmt schön, so zu sein wie Sie.«

»Ja, klar! Das dürfen Sie mir ruhig glauben. Sie können sich glücklich preisen, dass Sie hier mit mir sitzen.«

»Daran zweifle ich keine Sekunde.«

Maria brachte ihnen die Getränke. Im Gehen zog sie die Augenbrauen gerade weit genug hoch, um Beth zu signalisieren, dass ihr Logan gefiel und dass sie gern erfahren würde, was es mit ihm auf sich hatte.

Beth trank einen Schluck Eistee. Logan ebenfalls.

»Schmeckt er Ihnen?«

»Sehr süß«, antwortete Logan. »Aber – nicht schlecht.«

Beth nickte und wischte mit einer Papierserviette das Kondenswasser außen an ihrem Glas ab. Dann zerknüllte sie die Serviette und legte sie weg. »Wie lange möchten Sie eigentlich in Hampton bleiben?«, erkundigte sie sich unvermittelt.

»Wie meinen Sie das?«

»Sie sind nicht von hier, Sie haben einen College-Abschluss, Sie machen eine Arbeit, die den meisten Leuten nicht gefallen würde und bei der man nur wenig verdient. Ich finde, meine Frage ist berechtigt.«

»Ich habe nicht vor zu kündigen«, entgegnete er.

»Das habe ich nicht gefragt. Ich habe Sie gefragt, wie lange Sie in Hampton bleiben möchten. Und ich will eine ehrliche Antwort.«

Ihr Tonfall ließ keine Ausflüchte zu, und Logan konnte sich gut vorstellen, wie sie in einer unruhigen Klasse für Ordnung sorgte. »Eine ehrliche Antwort? Sie lautet: Ich weiß es nicht. Und ich sage das, weil ich in den letzten fünf Jahren gelernt habe, dass man nichts endgültig planen kann.«

»Das mag ja stimmen, aber es beantwortet nicht meine Frage.«

Er glaubte, eine gewisse Enttäuschung in ihrer Stimme zu hören, und überlegte krampfhaft, was er erwidern könnte. »Wie wär's damit – bis jetzt gefällt es mir hier. Ich mag meinen Job. Ich finde Nana großartig. Ich bin sehr gern mit Ben zusammen. Das heißt, ich habe nicht die Absicht, aus Hampton wegzugehen. Jedenfalls nicht in absehbarer Zeit. Beantwortet das Ihre Frage?«

Irgendwie freute sie sich, als er das sagte und ihr dabei in die Augen schaute. »Mir fällt auf, dass Sie bei Ihrer Liste mit den Dingen, die Ihnen hier gefallen, etwas Zentrales ausgelassen haben.« Gespannt beugte sie sich vor.

»Ach, ja?«

»Ja – mich.« Sie lächelte herausfordernd und studierte dabei seine Miene.

»Hab ich wohl vergessen.« Seine Mundwinkel gingen leicht nach oben.

»Das glaube ich nicht.«

»Vielleicht bin ich schüchtern?«

»Dritter Versuch.«

Er schüttelte den Kopf. »Mir fällt keine Erklärung mehr ein.«

Mit einem Augenzwinkern sagte sie: »Ich gebe Ihnen noch eine letzte Chance, darüber nachzudenken. Könnte ja sein, dass Ihnen eine Erleuchtung kommt. Dann reden wir noch mal über das Thema.«

»Gut, einverstanden.«

Sie umschloss ihr Glas mit beiden Händen und merkte, dass sie ganz aufgeregt wurde, als sie ihn fragte: »Haben Sie am Samstagabend Zeit dafür?«

Falls er sich über ihre Frage wunderte, ließ er sich nichts anmerken.

Er nickte. »Samstagabend.« Dann trank er einen kräftigen Schluck Tee, ohne die Augen von ihr zu wenden.

Sie merkten beide nicht, dass Ben wieder an den Tisch kam.

»Habt ihr schon bestellt?«

Als Elizabeth später im Bett lag, starrte sie zur Decke hinauf. Was habe ich mir nur gedacht?, fragte sie sich.

Es gab viele gute Gründe, die gegen diese Verabredung sprachen. Sie wusste kaum etwas über Thibault und seine Vergangenheit. Er hatte ihr immer noch nicht befriedigend erklärt, warum er in Hampton war. Das bedeutete, dass er ihr nicht vertraute. Aber sie vertraute ihm ja genauso wenig! Außerdem arbeitete er im Zwinger – für Nana und in Sichtweite ihres Hauses. Was, wenn es schiefging? Wenn er … Erwartungen hatte, die sie nicht erfüllen wollte? Kam er dann am Montag trotzdem zur Arbeit? Oder war Nana wieder auf sich selbst gestellt? Musste sie womöglich ihre Stelle als Lehrerin aufgeben, um Nana beizustehen?

Lauter potenzielle Probleme zeichneten sich ab, und je länger sie darüber nachdachte, desto stärker wurde ihr Gefühl, dass sie einen idiotischen Fehler begangen hatte. Und doch … sie hatte es so satt, allein zu sein! Sie liebte Ben, sie liebte Nana, aber dadurch, dass sie in den letzten Tagen relativ viel Zeit mit Logan verbracht hatte, war sie an all das erinnert worden, was ihr fehlte. Es gefiel ihr, wenn sie nach dem Abendessen noch über das Gelände schlenderten, es gefiel ihr, wie er sie anschaute. Aber ganz besonders gut gefiel ihr, wie er mit Ben umging.

Außerdem fiel es ihr verblüffend leicht, sich ein Leben mit Logan vorzustellen. Natürlich kannte sie ihn noch nicht lange genug, um die Chancen realistisch einzuschätzen, aber ihre Intuition sprach eine ganz klare Sprache.

War er der Richtige?

Nein, so weit wollte sie nicht gehen. Sie waren ja noch nie miteinander ausgegangen, geschweige denn, sich irgendwie nähergekommen. Es passierte schnell, dass man jemanden idealisierte, den man kaum kannte.

Sie setzte sich auf, schüttelte ihr Kissen und legte sich wieder hin. Also gut – am Samstagabend hatte sie ein Date mit ihm. Und danach musste man weitersehen. Sie konnte nicht leugnen, dass sie sich Hoffnungen machte. Mehr nicht. Sie mochte ihn. Aber verliebt war sie nicht. Jedenfalls noch nicht.

KAPITEL 16

Thibault

Es war Samstagabend. Thibault saß auf der Couch und wartete. Tat er auch wirklich das Richtige?, fragte er sich.

Zu einer anderen Zeit, an einem anderen Ort hätte er nicht lange gezögert. Er fand Elizabeth attraktiv, so viel war sicher. Ihre Offenheit und ihre Intelligenz gefielen ihm. Und wenn man dann noch ihren Humor und ihr hübsches Äußeres dazunahm, wunderte man sich wirklich, weshalb sie schon so lange allein, ohne Partner, lebte.

Aber es war keine andere Zeit, kein anderer Ort. Und überhaupt erschien ihm nichts normal. Seit mehr als fünf Jahren trug er ihr Bild mit sich herum. Er hatte sie gesucht. Er war nach Hampton gekommen und hatte diesen Job angenommen, um in ihrer Nähe zu sein. Er verstand sich gut mit ihrer Großmutter, mit ihrem Sohn und inzwischen auch mit ihr. Und nun waren es nur noch ein paar Minuten bis zu ihrem ersten Date.

Er war aus einem ganz bestimmten Grund hierhergekommen. Das wusste er seit seinem Aufbruch. Er hatte Victors Theorie akzeptiert. Aber drehte sich wirklich alles um Elizabeth? Oder gab es vielleicht noch andere Faktoren?

Das Einzige, was er mit Sicherheit sagen konnte, war, dass er sich auf den Abend mit ihr freute. Als er am Tag zuvor nach Greensboro fuhr, um Nana abzuholen, musste er die ganze Zeit daran denken. Auf der Rückfahrt redete Nana während der ersten halben Stunde pausenlos auf ihn ein – über Politik, über den Gesundheitszustand ihrer Schwester und den Zustand der Welt. Schließlich fragte sie ihn mit einem vielsagenden Grinsen:

»Wie ich höre, wollen Sie mit der Enkeltochter Ihrer Chefin ausgehen. Stimmt das?«

Thibault rutschte auf dem Sitz hin und her. »Sie hat es Ihnen erzählt?«

»Ja, natürlich. Ich habe mir das sowieso schon gedacht, als ich Sie einstellte – zwei attraktive, einsame junge Menschen …«

Thibault sagte nichts, und als Nana fortfuhr, schwang in ihrer Stimme eine leise Melancholie mit.

»Beth ist so süß wie eine gezuckerte Wassermelone«, murmelte sie. »Manchmal mache ich mir Sorgen um sie.«

Danach wechselte sie das Thema, doch Thibault wusste jetzt immerhin, dass er Nanas Segen hatte, was ihm angesichts der Tatsache, dass Nana in Elizabeths Leben eine so zentrale Rolle spielte, sehr wichtig war.

Es begann schon zu dämmern, als er Elizabeths Auto die Einfahrt herauffahren hörte, ein bisschen holperig wegen der vielen Schlaglöcher. Sie hatte ihm nicht verraten, wo sie mit ihm hingehen wollte. Nur dass er sich ganz normal anziehen könne. Er trat auf die Veranda hinaus. Zeus folgte ihm neugierig. Elizabeth stieg aus. Im gedämpften Verandalicht konnte sich Logan nicht an ihr satt sehen.

Genau wie er trug sie Jeans. Die ärmellose cremefarbene Bluse betonte den warmen Schimmer ihrer sonnengebräunten Haut, und ihre honigblonden Haare fielen locker auf die Schultern. Er merkte, dass sie etwas Mascara aufgetragen hatte. Sie wirkte einerseits sehr vertraut, andererseits aber auch verführerisch und fremd.

Zeus trottete die Stufen hinunter, wedelte zur Begrüßung mit dem Schwanz und winselte leise.

»Hallo, Zeus. Hast du mich vermisst? Es war doch nur ein einziger Tag.« Sie strich ihm über den Rücken. Zeus jaulte etwas lauter und leckte ihre Hand. »Na, das ist doch mal eine herzliche Begrüßung!«, sagte sie und schaute zu Thibault hoch. »Wie geht's Ihnen? Bin ich zu spät?«

Er bemühte sich, entspannt zu klingen. »Mir geht es blendend. Und Sie kommen absolut pünktlich«, antwortete er. »Ich freue mich, dass Sie es geschafft haben.«

»Haben Sie etwas anderes erwartet?«

»Das Haus ist gar nicht leicht zu finden.«

»Wenn man schon sein ganzes Leben hier wohnt, ist es nicht schwer.« Sie deutete auf das Haus. »Hier wohnen Sie also. Sehr hübsch.«

»Haben Sie es sich so vorgestellt?«

»Ungefähr. Solide. Praktisch. Ein bisschen abgelegen.«

Er grinste. Die Beschreibung traf genau ins Schwarze. Mit einer Handbewegung signalisierte er seinem Hund, er solle wieder auf die Veranda kommen, und ging dann die Stufen hinunter.

»Ist es okay, wenn Zeus hier draußen bleibt?«, fragte Beth.

»Ja, er wird sich nicht vom Platz rühren.«

»Aber wir sind voraussichtlich etwas länger weg.«

»Ich weiß.«

»Erstaunlich, dass er das schafft.«

»Auf den ersten Blick macht es vielleicht den Eindruck, als wäre das eine besondere Leistung. Aber Hunde haben kein besonders ausgeprägtes Zeitgefühl. In einer Minute wird er sich an nichts mehr erinnern – außer daran, dass er auf der Veranda bleiben muss. Aber er hat vergessen, warum.«

»Woher wissen Sie so viel über Hunde und Hundetraining?«, erkundigte sich Elizabeth neugierig.

»Hauptsächlich aus Büchern.«

»Sie lesen?«

Die Frage amüsierte ihn. »Ja, klar. Wundert Sie das?«

»Irgendwie schon. Es ist sicher nicht leicht, Bücher mit sich herumzuschleppen, während man durch die Gegend wandert.«

»Wenn man sie weggibt, nachdem man sie ausgelesen hat, ist das nicht halb so schlimm.«

Sie gingen zum Auto, doch als Thibault Beth die Fahrertür aufhielt, schüttelte sie den Kopf. »Ich habe Sie gefragt, ob Sie mit mir ausgehen – aber ich möchte, dass Sie fahren.«

»Ach, und ich dachte, ich bin mit einer emanzipierten Frau verabredet«, protestierte er.

»Ich bin emanzipiert. Aber Sie fahren. Und Sie übernehmen auch die Rechnung.«

Er lachte, während er sie zur Beifahrerseite geleitete. Nachdem er hinter dem Steuer Platz genommen hatte, drehte sich Elizabeth noch einmal zur Veranda um. Zeus schien etwas verwirrt und winselte kläglich.

»Er klingt traurig.«

»Ist er wahrscheinlich auch. Wir trennen uns selten.«

»Böser Mann«, schimpfte sie.

Thibault musste über ihren Tonfall lachen. »Soll ich ins Stadtzentrum fahren?«, fragte er und legte den Rückwärtsgang ein.

»Nein«, antwortete sie. »Nehmen Sie die Durchgangsstraße und fahren Sie dann weiter in Richtung Küste. Wir gehen nicht an den Strand, aber ich kenne auf der Strecke ein fantastisches Restaurant. Ich sage Ihnen Bescheid, wenn wir abbiegen müssen.«

Thibault folgte ihren Anweisungen. Sie fuhren durch stille, menschenleere Straßen, bis sie nach ein paar Minuten den Highway erreichten. Je mehr er das Tempo beschleunigte, desto verschwommener sausten die Bäume vorbei. Schwarze Schatten fielen auf die Straße, und auch im Wageninneren wurde es immer dunkler.

»Erzählen Sie mir doch ein bisschen von Zeus«, sagte Elizabeth.

»Was möchten Sie gern hören?«

»Was Sie wollen. Etwas, das ich noch nicht weiß.«

Er hätte antworten können: *Ich habe ihn gekauft, weil ich ein Foto von einer Frau mit Schäferhund habe*, aber das tat er nicht. Stattdessen sagte er: »Zeus kommt aus Deutschland. Ich bin extra hingeflogen und habe ihn unter den Welpen ausgewählt.«

»Tatsächlich?«

Er nickte. »Der Schäferhund hat in Deutschland eine ähnliche Funktion wie bei uns der Adler. Dort ist man sehr stolz auf diese Tiere, und die Züchter nehmen ihre Arbeit extrem ernst. Ich wollte einen Hund mit einem erstklassigen Stammbaum, und in der Regel findet man in Deutschland weltweit die besten. Zeus stammt aus einer Familie von Schutzhunden, die viele Preise gewonnen haben.«

»Was für Preise?«

»Schutzhunde werden nicht nur auf ihren Gehorsam geprüft, sie müssen auch zeigen, dass sie Spuren lesen können und ihre Herde beschützen. Und die Wettbewerbe sind unglaublich streng. Meistens dauern sie zwei Tage, und die Sieger sind in der Regel hochintelligente und lernfähige Hunde. Zeus' Familie wurde speziell dafür gezüchtet.«

»Und Sie haben dann das Training übernommen.« Beth war beeindruckt.

»Ja, als er ein halbes Jahr alt war. Auf dem Weg von Colorado hierher habe ich jeden Tag mit ihm geübt.«

»Er ist wirklich großartig. Sie könnten ihn Ben geben – er wäre garantiert begeistert.«

Thibault schwieg.

Als Beth sein betroffenes Gesicht sah, rutschte sie ein bisschen näher zu ihm. »Das sollte ein Witz sein. Ich würde Ihnen doch niemals Ihren Hund wegnehmen wollen!«

Thibault spürte die Wärme, die von ihrem Körper ausging.

»Ich würde Sie gern etwas fragen«, begann er. »Aber Sie brauchen nicht zu antworten, wenn Sie nicht wollen. Wie hat Ben reagiert, als Sie ihm gesagt haben, dass Sie heute Abend mit mir ausgehen?«

»Er hatte nichts dagegen einzuwenden. Er und Nana wollten sich sowieso einen Film anschauen. Darüber haben sie schon Anfang der Woche am Telefon gesprochen und alles genau geplant.«

»Tun sie das öfter?«

»Ja, klar.« Sie lächelte. »Und wie haben Sie den Tag verbracht?«

»Mit meinem Haushalt. Putzen, waschen, einkaufen. Wie es sich gehört.«

»Ausgezeichnet. Sie sind ja ein echter Hausmann. Kann man auf der Tagesdecke eine Münze hüpfen lassen, nachdem Sie sie über das Bett gespannt haben?«

»Aber selbstverständlich!«

»Das müssen Sie unbedingt Ben beibringen.«

»Wenn Sie darauf bestehen.«

Am Himmel blinkten die ersten Sterne, und die Scheinwerfer der Autos erhellten die Kurven des Highways.

»Wohin fahren wir genau?«, erkundigte sich Thibault.

»Mögen Sie Krebse?«, lautete die Gegenfrage.

»Sehr sogar.«

»Das ist schon mal gut. Und wie steht es mit Shag Dance?«

»Ich weiß nicht mal, was das ist.«

»Tja, dann wage ich die Behauptung, dass Sie es demnächst lernen werden.«

Vierzig Minuten später hielt Thibault auf dem Parkplatz vor einem Restaurant, das früher einmal als Lagerhalle gedient hatte. Elizabeth hatte ihn in das Industrieviertel von Wilmington gelotst, zu einem dreistöckigen Gebäude aus breiten, verwitterten Holzplanken. Man konnte es von den anderen Lagerhäusern in der Umgebung kaum unterscheiden, außer dass unzählige Autos davor standen. Ein schmaler, mit billigen weißen Lichterketten dekorierter Holzpfad führt um das Gebäude herum.

»Wie heißt das Lokal?«

»*Shagging for Crabs*. Weil man hier Shag tanzt und Krebse isst.«

»Sehr originell. Aber ich kann mir nicht vorstellen, dass es eine große Touristenattraktion ist.«

»Ist es auch nicht – hier trifft man nur die Einheimischen. Eine meiner Freundinnen vom College hat mir davon erzählt, und ich wollte es schon immer mal testen.«

»Sie waren noch nie hier?«

»Nein. Aber ich habe nur Gutes gehört.«

Mit entschlossenen Schritten ging sie den Holzpfad entlang. Vor ihnen schimmerte der Fluss, als würde er von unten angeleuchtet. Die Musik wurde immer lauter, je näher sie zum Eingang kamen. Als sie die Tür öffneten, überrollte sie ein ohrenbetäubender Lärm, und der aromatische Duft von Krebsen und zerlassener Butter schlug ihnen entgegen. Thibault blieb kurz stehen, um die Szene auf sich wirken zu lassen.

Der Innenraum war schmucklos und kahl. In der vorderen Hälfte standen Dutzende von Picknicktischen mit rot-weiß gemusterten Plastikdecken, die am Holz befestigt zu sein schienen. Sämtliche Tische waren besetzt, die Stimmung war lustig und laut, die Kellnerinnen eilten hin und her und stellten überall Eimer mit Krebsen ab. In der Mitte jedes Tisches stand ein Krug mit zerlassener Butter, und jeder Gast hatte eine kleine Schüssel vor sich. Alle Leute trugen Lätze aus Plastik, fischten sich die Krebse aus den Gemeinschaftseimern und aßen mit den Fingern. Bier schien das Getränk der Wahl zu sein.

Direkt vor ihnen, an der Seite zum Fluss hin, befand sich ein langer Tresen. Er sah aus wie ein riesiges Stück Treibholz, das man auf ein paar Holzfässer gelegt hat. Die Gäste standen dort in Dreierreihen hintereinander. Auf der entgegengesetzten Seite befand sich offenbar die Küche. Was Thibault allerdings am meisten beeindruckte, war die Bühne ganz am anderen Ende des Raums. Eine Band spielte dort gerade »My Girl« von den Temptations. Mindestens hundert Leute bewegten sich ausgelassen zu dem Stück – mit Tanzschritten, die er nicht kannte.

»Wow!«, rief er laut, um das allgemeine Getöse zu übertönen.

Eine dünne Frau um die vierzig, mit roten Haaren und einer Schürze, kam auf sie zu. »Hallo miteinander – essen oder tanzen?«

»Beides«, antwortete Elizabeth.

»Vornamen?«

Sie schauten einander an. »Elizabeth …«, sagte er.

»Und Logan«, ergänzte sie.

Die Frau notierte die Namen auf ihrem Block. »Noch eine letzte Frage. Spaß oder Familie?«

Elizabeth begriff nicht, was sie meinte. »Wie bitte?«

»Ihr wart noch nie hier, stimmt's?«, fragte die Bedienung und knallte mit ihrem Kaugummi.

»Ja, das stimmt.«

»Also: Ihr müsst euch einen Tisch mit anderen Leuten teilen. So ist das hier. Man teilt sich alles. Und da habt ihr die Wahl zwischen Spaß – das heißt, ihr wollt einen Tisch, an dem viel los ist – oder Familie, da geht es meistens ein bisschen ruhiger zu. Aber ich kann natürlich nichts garantieren, das ist klar. Ich stelle nur die Frage. Also, was soll's sein? Spaß oder Familie?«

Wieder schauten Elizabeth und Thibault einander an.

»Spaß«, antworteten sie einstimmig.

Sie landeten an einem Tisch mit Studenten von der Universität Wilmington. Die Bedienung stellte ihnen die anderen Gäste vor: Matt, Sarah, Tim, Allison, Megan und Steve. Die Studenten hoben ihre Bierflaschen und riefen im Chor: »Hallo, Elizabeth, hallo, Logan! Wir haben Krebse!«

Thibault musste sich ein Grinsen verkneifen. »*Crabs*« – also Krebse – war ein Slangausdruck für etwas Unerfreuliches, was man sich beim Geschlechtsverkehr zuziehen konnte. Doch dann merkte er, dass ihn alle erwartungsvoll anschauten.

Die Kellnerin flüsterte ihnen zu: »Ihr müsst antworten: ›Wir wollen Krebse, vor allem von euch.‹«

Diesmal lachte er laut los, genau wie Elizabeth, aber dann wiederholten sie beide brav den Satz, um dem Ritual Genüge zu tun.

Sie saßen einander gegenüber – Elizabeth neben Steve, der gleich ziemlich unverhohlen zu verstehen gab, wie anziehend er sie fand, und Thibault neben Megan, die keinerlei Interesse an ihm zeigte, weil sie nur Augen für Matt hatte.

Eine rundliche, etwas gehetzt wirkende Kellnerin kam angerannt und rief: »Mehr Krebse?«

»Krebse, Krebse, jederzeit!«, erwiderten die Studenten, wieder im Chor. Überall hörte Thibault diese Antwort. Manchmal riefen die Leute aber auch: »Krebse,

Krebse, jetzt nicht mehr!«, was bedeutete, dass man keinen Nachschlag wollte. Thibault fühlte sich an die Aufführungen des Films *The Rocky Horror Picture Show* erinnert, bei denen die Stammkinogänger die ganzen Dialoge auswendig mitsprachen und die Neulinge sie rasch lernten.

Das Essen war erstklassig. Es gab nur ein Gericht, nämlich Krebse, die nur auf eine Weise zubereitet wurden, und zu jedem Eimer gehörten Servietten und Lätze. Die Abfälle warf man einfach auf den Tisch – ebenfalls eine Tradition –, und in regelmäßigen Abständen kamen Jugendliche mit Schürzen vorbei, um sie einzusammeln.

Wie angekündigt waren die Studenten laut und vergnügt. Ein Witz jagte den anderen, und alle Jungs zeigten – harmloses – Interesse an Elizabeth. Jeder am Tisch trank mindestens zwei Bier, was noch zu der ausgelassenen Stimmung beitrug. Nach der Mahlzeit gingen Thibault und Elizabeth kurz zur Toilette, um sich frisch zu machen. Als sie sich wieder trafen, hakte sie sich bei ihm unter.

»Na – Lust zum Tanzen?«, fragte sie verführerisch.

»Ich weiß nicht recht – wie geht denn dieser Shag Dance?«

»Wenn man den Shag tanzt, erfährt man viel über die Südstaaten. Man lernt sich zu entspannen, während man das Rauschen des Ozeans hört und den Rhythmus der Musik spürt.«

»Ich vermute, Sie wissen, wie's geht?«

»Ja, ich hab's schon ein paarmal ausprobiert«, entgegnete sie mit gespielter Bescheidenheit.

»Und Sie bringen mir die Schritte bei?«

»Ich bin Ihre Partnerin. Der Tanzunterricht beginnt um neun.«

»Der Tanzunterricht?«

»Jeden Samstagabend. Deshalb ist es so voll hier. Sie bieten Unterricht für Anfänger an, und in der Zeit legen die erfahrenen Tänzer eine Pause ein. Wir Anfänger tun einfach nur das, was man uns sagt. Um neun geht's los.«

»Wie spät ist es?«

Sie schaute auf die Uhr. »Höchste Eisenbahn!«

Elizabeth tanzte viel besser, als sie angedeutet hatte, wodurch glücklicherweise auch Thibault auf der Tanzfläche eine gute Figur machte. Das Aufregendste für ihn war allerdings, dass zwischen ihnen eine elektrisierende Spannung entstand, sobald sie sich berührten. Und ihr Duft, wenn er Beth herumwirbelte, diese verführerische Mischung aus Parfüm und Schweiß! Ihre Haare waren ganz zerzaust, ihre Haut glänzte fast fiebrig. Sie wirkte sehr weiblich und ungezähmt. Hin und wieder warf sie ihm einen provozierenden Blick zu, wenn sie sich von ihm entfernte – mit einem vielsagenden Lächeln, als wüsste sie genau, welche Wirkung sie auf ihn hatte.

Als die Band pausierte, wollte er schon mit den anderen die Tanzfläche verlassen, doch Elizabeth hielt ihn fest, weil aus den Lautsprechern Nat King Coles Song »Unforgettable« ertönte. Sie schaute zu ihm hoch, und er verstand sofort, was sie wollte.

Wortlos legte er den Arm um sie, ergriff ihre Hand, und als er sie an sich zog, blickte er ihr tief in die Augen. Langsam, ganz langsam begannen sie, sich im Rhythmus der Musik zu wiegen.

Die anderen Paare, die nun auch zu tanzen anfingen, bemerkte Thibault kaum. Elizabeth schmiegte sich so dicht an ihn, dass er ihren Atem spürte. So sinnlich, so hingebungsvoll ... Als sie den Kopf an seine Schulter lehnte, schloss er die Augen. In diesem Augenblick zählte sonst nichts auf der Welt. Nicht der Song, auch nicht das Lokal, schon gar nicht die Menschen um sie herum. Nur dieser Tanz. Nur sie beide. Was für ein berauschendes Gefühl, wie sich ihr Körper an seinen presste. In kleinen Kreisen drehten sie sich auf dem mit Sägemehl bedeckten Boden, ganz ineinander versunken, als befänden sie sich in einer anderen Welt, die nur für sie erschaffen wurde.

Während sie durch die dunklen Straßen nach Hause fuhren, hielt Thibault ihre Hand. Voller Entzücken spürte er, wie sie mit dem Daumen zärtlich über seine Finger strich, ohne ein Wort zu sagen.

Kurz vor elf hielten sie vor seinem Haus. Zeus, der immer noch brav auf der Veranda lag, hob den Kopf, als Thibault den Motor ausmachte.

»Es war ein wunderbarer Abend«, sagte er leise zu Elizabeth in der Erwartung, dass sie etwas Ähnliches erwidern würde. Ihre Antwort überraschte ihn.

»Willst du mich nicht noch hineinbitten?«, fragte sie ihn.

»Doch.« Mehr brachte er nicht über die Lippen.

Zeus richtete sich auf und wedelte wieder begeistert mit dem Schwanz, als Thibault für Elizabeth die Beifahrertür öffnete.

»Hallo, Zeus!«, rief Elizabeth ihm zu.

»Hierher!« Sobald der Hund Thibaults Kommando hörte, sauste er die Verandastufen hinunter und auf sie zu. Er umkreiste sie beide, und seine Begrüßungslaute klangen wie ein fröhliches Fiepen.

»Er hat uns vermisst«, sagte Elizabeth und beugte sich zu ihm. »Nicht wahr, mein Junge?« Zeus leckte ihr übers Gesicht, woraufhin sie blitzschnell zurückwich und die Nase rümpfte. »Wie eklig«, murmelte sie und wischte sich das Gesicht ab.

»Er meint es gut.« Thibault lächelte und deutete auf die Haustür. »Und – gehen wir rein? Aber ich muss dich warnen. Du darfst nicht zu viel erwarten.«

»Hast du ein Bier im Kühlschrank?«

»Ja.«

»Dann brauchst du dir keine Sorgen zu machen.«

Thibault öffnete die Tür und knipste das Licht an: Eine einsame Stehlampe beleuchtete einen Sessel beim Fenster. In der Mitte des Raumes befand sich ein Couchtisch, der bis auf zwei Kerzen völlig leer war. Gegenüber stand ein mittelgroßes Sofa, genau wie der Sessel mit einem dunkelblauen Schonbezug bedeckt. Das Regal an der Wand beherbergte eine winzige Bibliothek. Ein leerer Zeitschriftenständer und eine zweite Stehlampe vollendeten die minimale Möblierung.

Aber alles war sehr sauber. Dafür hatte Thibault am Morgen gesorgt. Die Dielen waren gewischt, die Fenster geputzt, die Möbel abgestaubt. Unordnung und Schmutz gingen ihm gegen den Strich. Der ewige Sand im Irak hatte seine Tendenz zur Sauberkeit noch verstärkt.

Elizabeth ließ den Raum auf sich wirken, ehe sie eintrat.

»Mir gefällt es hier«, sagte sie. »Woher hast du die Möbel?«

»Die waren schon hier.«

»Ah, daher die Schonbezüge.«

»Genau.«

»Kein Fernseher?«

»Nein.«

»Kein Radio?«

»Nein.«

»Was tust du, wenn du zu Hause bist?«

»Ich schlafe.«

»Und?«

»Lese.«

»Romane?«

»Nein.« Er überlegte für einen Moment. »Das heißt, manchmal schon. Aber in der Regel Biografien und historische Sachbücher.«

»Keine Anthropologie?«

»Ich habe neulich ein Buch von Richard Leakey gelesen«, antwortete er. »Aber die meisten der postmodernen anthropologischen Werke mag ich nicht, und diese Richtung dominiert zurzeit die Wissenschaft. Außerdem ist es gar nicht so leicht, in Hampton an solche Bücher zu kommen.«

Beth ging um die Möbel herum und fuhr mit dem Finger über die Schonbezüge. »Worüber schreibt er?«

»Wer? Leakey?«

Sie lächelte. »Ja, Leakey.«

Thibault spitzte die Lippen und bemühte sich, seine Gedanken zu sortieren. »Die traditionelle Anthropologie beschäftigt sich vor allem mit fünf Themenkreisen: Woher stammt der Mensch, wann fing er an, aufrecht zu gehen, warum gibt es so viele hominide Arten, warum und wie haben sich diese Arten entwickelt, und was bedeutet das alles für die Geschichte der Evolution des modernen Menschen. Leakeys Buch behandelt hauptsächlich die letzten vier Fragen, und er ist Spezialist für die Frage, wie Werkzeuge und Waffen die Entwicklung des *Homo sapiens* beeinflusst haben.«

Beth musste angesichts seiner ausführlichen Erläuterung grinsen, aber Thibault merkte, dass sie trotzdem beeindruckt war.

»Wie wär's mit einem Bier?«, fragte sie.

»Ich bin gleich wieder da. Mach's dir schon mal bequem.«

Mit zwei Flaschen Bier und einer Schachtel Streichhölzer kam er zurück. Elizabeth hatte sich inzwischen auf das Sofa gesetzt. Thibault reichte ihr eine Flasche, nahm neben ihr Platz und legte die Streichhölzer auf den Tisch.

Sofort rieb Elizabeth ein Streichholz an der Schachtel und beobachtete, wie die kleine Flamme aufleuchtete. Dann zündete sie die beiden Kerzen an und pustete das Streichholz aus.

»Du hast hoffentlich nichts dagegen – aber ich liebe den Geruch von Kerzen.«

»Ich habe nichts dagegen und alles dafür.«

Er erhob sich, um die Stehlampe auszuknipsen, so dass der Raum nur noch vom warmen Glanz des Kerzenlichts erhellt wurde. Als er sich wieder hinsetzte, rückte er ein bisschen näher zu Beth. Sie starrte wie gebannt in die Flammen, ihr Gesicht halb im Schatten. *Was denkt sie gerade?*, fragte er sich, während er einen Schluck Bier trank.

»Weißt du, wie lange es her ist, dass ich das letzte Mal mit einem Mann bei Kerzenlicht zusammen war?«, fragte sie schließlich kaum hörbar.

»Nein.«

»Es ist eine Fangfrage. Die Antwort lautet nämlich: noch nie.« Offenbar wunderte sie sich selbst darüber. »Ist das nicht komisch? Ich war verheiratet, ich habe ein Kind, ich bin mit verschiedenen Männern ausgegangen, aber diese Situation habe ich noch nie erlebt.« Sie zögerte kurz. »Und wenn du die Wahrheit wissen willst – heute Abend ist es das erste Mal seit meiner Scheidung, dass ich mit einem Mann allein in seiner Wohnung bin.«

Sie schüttelte den Kopf, dann schaute sie Thibault direkt ins Gesicht. »Ich muss dich noch etwas fragen. Hättest du mich hereingebeten, wenn ich mich nicht selbst eingeladen hätte? Du musst mir ehrlich antworten. Ich merke es, wenn du lügst.«

Er drehte die Flasche zwischen den Händen. »Ich bin mir nicht sicher.«

»Warum nicht?«, hakte sie nach. »Habe ich irgendetwas –«

»Mit dir hat es nichts zu tun«, unterbrach er sie. »Eher mit Nana. Ich weiß nicht, was sie sagen würde.«

»Weil sie deine Chefin ist?«

»Weil sie deine Großmutter ist. Weil ich sie respektiere. Aber vor allem, weil ich dich respektiere. Der Abend war wunderschön. Ich glaube, in den letzten fünf Jahren habe ich mich mit niemandem so wohlgefühlt wie mit dir heute.«

»Und trotzdem hättest du mich nicht hereingebeten.« Elizabeth war verdutzt.

»Das habe ich nicht gesagt. Ich habe gesagt, ich bin mir nicht sicher.«

»Was so viel heißt wie: Nein.«

»Was so viel heißt wie: Ich habe überlegt, wie ich dich fragen könnte, ohne aufdringlich zu wirken. Du warst einfach schneller als ich. Aber wenn du wissen möchtest, ob ich dich einladen *wollte*, dann lautet die Antwort: Ja.«

Beth schwieg.

Nach einer Pause berührte er ihr Knie ganz leicht mit seinem. »Woher kommt das? Das Problem mit dir und den Männern, meine ich.«

»Sagen wir einfach: Ich hatte nicht viel Glück mit meinen Beziehungen.«

Logan war klug genug, um zu wissen, dass er jetzt nichts sagen durfte. Sie schmiegte sich ein bisschen enger an ihn. Und schließlich begann sie zu erzählen. »Am Anfang hat es mir nichts ausgemacht. Ich hatte ja auch alle Hände voll zu tun – mit Ben und dem Studium und überhaupt. Da ist es mir gar nicht weiter aufgefallen. Aber mit der Zeit, als es immer wieder schiefgelaufen ist, habe ich mich gefragt: Was ist nur mit mir los? Was mache ich falsch? Bin ich nicht aufmerksam genug? Leide ich an Mundgeruch? Ganz verrückt.« Sie versuchte zu lächeln, doch die unterschwellige Traurigkeit und die nagenden Zweifel konnte sie nicht überspielen. »Wie gesagt, lauter absurde Fragen. Hin und wieder habe ich einen Mann kennengelernt und gedacht, wir verstehen uns gut, aber plötzlich hörte ich nichts mehr von ihm. Er hat einfach nicht mehr angerufen. Und wenn ich ihm später irgendwo begegnet bin, hat er sich aufgeführt, als hätte ich die

Pest. Das war noch viel schlimmer als alles andere, weil ich es überhaupt nicht verstanden habe. Ich verstehe es immer noch nicht. Und es beunruhigt mich. Es tut mir weh. Mit der Zeit fand ich es immer schwieriger, den Männern die Verantwortung für das Scheitern zu geben, weil es ja immer nach dem gleichen Muster ablief – also musste es an mir liegen. Und deshalb bin ich zu dem Schluss gekommen, dass mit mir irgendetwas nicht stimmt. Dass es mein Schicksal ist, allein zu leben.«

»Ich finde nicht, dass mit dir etwas nicht stimmt.« Besänftigend drückte Thibault ihren Arm.

»Wart's nur ab – du findest garantiert etwas.«

Thibault spürte den Kummer hinter dieser scherzhaften Äußerung. »Nein«, sagte er. »Ich glaube nicht, dass ich etwas finde.«

»Du bist so lieb.«

»Ich bin nur ehrlich.«

Lächelnd trank sie einen Schluck Bier. »Meistens.«

»Du glaubst nicht, dass ich ehrlich bin?«

»Wie gesagt: meistens.« Sie zuckte die Achseln.

»Was willst du damit andeuten?«

Sie stellte ihre Bierflasche auf den Tisch und versuchte, sich zu konzentrieren. »Ich finde, du bist ein toller Mensch. Du bist klug, du arbeitest hart, du bist freundlich, und du kannst hervorragend mit Ben umgehen. Ich weiß das, oder ich glaube jedenfalls, es zu wissen, weil ich es sehe. Was mich aber immer wieder verunsichert, sind die Dinge, die du *nicht* sagst. Ich bilde mir ein, dich einigermaßen zu kennen, aber wenn ich dann darüber nachdenke, merke ich, das es gar nicht stimmt. Wie warst du als Student? Keine Ahnung. Was ist nach dem Studium passiert? Keine Ahnung. Ich weiß, du warst im Irak, und ich weiß auch, dass du von Colorado zu Fuß hierhergekommen bist, aber ich habe immer noch keinen Schimmer, warum. Wenn ich dich frage, antwortest du jedes Mal nur: ›Ich finde, Hampton ist ein hübsches Städtchen.‹ Du bist intelligent, du hast einen College-Abschluss, aber du gibst dich damit zufrieden, für den Mindestlohn zu arbeiten. Wenn ich wissen will, warum, antwortest du nur, weil du Hunde magst.« Sie fuhr sich mit der Hand durch die Haare. »Die Sache ist die: Ich glaube, dass du die Wahrheit sagst. Aber du lässt so viel aus – und der Teil, den du nicht erwähnst, das ist der Teil, der mir helfen würde zu verstehen, wer du wirklich bist.«

Während er ihr zuhörte, bemühte sich Thibault, nicht an das zu denken, was er ihr bisher verschwiegen hatte. Er konnte ihr nicht alles offenbaren! Niemals. Aber wie sollte er ihr das begreiflich machen? Ach, er sehnte sich so danach, ihr die ganze Wahrheit zu sagen. Sein innigster Wunsch war es, von ihr bedingungslos akzeptiert zu werden.

»Ich spreche nicht über den Irak, weil ich mich nicht gern an diese Zeit erinnere«, entgegnete er.

Elizabeth winkte ab. »Du musst nichts erzählen, wenn du nicht möchtest …«

»Aber ich möchte es«, sagte er mit leiser Stimme. »Ich weiß, du liest die Zeitung, deshalb hast du wahrscheinlich eine gewisse Vorstellung davon, was dort geschieht. Aber es ist völlig anders, als du denkst. Und es gibt keine Möglichkeit, es so zu vermitteln, dass man es nachvollziehen kann, wenn man nicht dort war. Die meiste Zeit ist es nicht halb so schlimm, wie du vermutlich annimmst. Und für mich war es leichter als für viele andere, weil ich weder Frau noch Kinder habe. Ich hatte Freunde dort, ich hatte einen geregelten Tagesablauf. Für gewöhnlich habe ich mich nur auf das konzentriert, was gerade anstand. Aber manchmal – manchmal war es ganz entsetzlich. Wirklich grauenvoll. So schlimm, dass ich am liebsten vergessen würde, dass ich je dort war.«

Nach einer längeren Pause holte Beth tief Luft und fragte: »Bist du wegen deiner Erlebnisse im Irak hier in Hampton?«

Er zupfte am Etikett seiner Bierflasche, löste eine Ecke ab und kratzte mit dem Fingernagel über das Glas. »In gewisser Weise, ja.«

Weil sie sein Zögern spürte, legte sie sanft die Hand auf seinen Unterarm. Die zärtliche Wärme ihrer Berührung schien eine Blockade in ihm zu lösen.

»Victor war mein bester Freund«, begann er unvermittelt. »Er war bei allen drei Irak-Einsätzen mit mir zusammen. Unsere Einheit hat sehr viele Verluste erlitten, und am Schluss wollte ich nur noch alles hinter mir lassen, um einen Neuanfang machen zu können. Das ist mir auch einigermaßen gelungen. Für Victor war es schwieriger. Er musste die ganze Zeit an den Krieg denken. Als wir zurückkehrten, haben wir uns beide bemüht, unser Leben wieder in den Griff zu bekommen. Er ging nach Hause, nach Kalifornien, ich nach Colorado. Aber wir haben einander immer noch gebraucht, verstehst du das? Wir haben oft telefoniert, uns E-Mails geschrieben und so getan, als würde es uns nichts ausmachen, dass wir die letzten vier Jahre jeden Tag damit verbracht hatten, irgendwie dem Tod zu entgehen. Aber wir konnten das

Verhalten der Leute hier kaum fassen – dass sie sich aufführen, als ginge die Welt unter, wenn sie mal keinen Parkplatz finden oder bei Starbucks den falschen Kaffee bekommen. Und dann haben wir uns verabredet, wir wollten in Minnesota gemeinsam angeln gehen –«

Er unterbrach sich. Nein, an den Tag wollte er jetzt nicht denken. Doch er spürte, dass ihm nichts anderes übrigblieb. Er trank noch einen kräftigen Schluck Bier und stellte dann die Flasche energisch auf den Tisch.

»Das war im vergangenen Herbst, und ich … ich habe mich unglaublich gefreut, als er endlich vor mir stand. Wir haben nicht über den Irak geredet, aber das war auch gar nicht nötig. Es war einfach gut für uns beide, mit jemandem zusammen zu sein, der ohne Worte versteht, was man dort durchgemacht hat. Victor ging es inzwischen besser. Er war verheiratet, seine Frau erwartete ein Kind, und ich habe fest geglaubt, dass alles wieder ins Lot kommt, auch wenn er immer noch Alpträume hatte und quälende Erinnerungsbilder vor sich sah.«

Beth sah den unbeschreiblichen Schmerz in Thibaults Gesicht.

»An unserem letzten gemeinsamen Tag sind wir am Morgen angeln gegangen. Nur wir zwei, in einem kleinen Ruderboot, und als wir hinausruderten, war die Wasseroberfläche spiegelglatt, als wären wir die ersten Menschen dort. Ich habe einen Falken gesehen, der über den See flog. Sein Spiegelbild im Wasser begleitete ihn, und ich weiß noch, wie ich dachte: So etwas Schönes habe ich noch nie gesehen.« Bei der Erinnerung schüttelte er den Kopf. »Wir hatten vor zurückzurudern, bevor zu viele Leute kommen, und am Abend wollten wir in der Stadt ein Steak essen und ein bisschen feiern. Aber die Zeit verging schnell, und wir sind zu lange draußen geblieben.«

Er rieb sich die Stirn. Es fiel ihm schwer, die Fassung zu bewahren. »Ich habe das Boot schon vorher gesehen. Ich kann nicht erklären, wieso es mir aufgefallen ist. Vielleicht hat die Erfahrung im Irak etwas damit zu tun. Jedenfalls dachte ich irgendwie, dass ich dieses Boot im Auge behalten muss. Sehr seltsam, findest du nicht? Dabei haben sich die Leute in dem Boot auch nicht anders verhalten als die übrigen. Ein paar Jugendliche, die sich einen schönen Tag machen wollten. Wasserskifahren, tauchen und so weiter. Sie waren zu sechst im Boot – drei Jungen und drei Mädchen –, und man hat ihnen angemerkt, sie wollen es genießen, dass es noch mal warm genug ist, um auf den See rauszufahren.«

Als er fortfuhr, klang seine Stimme belegt. »Ich habe das Boot kommen hören«, sagte er. »Und ich wusste, gleich passiert etwas – obwohl ich nichts gesehen habe. Ein Motor macht ein bestimmtes Geräusch, wenn er ungebremst auf dich zukommt. Es klingt wie eine Vorwarnung. Das Gehirn nimmt so etwas unbewusst wahr – und mir war sofort klar, dass wir in Gefahr sind. Ich habe den Kopf gedreht – und da sah ich den Bug mit fünfzig Stundenkilometern auf uns zurasen.« Thibault presste die Fingerkuppen gegeneinander. »Victor hat es auch gemerkt, und ich sehe noch sein Gesicht vor mir, diese grauenvolle Mischung aus Entsetzen und Staunen – wie oft habe ich im Irak diesen Gesichtsausdruck bei Freunden gesehen, kurz bevor sie starben.«

Elizabeth legte ihm die Hand aufs Knie. Sie war ganz blass geworden. »Das tut mir leid ...«

Er schien sie nicht zu hören.

»Es ist einfach nicht fair, verstehst du? Drei Aufenthalte im Kriegsgebiet hat er überlebt, dieses fürchterliche Chaos – und dann stirbt er beim Angeln. Ich konnte es nicht fassen. Danach war ich ziemlich kaputt. Nicht körperlich, sondern psychisch. Ich bin in ein tiefes Loch gefallen. Ziemlich lange. Ich habe alle Hoffnung aufgegeben, ich konnte nicht mehr essen, ich habe nachts immer nur ein paar Stunden geschlafen, und es gab Phasen, da kamen mir ständig die Tränen. Victor hatte mir erzählt, dass er immer wieder Visionen von toten Soldaten hat, und nach seinem Tod ging es mir ganz ähnlich. Auf einmal war ich wieder mitten im Krieg. Wenn ich einschlafen wollte, sah ich Victor vor mir oder irgendwelche Bombenangriffe, die wir überlebt hatten, und ich fing an, am ganzen Körper zu zittern. In dieser Zeit hat mir nur einer geholfen, nicht vollständig verrückt zu werden, und das war Zeus.«

Thibault schaute Elizabeth an. Trotz der qualvollen Erinnerungen war er wie verzaubert von der harmonischen Schönheit ihrer Gesichtszüge, vom goldenen Schimmer ihrer Haare.

Voller Mitgefühl flüsterte sie: »Ich weiß gar nicht, was ich sagen soll.«

»Ich auch nicht.« Er zuckte ratlos die Achseln. »Immer noch nicht.«

»Aber du weißt, dass es nicht deine Schuld war?«

»Ja, irgendwie schon«, murmelte er. »Aber die Geschichte ist noch nicht zu Ende.« Er legte seine Hand auf ihre, weil er wusste, dass er schon zu viel erzählt hatte, um jetzt aufhören zu können.

»Victor hat immer über das Schicksal gesprochen«, fuhr er fort. »Er war überhaupt ziemlich abergläubisch, und an unserem letzten gemeinsamen Tag sagte er, ich würde meine Bestimmung erkennen, wenn ich ihr begegne. Daran musste ich ständig denken, auch als es mir so schlecht ging. Ich habe immer wieder seine Stimme gehört, und allmählich wurde mir klar, dass ich meine Bestimmung nicht in Colorado finden kann. Aber ich hatte keine Ahnung, wo sonst. Schließlich habe ich meinen Rucksack gepackt und bin losgelaufen. Meine Mutter dachte, ich hätte den Verstand verloren. Aber mit jedem Schritt wuchs bei mir die innere Gewissheit, dass ich wieder gesund werde. Dass diese Wanderung genau das ist, was ich brauche, um geheilt zu werden. Und als ich nach Hampton kam, habe ich gewusst, dass ich nicht mehr weiterzugehen brauche. Dass Hampton mein Ziel ist, der Ort, an den ich gehen musste.«

»Deshalb bist du geblieben.«

»Genau.«

»Und dein Schicksal? Deine Bestimmung?«

Er antwortete nicht. Er hatte ihr so viel mitgeteilt, wie er konnte, und belügen wollte er sie auf keinen Fall. Er starrte auf ihre Hand unter seiner, und plötzlich erschien ihm alles falsch. Er musste aufhören, ehe er noch einen Schritt weiterging. Er sollte aufstehen und sie zu ihrem Auto begleiten. Ihr eine gute Nacht wünschen und noch vor Tagesanbruch Hampton verlassen. Doch er brachte kein Wort über die Lippen, er schaffte es nicht, sich vom Sofa zu erheben. Denn plötzlich wurde er von einer ganz anderen Empfindung erfasst, und beinahe verblüfft wandte er sich Elizabeth zu. Er war quer durch das halbe Land gelaufen, auf der Suche nach einer Frau, die er nur von einem Foto kannte. Langsam, aber sicher hatte er sich dann in die reale, verletzliche, wunderschöne Frau verliebt, die ihm ein Gefühl von Lebendigkeit schenkte, wie er es seit dem Krieg nicht mehr empfunden hatte. Er verstand das alles nicht ganz, und doch war er sich noch nie in seinem Leben einer Sache so sicher gewesen.

Von ihrem Gesicht konnte er ablesen, dass sie dasselbe empfand wie er. Sanft zog er sie an sich. Er spürte ihren heißen Atem, als sein Mund ihre Lippen streifte, einmal, zweimal – bis er sich ganz in sie versenkte.

Er vergrub seine Hände in ihren Haaren und küsste sie voller Leidenschaft und Hingabe. Sie stöhnte leise. Dann öffnete er die Lippen, er spürte ihre Zunge an seiner, und auf einmal wusste er sicher, sie war die Frau, die er haben wollte, und das, was jetzt geschah, war für sie beide das Richtige. Er küsste sie auf die Wangen, auf den Hals, er knabberte an ihrem Ohr und presste seine Lippen abermals auf ihren Mund. Schließlich standen sie vom Sofa auf, eng umschlungen. Wortlos führte er sie ins Schlafzimmer.

Sie nahmen sich viel Zeit. Thibault drang in sie ein, erfüllt von der Sehnsucht, es möge ewig, ewig so bleiben. Heiser flüsterte er ihr zärtliche Worte ins Ohr. Und immer wieder erbebte ihr Körper vor Lust. Er spürte dies, und es machte ihn unendlich glücklich.

Danach schmiegte sie sich an ihn, befriedigt und froh. Sie unterhielten sich, sie lachten, sie küssten sich, und nachdem sie sich ein zweites Mal geliebt hatten, schaute er ihr lange schweigend in die Augen, bevor er mit dem Finger zart über ihre Wange strich. Und in ihm stiegen die

Worte auf, von denen er geglaubt hatte, er würde sie niemals aussprechen.

»Ich liebe dich, Elizabeth«, flüsterte er, und er wusste, dass es der Wahrheit entsprach.

Sie nahm seine Hand und küsste einen Finger nach dem anderen.

»Ich liebe dich auch, Logan.«

KAPITEL 17

Clayton

Keith Clayton schaute Beth nach, als sie das Haus verließ. Er wusste genau, was sich drinnen abgespielt hatte. Je mehr er darüber nachdachte, desto stärker wurde bei ihm der Wunsch, ihr nachzufahren und ihr eine kleine Standpauke zu halten, wenn sie zu Hause ausstieg. Er musste ihr die Situation klarmachen – und zwar so, dass sie genau verstand, was er meinte. Sie sollte ein für alle Mal kapieren, dass so ein Verhalten von ihm nicht geduldet wurde. Vielleicht konnte er seine Predigt mit ein paar Ohrfeigen unterstreichen, nicht so hart, dass sie wehtaten, aber doch nachdrücklich genug, dass Beth begriff, er meinte es ernst. Andererseits – helfen würde das nichts. Und es lag ihm im Grund nicht, handgreiflich zu werden. Er hatte Beth noch nie geschlagen. Das war nicht seine Art.

Aber was hatte das alles zu bedeuten, in drei Teufels Namen? Das, was da abging, war wirklich der Gipfel. Schlimmer konnte es kaum kommen.

Erst stellt sich heraus, dass der Typ im Zwinger arbeitet. Als Nächstes essen die beiden mehrere Abende nacheinander bei ihr zu Hause und schauen sich dabei tief in die Augen, wie ein verliebtes Paar in einer Hollywoodschnulze. Und dann – man stelle sich vor! – gehen sie in dieses miese Lokal und tanzen, nur um anschließend … Klar, durch die Vorhänge konnte er nichts sehen, aber sie hatte sich garantiert aufgeführt wie eine Nutte. Bestimmt hatte sie's auf dem Sofa mit ihm getrieben. Weil sie zu viel getrunken hatte.

Er erinnerte sich an solche Gelegenheiten. Gib der Frau ein paar Gläser Wein zu trinken, gieß immer kräftig nach, wenn sie gerade wegschaut, oder veredle ein Bier mit etwas Wodka, und wenn sie dann anfängt, undeutlich zu sprechen, kann's losgehen. Echt guter Sex, mitten im Wohnzimmer. Für so etwas ist Alkohol unübertrefflich. Wenn man sie betrunken macht, kann sie nicht mehr Nein sagen und verwandelt sich in einen Tiger.

Während Clayton ums Haus schlich, hatte er in Gedanken vor sich gesehen, wie sie sich auszog – und wenn er nicht so verdammt wütend gewesen wäre, hätte er es vielleicht sogar erregend gefunden, sich auszumalen, wie sie sich immer mehr hineinsteigerte, wie sie seufzte und stöhnte. Aber da stellte sich unvermeidlich die Frage: Durfte eine Mutter sich so benehmen?

Er wusste, was kommen würde. Wenn sie erst einmal mit dem Typen, mit dem sie ein Date hatte, ins Bett ging, gab es kein Halten mehr. Dann war auch gleich der Nächste dran. So lief das immer. Erst einer, dann zwei, dann vier oder fünf, und schließlich waren es zehn oder zwanzig. Und er konnte es auf keinen Fall hinnehmen, dass eine ganze Armee von Männern durch Bens Leben marschierte und jeder ihm auf dem Weg nach draußen zuzwinkerte, als wollte er sagen: Deine Mom ist wirklich ein heißer Feger.

Das durfte er nicht zulassen. In gewisser Weise war Beth dumm – wie übrigens die meisten Frauen. Deshalb hatte er ja all die Jahre auf sie aufgepasst. Und das hatte auch wunderbar geklappt. Bis dieser Thai-bolt kam.

Der Kerl war ein wandelnder Alptraum. Es schien, als hätte er nur ein einziges Ziel vor Augen: Er wollte Keith Claytons Leben ruinieren.

Aber das würde er zu verhindern wissen.

In der letzten Woche hatte er einiges über Thai-bolt herausgefunden. Nicht nur, dass er im Zwinger arbeitete – was für ein absurder Zufall! –, sondern auch, dass er in dieser Bruchbude am Waldrand hauste. Und nach ein paar offiziellen Telefongesprächen mit den Gesetzeshütern in Colorado sorgte das Entgegenkommen unter Berufskollegen für den Rest. Er wusste jetzt, dass Thai-bolt an der University of Colorado studiert hatte und dann zu den Marines ging, dass er im Irak gewesen war und ein paarmal ausgezeichnet wurde. In diesem Zusammenhang gab es noch ein besonders pikantes Detail: Ein paar Männer aus seinem Platoon redeten über ihn, als hätte er einen Pakt mit dem Teufel geschlossen, um dem Tod zu entrinnen.

Was Beth wohl davon hielt, wenn sie es erfuhr?

Er selbst glaubte es nicht. Er kannte genug Marines, um zu wissen, dass sie in der Regel ziemlich intelligent waren. Aber trotzdem – wenn seine Kameraden ihm nicht trauten, stimmte etwas nicht mit diesem Mann.

Und warum war er so weit zu Fuß gegangen, um dann ausgerechnet in Hampton zu bleiben? Der Typ kannte hier keine Menschenseele, und nach allem, was Clayton in Erfahrung bringen konnte, war er vorher noch nie hier gewesen. Was war hier faul? Irgendwie wurde er das Gefühl nicht los, dass die Antwort auf der Hand lag und er sie nur noch nicht zu greifen bekam. Aber er würde schon dahinterkommen. Das schaffte er immer.

Ja, es war an der Zeit, dass er sich diesen Kerl vorknöpfte. Aber nicht jetzt. Nicht heute Nacht. Nicht in Anwesenheit des Hundes. Nächste Woche vielleicht. Wenn Thai-bolt bei der Arbeit war.

Denn das war der Unterschied zwischen ihm und anderen. Fast alle Menschen lebten ihr Leben wie Verbrecher: erst handeln, dann an die Konsequenzen denken. Aber nicht Keith Clayton! Er überlegte alles vorher. Er plante. Er antizipierte. Das war der Hauptgrund, weshalb er jetzt noch nicht handelte. Obwohl er gesehen hatte, wie die beiden heute Abend hierhergekommen waren, und obwohl er wusste, was sich da drinnen abgespielt hatte. Und dann Beth, die zu ihrem Auto eilte, mit geröteten Wangen und zerwühlten Haaren … Eines war klar: Hier ging es um Macht, und im Augenblick war Thai-bolt im Vorteil. Wegen der Speicherkarte. Wegen der Speicherkarte mit den Fotos, die bewirken konnten, dass ihm, Clayton, der Geldhahn abgedreht wurde.

Aber die ganze Macht der Welt half einem nichts, wenn man sie nicht einsetzte. Und bisher jedenfalls setzte Thai-bolt seine Macht nicht ein. Das konnte dreierlei bedeuten: Entweder wusste er gar nicht, was er in der Hand hielt, oder er besaß die Speicherkarte nicht mehr, oder er gehörte zu den Menschen, die sich nur um ihren eigenen Kram kümmerten.

Vielleicht trafen ja alle drei Erklärungen zu.

Er, Clayton, musste die Angelegenheit überprüfen.

Das Wichtigste zuerst. Das bedeutete: Er brauchte die Speicherkarte. Falls der Typ sie noch hatte, würde er sie finden und vernichten. Dann war er wieder der Überlegene, und Thai-bolt würde bekommen, was er verdiente. Und wenn dieser unberechenbare Kerl sie gleich weggeworfen hatte? Noch besser. Das hieße nämlich, er musste nur Thai-bolt abservieren – und schon wäre seine Beziehung zu Beth wieder wie früher. Darauf legte er größten Wert.

Sie hatte verdammt gut ausgesehen, als sie aus dem Haus kam! Er fand es ziemlich aufregend, sie zu sehen und zu wissen, was sie gerade gemacht hatte – selbst wenn dieser Thai-bolt daran beteiligt war. Sie hatte ja schon lange mit keinem Mann mehr geschlafen, und irgendwie schien sie … verändert. Nach dem heutigen Abend, das wusste er jetzt, war sie garantiert aufgeschlossener als bisher.

Die Sache mit der Freundschaft plus Extrabonus wurde immer wahrscheinlicher.

KAPITEL 18

Beth

»So wie's aussieht, hattet ihr einen schönen Abend – stimmt's?«, fragte Nana.

Es war Sonntagmorgen, und Beth war gerade nach unten in die Küche gekommen. Ben schlief noch.

»Ja, stimmt.« Sie gähnte.

»Und?«

»Und … nichts.«

»Für ›nichts‹ bist du aber ziemlich spät nach Hause gekommen.«

»So spät war es doch gar nicht. Und jetzt bin ich schon wieder putzmunter, obwohl es noch richtig früh am Morgen ist.« Sie schaute in den Kühlschrank, machte die Tür aber wieder zu, ohne etwas herauszuholen. »Wieso bist du eigentlich so neugierig?«

»Ich wüsste nur gern, ob ich morgen noch einen Angestellten habe.« Nana goss sich eine Tasse Kaffee ein und ließ sich auf einen Stuhl fallen.

»Nichts spricht dagegen, denke ich.«

»Heißt das, ihr habt euch gut verstanden?«

Diesmal ließ Beth Nanas Frage ein wenig im Raum stehen, während sie an den vergangenen Abend dachte und dabei in ihrem Kaffee rührte. Sie war so glücklich wie schon lange nicht mehr. »Ja«, antwortete sie. »Wir haben uns gut verstanden.«

In den nächsten Tagen verbrachte Beth möglichst viel Zeit mit Logan, allerdings ohne Ben über die veränderte Situation zu informieren. Sie wusste selbst nicht recht, weshalb ihr das so wichtig erschien. Klar, es entsprach den Ratschlägen, die man von einem Familientherapeuten bekam, wenn man eine neue Beziehung anfing und Kinder hatte. Doch tief in ihrem Inneren wusste sie, das war nicht alles. Irgendwie fand sie es spannend, so zu tun, als hätte sich zwischen ihr und Logan nichts verändert. Das gab ihrem Verhältnis eine Aura der Heimlichkeit, fast so, als hätten sie eine verbotene Affäre.

Nana ließ sich natürlich nicht täuschen. Hin und wieder murmelte sie unverständliche Bemerkungen wie »Kamele in der Sahara« oder »Es ist wie Haare und Schuhe«, während Beth und Logan sich bemühten, die Fassade der Normalität aufrechtzuerhalten. Sie rätselten über Nanas Sprüche – bedeutete der erste vielleicht, dass sie füreinander bestimmt waren? Beim zweiten hatte Beth noch mehr Mühe, ihn zu entschlüsseln, bis Logan vorschlug: »Könnte was mit ›Rapunzel‹ zu tun haben. Oder mit ›Cinderella‹?«

Märchen. Schöne Märchen mit Happy End. Nana wollte also etwas Nettes sagen, ohne sentimental zu klingen.

Die Augenblicke, die sie für sich hatten, besaßen eine traumähnliche Intensität. Beth nahm jede von Thibaults Bewegungen und Gesten überdeutlich wahr. Es elektrisierte sie regelrecht, wenn er bei einem ihrer Abendspaziergänge wortlos ihre Hand ergriff, während sie hinter Ben herschlenderten – und sie schnell wieder losließ, sobald Ben in Sichtweite kam. Logan hatte ein untrügliches Gespür dafür, wie weit der Junge von ihnen entfernt war – eine Fähigkeit, die er beim Militär entwickelt hatte, vermutete Beth –, und sie war froh, dass ihr Wunsch, erst einmal unter seinem Radar durchzusegeln, ihn überhaupt nicht störte.

Zu ihrer großen Erleichterung behandelte Logan ihren Sohn nicht anders als vorher. Am Montag überraschte er ihn mit einem Set aus Pfeil und Bogen, das er im Sportgeschäft gekauft hatte, und die beiden verbrachten mehr als eine Stunde damit, auf alle möglichen Ziele zu schießen – allerdings mussten sie ständig Pfeile einsammeln, die in den Stechpalmen gelandet waren oder sich in anderen Zweigen verfangen hatten. Mit dem Ergebnis, dass ihre Arme bis zu den Ellbogen zerkratzt waren. Nach dem Abendessen spielten sie Schach im Wohnzimmer, derweil Beth und Nana die Küche aufräumten. Während Beth nachdenklich das Geschirr abtrocknete, kam sie zu der Erkenntnis, dass sie Logan schon allein deswegen immer lieben würde, weil er so unglaublich nett zu ihrem Sohn war.

Da sie ihre Liebe noch für sich behalten wollten, ließen sie sich alle möglichen Ausreden einfallen, die ihnen erlaubten, miteinander allein zu sein. Als Beth am Dienstag aus der Schule nach Hause kam, stellte sie fest, dass Logan mit Nanas offizieller Erlaubnis eine Verandaschaukel aufgestellt hatte, »damit wir nicht immer auf den Stufen sitzen müssen«. Solange Ben im Geigenunterricht war, machten sie es sich dort bequem, und an Logan gekuschelt genoss Beth den langsamen, regelmäßigen Rhythmus des Schaukelns. Am Mittwoch fuhr sie mit ihm in die Innenstadt, um einen neuen Vorrat Hundefutter zu kaufen. Alltägliche Aktivitäten, aber Beth war schon überglücklich, wenn sie Logan eine Stunde für sich hatte. Manchmal, wenn sie im Truck saßen, legte er den Arm um sie, und sie schmiegte sich an ihn, um das Gefühl der Geborgenheit richtig auszukosten.

Bei der Arbeit dachte sie oft an ihn und überlegte sich, was er gerade machte oder worüber er sich wohl mit Nana unterhielt. Sie malte sich aus, wie sein verschwitztes T-Shirt am Oberkörper klebte oder wie sich seine Armmuskeln spannten, wenn er die Hunde trainierte.

Als sie am Donnerstagmorgen am Küchenfenster stand, sah sie Logan mit Zeus den Weg entlangkommen. Sie drehte sich zu Nana um, die noch am Tisch saß und ihre Gummistiefel anzog. Das fiel ihr nicht leicht, weil ihr Arm noch so schwach war. Beth räusperte sich.

»Wäre es okay, wenn sich Logan heute frei nimmt?«, begann sie.

Nana versuchte erst gar nicht, ihr belustigtes Grinsen zu verbergen. »Warum?«

»Ich würde gern mit ihm wegfahren. Nur wir beide.«

»Was ist mit der Schule?«

Sie war schon für die Arbeit angezogen und hatte ihr Lunchpaket vorbereitet. »Ich dachte, ich melde mich krank.«

»Aha«, sagte ihre Großmutter nur.

»Ich liebe ihn, Nana«, sprudelte es aus ihr heraus.

Die alte Frau schüttelte den Kopf, aber ihre Augen blitzten. »Ich habe mich schon gefragt, wann du das endlich mal aussprichst, damit ich nicht mehr gezwungen bin, mir diese albernen Rätselsprüche einfallen zu lassen.«

»Tut mir leid.«

Nana erhob sich und stampfte ein paarmal auf, damit die Stiefel richtig saßen. Auf dem Boden blieb eine feine Dreckschicht zurück. »Ich glaube, heute kann ich zur Abwechslung den Laden mal allein schmeißen. Wahrscheinlich tut mir das sogar gut. In letzter Zeit habe ich zu viel ferngesehen.«

Beth strich sich eine Haarsträhne hinters Ohr. »Danke«, murmelte sie.

»Es ist mir ein Vergnügen. Aber lass es bitte nicht zur Gewohnheit werden. Er ist der beste Angestellte, den wir je hatten.«

Sie verbrachten den ganzen Tag im Bett. Immer wieder schliefen sie miteinander, und als Beth schließlich nach Hause musste – sie wollte da sein, wenn Ben von der Schule nach Hause kam –, war sie sich sicher, dass Logan sie genauso liebte wie sie ihn und dass auch bei ihm der Gedanke reifte, sie könnten den Rest des Lebens gemeinsam verbringen.

Doch etwas trübte ihr Glück: Beth spürte immer wieder, dass ihn etwas belastete. Mit ihr oder mit ihrer Beziehung hatte es nichts zu tun – das merkte sie daran, wie er sich verhielt, wenn sie zusammen waren. Aber was konnte es sein? Sie bekam es nicht zu fassen. Nach längerem Grübeln gelang es ihr allerdings, den Zeitpunkt, als es ihr das erste Mal aufgefallen war, näher einzukreisen: Es hatte am Dienstagnachmittag angefangen, gleich nachdem sie mit Ben nach Hause gekommen war.

Sie sah die Szene vor sich: Ben rannte wie immer sofort los, um mit Zeus zu spielen. Vor der Geigenstunde wollte er sich noch ein wenig austoben. Beth ging zu Nana ins Büro, und von dort beobachtete sie, dass Logan draußen auf der Wiese stand, die Hände in den Taschen und offensichtlich tief in Gedanken versunken. Als sie später im Truck saßen und er den Arm um sie legte, spürte sie das erste Mal deutlich, dass ihn irgendetwas umtrieb, worüber er nicht redete.

Heute ging er nach dem Schachspiel allein hinaus auf die Veranda.

Beth folgte ihm ein paar Minuten später und setzte sich zu ihm in die Schaukel.

»Stimmt etwas nicht?«, fragte sie ihn schließlich ganz direkt.

Er antwortete nicht sofort. »Ich weiß es nicht«, murmelte er.

»Bist du sauer auf mich?«

»Nein, überhaupt nicht. Im Gegenteil.« Er schüttelte lächelnd den Kopf.

»Dann sag mir doch bitte, was los ist.«

Wieder zögerte er.

Sie musterte ihn fragend. »Möchtest du darüber sprechen?«

»Ja. Aber jetzt noch nicht.«

Am Samstag war Ben bei seinem Vater, und sie fuhren nach Sunset Beach, nicht weit von Wilmington entfernt.

Die Sommergäste hatten sich längst verabschiedet, und bis auf ein paar verstreute Spaziergänger waren Beth und Logan am Strand allein und ungestört. Wegen des Golfstroms war der Ozean noch so warm, dass man durch die Brandung waten konnte. Logan warf für Zeus einen Tennisball in die Wellen, weil es dem Hund einen Riesenspaß machte, ihn zu holen. Er paddelte unermüdlich, und zwischendurch bellte er laut, als wollte er mit dieser Einschüchterungstechnik den Ball dazu bringen, sich nicht mehr von der Stelle zu rühren.

Beth hatte ein paar Handtücher eingepackt und außerdem ein leckeres Picknick, und als Zeus müde wurde, setzten sie sich an den Strand, um etwas zu essen. Behutsam packte sie die Sandwichzutaten aus und bereitete das frische Obst vor. Am Horizont erschien ein Fischkutter, dem Logan lange nachblickte. Beth bemerkte bei ihm erneut diese besorgte Miene.

»Du machst wieder so ein Gesicht«, sagte sie nach einer Weile.

»Was für ein Gesicht?«

Sie ignorierte seine Gegenfrage. »Spuck's endlich aus«, sagte sie. »Was quält dich? Und diesmal bitte keine Ausflüchte.«

»Mir geht es gut«, entgegnete er und schaute ihr in die Augen. »Ich weiß, in den letzten Tagen war ich manchmal ein bisschen gedankenabwesend. Das liegt daran, dass ich die Antwort auf eine wichtige Frage suche.«

»Und wie lautet die Frage, bitte schön?«

»Warum wir zusammen sind.«

Ihr Herz stolperte kurz. Darauf war sie nicht gefasst gewesen, und sie merkte, wie sie innerlich erstarrte.

»Das klingt komisch, ich weiß.« Er schüttelte wieder einmal ratlos den Kopf. »Aber ich meine es nicht so, wie du denkst. Ich überlege mir nur, warum wir überhaupt diese Chance haben. So ganz verstehe ich es nicht.«

Sie runzelte die Stirn. »Ich kann dir leider nicht folgen.«

Zeus, der neben ihnen gelegen hatte, hob den Kopf, um einen Möwenschwarm zu beobachten, der sich in ihrer Nähe niedergelassen hatte. Am Wasserrand flitzten Strandläufer entlang und jagten die winzigen Sandkrebse. Logan schaute ihnen eine Weile lang wortlos zu, und als er wieder zu reden begann, war seine Stimme ganz ruhig, wie bei einem Professor, der ein wichtiges Thema analysieren möchte.

»Wenn man die Situation aus meinem Blickwinkel betrachtet, sieht man Folgendes: eine intelligente, charmante, wunderschöne Frau, noch keine dreißig, geistreich, witzig und leidenschaftlich. Und, wenn sie will, auch extrem verführerisch.« Er zwinkerte ihr zu. »Mit einem Wort: in jeder Hinsicht eine gute Partie.« Wieder schwieg er für einen Moment. »Unterbrich mich bitte, falls dich etwas nervt.«

Sie tätschelte beruhigend sein Knie. »Keine Sorge, du machst das sehr gut«, sagte sie. »Bitte, weiter.«

»Das ist es, was ich mir zu erklären versuche. In den letzten Tagen muss ich dauernd darüber nachdenken.« Er fuhr sich nervös durch die Haare.

Sie bemühte sich, seinen Gedankengang nachzuvollziehen, aber es gelang ihr nicht. »Du musst lernen, dich klarer auszudrücken. Ich weiß immer noch nicht genau, worauf du hinauswillst.«

Zum ersten Mal, seit sie ihn kannte, entdeckte sie

in seinem Tonfall eine Spur von Ungeduld, als er antwortete – die allerdings sofort wieder verschwand.

»Was ich sagen will – also, ich verstehe es einfach nicht, warum du seit deinem Mann keine Beziehung mehr hattest.« Er zögerte, als würde er nach der richtigen Formulierung suchen. »Klar, du hast einen Sohn, und für manche Männer ist das von vornherein eine Beziehungsbremse. Aber andererseits gehst du doch ganz offen damit um, dass du eine alleinerziehende Mutter bist, und ich nehme mal an, dass die meisten Leute hier in der Gegend sowieso über deine Situation Bescheid wissen. Habe ich Recht?«

»Absolut.«

»Das heißt, die Männer, die sich um dich bemüht haben, wussten alle vorher, dass du einen Sohn hast, oder?«

»Selbstverständlich.« Sie musterte ihn skeptisch.

»Wo sind sie geblieben?«

Zeus legte den Kopf in ihren Schoß, und sie begann, ihn hinter den Ohren zu kraulen. Irgendwie ärgerte sie sich. Sie kam sich vor wie bei einem Verhör.

»Was soll die Frage?«, rief sie. »Ehrlich gesagt, mir gefällt es nicht, wenn du dich da einmischst. Was in der Vergangenheit passiert ist, das ist ganz allein meine Sache, ich kann es nicht mehr ändern. Und wenn du hier sitzt und mich ausfragst, mit wem ich wann wie lange befreundet war und was sonst noch vorgefallen ist, verdirbt mir das die Laune. Ich bin ich, und ich finde, gerade du müsstest das verstehen, Mister *Ich-bin-von-Colorado-hierhergelaufen-aber-frag-mich-nicht-warum.*«

Er sagte lange nichts. Dann erwiderte er mit verblüffend zärtlicher Stimme:

»Ich sage das nicht, um dich zu nerven. Ich sage es, weil du die wunderbarste Frau bist, der ich je begegnet bin.« Er ließ diesen Satz erst einmal auf sie wirken, ehe er fortfuhr. »Ich bin mir ziemlich sicher, dass fast jeder Mann so denken würde wie ich. Die anderen haben doch auch gemerkt, wie toll du bist. Und dann in so einer kleinen Stadt, in der es in deiner Altersgruppe nicht allzu viele ungebundene Frauen gibt. Okay, vielleicht haben dir manche von diesen Typen nicht gefallen. Aber was ist mit den anderen? Mit denen, die du nett fandest? Es muss doch einer dabei gewesen sein, mit dem du dich gut verstanden hast.«

Er nahm eine Handvoll Sand und spreizte die Finger, so dass die Körner zwischen ihnen hindurchrieselten. »Darüber habe ich nachgedacht. Weil es mir einfach nicht in den Kopf will, dass kein Einziger dabei war, den du mochtest. Mir hast du nur erzählt, du hättest mit Beziehungen nicht viel Glück gehabt.«

Er wischte die Finger am Handtuch ab und fügte hinzu: »Es gab welche, die dir gefallen haben – oder liege ich da falsch?«

Sie schaute ihn bewundernd an. Woher wusste er das alles? »Nein. Ganz im Gegenteil.«

»Und du hast dir Gedanken gemacht, warum es nicht klappt, nicht wahr?«

»Ab und zu«, gestand sie. »Aber glaubst du nicht, dass du das zu ernst nimmst? Selbst wenn ich so perfekt wäre, wie du behauptest – du darfst nicht vergessen, dass sich die Zeiten geändert haben. Es gibt garantiert Tausende von Frauen, wenn nicht sogar Zehntausende, auf die deine Beschreibung zutreffen würde.«

Er zuckte die Achseln. »Kann sein.«

»Aber du bist nicht überzeugt.«

»Stimmt – überzeugt bin ich nicht.« Seine klaren blauen Augen musterten sie mit unverhülltem Interesse.

»Was ist? Du glaubst, es gibt eine Art Verschwörung?«

Statt auf ihre Frage einzugehen, nahm er erneut eine Handvoll Sand und stellte eine Gegenfrage: »Was kannst du mir über deinen Exmann sagen?«

»Wieso ist das hier wichtig?«

»Ich wüsste gern, wie er reagiert, wenn du dich mit anderen Männern triffst.«

»Ach, das juckt ihn überhaupt nicht, glaube ich. Aber wieso denkst du, dass seine Reaktion eine Rolle spielt?«

Wieder ließ er den Sand durch die Finger rieseln. »Weil …«, begann er und schaute sie an. »Weil ich mir ziemlich sicher bin, dass er neulich in mein Haus eingebrochen ist.«

KAPITEL 19

Thibault

Es war am späten Samstagabend, und Elizabeth war schon gegangen, als Thibault plötzlich seinen Freund Victor im Wohnzimmer sitzen sah, in Shorts und Hawaiihemd, wie an dem Tag, an dem er starb.

Thibault blieb wie angewurzelt stehen. Das war doch nicht möglich! Nein, es konnte nicht sein. Victor lebte nicht mehr, er war auf einem kleinen Friedhof bei Bakersfield beigesetzt worden. Außerdem hätte Zeus sofort reagiert, wenn jemand ins Haus gekommen wäre. Doch der Hund trottete teilnahmslos zu seiner Wasserschüssel.

Victor lächelte. Dann sagte er mit heiserer Stimme: »Es geht noch weiter.« Wie eine Verheißung klang das.

Als Thibault blinzelte, war Victor verschwunden.

Es war schon das dritte Mal seit Victors Tod, dass er ihm erschien. Das erste Mal beim Begräbnis: Thibault stand im hinteren Teil der Kirche, und auf einmal sah er seinen Freund am Ende des Gangs. »Es ist nicht deine Schuld«, sagte er leise – und verschwand wieder. Thibaults Kehle war wie zugeschnürt, und er musste kurz nach draußen an die frische Luft, um wieder richtig atmen zu können.

Die zweite Erscheinung ereignete sich drei Wochen vor seinem Aufbruch. Diesmal begegnete er Victor in einem kleinen Geschäft, als er in seinem Geldbeutel nachschaute, wie viel Bier er sich kaufen konnte. Er trank damals extrem viel, und während er seine Dollarscheine zählte, sah er aus dem Augenwinkel, dass drüben jemand stand und ihn anstarrte. Victor schüttelte nur stumm den Kopf. Er sagte kein Wort, aber das war auch gar nicht nötig. Thibault wusste, was dieses Kopfschütteln bedeutete. Es hieß: *Hör auf zu trinken.*

Und jetzt dies.

Thibault glaubte nicht an Geister. Victor war nicht wirklich da. Er war kein Gespenst, das ihn verfolgte, kein Besucher aus dem Jenseits, kein ruheloses Phantom, das ihm eine Botschaft überbringen wollte – nein, die Erscheinungen waren ein Produkt seiner Einbildungskraft, sein Unterbewusstsein beschwor diese Bilder herauf. Schließlich war Victor der Mensch, dessen Rat für ihn immer eine wichtige Rolle gespielt hatte.

Eins stand fest: Der Bootsunfall war nichts anderes gewesen als eben das – ein Unfall. Die jungen Menschen in dem Motorboot hatten ebenfalls einen schrecklichen Schock erlitten. Und was das Trinken anging, so hatte er tief in seinem Inneren schon längst gewusst, dass es ihm mehr schadete als nutzte. Doch anscheinend fiel es ihm leichter, auf Victor zu hören, als den Entschluss selbst zu fassen.

Dass er seinen Freund noch ein drittes Mal sehen würde, damit hatte er allerdings nicht gerechnet.

Was bedeuteten Victors Worte? *Es geht noch weiter*. Bezogen sie sich auf sein Gespräch mit Elizabeth? Vermutlich nicht. Worauf dann? Die Frage ließ ihm keine Ruhe. Aber wenn er sich zu sehr bemühte, eine Antwort zu finden, verkrampfte er sich, und dann fiel ihm gar nichts mehr ein. Das Unterbewusstsein folgte manchmal seltsamen Gesetzen.

Er goss sich in der Küche ein Glas Milch ein, und auf dem Weg ins Schlafzimmer füllte er für Zeus eine Schüssel mit Hundefutter. Als er im Bett lag, dachte er noch einmal über die Unterhaltung mit Elizabeth nach.

Lange hatte er überlegt, ob es überhaupt sinnvoll war, die Sache anzusprechen. Was wollte er damit erreichen? Es erschien ihm einfach notwendig, ihr die Augen dafür zu öffnen, dass Keith Clayton ihr Leben sehr viel stärker kontrollierte, als sie ahnte.

Davon war Thibault fest überzeugt. Vor allem seit dem Einbruch. Klar, es konnte auch jemand anderes dahinterstecken – jemand, der hoffte, schnell ein paar Dollar zu machen, indem er Sachen mitnahm, die man problemlos beim Pfandleiher verkaufen konnte –, aber die Vorgehensweise dieses Einbrechers legte einen anderen Verdacht nahe. Das Haus war absolut in Ordnung gewesen, als er heimkam. Äußerlich konnte man nichts feststellen. Jedenfalls nicht auf den ersten Blick. Erst bei näherem Hinsehen merkte man, dass fast alles angefasst worden war.

Die Bettdecke lieferte das erste Indiz. Diese kleine Falte – sie konnte nur von jemandem stammen, der keine Ahnung hatte, wie man beim Militär sein Bett machte. Sicher wäre das kaum einem aufgefallen, aber Thibault hatte einen Blick für so etwas. Bei den Kleidungsstücken in den Schubladen verhielt es sich ähnlich – hier ein Knick, dort ein Ärmel falsch gefaltet. Der Eindringling hatte alles gründlich durchsucht, während Thibault bei der Arbeit war.

Aber wieso? Er besaß keine Wertgegenstände. Ein kurzer Blick durchs Fenster hätte jeden Dieb davon überzeugt, dass hier nichts zu holen war. Im Wohnzimmer stand kein einziges elektronisches Gerät, das Gästezimmer war völlig leer, und in seinem Schlafzimmer befand sich außer dem Bett nur noch ein Nachttisch mit Lampe. Auch die Küche hatte nichts zu bieten – bis auf Geschirr und Besteck und einen uralten elektrischen Dosenöffner. In der Speisekammer gab's Hundefutter, einen Laib Brot und ein Glas Erdnussbutter. Trotzdem hatte sich jemand die Mühe gemacht, das Haus von oben bis unten zu filzen. Sogar unter die Matratze hatte der Einbrecher geschaut. Jede einzelne Schublade hatte er inspiziert und sich immer bemüht, nur ja keine Spuren zu hinterlassen.

Es gab keine Anzeichen dafür, dass der Einbrecher wütend wurde, weil er keine verborgenen Schätze fand. Dass die ganze Aktion nach normalen Maßstäben ein Flopp war, schien ihn nicht weiter frustriert zu haben. Offenbar war es ihm vor allem wichtig gewesen, dafür zu sorgen, dass hinterher niemand etwas merkte.

Das hieß, er war nicht in das Haus eingedrungen, um etwas zu stehlen, sondern um etwas zu suchen. Etwas ganz Bestimmtes. Es dauerte nicht lange, bis Thibault klar war, worum es sich handelte und wer wohl der Täter war.

Keith Clayton brauchte seine Kamera. Oder, genauer gesagt, die Speicherkarte. Die Fotos konnten ihm schaden. Für Thibault keine besonders komplizierte Schlussfolgerung, wenn man an ihre erste Begegnung dachte.

Also gut. Clayton wollte seine Spuren verwischen. Das konnte man nachvollziehen. Aber da war noch etwas anderes. Und das hatte mit Elizabeth zu tun.

Es leuchtete Thibault einfach nicht ein, dass sie in den letzten zehn Jahren keine Beziehung gehabt hatte. Aber zu der Tatsache, dass sie schon so lange allein war, passte eine Bemerkung, die er aufgeschnappt hatte, als er den Männern am Billardtisch das Foto zeigte. Wie hatte dieser Typ sich noch mal ausgedrückt? Wenn er doch besser aufgepasst hätte! Aber er war so darauf konzentriert gewesen, Elizabeths Namen herauszufinden, dass er der Bemerkung keine besondere Beachtung geschenkt hatte. Ein Fehler, wie sich jetzt herausstellte. Irgendwie hatte sie bedrohlich geklungen. Ja, genau –

… sie geht nicht mit Männern aus. Ihr Ex hat was dagegen. Und glaub mir – mit dem will sich keiner anlegen.

In Gedanken ließ Thibault noch einmal Revue passieren, was er über Keith Clayton wusste: Er gehörte zu einer einflussreichen Familie. Er war ein Angeber. Jähzornig. In einer beruflichen Position, die Machtmissbrauch ermöglichte. Ein Mann, der dachte, alles haben zu können, was er wollte und wann er es wollte.

Beim letzten Punkt war sich Thibault nicht ganz sicher, aber er fügte sich sehr gut ins Gesamtbild.

Clayton wollte nicht, dass sich seine Exfrau mit anderen Männern einließ. Elizabeth hatte seit vielen Jahren keine richtige Beziehung mehr gehabt. Sie fragte sich zwar manchmal, warum es nie klappte, aber sie wäre nie auf den Gedanken gekommen, dass es zwischen ihrem Exmann und den gescheiterten Versuchen einen Zusammenhang gab. Thibault schien es absolut plausibel, dass

Clayton Menschen und Ereignisse manipulierte und dass er immer noch Elizabeths Leben kontrollierte – jedenfalls in dieser Hinsicht. Um herauszufinden, ob sie mit jemandem ausging, musste er sie überwachen. Und das hatte er die ganzen Jahre über getan. Genau wie jetzt.

Man konnte sich gut vorstellen, wie Clayton ihre bisherigen Beziehungen beendet hatte. Was ihn, Thibault, und Elizabeth betraf, hatte er sich bisher allerdings noch nicht eingemischt. Wenn er ihnen nachspionieren würde, hätte Thibault das garantiert gemerkt, und ihm war nichts Ungewöhnliches aufgefallen. Doch nun war Clayton in sein Haus eingebrochen, um nach der Speicherkarte zu suchen.

Wollte er eins nach dem anderen erledigen? Ging er schrittweise vor?

Vermutlich. Die Frage war allerdings: mit welchem Ziel? Auf jeden Fall verfolgte er die Absicht, Thibault aus der Stadt zu vertreiben. Aber es musste noch etwas anderes geben. Wie Victor gesagt hatte: *Es geht noch weiter*.

Eigentlich wollte Thibault Elizabeth alles sagen, was er über ihren Exmann wusste, aber von der Bemerkung am Billardtisch konnte er ihr natürlich nicht erzählen. Dann müsste er ja auch das Foto erwähnen, und das ging noch nicht. Stattdessen hatte er ihr nur einen kleinen Hinweis gegeben, in der Hoffnung, dass sie den Zusammenhang selbst herstellte. Gemeinsam konnten sie es schaffen, mit Claytons eventuellen Attacken fertigzuwerden. Doch dafür musste ihnen beiden klar sein, zu welchen Mitteln er griff, um Elizabeths Beziehungen zu torpedieren. Sie liebten einander. Wenn sie ahnten, was auf sie zukam, würde alles gut werden.

War das der Grund, weshalb er hierhergekommen war? Sollte er sich in Elizabeth verlieben und mit ihr ein neues Leben aufbauen? Lag darin seine Bestimmung?

Irgendwie erschien ihm diese Erklärung nicht vollständig. Victors Worte bestätigten das. Es musste noch einen anderen Grund geben. Dass er sich in Elizabeth verliebte, gehörte dazu, war aber nicht alles.

Es geht noch weiter.

Wie immer seit seiner Ankunft in North Carolina schlief Thibault die Nacht durch, ohne aufzuwachen. Das war ein Ergebnis seines militärischen Trainings – oder, genauer gesagt, des Krieges. Gezwungenermaßen hatte er gelernt, fest zu schlafen, gleichgültig, was um ihn herum vorging. *Müde Soldaten machen Fehler.* Der Spruch stammte von seinem Vater. Jeder Offizier, dem er je begegnet war, hatte das ebenfalls gepredigt. Und seine Kriegserfahrungen hatten die Richtigkeit dieser Aussage immer wieder bestätigt. Deshalb konnte er schlafen, auch wenn die Umstände noch so chaotisch waren – weil er wusste, dass er nur dann den folgenden Tag überleben würde.

Außer während einer kurzen Phase nach Victors Tod war das Schlafen für ihn nie ein Problem gewesen. Er schlief gern, und es gefiel ihm, wie im Traum die Gedanken verschmolzen. Als er am Sonntag aufwachte, sah er ein Rad mit Speichen vor sich. Er wusste nicht, warum, aber als er ein paar Minuten später mit Zeus nach draußen ging, war ihm plötzlich klar, dass nicht Elizabeth das Zentrum des Rades war, wie er automatisch angenommen hatte. Nein, alles, was seit seiner Ankunft in Hampton geschehen war, drehte sich um Keith Clayton.

Clayton war der erste Mensch, dem er hier begegnet war. Er hatte Claytons Kamera an sich genommen. Clayton und Elizabeth waren verheiratet gewesen. Clayton war Bens Vater. Clayton hatte Elizabeths Beziehungen untergraben. Clayton hatte gesehen, dass er und Elizabeth Zeit miteinander verbrachten, als er Ben mit dem blauen Auge zu Hause ablieferte. Mit anderen Worten, er war der Erste, der gemerkt hatte, dass sich zwischen ihnen eine Beziehung anbahnte. Clayton war in sein Haus eingebrochen. Clayton – und nicht Elizabeth – war der Grund, warum er nach Hampton gekommen war.

In der Ferne hörte man Donnergrollen – leise, unheimlich. Bald würde es ein Gewitter geben, und nach der schwülen, stickigen Luft zu urteilen, sogar ein ziemlich heftiges.

Abgesehen von den Dingen, die Elizabeth ihm über Clayton erzählt hatte, wusste er nicht besonders viel über ihren ehemaligen Mann. Als die ersten Tropfen fielen, begab sich Thibault zurück ins Haus. Später wollte er in die Bibliothek gehen. Er musste verschiedene Dinge recherchieren, um über Hampton und die Rolle der Claytons besser Bescheid zu wissen.

KAPITEL 20

Beth

»Mich wundert das nicht«, brummte Beths Großmutter. »Deinem Verflossenen traue ich alles zu.«

»Du redest über ihn, als wäre er schon tot.«

Nana seufzte. »Man darf die Hoffnung nicht aufgeben.«

Beth trank einen Schluck Kaffee. Es war Sonntag, und sie waren gerade aus der Kirche zurück. Zum ersten Mal seit ihrem Schlaganfall hatte Nana bei einer der musikalischen Einlagen ein kurzes Solo gesungen. Weil Beth sie nicht davon ablenken wollte – sie wusste ja, wie viel ihrer Großmutter der Chor bedeutete –, hatte sie ihr jetzt erst von dem Gespräch mit Thibault erzählt.

»So hilfst du mir nicht weiter«, sagte sie.

»Inwiefern soll ich dir helfen?«

»Ich habe nur gesagt ...«

Nana beugte sich über den Tisch. »Was du gesagt hast, weiß ich. Und wenn du mich fragst, ob ich mir vorstellen kann, dass Keith bei Thibault eingebrochen ist, dann gibt es für mich nur eine Antwort, und die lautet: Es würde mich nicht wundern. Ich konnte den Kerl noch nie leiden.«

»Ach, tatsächlich?«

»Es gibt keinen Grund, deswegen so schnippisch zu werden.«

»Ich bin gar nicht schnippisch.«

Aber ihre Großmutter war schon beim nächsten Thema. »Du siehst müde aus, Beth. Möchtest du noch eine Tasse Kaffee? Oder wie wär's mit einem Zimttoast?«

Beth schüttelte den Kopf. »Ich habe keinen Hunger.«

»Etwas essen musst du trotzdem. Es ist nicht gesund, wenn man eine Mahlzeit auslässt, und du hast schon das Frühstück übersprungen, das weiß ich.« Sie stand vom Tisch auf. »Ich mache dir einen Toast.«

Beth wusste, dass Widerstand zwecklos war. Wenn sich Nana etwas in den Kopf gesetzt hatte, konnte man es ihr nicht ausreden.

»Und was ist mit dem anderen Teil der Geschichte? Mit der Frage, ob Keith womöglich ...« Sie verstummte.

Nana zuckte die Achseln und steckte zwei Scheiben Brot in den Toaster. »Du meinst, ob er deine Verehrer vertrieben hat? Wie gesagt, bei diesem Kerl würde mich gar nichts überraschen. Und es würde manches erklären, oder?«

»Aber mir leuchtet es trotzdem nicht ein. Ich kann mindestens ein halbes Dutzend Frauen aufzählen, mit denen er etwas hatte, und er macht nie die geringsten Andeutungen, dass wir wieder zusammenkommen könnten oder so etwas. Warum soll es ihn dann interessieren, ob ich einen Freund habe oder nicht?«

»Weil er ein verwöhntes kleines Kind ist«, erklärte Nana. Sie gab zwei Stück Butter in einen kleinen Topf und machte den Herd an. Eine kleine blaue Flamme flackerte auf. »Du warst sein Spielzeug, und mit diesem Spielzeug will er immer noch spielen, obwohl er viele neue Sachen hat.«

Beth setzte sich anders hin. »Diese Analogie gefällt mir nicht.«

»Ob sie dir gefällt oder nicht, ist unwichtig. Es kommt nur darauf an, ob die Aussage stimmt.«

»Und du glaubst, sie stimmt?«

»Das habe ich nicht behauptet. Ich habe nur gesagt, es würde mich nicht überraschen, wenn dein Ex hinter allem steckt. Und du kannst mir nicht weismachen, dass es dir anders geht. Ich habe oft genug beobachtet, wie er dich von oben bis unten mustert. Da läuft es mir immer kalt über den Rücken, und ich muss mich beherrschen, weil ich ihn nämlich am liebsten mit der Mistschaufel verprügeln würde.«

Beth grinste, wurde aber gleich wieder ernst. Als der Toast fertig war, legte Nana die Brotscheiben auf einen Teller, bestrich sie mit geschmolzener Butter und gab Zucker und Zimt darauf. Dann stellte sie den Teller vor Beth auf den Tisch.

»Hier, iss. Du bist klapperdürr.«

»Ich wiege genauso viel wie immer.«

»Aber das reicht nicht. Es hat noch nie gereicht. Wenn du nicht aufpasst, weht dich der nächste Windstoß davon.« Sie deutete mit einer Kopfbewegung zum Fenster und setzte sich wieder. »Da kommt ein ziemlich heftiges Unwetter. Aber das kann nur gut sein. Wir brauchen den Regen. Hoffentlich haben wir keine Heuler im Zwinger.«

Heuler waren Hunde, die sich vor dem Donner fürchteten und mit ihrem Gejaule den anderen Tieren das Leben schwermachten. Beth wollte die Gelegenheit ergreifen und das Thema wechseln, aber als sie in ihren Toast biss, fiel ihr ein, dass sie noch etwas anderes mit ihrer Großmutter besprechen wollte.

»Ich glaube, sie sind sich schon mal begegnet«, sagte sie.

»Wer? Thibault und der Blödmann?«

Beth hob die Hände. »Bitte, Nana, nenn ihn nicht so. Ich weiß, du magst ihn nicht, aber er ist immer noch Bens Vater, und ich möchte nicht, dass du dir angewöhnst, so über ihn zu reden, weil Ben es garantiert irgendwann mitkriegt.«

Nana nickte mit einem verständnisvollen Lächeln. »Du hast vollkommen Recht«, murmelte sie. »Tut mir leid. Ich sage es nicht wieder. Aber was wolltest du mir sagen?«

»Erinnerst du dich, dass ich dir von dem Abend erzählt habe, als Keith Ben mit einem blauen Auge nach Hause gebracht hat? Du warst bei deiner Schwester ...« Nana nickte abermals, und Beth fuhr fort: »Gestern im Bett habe ich noch mal über die Situation nachgedacht. An dem Abend selbst ist es mir nicht aufgefallen, aber als Keith Logan gesehen hat, wollte er gar nicht wissen, wer er ist. Mir kam es so vor, als würde bei ihm ein Schalter umgelegt – er ist sofort ausgerastet und hat geschrien ›Was machen Sie hier?‹«

»Und?« Nana konnte ihr nicht ganz folgen.

»Die Art, wie er es gesagt hat, fand ich seltsam. Er war gar nicht übermäßig erstaunt, dass bei mir ein Mann auf der Veranda sitzt – nein, ihn hat es nur verblüfft, dass ausgerechnet Logan da sitzt. Als wäre Logan der letzte Mensch, mit dem er gerechnet hätte.«

»Was sagt Thibault?«

»Er hat noch gar nichts dazu gesagt. Aber irgendwie klingt das doch logisch, oder? Dass sie sich schon einmal über den Weg gelaufen sind, meine ich. Weil Logan ja auch denkt, dass Keith bei ihm eingebrochen ist.«

»Kann sein«, sagte Nana. Doch dann schüttelte sie den Kopf. »Ich weiß nicht recht. Hat Thibault erwähnt, wonach dein Exmann gesucht haben könnte?«

»Nein, er hat nur gesagt, dass es bei ihm nicht viel zu holen gibt.«

»Das ist eine Art, die Frage zu beantworten, ohne wirklich etwas zu sagen.«

»Stimmt.« Beth biss noch einmal von dem Toast ab, aber sie konnte unmöglich beide Scheiben essen.

Nana beugte sich zu ihr. »Und deswegen machst du dir Sorgen?«

»Ein bisschen schon.«

»Weil du das Gefühl hast, es gibt etwas, was er dir nicht sagen will?« Nana ließ nicht locker.

Als Beth schwieg, nahm Nana ihre Hand. »Ich finde, du machst dir wegen der falschen Dinge Gedanken. Vielleicht ist dein Exmann bei Thibault eingebrochen, vielleicht auch nicht. Aber das ist nicht so wichtig wie die Frage, ob Keith hinter den Kulissen gegen dich intrigiert hat. An deiner Stelle würde mich das viel mehr beschäftigen, weil es dich unmittelbar betrifft.« Sie schwieg für einen Moment, um ihre Worte wirken zu lassen. »Ich sage das, weil ich dich und Thibault öfter zusammen erlebe, und es ist nicht zu übersehen, wie gern er dich hat. Und ich glaube, er hat dir von seinen Verdächtigungen erzählt, weil er nicht will, dass ihm das Gleiche passiert wie den anderen Männern, die sich für dich interessiert haben.«

»Heißt das, du denkst, Logan hat Recht?«

»Ja, allerdings. Du nicht?«

Es dauerte eine Weile, bis Beth antwortete: »Doch, ich denke es auch.«

Aber wie konnte sie sich Gewissheit verschaffen? Das war gar nicht so einfach. Nach dem Gespräch mit ihrer Großmutter zog Beth Jeans und Regenmantel an und fuhr in die Stadt. Seit zwei Stunden goss es in Strömen, außerdem stürmte es – ein fast tropisches Unwetter, das von Georgia über South Carolina hierher gezogen war. Im Wetterbericht wurden bis zu zweihundert Millimeter Niederschlag in den nächsten vierundzwanzig Stunden vorausgesagt. Aber damit nicht genug – zwei weitere Stürme waren bereits im Golf von Mexiko angekommen. Sie würden demnächst ebenfalls North Carolina erreichen und noch mehr Regen mit sich bringen. Der heiße, trockene Sommer ging nun definitiv seinem Ende entgegen.

Beth konnte kaum durch die Windschutzscheibe sehen, obwohl sie die Scheibenwischer auf höchste Geschwindigkeit gestellt hatte. Die Gullys flossen über, und als sie sich der Innenstadt näherte, sah sie überall kleine Rinnsale, die in Richtung Fluss plätscherten. Der Fluss führte noch kein Hochwasser, aber lange würde das nicht mehr auf sich warten lassen, denn in einem Umkreis von achtzig Kilometern mündeten fast alle Nebenflüsse in ihn, und Beth vermutete, dass man schon bald mit Überschwemmungen rechnen musste. Die Stadt konnte damit gut umgehen; solche Unwetter gehörten hier in der

Region zum Leben. Die meisten Geschäfte waren weit genug vom Ufer entfernt, um den Wassermassen weitgehend zu entkommen, es sei denn, die Lage spitzte sich dramatisch zu. Die Straße zum Zwinger verlief allerdings parallel zum Fluss – da war die Situation natürlich problematischer. Bei schweren Regenfällen und vor allem bei einem Hurrikan stieg der Pegel manchmal so hoch, dass es riskant wurde, dort entlangzufahren. Heute drohte allerdings noch keine Gefahr. Doch es konnte durchaus sein, dass im Lauf der Woche bestimmte Vorsichtsmaßnahmen getroffen werden mussten.

Während der Fahrt ging Beth in Gedanken immer wieder das Gespräch mit Nana durch. Gestern Morgen war ihr alles noch so einfach vorgekommen, aber inzwischen konnte sie bestimmte Fragen einfach nicht mehr wegschieben. Fragen, die Keith betrafen – und Fragen, die Logan betrafen. Wenn es stimmte, dass sich Logan und Keith schon einmal begegnet waren, weshalb hatte Logan das dann nie erwähnt? Und was wollte Keith in Logans Haus? Als Sheriff hatte er Zugang zu allen möglichen persönlichen Daten, also konnte der Einbruch damit nichts zu tun haben. Sie konnte sich die Zusammenhänge nicht erklären.

Und Keith …

Was, wenn Nana und Logan Recht hatten? Angenommen, Keith hatte ihr tatsächlich nachspioniert – und je länger sie darüber nachdachte, desto glaubhafter erschien es ihr –, wie war es dann möglich, dass sie nie etwas davon gemerkt hatte?

Es fiel ihr nicht leicht, sich einzugestehen, dass sie ihn womöglich falsch eingeschätzt hatte. Sie verhandelte jetzt seit mehr als zehn Jahren mit ihm wegen Ben, und obwohl sie Keith nie für besonders charakterfest gehalten hatte, wäre sie doch nie auf die Idee gekommen, er könnte ihr Privatleben sabotieren. Was für ein Mensch war zu so etwas fähig? Und warum? Nanas Beschreibung – dass sie sein Spielzeug war und er sie mit niemandem teilen wollte – klang so plausibel, dass sich in ihr alles verkrampfte, wenn sie nur daran dachte.

Was sie allerdings am meisten wunderte, war, dass in dieser kleinen Stadt, in der man eigentlich nichts für sich behalten konnte, ihr diesbezüglich nie etwas zu Ohren gekommen war. Warum hatte keiner ihrer Freunde und Nachbarn sie je darauf angesprochen? Vor allem hätte sie gern gewusst, warum die betreffenden Männer so schweigsam gewesen waren. Und wieso hatten sie nie zu Keith gesagt, er solle sich gefälligst nicht einmischen?

Weil er ein Clayton war. Das musste der Grund sein. Diese Männer konnten sich nicht gegen ihn wehren – aus den gleichen Gründen, weshalb sie, Beth, ihn wegen Ben nicht unter Druck setzte. Manchmal war es leichter, einfach nachzugeben und mitzuspielen.

Wie sie diese Familie hasste!

Aber ging sie mit ihren Schlussfolgerungen nicht doch zu weit? Nur weil Logan und Nana vermuteten, dass Keith sie insgeheim manipulierte, hieß das noch lange nicht, dass es auch stimmte. Und deswegen machte sie jetzt diese Fahrt durch den Regen.

An der großen Kreuzung bog sie links ab. Sie kam durch ein älteres Viertel, das von schönen Villen mit großen, geräumigen Veranden dominiert wurde. Die Straßen waren von riesigen Bäumen gesäumt, die mindestens hundert Jahre alt waren. Schon als Kind hatte ihr dieser Stadtteil besonders gut gefallen. Traditionellerweise wurden die Häuser in der Weihnachtszeit außen wunderschön geschmückt, und die ganze Nachbarschaft verwandelte sich in eine malerische Winterwelt aus Tausenden von Lichtern.

Sein Haus befand sich etwa in der Mitte der Straße. Das Auto stand im Carport. Davor parkte noch ein zweiter Wagen, was vermutlich bedeutete, dass er Besuch hatte. Aber sie wollte ihr Vorhaben nicht verschieben. Sie hielt am Straßenrand, zog die Kapuze über den Kopf und stieg aus.

Entschlossen platschte sie durch die Pfützen, die sich auf dem Gehweg gebildet hatten, und ging die Stufen zur Veranda hinauf. Im Wohnzimmer brannte Licht, und sie konnte erkennen, dass im Fernsehen ein NASCAR-Rennen lief. Das war bestimmt der Wunsch seines Besuchs, denn freiwillig würde sich der Bewohner dieses Hauses so etwas nie anschauen. Er konnte nämlich NASCAR-Rennen nicht ausstehen, das wusste sie.

Sie klingelte und trat einen Schritt zurück. Als er im Türrahmen erschien, brauchte er keine Sekunde, um sie zu erkennen, trotz Regenmantel und Kapuze. Seine Miene drückte Überraschung und Neugier aus. Doch in seinem Blick lag noch etwas anderes, etwas, womit sie nicht gerechnet hatte: Angst.

»Beth! Was tust du hier?«

Wie ein gehetztes Tier blickte er die Straße hinauf und hinunter.

»Hallo, Adam.« Sie lächelte. »Hast du ein paar Minuten Zeit für mich? Ich würde gern etwas mit dir besprechen.«

»Im Moment passt es leider nicht so gut«, erwiderte er mit gedämpfter Stimme. »Ich habe Besuch.«

Wie aufs Stichwort rief eine Frauenstimme aus dem Hintergrund: »Wer ist denn da?«

»Bitte!«, murmelte Beth.

Er schien zu überlegen, ob er ihr einfach die Tür vor der Nase zumachen sollte, entschied sich dann aber dagegen und seufzte nur. »Eine Bekannte!«, rief er und sagte dann zu Beth: »Warte bitte einen Moment, okay?«

Doch schon erschien hinter ihm eine junge Frau. Sie hatte eine Flasche Bier in der Hand, trug enge Jeans und dazu ein sehr knapp anliegendes T-Shirt. Beth kannte sie flüchtig. War das nicht die Sekretärin aus Adams Kanzlei? Noelle hieß sie – oder so ähnlich.

»Was ist los?«, wollte Noelle wissen. An ihrem Tonfall merkte man, dass sie ihrerseits Beth ebenfalls erkannt hatte.

»Weiß ich nicht«, entgegnete Adam. »Sie ist einfach so vorbeigekommen.«

»Aber ich will unbedingt das Rennen sehen«, nörgelte Noelle und schlang besitzergreifend den Arm um seine Taille.

»Ich weiß«, sagte Adam. »Ich bin gleich wieder bei dir.« Er zögerte kurz, als er Noelles Schmollmund sah. »Versprochen!«

Klang er immer so wehleidig?, fragte sich Beth. Und wenn ja – weshalb war ihr das nie aufgefallen? Entweder hatte er es geschickt verborgen, oder sie wollte es damals überhören.

Adam trat jetzt auf die Veranda und zog die Tür hinter sich zu. An seinem Gesicht vermochte sie nicht abzulesen, ob er eher Angst hatte oder ob er wütend war. Vielleicht beides?

»Was ist denn so furchtbar wichtig?«, fragte er. Er hörte sich an wie ein schlecht gelaunter Teenager.

»Nichts ist furchtbar wichtig«, antwortete Beth. »Ich bin nur hier, weil ich dich etwas fragen muss.«

»Und das wäre?«

Mit einem eindringlichen Blick zwang sie ihn, sie anzusehen. »Ich möchte wissen, warum du dich damals nie mehr bei mir gemeldet hast.«

»Wie bitte?« Er trat von einem Fuß auf den anderen, unruhig wie ein junges Fohlen. »Soll das ein Witz sein?«

»Nein.«

»Ich habe mich nicht mehr gemeldet, weil – na ja, einfach so. Es hat nicht gefunkt zwischen uns. Tut mir leid. Bist du deswegen hier? Willst du, dass ich mich entschuldige?«

Auch jetzt klang er richtig nörgelig, und Beth fragte sich, was ihr eigentlich an ihm gefallen hatte.

»Nein, ich will nicht, dass du dich entschuldigst.«

»Was dann? Du weißt doch, ich habe Besuch.« Er zeigte mit dem Daumen über die Schulter. »Ich muss rein.«

Wieder schaute er die Straße hinauf und hinunter. Da begriff Beth, was sich in seinem Kopf abspielte.

»Du hast Angst vor ihm, stimmt's?«

Sie wusste, dass sie ins Schwarze getroffen hatte, obwohl er sich natürlich nichts anmerken lassen wollte.

»Angst vor wem? Was redest du für einen Quatsch?«

»Vor Keith Clayton. Meinem Exmann.«

Er öffnete den Mund, um etwas zu sagen, brachte aber keinen Ton heraus. Also schluckte er nur – und stritt dann alles ab. »Ich habe keine Ahnung, was du meinst.«

Sie machte einen Schritt auf ihn zu. »Was hat er getan? Hat er dich bedroht? Hat er dir Angst eingejagt?«

»Nein! Ich sage nichts dazu.« Adam wollte gehen, aber Beth packte ihn am Arm und schaute ihm wieder in die Augen. Seine Muskeln spannten sich an.

»Er hat dich bedroht, habe ich Recht?«

»Ich darf nicht darüber reden. Er …«

Klar, sie hatte vermutet, dass Logan und Nana Recht haben könnten, und ihre eigene Intuition hatte sie dazu gebracht, hierherzufahren. Trotzdem krampfte sich in ihrem Inneren abermals alles zusammen, als Adam den Verdacht indirekt bestätigte.

»Was hat er getan?«

»Das kann ich dir nicht sagen. Gerade du müsstest das am besten verstehen – besser als alle anderen. Du weißt doch genau, wie er ist. Er würde …«

Adam verstummte, als hätte er gemerkt, dass er sich schon verplappert hatte.

»Was würde er?«

Verzweifelt schüttelte ihr ehemaliger Freund den Kopf. »Gar nichts würde er.« Er straffte sich. »Wie gesagt – zwischen uns beiden hat es einfach nicht gefunkt. Das reicht doch als Erklärung, oder?«

Er öffnete die Tür und holte tief Luft. Wollte er vielleicht noch etwas hinzufügen?

»Bitte, komm nie wieder hierher«, sagte er nur.

Beth saß in der Schaukel auf der vorderen Veranda und starrte in den Regen hinaus. Ihre Kleider waren noch nass. Nana hatte sie in Ruhe gelassen und ihr nur eine Tasse heißen Tee und einen warmen, selbst gebackenen Erdnussbutterkeks gebracht, ohne sie mit Fragen zu löchern. Sie war überhaupt ungewöhnlich schweigsam gewesen.

Beth trank einen Schluck Tee. Erst da merkte sie, dass sie ihn gar nicht trinken wollte. Ihr war nicht kalt, denn trotz des unerbittlichen Regens blieb die Luft warm. Sie sah, wie weiße Nebelfinger über das Gelände krochen. Die Zufahrt schien in einem diffusen Graublau zu versinken.

Bald würde ihr Exmann hier sein. Keith Clayton. Immer wieder flüsterte sie seinen Namen. Er klang fast wie ein Schimpfwort.

Sie konnte es nicht glauben. Vielmehr doch – sie konnte es glauben, und sie glaubte es auch tatsächlich. Zwar hätte sie Adam am liebsten eine schallende Ohrfeige verpasst, weil er solch ein Feigling war, aber sie wusste, dass sie ihm eigentlich keinen Vorwurf machen durfte. Er war ein netter Junge, aber er war nicht der Typ, der bei einem Baseball- oder Basketballspiel als Erster für ein Team ausgewählt worden wäre. Dass er es fertigbringen könnte, ihrem Exmann zu widersprechen, war unvorstellbar.

Trotzdem hätte er ihr wenigstens verraten können, mit welchen Mitteln Keith Druck ausübte. Dann müsste sie nicht länger grübeln – obwohl es nicht besonders schwer war, sich selbst eine Erklärung auszudenken. Garantiert mietete Adam sein Büro von der Familie Clayton. Das galt für fast alle Firmen und Geschäfte in der Innenstadt.

Hatte Keith die Vermieterkarte ausgespielt? Oder den »Wir können dir das Leben schwermachen«-Trumpf? Oder hatte er sich als der Arm des Gesetzes präsentiert? Wie weit würde dieser Mann gehen?

Seit sie hier draußen saß, versuchte sie nachzurechnen, wie oft er zugeschlagen hatte. Allzu viele Männer waren es nicht, die den Kontakt zu ihr so abrupt abgebrochen hatten wie Adam, höchstens fünf oder sechs. Frank gehörte auch dazu. Wie lange war das her? Sieben Jahre? Verfolgte Keith sie schon so lange? Spionierte er auch jetzt hinter ihr her? Bei der Vorstellung wurde ihr richtig übel.

Und Adam …

Was war nur los mit diesen Männern, dass sie alle sofort klein beigaben und sich tot stellten, sobald Keith auftrat? Sicher, die Claytons waren extrem einflussreich, und ihr Ex arbeitete im Sheriff's Department, aber warum konnte sich keiner vor ihm aufbauen wie ein Mann? Wieso schafften sie es nicht, Keith zu sagen, er solle gefälligst die Klappe halten und sich um seinen eigenen Kram kümmern? Und warum waren sie nicht wenigstens zu ihr gekommen, um sie zu informieren? Aber nein, sie hatten den Schwanz eingezogen und sich aus dem Staub gemacht. Wenn man Keith und diese Typen betrachtete, konnte man nicht behaupten, dass sie mit der Auswahl ihrer Männer viel Glück gehabt hatte. Wie hieß das Sprichwort? Einmal ist keinmal, aber zweimal zählt doppelt? War es ihre Schuld, dass sie auf derart enttäuschende Männer hereinfiel?

Vielleicht. Andererseits – darum ging es jetzt nicht. Sie musste sich auf die Frage konzentrieren, weshalb

Keith hintenherum alle Strippen zog, um die Situation so hinzubiegen, wie er sie haben wollte. Als wäre sie sein Besitz.

Beim Gedanken daran überkam sie wieder dieser Brechreiz. Ach, wenn doch Logan hier wäre! Nicht, weil Keith gleich kam, um Ben abzuliefern. Dafür brauchte sie Logan nicht. Sie hatte keine Angst vor ihrem Exmann. Sie hatte noch nie Angst vor ihm gehabt, denn sie wusste, dass er im Grund seines Herzens nur ein kleiner Angeber war, und Angeber kuschten immer sehr schnell, wenn man ihnen Widerstand leistete. Deshalb fürchtete sich auch Nana nicht vor Keith.

Nein, sie sehnte sich nach Logan, weil er so gut zuhören konnte. Sie wusste, er würde sie einfach reden lassen und sie nicht unterbrechen, auch wenn sie ohne Pause auf ihn einquasselte. Er würde nicht versuchen, ihr eine Lösung für ihr Problem anzubieten, und auch nicht gelangweilt gähnen, selbst wenn sie zum hundertsten Mal sagte: »Ich kann's nicht fassen, dass er das tatsächlich getan hat.« Er würde ihr erlauben, sich ihren Kummer einfach von der Seele zu reden.

Andererseits wäre es wahrscheinlich gar nicht so gut, wenn sie ihre Wut bei ihm ablud. Sie hatte mehr Kraft, wenn sie innerlich weiter brodelte. Sie brauchte diese starken Gefühle, wenn sie Keith gegenübertrat. Gleichzeitig musste sie allerdings aufpassen, dass sie nicht die Kontrolle verlor. Wenn sie anfing zu schreien, würde Keith alles leugnen und davonstürmen. Aber sie wollte auf jeden Fall erreichen, dass er aufhörte, in ihre Privatsphäre einzugreifen – vor allem jetzt, da Logan zu ihrem Leben gehörte. Und gleichzeitig musste sie dafür sorgen, dass

Bens Wochenenden bei seinem Vater nicht noch unerfreulicher wurden, als sie ohnehin schon waren.

Nein, es war besser, dass Logan jetzt nicht neben ihr saß. Keith würde bei seinem Anblick sowieso überreagieren und Logan zu irgendwelchen Maßnahmen zwingen, die möglicherweise zu ungeahnten Schwierigkeiten führten. Wenn Logan ihren Exmann auch nur berührte, konnte das zur Folge haben, dass er für lange, lange Zeit hinter Gittern verschwand. Darauf musste sie ihn unbedingt hinweisen, damit er begriff, wie in Hampton gespielt wurde. Doch jetzt wollte sie erst mal ihr eigenes Problem mit Keith in Angriff nehmen.

In der Ferne tauchten die Scheinwerfer eines Autos auf. Anfangs sahen sie aus wie flüssiges Licht, aber je näher der Wagen kam, desto klarer wurden sie. Beth merkte, dass Nana zwischen den Vorhängen hindurchspähte, sich dann aber wieder zurückzog. Sie erhob sich aus der Verandaschaukel und trat an die Treppe. In dem Augenblick ging die Beifahrertür auf, und Ben stieg aus. Den Rucksack auf dem Rücken, tappte er sofort in eine tiefe Pfütze, so dass seine Schuhe nass wurden. Er schien es jedoch gar nicht zu merken, sondern stapfte unbeirrt die Verandastufen hinauf.

»Hey, Mom.«

Sie schloss ihn in die Arme, und Ben fragte gleich: »Gibt's zum Abendessen Spaghetti?«

»Klar, mein Schatz. Wie war das Wochenende?«

Er zuckte die Achseln. »Ach, du weißt doch.«

»Geh schon mal rein. Ich glaube, Nana hat Plätzchen gebacken. Und zieh bitte die Schuhe aus, okay?«

»Kommst du nicht?«

»Doch, gleich. Ich muss nur noch kurz mit deinem Vater reden.«

»Warum?«

»Keine Bange – es geht nicht um dich.«

Er schaute sie fragend an, aber sie legte ihm liebevoll die Hand auf die Schulter und schob ihn weiter. »Ich glaube, Nana wartet schon.«

Als Ben im Haus verschwunden war, ließ Keith das Fenster auf der Fahrerseite ein Stück herunter und rief Beth zu: »Das Wochenende war super! Lass dir von ihm keinen Quatsch erzählen.«

Er klang sehr selbstbewusst. Vermutlich, weil Logan nicht da war.

Sie machte einen Schritt in seine Richtung. »Hast du einen Moment Zeit?«

Keith zögerte kurz, stellte dann aber den Motor ab, stieg aus und rannte zur Veranda. Dort angekommen, schüttelte er übertrieben den Kopf, dass die Tropfen nur so flogen, und grinste Beth dabei an. Wahrscheinlich hielt er sich für sexy.

»Was gibt's?«, fragte er. »Wie gesagt – Ben und ich hatten ein tolles Wochenende.«

»Hast du ihn wieder gezwungen, die Küche zu putzen?«

Das Grinsen verschwand von seinem Gesicht. »Was willst du von mir, Beth?«

»Werd nicht gleich aggressiv. Ich habe dir nur eine Frage gestellt.«

Er musterte sie aufmerksam. Worauf wollte sie hinaus? »Ich schreibe dir doch auch nicht vor, was du mit Ben machen sollst, wenn er bei dir ist, und das Gleiche erwarte ich von dir. Also – was möchtest du mit mir besprechen?«

»Mehrere Dinge, ehrlich gesagt.« Obwohl er sie anwiderte, zwang sie sich zu einem Lächeln und zeigte auf die Verandaschaukel. »Möchtest du dich hinsetzen?«

Er schien überrascht. »Ja – meinetwegen. Aber nicht lange, weil ich heute Abend noch was vorhabe.«

Wie immer, dachte sie. Er hatte angeblich dauernd etwas vor. Ob es stimmte oder nicht, war unklar. Jedenfalls wollte er einen beschäftigten Eindruck erwecken. Seit der Scheidung redete er ständig so.

Sie nahmen beide in der Schaukel Platz. Keith lehnte sich zurück und breitete die Arme aus. »Sehr hübsch. Hast du die Schaukel aufgestellt?«

Beth rückte ein Stück von ihm fort, um so viel Abstand wie möglich zu halten.

»Nein. Logan.«

»Logan?«

»Logan Thibault. Er arbeitet jetzt im Zwinger. Erinnerst du dich an ihn? Du hast ihn schon mal gesehen.«

Keith rieb sich das Kinn. »Du meinst den Kerl, der neulich hier war?«

Als wüsste er nicht längst, vom wem sie sprach! »Ja, genau den meine ich.«

»Und – kann er gut putzen und Hundekacke einsammeln?«

Sie ignorierte den spöttischen Unterton. »Ja, allerdings.«

»Na, dann ist es ja gut – ich bin nur froh, dass ich so was nicht machen muss.« Er schaute Beth an. »Also – was gibt's?«

Während des Wartens hatte sie sich eine Strategie zurechtgelegt. »Es fällt mir nicht leicht …« Sie verstummte, weil sie wusste, dass sie dadurch seine Neugier weckte.

»Sag schon.«

Sie richtete sich auf. »Neulich habe ich mich mit einer Freundin unterhalten, und sie hat etwas gesagt, was ich ziemlich eigenartig fand.«

»Was denn?« Keith beugte sich näher zu ihr. Jetzt war er hellwach.

»Bevor ich es dir erzähle, muss ich aber noch sagen, dass es bestimmt nur ein Gerücht ist. Die Freundin einer Freundin einer Freundin hat etwas gehört, und so ist es dann schließlich bei mir gelandet, um mehrere Ecken sozusagen. Es geht um dich.«

Sein Interesse wuchs, das konnte sie ihm ansehen. »Ich höre.«

»Sie hat gesagt, dass du …« Beth stockte kurz, bevor sie noch einmal Anlauf nahm: »Sie hat gesagt, dass du mir früher nachspioniert hast, wenn ich mit einem Mann verabredet war. Und dass du den Männern gesagt hast, du willst nicht, dass sie mich wiedersehen.«

Sie schaute ihn absichtlich nicht an, aber aus dem Augenwinkel erkannte sie, wie seine Miene erstarrte. Nicht nur schockiert. Sondern schuldbewusst. Sie presste die Lippen fest aufeinander, um sich nicht zu verraten.

Doch dann entspannte sich sein Gesicht. »Ich kann's nicht fassen!« Er trommelte mit den Fingern auf sein Bein. »Wer hat dir das erzählt?«

»Ach, das spielt keine Rolle«, sagte sie mit einer wegwerfenden Handbewegung. »Du kennst sie nicht.«

»Ich wüsste es aber trotzdem gern.«

»Es ist nicht wichtig«, wiederholte Beth. »Außerdem stimmt es doch sowieso nicht, oder?«

»Natürlich stimmt es nicht. Wie kannst du auch nur andeutungsweise glauben, dass ich so was tun würde!«

Lügner!, protestierte sie innerlich, aber sie sagte nichts und wartete ab.

Kopfschüttelnd fuhr Keith fort: »So wie das klingt, solltest du bei der Wahl deiner Freundinnen besser aufpassen. Ehrlich gesagt, für mich ist es eine Beleidigung, dass wir überhaupt über so etwas reden.«

Wieder zwang sich Beth zu einem Lächeln. »Ich habe ihr gleich gesagt, dass es nicht stimmt.«

»Aber du wolltest dich versichern und mich persönlich fragen?«

Er klang ziemlich empört, und Beth nahm sich vor, noch vorsichtiger zu sein.

»Na ja, ich habe ja gewusst, dass du heute vorbeikommst«, antwortete sie betont beiläufig. »Und außerdem kennen wir uns schon so lange, dass wir wie erwachsene Menschen miteinander reden können.« Sie schaute ihn mit großen Augen an – wie das unschuldige Opfer eines dummen Gerüchts. »Macht es dir wirklich etwas aus, dass ich dich gefragt habe?«

»Nein, nein – aber trotzdem! Wer denkt sich denn so was aus?« Er machte einen frustrierten Eindruck.

»Ich nicht. Aber ansprechen wollte ich es trotzdem, weil ich gedacht habe, es interessiert dich, wie man hinter deinem Rücken über dich redet. Ich will nicht, dass die Leute so etwas über Bens Vater sagen, und das habe ich dieser Freundin auch klargemacht.«

Ihre Worte erzielten die gewünschte Wirkung: Keith plusterte sich auf, stolz und selbstgerecht.

»Danke, dass du mich verteidigt hast.«

»Da gab's nichts zu verteidigen. Du weißt doch, wie das ist mit Klatsch und Tratsch: der Giftmüll einer Kleinstadt.« Sie beschloss, das Thema zu wechseln. »Und – wie läuft es sonst? Was macht die Arbeit?«

»Wie immer. Und bei dir? Hast du in diesem Schuljahr eine nette Klasse?«

»Ja, ich habe es gut getroffen, glaube ich. Bisher jedenfalls.«

»Freut mich.« Er schaute zu seinem Auto. »Es gießt wirklich ohne Pause, was? Man kann kaum was sehen.«

»Allerdings. Dabei war's gestern am Strand noch so herrlich.«

»Du warst am Strand?«

Sie nickte. »Ja, Logan und ich sind ans Meer gefahren. Wir unternehmen in letzter Zeit öfter etwas gemeinsam.«

»Hm. Klingt, als würde es ernst.«

Sie warf ihm einen Seitenblick zu. »Sag jetzt nur nicht, meine Freundin hat doch Recht.«

»Nein, natürlich nicht.«

»Ich weiß. Ich wollte dich nur ein bisschen aufziehen.« Sie lächelte kokett. »Ehrlich gesagt – es ist noch nichts Ernstes. Aber er ist sehr charmant.«

Er legte die Handflächen aneinander. »Was sagt Nana dazu?«

»Wieso interessiert dich das?«

Keith setzte sich anders hin. »Na ja, so eine Situation kann kompliziert werden.«

»Inwiefern?«

»Er arbeitet hier. Und du weißt ja, wie die Gerichte heutzutage urteilen. Er könnte dich wegen sexueller Belästigung belangen.«

»Das würde er nie tun!«

»Glaub mir – das sagen alle.« Keith sprach betont langsam und geduldig, als müsste er einem kleinen Kind etwas erklären. »Aber denk doch mal nach. Er hat hier keine Wurzeln, und wenn er für Nana arbeitet, hat er vermutlich auch wenig Geld. Das soll keine Beleidigung sein. Vergiss eines nicht – deine Familie besitzt viel Land.« Er zuckte die Achseln. »Ich will nur sagen, dass ich mich an deiner Stelle in Acht nehmen würde.«

Wie aufrichtig er klingt!, dachte Beth. Wenn sie nicht über seine Machenschaften Bescheid gewusst hätte, wäre sie vielleicht sogar auf den Gedanken gekommen, dass er sie tatsächlich beschützen wollte. Ein treuer Freund, dem ihr Wohlergehen am Herzen lag. Dieser Mann sollte Schauspieler werden!

»Haus und Grundstück gehören Nana, nicht mir.«

»Du weißt genau, wie Anwälte sind.«

Das weiß ich allerdings, dachte sie. Ich werde nie vergessen, welche Tricks dein Anwalt angewandt hat, als es um das Sorgerecht ging. »Ich denke nicht, dass es ein Problem wird. Aber ich rede mal mit Nana darüber«, räumte sie ein.

»Gute Idee.« Er klang richtig arrogant.

»Und ich bin froh, dass ich mich in dir nicht getäuscht habe.«

»Wie meinst du das?«

»Ach, du weißt schon – es freut mich, dass es dir nichts ausmacht, wenn ich mit Logan zusammen bin.

Außer dass du denkst, es könnte ein juristisches Problem werden.«

»Ich würde nicht behaupten, dass es mir nichts ausmacht.«

»Aber du hast doch gerade gesagt, dass –«

»Ich habe gesagt, es ist mir egal, mit wem du dich abgibst. Und das stimmt auch. Aber es ist mir alles andere als gleichgültig, wer sich ins Leben meines Sohnes einmischt, weil mir Ben extrem wichtig ist.«

»Das ist ja auch gut so. Aber was hat er damit zu tun?«, fragte Beth.

»Denk doch mal nach, Beth ... Du hast ja keine Ahnung, was ich bei der Arbeit alles mitkriege, welchen Horror, meine ich. Ich bin dauernd mit brutalen Grausamkeiten konfrontiert, und deshalb mache ich mir natürlich meine Gedanken, wenn jemand oft mit meinem Sohn zusammen ist. Ich will sicher sein, dass derjenige nicht gewalttätig ist oder vielleicht sogar pervers –«

»Ist er nicht«, unterbrach Beth ihn. Sie spürte, wie ihr die Hitze ins Gesicht stieg. »Wir haben ihn überprüfen lassen.«

»Solche Informationen können gefälscht sein. Es ist gar nicht so schwierig, sich eine neue Identität zu basteln. Woher willst du wissen, ob er wirklich Logan heißt? Du kannst ja hier keinen fragen. Hast du überhaupt mit jemandem aus seiner Vergangenheit gesprochen? Mit einem Familienmitglied?«

»Nein ...«

»Siehst du. Ich sage ja nur, dass du vorsichtig sein musst.« Er zuckte die Achseln. »Und nicht nur wegen Ben. Auch deinetwegen. Es gibt viele schlechte Menschen auf der Welt, und sie sind nur deswegen nicht im Knast, weil sie ihre kriminellen Veranlagungen gut vertuschen.«

»Du redest ja so, als wäre er ein Verbrecher!«

»So meine ich es nicht. Vielleicht ist er ja der netteste, verantwortungsvollste Mensch auf der ganzen Welt. Aber du kannst es nicht wissen. Und solange du das nicht herausgefunden hast, ist es besser, übervorsichtig zu sein. Du liest doch Zeitung, du siehst die Nachrichten im Fernsehen. Das heißt, ich erzähle dir nichts Neues. Glaub mir, ich will nur verhindern, dass Ben etwas zustößt. Und ich möchte nicht, dass dir jemand wehtut.«

Beth wollte etwas erwidern, doch zum ersten Mal, seit sie mit Keith sprach, fiel ihr nichts ein.

KAPITEL 21

Clayton

Clayton beglückwünschte sich selbst, als er hinter dem Steuer saß.

Das Gespräch mit Beth war optimal gelaufen – vor allem, wenn man bedachte, wie es angefangen hatte. Jemand musste ihn verpetzt haben. Aber wer? Bekanntlich war es zwar in einer Kleinstadt wie Hampton vollkommen unmöglich, etwas zu verheimlichen, aber in seinem Fall war die Sache absolut wasserdicht. Außer den Männern, denen er wegen Beth ins Gewissen geredet hatte, wusste kein Mensch, was gelaufen war.

Steckte etwa einer *dieser* Typen dahinter? Schwer vorstellbar. Sie waren alle miteinander Feiglinge. Und jeder von ihnen hatte sich anschließend für eine andere Frau entschieden. Für sie gab es also keinen Anlass, etwas auszuplaudern. Selbst Adam, der Trottel, hatte eine neue Freundin gefunden. Weshalb sollte er plötzlich den Mund aufmachen?

Andererseits konnte es sich wirklich um ein Gerücht handeln. Vielleicht hatte jemand Verdacht geschöpft und eins und eins zusammengezählt: eine attraktive junge Frau – und aus unersichtlichen Gründen machten die Männer immer Schluss mit ihr. Moore oder Tony gegenüber hatte er schon mal Andeutungen gemacht – waren sie etwa belauscht worden? Aber konkrete Einzelheiten hatte er garantiert nicht ausgeplaudert, so dumm war er nicht. Er trank auch nie so viel, dass er die Kontrolle verlor. Schließlich wollte er keine Probleme mit seinem Vater bekommen. Gleichgültig, von wem die Mitteilung stammte – irgendjemand hatte Beth etwas erzählt.

Sie behauptete zwar, es sei eine Freundin gewesen, aber das nahm er nicht ganz ernst. Eventuell hatte sie das Geschlecht ihrer Informationsquelle verändert, um ihn auf die falsche Spur zu setzen. Mann oder Frau – beides schien möglich. Allerdings war er sich sicher, dass Beth es erst vor kurzem erfahren hatte. Er kannte sie nämlich gut genug, um zu wissen, dass sie unfähig war, so etwas länger für sich zu behalten.

Doch an dieser Stelle wurde die Angelegenheit undurchschaubar. Als er Ben am Samstagmorgen abholte, hatte sie nämlich nichts erwähnt. Den Tag über war sie, wie sie selbst zugab, mit Thai-bolt am Strand gewesen. Sonntag war er ihr in der Kirche begegnet, aber den Nachmittag hatte sie zu Hause verbracht.

War womöglich Nana die treibende Kraft? Die alte Frau nervte ihn schon lange. Genau wie Gramps. Seit vier oder fünf Jahren versuchte sein Großvater, Nana zum Verkauf ihres Grundstücks zu bewegen, damit er es in Bauland umwandeln konnte – es endete am South River, hatte also ein wunderschönes Flussufer, und auch die kleineren Bäche auf dem Gelände waren attraktiv. Die Leute, die aus dem Norden hierherzogen, wohnten gern am Wasser. Gramps nahm es allerdings in der Regel gelassen hin, dass Nana ihn immer wieder abwies. Anscheinend hatte er eine Schwäche für sie. Weil sie beide zur selben Kirchengemeinde gehörten? Dann müsste aber auch Nanas Einstellung zu Keith etwas freundlicher aussehen, denn er war ja ebenfalls ein Gemeindemitglied.

Im Grund roch die ganze Sache nach Thai-bolt. Aber woher sollte dieser widerliche Kerl wissen, dass er Beths Männer vertrieb? Sie waren sich nur zwei Mal begegnet! Er konnte es unmöglich herausgefunden haben. Aber was war mit dem Einbruch? Hatte er ihn bemerkt? Clayton überlegte kurz, verwarf den Gedanken aber gleich wieder. Für die ganze Aktion hatte er keine zwanzig Minuten gebraucht, weil er nicht einmal das Schloss knacken musste – der Bewohner war zu faul gewesen, die Haustür abzuschließen. Außerdem hatte er nichts mitgenommen. Wie sollte Thai-bolt da überhaupt auf die Idee kommen, dass bei ihm eingebrochen worden war? Und selbst wenn – es gab eigentlich keinen Grund, eine Verbindung zu Clayton herzustellen, oder?

Keith konnte alle diese Fragen nicht endgültig beantworten, aber der Gedanke, dass Thai-bolt etwas mit Beths Verdächtigungen zu tun haben könnte, ließ ihm keine Ruhe. Seit dieser Kerl in Hampton war, gab es nichts als Probleme. Er stand ganz oben auf seiner Liste von Personen, denen er klarmachen musste, dass sie hier nichts verloren hatten. Noch ein Grund mehr, ihn sich vorzunehmen.

Aber jetzt im Moment konnte er sich nicht damit abgeben. Nur gut, dass es ihm gelungen war, das Gespräch mit Beth so geschickt zu drehen. Es hätte auch in einer Katastrophe enden können. Er war völlig überrumpelt worden, hatte sich aber glänzend aus der Affäre gezogen und alles glaubwürdig abgeschmettert. Und außerdem hatte er Beth dazu gebracht, noch mal über diesen Thai-bolt nachzudenken. Das konnte man an ihrem Gesicht ablesen. Sie hatte jetzt auch endgültig begriffen, dass es ihm hauptsächlich um Ben ging. Wer weiß – vielleicht machte sie von sich aus mit ihrem neuen Verehrer Schluss, und Thai-bolt musste weiterziehen. Das wäre die ideale Lösung. Wieder einmal ginge eine von Beths Beziehungen in die Brüche, und der lästige Kerl wäre endlich von der Bildfläche verschwunden.

Clayton fuhr langsam, um innerlich das Gefühl des Triumphes noch ein wenig auszukosten. Sollte er sich zur Feier des Tages irgendwo ein Bier genehmigen? Nein, besser nicht. Am liebsten würde er natürlich von seinem Sieg erzählen. Aber wahrscheinlich war er heute überhaupt nur deswegen in Schwierigkeiten geraten, weil er irgendwann eine Anspielung gemacht hatte.

Er bog in die Straße ein, in der er wohnte, und fuhr an den vornehmen Villen vorbei, zu denen immer mindestens ein Viertelhektar Land gehörte. Sein Haus befand sich am Ende dieser Straße, seine Nachbarn waren lauter Ärzte und Anwälte. Er hatte es weit gebracht, das konnte man nicht leugnen.

In dem Moment sah er, dass jemand in seiner Einfahrt stand und wartete. Er drosselte das Tempo – und bemerkte den Hund. Entsetzt trat er auf die Bremse. Das konnte doch nicht wahr sein! Obwohl es immer noch sehr stark regnete, stieg er aus und ging direkt auf Thai-bolt zu.

Als sich Zeus knurrend auf ihn zubewegte, blieb Clayton erschrocken stehen. Doch dann hob Thai-bolt die Hand, und der Hund rührte sich nicht mehr vom Fleck.

»Was zum Teufel haben Sie hier verloren?«, rief Clayton laut, um den Regen zu übertönen.

»Ich warte auf Sie«, antwortete Thai-bolt. »Ich finde, es wird Zeit, dass wir miteinander reden.«

»Warum soll ich mit Ihnen reden?«

»Ich glaube, Sie wissen ganz genau, warum.«

Die Antwort gefiel Clayton überhaupt nicht. Aber von diesem Kerl wollte er sich nicht einschüchtern lassen. Jetzt nicht, und auch sonst nicht.

»Ich weiß nur so viel, dass man das, was Sie hier tun, als Hausfriedensbruch bezeichnet. Und Hausfriedensbruch ist strafbar.«

»Sie werden mich nicht verhaften.«

Genau das hatte Keith aber gerade in Erwägung gezogen. »An Ihrer Stelle wäre ich mir da nicht so sicher.«

Thai-bolt fixierte ihn mit ruhigem Blick, als wollte er ihn auffordern, seinen Worten Taten folgen zu lassen. Am liebsten hätte Clayton ihm einen Kinnhaken verpasst. Diese provozierende Miene! Einfach unerträglich. Aber wie immer war ihm der Höllenhund im Weg.

»Was wollen Sie von mir?«, fragte er.

»Wie gesagt – es wird Zeit, dass wir miteinander reden.« Thai-bolt klang ganz entspannt.

»Ich habe Ihnen nichts zu sagen!«, zischte Clayton. »Ich gehe jetzt ins Haus. Sollten Sie noch hier sein, wenn ich die Veranda erreiche, werde ich Sie verhaften – wegen Bedrohung eines Polizeibeamten mit einer tödlichen Waffe.«

Er machte kehrt und ging in Richtung Hauseingang.

»Sie haben die Speicherkarte nicht gefunden!«, rief ihm Thai-bolt nach.

Abrupt blieb Clayton stehen. »Wie bitte?«

»Die Speicherkarte«, wiederholte Thibault. »Die haben Sie doch gesucht, als Sie in mein Haus eingebrochen sind. Sie haben meine Schubladen gefilzt, meine Schränke durchwühlt und sogar unter der Matratze nachgeschaut.«

»Ich bin nicht in Ihr Haus eingebrochen.« Keith musterte seinen Gegenspieler mit zusammengekniffenen Augen.

»Doch, ich weiß es«, erwiderte dieser. »Letzten Montag, während ich bei der Arbeit war.«

»Das müssen Sie erst mal beweisen!«, kläffte Clayton.

»Ich habe sämtliche Beweise, die ich brauche. Der Bewegungsmelder, den ich im Kamin eingebaut habe, ist mit der Videokamera verbunden, und die ist im Kamin versteckt. Ich habe nämlich schon erwartet, dass Sie eines Tages nach der Speicherkarte suchen werden, aber ich wusste, auf den Gedanken, dort nachzusehen, kommen Sie bestimmt nicht.«

Claytons Magen krampfte sich zusammen. Bluffte Thai-bolt? Oder sagte er die Wahrheit? Er konnte es beim besten Willen nicht entscheiden.

»Sie lügen.«

»Wie Sie meinen. Ich bringe die Aufnahme gern zur Zeitung und ins Sheriff's Department.«

»Was wollen Sie von mir?«

»Das habe ich Ihnen doch bereits gesagt. Ich finde, es wird Zeit, dass wir miteinander reden.«

»Worüber?«

»Darüber, was für ein Mistkerl Sie sind.« Er sprach ganz langsam und betonte jedes einzelne Wort. »Darüber, dass Sie obszöne Aufnahmen von Studentinnen machen.

Was würde Ihr Großvater dazu sagen? Ich wüsste gern, was passiert, wenn er es erfährt. Oder wie sich die Zeitungsredaktion verhält, wenn man dort die Fotos sieht. Oder was Ihr Vater meint, wenn er hört, dass sein Sohn bei mir eingebrochen ist. Wenn ich richtig informiert bin, ist Ihr Vater der Sheriff, nicht wahr?«

Jetzt wurde Clayton regelrecht übel. Der Kerl konnte das alles doch gar nicht wissen – aber irgendwie wusste er es! »Was wollen Sie?«, fragte er noch einmal, und obwohl er sich große Mühe gab, es zu verhindern, klang seine Stimme höher und panisch.

Thai-bolt betrachtete ihn mit festem Blick. Clayton hätte wetten können, dass er noch kein einziges Mal geblinzelt hatte.

»Ich will, dass Sie ein besserer Mensch werden.«

»Ich habe keine Ahnung, wovon Sie reden.«

»Drei Punkte. Fangen wir mit Punkt eins an: Lassen Sie Elizabeth in Ruhe.«

Clayton stutzte. »Wer ist Elizabeth?«

»Ihre Exfrau.«

»Ach, Sie meinen Beth?«

»Seit der Scheidung vertreiben Sie alle Männer, die in ihre Nähe kommen. Das wissen Sie, und ich weiß es auch. Und Elizabeth weiß es jetzt ebenfalls. So etwas wird nicht mehr vorkommen. Nie wieder. Ist das klar?«

Clayton reagierte nicht.

»Punkt Nummer zwei – lassen Sie mich in Ruhe. Mein Haus, meine Arbeit, mein Leben. Verstanden?«

Wieder schwieg Clayton.

»Und Nummer drei. Sehr wichtig.« Er hob die Hand, als würde er einen imaginären Eid schwören. »Wenn Sie

Ihre Wut in irgendeiner Weise an Ben auslassen, bekommen Sie es mit mir zu tun.«

Claytons Nackenhaare sträubten sich. »Soll das etwa eine Drohung sein?«

»Nein«, erwiderte Thai-bolt. »Es ist die Wahrheit. Halten Sie sich an diese drei Punkte, und Sie bekommen keinen Ärger mit mir. Niemand wird erfahren, was Sie getan haben.«

Clayton knirschte mit den Zähnen.

Wortlos kam Thai-bolt auf ihn zu. Mit langsamen Schritten. Zeus blieb hinter ihm sitzen, aber man sah dem Hund an, wie frustrierend er das fand. Schließlich standen sich die beiden Männer Auge in Auge gegenüber. Thai-bolts Stimme war leise, aber unerbittlich.

»Merken Sie sich eines: Mit jemandem wie mir haben Sie noch nie zu tun gehabt. Ich glaube, Sie möchten mich nicht zum Feind haben.«

Mit diesen Worten drehte er sich um und ging. Zeus starrte immer noch Clayton an, bis er das Kommando hörte und hinter Thai-bolt hertrottete. Clayton blieb allein im Regen stehen und fragte sich, wie das geschehen konnte – es hatte so gut angefangen, und plötzlich lief alles schief.

KAPITEL 22

Thibault

»Ich glaube, ich werde mal Astronaut«, verkündete Ben.

Thibault und Ben spielten auf der hinteren Veranda Schach, und Logan plante gerade seinen nächsten Zug. Bisher hatte er noch keine einzige Partie gewonnen. Bestimmt war es ein schlechtes Zeichen, dass Ben plötzlich über etwas ganz anderes redete. In letzter Zeit spielten sie häufig Schach, denn seit Anfang Oktober regnete es jeden Tag von früh bis spät. Also seit neun Tagen, ohne Unterbrechung. Im Osten von North Carolina gab es bereits Überschwemmungen, und fast stündlich trat ein weiterer Fluss über die Ufer.

»Klingt gut.«

»Astronaut – oder Feuerwehrmann.«

Thibault nickte. »Ich kenne ein paar Leute, die bei der Feuerwehr sind.«

»Oder Arzt.«

»Hmmm.« Er griff nach seinem Läufer.

»Das würde ich nicht tun.«

Verdutzt blickte Thibault auf.

»Ich weiß, was du vorhast«, sagte Ben. »Aber das bringt nichts.«

»Und was soll ich deiner Meinung nach machen?«

»Das jedenfalls nicht.«

Entmutigt zog Thibault die Hand zurück. Verlieren fand er nicht schlimm. Aber wenn er permanent verlor – das war dann doch etwas anderes. Und er schien sich nicht zu verbessern. Im Gegenteil. Ben wurde jedes Mal souveräner. Die vorherige Partie war bereits nach einundzwanzig Zügen zu Ende gewesen.

»Soll ich dir mal mein Baumhaus zeigen?«, fragte Ben. »Es ist echt cool. Der Vorbau ragt über den Bach mit der Hängebrücke.«

»Ja, gern.«

»Aber nicht jetzt. Wann anders, meine ich.«

»Einverstanden.« Zögernd legte Thibault den Finger auf seinen Turm.

»Auch nicht besonders empfehlenswert«, murmelte Ben.

Logan runzelte die Stirn, während sich der Junge zurücklehnte und hinzufügte:

»Ich wollte es dir nur sagen.«

»Und was soll ich deiner Meinung nach machen?«, fragte Thibault wieder.

Ben zuckte die Achseln. »Mach doch, was du willst.« Jetzt klang er ganz wie der Zehnjährige, der er ja war. Und er sah auch so aus.

»Ich soll also weder mit dem Läufer noch mit dem Turm ziehen?«

Ben deutete auf eine andere Figur. »Aber auch nicht mit deinem zweiten Läufer. Wie ich dich kenne, versuchst du das nämlich als Nächstes, weil du deinen Springer schützen willst. Aber das hilft dir nicht weiter, weil ich den Läufer gegen meinen opfere, und dann schlage ich mit der Königin den Bauern hier. Damit ist deine Königin lahmgelegt, und nachdem ich mit dem König rochiert habe, ziehe ich mit meinem Springer. Dann noch zwei Züge, und du bist schachmatt.«

Nachdenklich rieb sich Thibault das Kinn. »Habe ich überhaupt noch eine Chance?«

»Nein.«

»Wie viele Züge bleiben mir noch?«

»Tja, wie gesagt – zwischen drei und sieben.«

»Vielleicht ist es besser, wir fangen wieder von vorn an.«

Ben schob seine Brille hoch. »Kann sein.«

»Das hättest du mir gleich sagen können.«

»Aber du hast dich so bemüht. Da wollte ich dich nicht entmutigen.«

Beim nächsten Spiel erging es Thibault auch nicht besser. Eher sogar noch schlechter, weil sich Elizabeth zu ihnen setzte. Die Unterhaltung über die verschiedenen Züge verlief genau wie vorher, und Thibault merkte, dass Bens Mutter ein Kichern unterdrücken musste.

In den vergangenen anderthalb Wochen hatte sich eine gewisse Routine eingespielt, auch wegen des ständigen Regens. Nach der Arbeit kam Thibault mit ins Haus, spielte ein paar Partien Schach mit Ben und blieb zum Essen. Zu viert saßen sie um den Tisch und unterhielten sich gut gelaunt. Anschließend ging Ben nach oben, um zu duschen, und Nana schickte Beth und Logan hinaus auf die Veranda, während sie in der Küche Ordnung machte. Dazu sagte sie Sprüche wie: »Aufräumen ist für mich so selbstverständlich wie für einen Affen, dass er keine Kleider trägt.«

Thibault wusste, dass Nana ihnen die Möglichkeit geben wollte, eine Weile ungestört zu sein, bevor er gehen musste. Es verblüffte ihn immer wieder, wie gut es ihr gelang, nicht mehr seine Vorgesetzte zu spielen, sobald der Arbeitstag zu Ende war. Mühelos schaffte sie es, in die Rolle der Großmutter seiner Freundin zu schlüpfen. Bestimmt gab es nicht allzu viele Menschen, die so etwas konnten.

Es war schon ziemlich spät, und Thibault wusste, dass er sich bald verabschieden sollte. Nana führte gerade ein Telefongespräch. Elizabeth war nach oben gegangen, um Ben Gute Nacht zu sagen, während Thibault schon auf der Veranda saß. Er spürte die Erschöpfung in seinen Schultern – seit der Konfrontation mit Clayton schlief er sehr wenig. An dem Abend selbst war er nach Hause gegangen, um Keith den Eindruck zu vermitteln, dass er den Rest des Abends dort verbringen wollte. Aber nachdem er die Lichter gelöscht hatte, kletterte er aus dem Schlafzimmerfenster und ging in den Wald. Zeus war natürlich bei ihm. Obwohl es goss, verbrachte Thibault den größten Teil der Nacht im Freien, um nach Clayton Ausschau zu halten. In der folgenden Nacht bewachte er Elizabeths Haus; in der dritten pendelte er zwischen den beiden Häusern hin und her. Der endlose Regen störte weder Zeus noch ihn übermäßig, denn er hatte zwei improvisierte Unterstände gebastelt, damit sie nicht allzu nass wurden. Allerdings fiel es ihm am nächsten Tag ziemlich schwer, zu arbeiten, nachdem er lediglich die letzten paar Stunden der Nacht geschlafen hatte. Inzwischen schob er nur noch jeden zweiten Abend Wache, litt aber trotzdem unter dem Schlafmangel.

Aber blieb ihm eine andere Wahl? Dieser Mann war unberechenbar, und Thibault hielt ständig die Augen offen, ob er Hinweise auf Claytons Anwesenheit entdecken konnte, während er bei der Arbeit war oder wenn er in der Stadt Erledigungen machte. Abends nahm er für den Heimweg immer wieder eine andere Strecke, oft rannte er quer durch den Wald und kontrollierte dann die Straße, um sich zu versichern, dass Clayton ihm nicht folgte. Angst hatte er nicht vor ihm, aber andererseits war er auch nicht naiv. Clayton gehörte nicht nur zur einflussreichsten Familie in Hampton County, er war auch Polizeibeamter, und deswegen machte sich Thibault am meisten Sorgen. Es war so einfach, irgendetwas in seinem Haus zu verstecken – Drogen, gestohlene Ware oder sogar eine Waffe, die bei einem Verbrechen verwendet wurde. Dann konnte Clayton behaupten, diese Dinge befänden sich in seinem, Thibaults, Besitz, und der nächste Schritt sah dann so aus, dass man die Beweismittel bei ihm entdeckte. Für den Deputy wäre das ein Kinderspiel, und jedes Gericht würde der Aussage eines Polizisten mehr Glauben schenken als der eines Unbekannten aus Colorado – gleichgültig, wie wackelig die Indizienkette war oder was für ein lupenreines Alibi er hatte. Dazu kamen noch die finanziellen Mittel und die Hausmacht der Claytons – und schon fanden sich auch genügend Zeugen, die Thibault alle möglichen Verbrechen anhängten.

Wäre Clayton zu so etwas fähig? Vermutlich schon. Aus dieser Überzeugung heraus war Thibaults Entschluss entstanden, vor seinem Haus auf ihn zu warten und ihm von der Speicherkarte und der Videoaufnahme zu erzählen. Beides existierte nicht – die Speicherkarte hatte er zerbrochen und weggeworfen, gleich nachdem er den Fotoapparat aus dem Gebüsch geangelt hatte, und der Bewegungsmelder mit Videokamera war nichts als eine geniale Erfindung. Aber er brauchte diesen Bluff, um für die Planung seiner Strategie Zeit zu gewinnen. Der Hass machte Clayton zu einem unkalkulierbaren Risikofaktor. Wenn er bereit war, in sein Haus einzubrechen, wenn er Elizabeths Privatleben so unverschämt kontrollierte, dann setzte er bestimmt auch sämtliche Tricks ein, um Thibault loszuwerden.

Die anderen Drohungen – mit der Zeitung und dem Sheriff's Department sowie die Andeutung, er könnte den Großvater informieren – dienten nur dazu, den Bluff zu untermauern. Clayton suchte die Speicherkarte, weil er fürchtete, Thibault könnte sie gegen ihn verwenden. Dass er davor Angst hatte, hing entweder mit seinem Job oder mit seiner Familie zusammen. Nachdem er am Sonntagnachmittag ein paar Stunden in der Bibliothek recherchiert hatte, vermutete Thibault, dass beide Faktoren eine Rolle spielten.

Aber wenn man bluffte, kam in der Regel irgendwann der Punkt, an dem der Bluff nicht mehr funktionierte. Wann würde Clayton dahinterkommen? In zwei Wochen? In einem Monat? Oder noch später? Und was würde er dann machen? Das vermochte niemand vorherzusagen. Noch glaubte Clayton, dass Thibault alle Trümpfe in der Hand hielt – was seine Wut und seinen Hass sicher steigerte. Und mit der Zeit konnte er sich bestimmt nicht mehr beherrschen und ließ seine Frustration an irgendjemandem aus – entweder an ihm oder an Elizabeth oder an Ben. Und wenn Thibault dann nicht die Speicherkarte ausspielte, gewann Clayton ganz klar wieder die Oberhand.

Ihm fiel keine Patentlösung ein. Er konnte sich nicht vorstellen, Elizabeth zu verlassen ... und auch Ben und Nana waren ihm inzwischen so ans Herz gewachsen, dass er unbedingt in ihrer Nähe bleiben wollte. Je länger er in Hampton lebte, desto stärker wurde sein Gefühl, dass er hierhergehörte. Das bedeutete, er musste Clayton möglichst aus dem Weg gehen. Vielleicht akzeptierte Elizabeths Ehemann ja nach einer Weile die Situation und funkte nicht mehr dazwischen. Zwar erschien ihm das eher unwahrscheinlich, aber für den Augenblick musste er sich an diesen Hoffnungsschimmer klammern.

»Du siehst aus, als wärst du mit deinen Gedanken weit weg«, sagte Elizabeth, die gerade durch die Fliegengittertür getreten war.

Thibault seufzte. »Ach, ich bin nur unglaublich müde. Das war eine harte Woche. Ich dachte immer, die Hitze ist anstrengend. Aber man kann ihr besser ausweichen. Bei diesem Dauerregen gibt es kein Entkommen.«

Sie setzte sich zu ihm in die Verandaschaukel. »Du wirst nicht gern klatschnass, stimmt's?«

»Na ja – sagen wir mal, es ist nicht das Gleiche wie ein erholsamer Urlaub.«

»Tut mir leid.«

»Macht nichts. Ich will mich auch gar nicht beklagen. Meistens stört mich der Regen nicht, und es ist immerhin besser, wenn ich nass werde und nicht Nana. Außerdem ist morgen Freitag.«

Sie lächelte. »Ja – und heute Abend bringe ich dich mit dem Auto nach Hause. Da dulde ich keinen Widerspruch.«

»Okay.«

Elizabeth spähte kurz durchs Fenster, ehe sie sich wieder Thibault zuwandte. »Du hast doch nicht geschwindelt, als du gesagt hast, du kannst Klavier spielen – oder?«

»Ich habe nicht geschwindelt.«

»Wann hast du das letzte Mal gespielt?«

Er zuckte die Achseln, überlegte dann aber doch. »Vor zwei oder drei Jahren.«

»Im Irak?«

»Ja, im Irak. Einer meiner Vorgesetzten hatte Geburtstag. Er liebte Willie ›The Lion‹ Smith – das ist einer der ganz großen Jazzpianisten aus den vierziger und fünfziger Jahren des letzten Jahrhunderts. Irgendjemand hat herausgefunden, dass ich Klavier spiele, und schon war ich dran.«

»Mitten im Krieg.« Elizabeth schüttelte ungläubig den Kopf.

»Sogar Marines brauchen mal eine Atempause.«

Sie strich sich eine Haarsträhne hinters Ohr. »Gehe ich recht in der Annahme, dass du auch Noten lesen kannst?«

»Ja, klar. Wieso fragst du? Möchtest du, dass ich Ben Klavierunterricht gebe?«

Sie schien ihm nicht zuzuhören, denn sie antwortete mit einer Gegenfrage, die völlig unvermittelt kam: »Wie hältst du's mit der Kirche? Gehst du je in den Gottesdienst?«

Thibault musterte sie erstaunt.

»Ich habe das Gefühl, hinter deinen Fragen steckt noch etwas anderes als nur der Wunsch, mich besser kennenzulernen.«

»Nana hat vorhin telefoniert, und ich habe zufällig gehört, was sie sagte. Du weißt doch – Nana singt im Chor, und der Chor ist ihr unheimlich wichtig. Und jetzt hat sie wieder angefangen, ab und zu einen Solopart zu übernehmen.«

Worauf wollte Elizabeth hinaus? Er ahnte es vage, hielt sich aber lieber bedeckt. »Ja, das weiß ich«, sagte er nur.

»Am kommenden Sonntag soll sie ein längeres Solo singen, und darauf freut sie sich riesig.«

»Und? Freust du dich nicht?«

»Doch, eigentlich schon.« Sie seufzte gequält. »Aber anscheinend ist Abigail gestern gestürzt und hat sich das Handgelenk gebrochen. Darüber hat sich Nana mit ihrer Freundin am Telefon unterhalten.«

»Wer ist Abigail?«

»Sie spielt in der Kirche immer Klavier. Jeden Sonntag begleitet sie den Chor.« Elizabeth begann zu schaukeln und starrte versonnen in den Regen. »Also, jedenfalls habe ich gehört, wie Nana gesagt hat, sie findet bestimmt einen Ersatz. Sie hat es sogar *versprochen*.«

»Und?«

»Und sie hat behauptet, dass sie schon jemanden weiß.«

»Aha.«

Elizabeth zuckte die Achseln. »Ich dachte, das interessiert dich vielleicht. Ich bin mir nämlich sicher, dass sie in ein paar Minuten rauskommt und dich fragt, aber ich wollte nicht, dass sie dich überrumpelt. Ich dachte, es ist besser, wenn ich schon mal vorfühle, ob du das überhaupt willst.«

»Sehr nett von dir.«

Danach schwieg er, bis Elizabeth es nicht mehr aushielt. Sie legte ihm die Hand aufs Knie und fragte:

»Also – was sagst du dazu?«

»Ich glaube fast, dass ich keine Wahl habe.«

»Unsinn, du kannst dich natürlich frei entscheiden. Nana würde dich doch niemals zu etwas zwingen.«

»Obwohl sie ihrer Freundin bereits versprochen hat, dass sie eine Vertretung findet?«

»Sie versteht das schon – nach einer Weile.« Beth presste die Hand aufs Herz. »Wenn ihr gebrochenes Herz wieder verheilt ist, wird sie dir sogar verzeihen.«

»Aha.«

»Und es schadet auch sicher nicht ihrer Gesundheit. Erst der Schlaganfall und dann so eine große Enttäuschung – aber sie steckt es bestimmt gut weg, ohne bettlägerig zu werden.«

Thibault musste grinsen. »Findest du nicht, dass du ein bisschen übertreibst?«

Elizabeths Augen blitzten übermütig. »Kann schon sein. Aber die Frage ist: Machst du's oder machst du's nicht?«

»Ich denke, ich mache es.«

»Gut. Und dir ist klar, dass du morgen mit Nana und dem Chor üben musst?«

»Auch das.«

»Vielleicht wird es eine ewig lange Probe. Die Freitagsproben ziehen sich immer. Diese Leute sind eben ernsthafte Musiker.«

»Großartig.« Er ächzte leise.

»Du musst das so sehen: Dann brauchst du wenigstens nicht den ganzen Tag im Regen zu arbeiten.«

»Großartig«, sagte er noch einmal.

Beth küsste ihn auf die Wange. »Ach, du bist ja so süß! Ich werde dir von der Kirchenbank aus stumm zujubeln.«

»Vielen Dank.«

»Ach – und wenn Nana dich gleich darauf anspricht, darfst du dir nicht anmerken lassen, dass ich dir schon alles erzählt habe.«

»Versprochen.«

»Und versuch doch bitte, so zu tun, als würdest du dich freuen und dich maßlos geehrt fühlen. Als könntest du dir nichts Schöneres vorstellen, als in der Kirche Klavier zu spielen.«

»Ich darf nicht einfach nur Ja sagen?«

»Nein. Nana will, dass du begeistert bist. Wie gesagt, für sie ist der Chor das Allerwichtigste.«

»Das habe ich inzwischen kapiert.« Er nahm Elizabeths Hand. »Weißt du was? Du hättest mich einfach ganz direkt fragen können. Das ist dir doch hoffentlich bewusst, oder? Dieses ganze Drumherum, bei dem man nur Schuldgefühle bekommt, ist vollkommen überflüssig.«

»Ich weiß«, sagte sie. »Aber so macht es mehr Spaß.«

Wie aufs Stichwort kam Nana nun auf die Veranda. Sie lächelte den beiden kurz zu, trat ans Geländer, blickte für eine Weile hinaus in den Regen und wandte sich dann Thibault zu.

»Spielst du eigentlich noch manchmal Klavier?«

Er musste sich zusammenreißen, um nicht laut loszulachen.

Am nächsten Nachmittag traf sich Thibault mit der Chorleiterin. Sie hatte anfangs Bedenken, weil er in Jeans, T-Shirt und mit langen Haaren vor ihr stand, aber es dauerte nicht lange, bis sie begriff, dass Thibault nicht nur ausgezeichnet Klavier spielte, sondern auch ein erfahrener, einfühlsamer Begleiter war. Er musste sich zwar ein bisschen einspielen, doch dann unterlief ihm kein einziger Fehler mehr. Dabei war es natürlich von Vorteil, dass die ausgewählten Stücke nicht besonders anspruchsvoll waren. Nach der Chorprobe kam der Pfarrer und erläuterte ihm den Ablauf des Gottesdienstes.

Nana strahlte Thibault an und erklärte ihren Freundinnen mit glänzenden Augen, dass er im Hundezwinger arbeite und mit Beth zusammen sei. Thibault spürte die Blicke der Frauen, die ihn neugierig musterten und insgesamt offensichtlich sehr angetan von ihm waren.

Auf dem Weg zur Tür hakte sich Nana bei ihm unter. »Du warst besser als eine Ente auf einem Stock«, sagte sie.

»Danke«, erwiderte er ratlos.

»Lust auf eine kleine Spazierfahrt?«

»Wohin?«

»Nach Wilmington. Wenn wir gleich aufbrechen, sind wir rechtzeitig zurück, und du kannst noch mit Beth essen gehen. Ich übernehme Ben.«

Er durchschaute ihre Pläne. »Was soll ich mir denn kaufen?«

»Einen Sportsakko und eine schicke Hose. Und ein eleganteres Hemd. Ich habe nichts gegen Jeans, aber wenn du am Sonntag in der Kirche auftrittst, musst du dich ein bisschen feiner anziehen.«

»Aha«, sagte er nur, weil er wusste, dass auch hier Widerstand absolut zwecklos war.

Später am Abend saß er mit Elizabeth im Cantina, einem mexikanischen Restaurant. Beth schaute ihn über den Rand ihrer Margarita hinweg lächelnd an.

»Ist dir klar, dass du jetzt der große Held bist?«, fragte sie.

»Für Nana?«

»Sie hat ohne Ende davon geschwärmt, wie gut du Klavier spielst und wie höflich und charmant du zu ihren Freundinnen warst und wie respektvoll du mit dem Pastor gesprochen hast.«

»So wie du das sagst, klingt es fast so, als hätte sie erwartet, dass ich mich wie ein Steinzeitmensch aufführe.«

Elizabeth lachte. »Vielleicht stimmt das ja. Wahrscheinlich warst du vorher völlig verdreckt.«

»Aber ich habe geduscht und mich umgezogen.«

»Das hat sie mir auch erzählt.«

»Und was hat sie *nicht* erzählt?«

»Dass die anderen Frauen im Chor zerflossen sind vor Bewunderung. Ich konnte es ihr am Gesicht ablesen. Schließlich kommt nicht jeden Tag ein wildfremder, gut aussehender junger Mann in ihre Kirche und spielt wunderschön Klavier. Wie sollen die Frauen da anders reagieren?«

»Ich glaube, du übertreibst.«

Beth fuhr mit dem Finger über den Glasrand und kostete das Salz. »Und ich glaube, du musst noch einiges lernen über eine Kleinstadt in den Südstaaten. Dass du spielst, ist für die Leute hier ein Riesenereignis. Seit fünfzehn Jahren sitzt immer nur Abigail am Klavier.«

»Aber ich übernehme ja nicht ihre Aufgabe. Ich vertrete sie doch nur vorübergehend.«

»Umso besser. Das gibt den Leuten die Möglichkeit, sich auf die eine oder die andere Seite zu schlagen. Darüber können sie dann noch jahrelang diskutieren.«

»Über so etwas diskutieren sie jahrelang?«

»Na klar! Außerdem wird man viel schneller akzeptiert, wenn man so etwas macht.«

»Ich will aber von niemandem akzeptiert werden – nur von dir.«

»Du alter Charmeur.« Sie grinste. »Also gut, wie wär's damit: Es wird Keith rasend machen.«

»Wieso?«

»Weil er auch zur Gemeinde gehört. Und bei deinem großen Auftritt wird er sich in Bens Begleitung befinden. Es raubt ihm bestimmt den letzten Nerv, wenn er sieht, wie begeistert alle Leute sind, weil du für Abigail einspringst.«

»Ich weiß nicht, ob ich möchte, dass er noch wütender wird, als er sowieso schon ist. Ich mache mir ja jetzt schon Sorgen seinetwegen.«

»Er kann dir doch nichts tun.«

»Ich wäre mir da nicht so sicher«, sagte Thibault mit warnender Stimme.

»Wieso sagst du das?«

Thibault ließ seinen Blick über die dicht besetzten Tische wandern. Elizabeth erriet seine Gedanken und rückte dichter zu ihm. »Du weißt etwas, was du mir nicht sagen willst«, flüsterte sie. »Was ist los?«

Thibault trank einen Schluck Bier, stellte die Flasche wieder auf den Tisch und schilderte ihr seine Begegnungen mit ihrem Exmann. Sie reagierte teils angewidert, teils amüsiert, aber am Schluss überwog ihre Besorgnis.

»Du hättest mir das schon früher erzählen sollen«, sagte sie mit gerunzelter Stirn.

»Ich habe es am Anfang nicht so ernst genommen – erst seit er bei mir eingebrochen ist.«

»Und du glaubst allen Ernstes, dass er fähig wäre, dir ein Verbrechen anzuhängen?«

»Ich kenne ihn besser als du, fürchte ich.«

Beth war der Appetit vergangen. »Und ich dachte, *ich* kenne ihn am besten.«

Weil Ben übers Wochenende bei seinem Vater war – eine Situation, die ihnen beiden angesichts der Umstände fast surreal erschien –, fuhren Thibault und Elizabeth am Samstag nach Raleigh. Dort konnten sie besser abschalten und mussten nicht ständig überlegen, was Keith Clayton wohl tun oder nicht tun würde. Am Nachmittag saßen sie lange in einem Straßencafé, anschließend gingen sie ins Naturkundemuseum, und gegen Abend fuhren sie weiter nach Chapel Hill. Die Footballmannschaft der University of North Carolina spielte gegen die Clemson Tigers aus South Carolina. Das Spiel fand in South Carolina statt, wurde aber von dem Sportsender ESPN im Fernsehen übertragen. In der Innenstadt waren sämtliche Lokale voll mit Studenten, die es auf riesigen Flachbildschirmen verfolgten. Sie jubelten, schrien und schimpften, als hinge die Zukunft der ganzen Welt vom Ausgang dieses Spiels ab. Thibault musste an ihre Altersgenossen denken, die jetzt im Irak stationiert waren, und er fragte sich, wie sie wohl auf diese Szenerie reagieren würden.

Sie blieben nicht lange. Nach einer Stunde wollte Elizabeth aufbrechen. Als sie eng umschlungen auf Umwegen zum Auto zurückgingen, lehnte sie den Kopf an seine Schulter.

»Das war sehr schön«, sagte sie. »Aber ich fand es doch ein bisschen zu laut da drin.«

»Das sagst du nur, weil du alt wirst.«

Sie drückte seine Hüfte. Wie angenehm, dass er nur aus Haut und Muskeln bestand. »Pass auf, was du sagst, Kleiner – sonst hast du heute Abend kein Glück bei mir.«

»Kleiner?«, wiederholte er.

»Bei mir ist das ein Kosewort. So nenne ich alle Männer, mit denen ich ausgehe.«

»Alle?«

»Ja, alle. Auch wildfremde Typen. Wenn mir zum Beispiel ein Mann im Bus seinen Platz anbietet, dann sage ich: ›Danke, Kleiner.‹«

»Das heißt vermutlich, ich sollte mich geehrt fühlen.«

»Allerdings!«

Sie schlenderten die Franklin Street entlang, fädelten sich zwischen den zahlreichen Studenten durch, die sich dort versammelt hatten, spähten in Schaufenster und ließen die allgegenwärtige jugendliche Energie auf sich wirken. Thibault verstand sehr gut, weshalb Elizabeth hierherkommen wollte. Wegen Ben hatte sie diese Atmosphäre kaum je genießen können. Was ihn allerdings am meisten beeindruckte, war, dass sie sich so wohlfühlte – ohne darüber zu klagen, dass ihr das alles entgangen war. Im Grund verhielt sie sich fast wie eine Anthropologin, eine Beobachterin, die eine neu entdeckte Zivilisation studiert. Als er ihr seine Gedanken mitteilte, verdrehte sie die Augen.

»Ruiniere mir bitte nicht den Abend. Ich denke überhaupt nichts Tiefschürfendes – ich wollte nur wegfahren und mich amüsieren.«

Später fuhren sie zu Thibault nach Hause, blieben noch lange wach, redeten, küssten sich zärtlich und schliefen miteinander. Als Thibault am nächsten Morgen aufwachte, merkte er, dass Elizabeth ihn anschaute.

»Was tust du?«, murmelte er verschlafen.

»Ich sehe dich an.«

»Wieso?«

»Weil ich Lust dazu habe.«

Lächelnd strich er mit dem Finger über ihren Arm und empfand eine tiefe Dankbarkeit, dass sie in sein Leben getreten war. »Du bist wunderbar, Elizabeth.«

»Ich weiß.«

»Ach, ja? Mehr hast du dazu nicht zu sagen als ›Ich weiß‹?«, fragte er mit gespielter Empörung.

»Werd jetzt bloß nicht kitschig. Ich kann kitschige Männer nicht ausstehen.«

»Und ich weiß nicht recht, ob ich Frauen mag, die ihre Gefühle verleugnen.«

Sie grinste und schmiegte sich an ihn. »Der Tag gestern war fantastisch.«

»Finde ich auch.«

»Ich meine es ernst. Die letzten Wochen waren die besten meines ganzen Lebens. Deinetwegen. Und gestern, das Zusammensein mit dir ... Du ahnst ja gar nicht, wie das für mich ist. Ich fühle mich dann wie ... wie eine Frau. Nicht wie eine Mutter oder eine Lehrerin oder eine Enkeltochter. Einfach nur wie ich selbst. Es ist schon sehr lange her, dass ich mich so gefühlt habe.«

»Aber wir haben doch schon öfter etwas gemeinsam unternommen.«

»Ja, klar. Aber jetzt ist es anders.«

Sie sprach über die Zukunft, das wusste er – eine Zukunft, die klarer und deutlicher vor ihnen auftauchte als je zuvor. Ja, er verstand genau, was sie meinte.

»Und was kommt jetzt?«, fragte er mit ernster Stimme.

Sie küsste ihn wieder. Ihre Lippen waren warm und feucht und verführerisch. »Jetzt stehen wir auf. Du musst in zwei Stunden in der Kirche sein.« Sie tätschelte seine Hüfte.

»Da haben wir doch noch massenhaft Zeit.«

»Du vielleicht. Aber ich bin hier, und meine Kleider sind zu Hause. Das heißt, du musst aufstehen und dich anziehen, damit ich genug Zeit habe, um mich anzuziehen.«

»Dieses Kirchenzeug ist ja die reinste Strapaze.«

»Stimmt«, sagte sie. »Aber du kannst nicht mehr zurück. Und soll ich dir was sagen?« Sie nahm seine Hand. »Du bist auch absolut wunderbar, Logan.«

KAPITEL 23

Beth

»Ich mag ihn sehr, Nana«, verkündete Beth.

Sie stand im Badezimmer und versuchte, mit dem Lockenstab eine Frisur zu zaubern. Allerdings hatte sie den Verdacht, dass der Regen das ganze Kunstwerk gleich wieder zunichtemachen würde. Am Tag zuvor hatte das Wetter ihnen eine kurze Erholungspause gegönnt, aber inzwischen näherte sich schon wieder der erste von zwei tropischen Stürmen.

»Ich finde, allmählich könntest du aufhören, mir etwas vorzumachen. Du magst ihn nicht nur – du denkst, er ist der Richtige.«

»Merkt man mir das an?«, fragte Beth verschämt.

»Ja, allerdings. Als würdest du auf der Veranda sitzen und Gänseblümchen zupfen.«

Beth musste grinsen. »Ob du's glaubst oder nicht – diese Metapher habe ich jetzt zur Abwechslung mal verstanden.«

Nana wedelte geringschätzig mit der Hand. »Ein blindes Huhn findet auch mal ein Korn. Aber was ich sagen wollte – ich weiß, dass du ihn magst. Die nächste Frage lautet: Mag er dich?«

»Ja, Nana.«

»Hast du ihn gefragt, was das bedeutet?«

»Ich weiß, was es bedeutet.«

»Ich wollte mich nur vergewissern.« Sie schaute in den Spiegel und zupfte ihre Haare zurecht. »Weil ich ihn nämlich auch mag.«

Sie fuhr mit Nana zu Logan, um ihn abzuholen. Unterwegs hatte sie richtig Angst, ihre Scheibenwischer könnten wegen des heftigen Regens den Geist aufgeben. Von den endlosen Unwettern war der Fluss stark angeschwollen. Zwar hatte er noch nicht die Straße erreicht, aber hier und dort schwappte er schon über die Ufer. Wenn es noch ein paar Tage so weiterging, mussten die ersten Strecken gesperrt werden. Die Geschäfte, die sich in der Nähe des Flusses befanden, würden versuchen, sich mit Sandsäcken zu schützen, damit ihre Ware nicht beschädigt wurde.

»Ich frage mich, ob es heute überhaupt jemand bis in die Kirche schafft«, murmelte Beth. »Man kann ja kaum durch die Windschutzscheibe sehen.«

»So ein bisschen Regen hindert die Leute doch nicht daran, in den Gottesdienst zu kommen«, erwiderte Nana.

»Das ist mehr als ein bisschen Regen. Hast du den Fluss gesehen?«

»Ja, er tobt schon richtig.«

»Und wenn er weiter steigt, kommen wir nicht mehr in die Innenstadt.«

»Wird schon gutgehen«, murmelte Nana.

Beth warf ihr einen Blick zu. »Du bist heute so positiv gestimmt.«

»Du etwa nicht? Du warst doch die ganze Nacht weg.«

»Nana!«, protestierte Beth.

»Ich habe nichts dagegen – ich wollte es nur ansprechen. Du bist erwachsen. Es ist dein Leben.«

Beth kannte die Sprüche ihrer Großmutter in- und auswendig. »Sehr nett, dass du das schon gemerkt hast.«

»Heißt das, es geht euch gut? Obwohl dein Exmann Ärger macht?«

»Ja, es geht uns gut.«

»Meinst du, er ist jemand für immer?«

»Es ist noch zu früh, um daran zu denken, glaube ich. Wir sind ja noch in der Kennenlernphase.«

Nana beugte sich vor, um das Kondenswasser von der Windschutzscheibe zu wischen. Die Feuchtigkeit verschwand zwar kurz, dafür blieben die Schmierspuren ihrer Finger am Glas. »Ich habe gleich gewusst, dass dein Großvater der Richtige ist.«

»Er hat mir mal erzählt, dass ihr euch ein halbes Jahr kanntet, ehe er dir einen Heiratsantrag gemacht hat.«

»Stimmt. Aber das heißt nicht, dass ich nicht schon früher Ja gesagt hätte. Mir war bereits nach ein paar Tagen sonnenklar: der oder keiner. Ich weiß, das klingt verrückt. Aber mit ihm war's wie Toast und Butter – von Anfang an.«

Sie lächelte selig. Die Augen halb geschlossen, hing sie ihren Erinnerungen nach. »Ich saß mal mit ihm im Park. Es war erst das zweite oder dritte Mal, dass wir allein unterwegs waren, und wir haben uns aus irgendeinem Grund über die Vögel unterhalten, die man dort beobachten kann. Da kam ein kleiner Junge auf uns zu, der eindeutig nicht von hier war. Er hatte ein ganz schmutziges Gesicht und keine Schuhe, und seine Kleider waren zerrissen und viel zu groß. Dein Großvater zwinkerte ihm zu, während er redete – er wollte dem Jungen zu verstehen geben, dass er ruhig bei uns bleiben konnte, wenn er wollte. Der Kleine hat sich so gefreut, und mich hat es sehr gerührt, dass dein Großvater ihn nicht nach seinem Aussehen beurteilte.« Nana schwieg für einen Moment, bevor sie fortfuhr: »Grandpa kannte die Namen sämtlicher Vögel hier in der Gegend, glaube ich. Er hat gewusst, ob sie Zugvögel sind und wo sie nisten und was für Töne sie von sich geben. Nach einer Weile setzte sich der Junge zu uns und staunte ihn voller Bewunderung an. Was dein Großvater erzählte, klang alles so … so spannend! Der Kleine wollte gar nicht mehr gehen, und auch ich war wie verzaubert. Diese sanfte, warme Stimme! Ich habe mir gedacht, er kann bestimmt nie länger als ein paar Minuten wegen irgendetwas böse sein. Das hat er nicht in sich. Und es stimmte. Wenn er sich ärgerte, hat sich das nie zu Wut oder Bitterkeit gesteigert, und ich habe schon damals im Park gewusst, dass er der Typ Mann ist, der sein Leben lang mit derselben Frau verheiratet sein wird. Und da habe ich beschlossen, dass ich diese Frau sein werde.«

Obwohl Elizabeth die Anekdoten aus Nanas Leben natürlich längst kannte, war sie doch immer wieder gerührt.

»Das ist wirklich eine wunderbare Geschichte.«

»Weil er ein wunderbarer Mann war. Und wenn ein Mann etwas Besonderes ist, merkst du das schneller, als du denkst. Du spürst es instinktiv und du weißt: Egal, was passiert, so einen wie ihn findest du nie wieder.«

Jetzt bog Beth in Logans Einfahrt. Er stand schon auf der Veranda, in einem neuen Sportsakko und frisch gebügelten Stoffhosen.

Als er winkte, strahlte sie über das ganze Gesicht.

Der Gottesdienst begann und endete mit Musik. Nanas Solo, von Logan am Klavier begleitet, wurde mit kräftigem Applaus belohnt. Der Pfarrer sprach beide persönlich an: Er dankte Logan dafür, dass er in letzter Minute eingesprungen war, und Nana, dass sie auch nach einer schweren Zeit mit ihrem Gesang Gott für seine Güte pries.

Die Predigt war sehr interessant. Im Mittelpunkt stand die demütige Erkenntnis, dass Gottes Werke für uns Menschen nicht immer leicht nachvollziehbar sind. Wie schon oft dachte Beth, dass dieser begnadete Pfarrer einer der Gründe war, weshalb die Kirchengemeinde ständig wuchs.

Von ihrer Bank auf der Empore konnte sie Nana und Logan gut sehen. Immer, wenn Ben das Wochenende bei seinem Vater verbrachte, saß sie auf diesem Platz, damit er wusste, wo er sie mit seinen Blicken finden konnte. Meistens drehte er sich während des Gottesdienstes zwei oder drei Mal zu ihr um, aber heute schaute er dauernd zu ihr, weil er so stolz darauf war, mit dem Pianisten befreundet zu sein.

Zu ihrem Exmann hielt Beth Abstand. Nicht, weil sie gerade dermaßen unerfreuliche Dinge über ihn erfahren hatte – obwohl das Grund genug gewesen wäre –, sondern um Ben die Situation zu erleichtern. Keith war eigentlich kein besonders frommer Mensch, aber in der Kirche benahm er sich immer so, als wäre Beths Anwesenheit für seine Familie eine Zumutung. Gramps saß in der ersten Reihe in der Mitte; rechts und links von ihm sowie in der Reihe hinter ihm hatten sich die restlichen Mitglieder des Clans versammelt. Von ihrem Platz aus beobachtete Beth, dass Gramps dem Pfarrer aufmerksam zuhörte, die zitierten Bibelpassagen mitlas, sich Notizen machte und bei den Chorälen lautstark mitsang. Von allen Claytons mochte Beth ihn am liebsten – er war ihr gegenüber immer fair gewesen und behandelte sie stets mit ausgesuchter Höflichkeit. Ganz anders als die übrige Sippe. Wenn sie sich nach der Kirche begegneten, machte er ihr oft Komplimente und lobte sie dafür, dass sie Ben so gut erzog.

Das meinte er ehrlich, aber gleichzeitig vermittelte er ihr auch noch eine andere Botschaft: dass sie auf keinen Fall am Status quo rütteln durfte. Gramps wusste, dass sie mit Ben viel besser umgehen konnte als Keith und es nur ihr zu verdanken war, wenn sich der Junge so prächtig entwickelte. Aber eines stand für ihn dennoch unverrückbar fest: Ben war ein Clayton und würde es immer bleiben.

Beth hatte Gramps sehr gern – trotz Keith, trotz der Familienehre, trotz allem. Ben mochte ihn auch, und oft dachte Beth, dass Gramps nur deswegen darauf bestand, dass Keith ihn mit Ben besuchte, weil er es dem Jungen ersparen wollte, das ganze Wochenende allein mit seinem Vater verbringen zu müssen.

All diese Gedanken traten diesmal allerdings in den Hintergrund, als sich Logan ans Klavier setzte. Sie hatte nicht geahnt, was sie erwartete. Es gab schließlich jede Menge Leute, die irgendwann Klavierunterricht genommen hatten und von sich behaupteten, sie könnten spielen. Aber Logan war ungewöhnlich musikalisch, das merkte jeder. Seine Finger bewegten sich leicht und mühelos über die Tasten. Die Noten, die vor ihm standen, schien er gar nicht zu benötigen. Und als Nana sang, konzentrierte er sich ganz auf sie, er ging auf ihr Tempo ein, auf ihren Rhythmus. Ihr Auftritt war ihm wichtiger als sein eigener.

Ob sie wollte oder nicht – Beth musste unwillkürlich an die Geschichte denken, die Nana ihr im Auto erzählt hatte. Während des restlichen Gottesdienstes passte sie nicht mehr richtig auf, sondern dachte an die Gespräche mit Logan, an seine Zärtlichkeiten, an seinen unverkrampften Umgang mit Ben. Zugegeben – es gab vieles, was sie noch nicht über ihn wusste, doch eines spürte sie ganz deutlich: Er ergänzte sie auf eine Art, wie sie es nie für möglich gehalten hätte. Wissen ist nicht alles, sagte sie sich. Wie hatte sich Nana ausgedrückt? Ja, genau: Er war der Toast zu ihrer Butter.

Nach dem Gottesdienst hielt sich Beth im Hintergrund und beobachtete amüsiert, dass die Kirchgänger Logan umschwärmten wie einen Rockstar. Nun gut, seine Fans bezogen fast alle längst Rente, aber soweit sie das beurteilen konnte, fühlte er sich von den Lorbeeren, mit denen er überschüttet wurde, durchaus geschmeichelt.

Doch dann merkte sie, dass er ihr flehentliche Blicke zuwarf, als wollte er sagen: *Bitte, erlöse mich.* Grinsend zuckte sie die Achseln. Nein, sie wollte die allgemeinen Lobeshymnen nicht stören. Sogar der Pfarrer wandte sich ein zweites Mal an ihn, um sich dafür zu bedanken, dass er eingesprungen war – und um ihn zu fragen, ob er nicht jeden Sonntag spielen könnte, bis Abigails Handgelenk wieder verheilt war. »Ich bin mir sicher, wir finden eine gute Lösung«, drängte der Pfarrer.

Am meisten staunte Beth jedoch, als auch Gramps, in Bens Begleitung, zu Logan trat. Als sei er Moses, der das Rote Meer teilt, machten alle sofort Platz, als er erschien. Ein Stück entfernt stand Keith und verfolgte die Szene mit einer Mischung aus Wut und Verachtung.

»Gut gemacht, junger Mann«, lobte Gramps und schüttelte Thibault die Hand. »Sie sind wirklich ein sehr begabter Musiker.«

An Logans Miene konnte Beth ablesen, dass er den alten Mann erkannte – aber wie war das möglich? Die beiden waren sich doch noch nie begegnet.

»Vielen Dank, Sir«, erwiderte er höflich.

»Er arbeitet bei Nana im Zwinger«, mischte sich Ben ein. »Und ich glaube, Mom und er sind zusammen.«

Plötzlich verstummten alle anderen ringsum. Nur hier und da war ein betretenes Hüsteln zu hören.

Gramps musterte Logan prüfend, und Beth hätte zu gern gewusst, was ihm dabei durch den Kopf ging. »Stimmt das?«, fragte er nur.

»Jawohl, Sir«, lautete Logans Antwort.

Gramps schwieg.

»Er war auch bei den Marines«, fügte Ben noch hinzu, ohne zu merken, welche Reaktionen er mit seinen Bemerkungen auslöste. Gramps schien erstaunt, als Logan bestätigend nickte.

»Ich war in Camp Pendleton, Sir.«

Nach einer bedeutungsschweren Pause nickte Gramps.

»Dann möchte ich Ihnen dafür danken, dass Sie unserem Land gedient haben. Und auch heute haben Sie Ihre Sache hervorragend gemacht.«

»Vielen Dank, Sir«, sagte Logan wieder.

»Du warst ja super höflich!«, sagte Beth, als sie zu Hause auf der Veranda saßen. Sie hatte gewartet, bis Nana außer Hörweite war. Der Rasen draußen sah aus wie ein flacher See, und es regnete ohne Unterbrechung weiter. Auf der Rückfahrt hatten sie Zeus bei Logan abgeholt. Er lag jetzt zu ihren Füßen.

»Warum sollte ich nicht höflich sein?«

Beth verzog das Gesicht. »Du weißt genau, was ich meine.«

»Gramps ist doch nicht dein Exmann.« Er zuckte die Achseln. »Ich glaube, er hat nicht die geringste Ahnung, was sein Enkel so treibt. Meinst du, ich hätte ihn darüber aufklären sollen?«

»Nein, natürlich nicht.«

»Da sind wir uns also einig. Aber ich habe gesehen, was für ein Gesicht dein Exmann gemacht hat, als ich mit seinem Großvater gesprochen habe. Als hätte er gerade einen Wurm verschluckt.«

»Dir ist das auch aufgefallen? Ich fand es unglaublich komisch.«

»Er ist bestimmt stocksauer.«

»Tja – er hat es nicht besser verdient. Nach allem, was er getan hat, soll er ruhig mal einen Wurm schlucken. Oder eine Kröte.«

Als Logan nickte, kuschelte sie sich an ihn. Er legte den Arm um sie und drückte sie liebevoll.

»Du hast wahnsinnig gut ausgesehen, da unten am Klavier.«

»Ehrlich?«

»Ich weiß, eigentlich dürfte ich in der Kirche nicht so weltliche Gedanken haben, aber ich konnte nicht anders. Du solltest öfter einen Sportsakko anziehen.«

»Für meinen Job brauche ich so was nicht.«

»Aber vielleicht für deine Freundin.«

Er tat verblüfft. »Ach – ich habe eine Freundin?«

Sie boxte ihn spielerisch und küsste ihn auf die Wange. »Danke, dass du nach Hampton gekommen bist. Und dass du beschlossen hast, hierzubleiben.«

Er grinste. »Ich konnte nicht anders.«

Zwei Stunden später, kurz vor dem Abendessen, kam Keiths Auto spritzend durch die Pfützen gefahren. Ben stieg aus, und noch ehe er die Veranda erreicht hatte, setzte Keith schon wieder zurück.

»Hey, Mom! Hey, Thibault!«

Logan winkte ihm zur Begrüßung zu, während Beth vor Freude aufsprang. »Hallo, mein Schatz.« Zärtlich schloss sie ihren Sohn in die Arme. »War's schön?«

»Heute musste ich nicht die Küche putzen und nicht mal den Müll raustragen.«

»Sehr gut.«

»Und soll ich dir was sagen?«

»Heraus mit der Sprache!«

Ben schüttelte das Wasser von seinem Regenmantel. »Ich würde gern Klavier spielen.«

Na, so eine Überraschung! Sie konnte sich ein Lächeln nicht verkneifen.

»Thibault?«

Logan blickte hoch. »Was gibt's?«

»Möchtest du mein Baumhaus sehen?«

Mit besorgter Stimme schaltete sich Beth ein. »Schätzchen, ich weiß nicht, ob das eine gute Idee ist – bei dem scheußlichen Wetter …«

»Kein Problem. Grandpa hat es gebaut. Und ich war erst vor zwei Tagen dort.«

»Seither ist das Wasser aber weiter gestiegen.«

»Bitte, Mom. Wir bleiben nur kurz. Und Thibault ist doch die ganze Zeit bei mir.«

Und obwohl sie wusste, dass sie es verbieten sollte, erklärte sich Beth einverstanden.

KAPITEL 24

Clayton

Clayton konnte es nicht fassen. Wie war das möglich, dass Gramps diesem Thai-bolt nach der Kirche Komplimente machte und ihm sogar die Hand schüttelte, als wäre er ein Superheld? Und Ben, sein Sohn, stand daneben und schaute mit großen Kulleraugen bewundernd zu Thai-bolt auf.

Nur mit Mühe hatte er den Brunch bei Gramps ohne ein Bier überstanden. Aber seit er Ben bei seiner Mutter abgeliefert hatte, trank er pausenlos. Mindestens vier Flaschen hatte er schon geleert. Garantiert schaffte er den ganzen Zwölferpack, bevor er ins Bett ging. In den letzten Wochen kippte er abends immer ein Bier nach dem anderen hinunter. Klar, das war nicht gesund, aber was blieb ihm anderes übrig – sonst hätte er nämlich dauernd an sein letztes Zusammentreffen mit Thai-bolt denken müssen.

Hinter ihm klingelte das Telefon. Schon wieder! Das vierte Mal in zwei Stunden. Aber er hatte absolut keine Lust, ranzugehen.

Okay, eins musste er zugeben: Er hatte diesen Mann unterschätzt. Thai-bolt war ihm von Anfang an immer einen Schritt voraus gewesen. Dass Ben wusste, welche

Knöpfe man drücken musste, um ihn auf die Palme zu bringen, war ihm schon lange klar – aber dieser Kerl drückte keine Knöpfe, um ihn zu reizen, er attackierte ihn mit Bomben. Nein, auch nicht mit Bomben, sondern mit zielgenauen Marschflugkörpern, die alle nur darauf ausgerichtet waren, Claytons Leben zu zerstören. Am meisten nervte ihn jedoch, dass er diese Angriffe nie vorausahnte. Kein einziges Mal war es ihm bisher gelungen.

Das fand er frustrierend. Sehr frustrierend sogar, zumal die Situation immer unerfreulicher wurde. Jetzt machte dieser Thai-bolt ihm schon Vorschriften. Er kommandierte ihn herum, als wäre er sein Angestellter. Und er, Clayton, sah keinen Ausweg. Bluffte Thai-bolt, wenn er sagte, er habe den Einbruch auf Video? Höchstwahrscheinlich. Es konnte gar nicht anders sein. So clever war niemand. Aber wenn es doch stimmte – was dann?

Clayton ging zum Kühlschrank, um sich noch ein Bier zu holen. Er durfte kein Risiko eingehen. Wer wusste schon, was dieser Kerl als Nächstes plante. Er trank einen großen Schluck in der Hoffnung, dass endlich der betäubende Effekt einsetzte.

Eigentlich musste die Lösung dieses Problems doch kinderleicht sein. Der Typ war neu in der Stadt, und Clayton war der Deputy. Er hatte die Macht. Aber stattdessen saß er in einer unordentlichen Küche – er hatte es nicht gewagt, Ben zu bitten, sie aufzuräumen. Aus Angst, der Junge könnte Thai-bolt davon erzählen. Bedeutete das etwa, dass er sein Leben ändern musste?

Was hatte dieser Mann nur gegen ihn? Das hätte er gern gewusst. Clayton machte doch keinen Stress – es war Thai-bolt, der damit angefangen hatte. Und um zusätzlich Salz in die offene Wunde zu reiben, ging er mit Beth ins Bett.

Clayton trank noch einen Schluck. Weshalb fühlte sich alles plötzlich derart beschissen an? In Selbstmitleid versunken, hörte er gar nicht, dass jemand an die Haustür klopfte. Als er es schließlich doch registrierte, stieß er sich vom Tisch ab und stolperte quer durchs Wohnzimmer zur Tür. Draußen stand Tony. Er sah aus wie eine durchnässte Ratte. Als hätte er nicht schon genug Probleme, dachte Clayton – jetzt kam auch noch dieser Wurm angekrochen!

Tony wich einen Schritt zurück. »Hey, Mann – ist alles okay? Du hast ja eine wahnsinnige Fahne!«

»Was willst du, Tony?« Er hatte keine Lust, über seinen Alkoholkonsum zu reden.

»Ich hab versucht, dich anzurufen, aber du nimmst nicht ab.«

»Sag endlich, warum du hier bist.«

»In letzter Zeit bekommt man dich nie zu sehen.«

»Ich habe viel zu tun. Und jetzt bin ich auch beschäftigt. Also – verschwinde.« Er wollte die Tür schließen, aber Tony hob die Hand.

»Warte mal! Ich muss dir was sagen«, winselte er. »Es ist wichtig.«

»Und? Was musst du mir sagen?«

»Erinnerst du dich noch, wie ich dich neulich mal angerufen habe? Ich weiß nicht mehr genau, wann das war, ich glaube, vor zwei Monaten ungefähr.«

»Nein.«

»Doch – ich war in der Poolhalle, und da kam dieser Typ anspaziert und hat ein Foto von Beth rumgezeigt.«

»Und weiter?«

»Deshalb bin ich ja hier.« Er strich sich die feuchten Haare aus der Stirn. »Ich habe ihn heute wieder gesehen. Er hat sich mit Beth unterhalten.«

»Wovon redest du?«

»Nach der Kirche. Er hat mit deiner Exfrau und deinem Großvater gesprochen. Ich meine den Mann am Klavier.«

Clayton merkte, wie sein Kopf plötzlich ganz klar wurde, obwohl er so viel Bier intus hatte. Genau! Tony hatte ihn an dem Wochenende angerufen, als Thai-bolt die Kamera mit der Speicherkarte eingesteckt hatte.

»Bist du dir sicher?«

»Ja, absolut. So wie der aussieht, kann man sich nicht irren.«

»Er hatte ein Foto von Beth?«

»Das habe ich doch gerade gesagt. Ich hab's gesehen. Ich fand das gleich ziemlich komisch. Und heute sehe ich die beiden zusammen. Da habe ich gedacht, das interessiert dich bestimmt.«

Clayton nickte nachdenklich. »Was für ein Foto war das? Kannst du dich daran erinnern?«

Tony, der Wurm, hatte ein erstaunlich gutes Gedächtnis, und es dauerte nicht lange, bis Clayton sämtliche Einzelheiten aus ihm herausgeholt hatte. Das Bild war vor ein paar Jahren auf dem Rummelplatz aufgenommen worden. Thai-bolt hatte nicht gewusst, wie die Frau hieß. Aber er wollte sie finden.

Nachdem Tony gegangen war, saß Clayton lange auf dem Sofa und überlegte.

Es schien ihm völlig unglaubwürdig, dass Thai-bolt vor fünf Jahren in Hampton gewesen war und Beths Namen nicht mehr wusste. Woher hatte er also das Foto? War er quer durchs Land gelaufen, um sie zu suchen? Und wenn ja – warum?

War er ein Stalker?

Clayton konnte noch nicht genau sagen, was dahintersteckte, aber irgendetwas stimmte hier nicht. Und Beth hatte, naiv wie immer, diesen Kerl nicht nur zu sich ins Bett gelassen, sondern auch in Bens Leben.

Das gefiel ihm ganz und gar nicht. Und er war sich ziemlich sicher, dass auch Beth nicht besonders entzückt sein würde, wenn sie es erfuhr.

KAPITEL 25

Thibault

»Das ist es also?«

Obwohl die Bäume etwas Schutz boten, war Thibault völlig durchnässt, als er mit Ben beim Baumhaus ankam. Das Wasser tropfte von seinem Regenmantel, und seine neue Hose war von den Knien abwärts völlig durchnässt. Die Socken in seinen Stiefeln fühlten sich unangenehm feucht an. Ben hingegen steckte in einem Regenanzug mit Kapuze, und an den Füßen trug er Nanas Gummistiefel. Außer im Gesicht merkte er wahrscheinlich gar nichts von dem Regen.

»Es ist super, findest du nicht?« Ben deutete auf eine Eiche nicht weit vom Ufer. An ihrem Stamm war eine improvisierte Leiter aus Brettern angebracht. »Wir müssen nur die Baumleiter hochklettern, damit wir auf die Brücke kommen.«

Beunruhigt stellte Thibault fest, dass der Bach schon mindestens doppelt so breit war wie sonst und eine enorme Strömung hatte.

Die kleine Brücke bestand aus drei Teilen: Eine nicht besonders stabil wirkende Konstruktion aus Seilen und Brettern führte von der Eiche bis zu einer Plattform mitten im Bach, die von vier Pfählen getragen wurde. Und diese Plattform war wiederum durch einen zweiten Hängebrückenteil mit dem Baumhaus am anderen Ufer verbunden, das einen kleinen Vorbau hatte. Wegen des Hochwassers hatten sich zwischen den Pfählen lauter Äste und undefinierbare Abfälle verfangen. Hoffentlich halten die Pfähle dem Regen und der verstärkten Strömung überhaupt stand!, dachte Thibault. Aber bevor er etwas sagen konnte, war Ben schon die Baumleiter hinaufgeklettert und grinste auf ihn herunter.

»Komm mit! Worauf wartest du noch?«

Thibault hob den Arm, um sein Gesicht gegen die Nässe zu schützen. Auf einmal bekam er es mit der Angst zu tun. »Ich weiß nicht, ob das so eine gute Idee ist –«

»Feigling!«, lachte Ben und lief los. Die Brücke schwankte bedenklich.

»Warte!«, rief Thibault, aber der Junge hörte ihn nicht mehr. Er war bereits bei der Plattform angekommen.

Also blieb Thibault nichts anderes übrig, als ebenfalls die Baumleiter hinaufzuklettern. Vorsichtig betrat er die Hängebrücke. Die durchnässten Bretter ächzten unter seinem Gewicht. Ben sah, dass er ihm folgte, und eilte weiter zu seinem Baumhaus. Der Vorbau knarzte unüberhörbar, als er ihn betrat, gab aber nicht nach. Mit einem breiten Grinsen auf dem Gesicht drehte sich der Junge zu ihm um.

»Komm zurück! Ich glaube nicht, dass die Brücke mich trägt. Ich bin zu schwer!«, rief Thibault.

»Sie hält ganz bestimmt. Mein Grandpa hat sie gebaut.«

»Bitte, Ben!«

»Feigling!« Der Junge lachte wieder.

Offensichtlich betrachtete Ben die ganze Unternehmung als Abenteuerspiel. Nach einem prüfenden Blick kam Thibault zu dem Schluss, dass die Brücke ihn eventuell aushielt, wenn er sich langsam bewegte. Ben war gelaufen – das bedeutete ja auch eine hohe Belastung. Konnte er es wagen?

Die Bretter waren garantiert schon sehr morsch. Plötzlich musste Thibault an das Foto in seiner Tasche denken. Das Wasser unter seinen Füßen wirbelte, gurgelte und rauschte in einem bedrohlichen Tempo.

Er durfte keine Zeit verlieren. Nach der Plattform in der Mitte betrat er den zweiten Abschnitt der Hängebrücke. Das Foto in seiner Tasche fühlte sich an, als würde es brennen. Dass der Vorbau des Baumhauses sie beide tragen würde, konnte er sich nicht vorstellen.

»Geh schon mal rein!«, rief er Ben zu. Er bemühte sich, nicht allzu besorgt zu klingen. »Du musst nicht im Regen auf einen alten Mann wie mich warten.«

Zum Glück fand Ben diese Bemerkung lustig und verkroch sich in seiner Hütte. Thibault atmete erleichtert auf und machte einen Riesenschritt, um gleich ins Baumhaus zu gelangen, ohne den wenig vertrauenerweckenden Vorbau zu betreten.

»Hier bewahre ich meine Pokémon-Karten auf«, erklärte Ben und deutete auf die Dosen in der Ecke. »Ich habe ein paar ganz wertvolle, zum Beispiel die Charizard-Karte und die Mewtow-Karte.«

»Klingt toll.« Thibault wischte sich das Gesicht ab und setzte sich auf den Fußboden. Um ihn herum bildeten sich lauter kleine Wasserpfützen.

Er musterte den Raum. In einer Ecke lagen verschiedene Spielsachen. Die Fensteröffnung war nicht verglast, deshalb regnete es herein, und die unlackierten Bodenbretter saugten sich voll. Das einzige Möbelstück war ein Sitzsack auf der anderen Seite.

»Das ist mein Versteck«, sagte Ben und ließ sich auf den Sack fallen.

»Sehr schön.«

»Ich komme immer hierher, wenn ich sauer bin. Wenn die anderen in der Schule gemein zu mir sind.«

Thibault lehnte sich an die Wand. »Was machen sie, wenn sie gemein sind?«

»Ach, alles Mögliche.« Er zuckte die Achseln. »Sie ärgern mich, weil ich nicht so gut Basketball spiele oder weil ich eine Brille habe.«

»Das ist sicher blöd.«

»Mir macht es nichts aus.«

Ben schien gar nicht zu merken, dass er sich widersprach.

»Was gefällt dir hier besonders?«, fragte Thibault.

»Dass ich meine Ruhe habe«, antwortete Ben. »Wenn ich hier bin, fragt mich keiner was, und ich muss nichts machen. Ich kann einfach dasitzen und denken.«

Thibault nickte. »Das verstehe ich.« Durchs Fenster sah man, dass der Wind stärker wurde. Der Regen fiel jetzt fast waagrecht.

»Und was denkst du dann, zum Beispiel?«

Wieder zuckte Ben die Achseln. »Wie das ist, wenn man älter ist und so. Wenn man erwachsen wird.« Und nach einer kurzen Pause fügte er hinzu: »Ich wäre gern größer.«

»Wieso?«

»In meiner Klasse ist ein Junge, der nervt mich dauernd. Er ist echt ein Idiot. Gestern hat er mich in der Schulcafeteria umgeschubst.«

Das Baumhaus wurde von einer Windböe erfasst und schwankte gefährlich. Abermals hatte Thibault das Gefühl, als würde das Foto brennen. Instinktiv griff er in die Tasche. Er verstand diesen Impuls zwar nicht, aber ohne lange zu überlegen, zog er es heraus.

Draußen heulte der Sturm, die Zweige schlugen gegen die Bretter. Mit jeder Minute schien das Wasser höher zu steigen. Plötzlich sah Thibault vor seinem inneren Auge, wie der Vorbau des Baumhauses ins Wasser stürzte und Ben in den tosenden Fluten versank.

»Ich möchte dir etwas geben«, sagte Thibault. Die Wörter kamen völlig ungeplant aus seinem Mund. »Das hilft dir und beschützt dich, glaube ich.«

»Was ist das?«

Thibault schluckte. »Ein Foto von deiner Mom.«

Er gab Ben das Bild, und der Junge betrachtete es neugierig. »Und was soll ich damit machen?«

Thibault beugte sich vor und tippte mit dem Finger an den Bildrand. »Du trägst es einfach nur bei dir. Mein Freund Victor hat gesagt, es ist ein Glücksbringer und hat mich im Irak beschützt.«

»Wirklich?«

Das war die entscheidende Frage, nicht wahr? Thibault nickte. »Wirklich.«

»Cool!«

»Tust du mir einen Gefallen?«

»Was?«

»Behältst du es für dich, dass ich dir das Bild gegeben

habe? Und du musst mir versprechen, dass du es immer bei dir trägst.«

Ben überlegte. »Darf ich es knicken?«

»Ja, klar.«

»Okay.« Er faltete das Bild zusammen und steckte es ein. »Danke.«

Es war das erste Mal seit mehr als fünf Jahren, dass er das Foto nicht bei sich hatte. Sonst war es nie weiter von ihm entfernt gewesen als die paar Schritte bis zur Dusche oder zum Waschbecken. Er fühlte sich richtig verunsichert. Damit hatte er nicht gerechnet. Während er voller Anspannung beobachtete, wie Ben die Brücke überquerte, unter ihm die rauschenden Wassermassen, wurde dieses Gefühl des Verlusts noch stärker. Auf der anderen Seite angekommen, winkte der Junge ihm lächelnd zu und kletterte dann die Baumleiter hinunter. Jetzt war Thibault an der Reihe. Er musste möglichst schnell ans andere Ufer gelangen.

Schutzlos fühlte er sich den Elementen ausgeliefert, während er bedächtig einen Fuß vor den anderen setzte. Er wollte gar nicht daran denken, dass die Brücke gleich einstürzen könnte – er trug das Foto ja nicht mehr bei sich. Als er die Eiche auf der anderen Seite berührte, atmete er auf. Aber während er nach unten kletterte, hatte er wieder das sichere Gefühl, dass seine Aufgabe hier noch nicht abgeschlossen war, sondern jetzt erst begann.

KAPITEL 26

Beth

Es war Dienstag, um die Mittagszeit. Beth starrte aus dem Fenster ihres Klassenzimmers. So etwas hatte sie noch nie gesehen – die üblichen Hurrikane und Regengüsse aus dem Nordosten konnten nicht mithalten mit den Unwettern, die seit Tagen Hampton County und alle anderen Bezirke von Raleigh bis zur Küste heimsuchten. Im Gegensatz zu den meisten tropischen Stürmen zogen sie nicht aufs Meer hinaus, sondern blieben hängen, ein Regentag folgte dem nächsten, so dass fast alle Flüsse im östlichen Teil des Bundesstaates über die Ufer traten. In den kleineren Städten, die am Pamlico, Neuse oder Cape Fear River lagen, watete man bereits knietief im Wasser, und auch Hampton war bedroht. Noch mal vierundzwanzig Stunden mit solchen Niederschlagsmengen, und man konnte die meisten Geschäfte im Stadtzentrum nur noch mit einem Boot erreichen.

Die Bezirksverwaltung hatte entschieden, die Schulen für den Rest der Woche zu schließen, weil die Busse nicht mehr die üblichen Strecken abfahren konnten und weil nur gut die Hälfte der Lehrer überhaupt zum Unterricht erschienen war. Ben fand es natürlich toll, dass er vom nächsten Tag an zu Hause bleiben und mit Zeus in den riesigen Pfützen herumtoben konnte, aber Beth machte sich Sorgen. In der Zeitung und in den Lokalnachrichten im Fernsehen wurde berichtet, der South River habe schon jetzt einen gefährlich hohen Pegelstand erreicht, man müsse aber mit noch viel schlimmeren Überschwemmungen rechnen, weil die Flüsse, die in den South River mündeten, die Situation noch verschärften. Die beiden Bäche auf dem Zwingergelände waren normalerweise einen halben Kilometer entfernt, aber jetzt konnte man sie sogar vom Haus aus sehen, und Logan musste aufpassen, dass Zeus nicht zu nah ans Wasser ging, weil sehr viel Müll angeschwemmt wurde.

Im Schulhaus eingesperrt zu sein, war schwierig für die Kinder. Das war einer der Gründe, weshalb Beth im Klassenzimmer geblieben war. Nach dem Mittagessen kamen die Schüler wieder hierher, und theoretisch sollten sie dann etwas ausmalen oder zeichnen oder lesen, statt draußen Ball oder Fangen zu spielen. Aber eigentlich brauchten sie Bewegung, denn sie mussten sich ja irgendwie abreagieren, das wusste Beth. Seit Jahren versuchte sie durchzusetzen, dass man an Tagen wie diesen einfach in der Schulcafeteria die Tische wegräumte, damit die Kinder dort zwanzig Minuten lang spielen und herumrennen konnten, denn sonst war es für sie unmöglich, sich zu konzentrieren, wenn der Unterricht wieder begann. Das gehe leider nicht, teilte man ihr jedes Mal mit, da gebe es Vorschriften, Haftungsprobleme, Schwierigkeiten mit der Hausmeistergewerkschaft und ungeklärte Gesundheits- und Sicherheitsfragen. Als sie wissen wollte, was das konkret bedeute, bekam sie eine endlos lange Antwort, aber letztlich schien alles an den Pommes frites zu liegen. Zum

Beispiel hieß es: *Wir können nicht riskieren, dass Kinder auf heruntergefallenen Pommes frites ausrutschen* oder *Falls jemand wegen versehentlich auf dem Boden liegender Pommes frites den Halt verliert und sich verletzt, ist das Schulamt haftbar.* Willkommen in der Welt der Rechtsverdreher, dachte Beth. Aber diese Juristen mussten ja auch keine Kinder unterrichten, die ohne Unterbrechung den ganzen Tag im Klassenzimmer eingesperrt waren.

Normalerweise wäre sie in der Mittagspause ins Lehrerzimmer gegangen, aber weil ihr nur wenig Zeit blieb, die Aktivitäten im Klassenzimmer vorzubereiten, hatte sie sich anders entschieden. In einer Ecke arrangierte sie ein Spiel, bei dem man auf eine Zielscheibe werfen musste, und zwar kleine Bohnensäckchen, die für solche Situationen im Schrank aufbewahrt wurden. Doch da bemerkte sie aus dem Augenwinkel, dass jemand in der Tür stand. Als sie aufblickte, wusste sie sofort, wer es war. Die Schultern seiner Uniform waren nass, und vom Gürtel mit dem Pistolenhalfter tropfte es. In der Hand hielt er einen Pappordner.

»Hallo, Beth«, sagte er sanft. »Hast du einen Moment Zeit für mich?«

Sie richtete sich auf. »Was willst du, Keith?«

»Vor allem möchte ich mich bei dir entschuldigen«, begann er und faltete die Hände, als wäre er tatsächlich in sich gegangen. »Ich habe gehofft, dass ich dich hier antreffe, aber falls es dir jetzt gar nicht passt, können wir vielleicht was anderes ausmachen.«

Sie schaute auf die Uhr. »Ich habe fünf Minuten.«

Keith wollte die Tür hinter sich schließen, schaute sie dann aber fragend an, ob sie einverstanden war. Sie nickte, weil sie die Sache möglichst schnell hinter sich bringen wollte. Er kam näher, blieb jedoch ein Stück von ihr entfernt respektvoll stehen.

»Wie gesagt – ich bin hier, weil ich mich bei dir entschuldigen will.«

»Wofür?«

»Es geht um die Gerüchte, die du gehört hast. Ich war dir gegenüber nicht ganz ehrlich.«

Sie verschränkte die Arme vor der Brust. »Mit anderen Worten – du hast gelogen.«

»Ja.«

»Und zwar?«

»Du hast mich gefragt, ob ich die Männer vertrieben habe, mit denen du ausgegangen bist. Ich glaube nicht, dass ich sie *vertrieben* habe – aber ich habe bei unserem Gespräch nicht erwähnt, dass ich mit einigen von ihnen geredet habe.«

»Du hast mit ihnen *geredet?*«

»Genau.«

Beth bemühte sich, ihre Wut unter Kontrolle zu halten. »Und nun tut es dir leid, dass du das getan hast oder dass du gelogen hast?«

»Beides. Es tut mir leid, dass ich es getan habe, und es tut mir leid, dass ich gelogen habe. Beides war nicht gut.« Er schwieg für einen Moment. »Ich weiß, dass unser Verhältnis seit der Scheidung nicht immer optimal war, und du denkst ja sowieso, es war ein Fehler, dass du mich geheiratet hast. Ich stimme dir da absolut zu. Wir passen nicht zusammen, das akzeptiere ich voll und ganz. Aber andererseits – wir haben einen großartigen Sohn. Mir ist klar, dass du wesentlich mehr für ihn tust als ich. In deinen Augen bin ich sicher nicht immer der beste Vater auf der Welt, aber ich habe es nie bedauert, dass Ben geboren wurde. Auch nicht, dass er die meiste Zeit über bei dir lebt. Er ist ein wunderbarer Junge, und du erziehst ihn ausgezeichnet.«

Sie wusste nicht recht, was sie dazu sagen sollte. Weil sie schwieg, fuhr er fort:

»Aber Gedanken mache ich mir trotzdem. Ich habe dir das neulich ja schon gesagt, es ist für mich wichtig, wer in Bens Leben tritt – ob das seine Freunde sind oder meinetwegen auch Leute, die er durch dich kennenlernt. Ich weiß, es ist nicht fair, und du empfindest es vermutlich als eine unzulässige Einmischung in dein Privatleben, aber so bin ich nun mal. Und wenn ich ehrlich bin, muss ich gestehen, dass ich mich vermutlich nicht ändern kann.«

»Willst du damit sagen, dass du mir immer und ewig nachspionieren wirst?«

»Nein, nein«, entgegnete er rasch. »Auf keinen Fall. Nie wieder. Ich möchte dir nur erklären, warum ich es früher getan habe. Und glaub mir – ich habe diese Männer nicht bedroht. Ich habe auch nicht versucht, sie einzuschüchtern. Ich habe nur mit ihnen geredet. Ich habe ihnen gesagt, wie viel mir Ben bedeutet und dass es in meinem Leben nichts Wichtigeres gibt als die Vaterschaft. Du bist vielleicht nicht immer begeistert davon, wie ich als Vater mit ihm umgehe. Aber wenn du ein paar Jahre zurückblickst, musst du zugeben, dass es früher besser lief. Damals ist er gern zu mir gekommen. Jetzt ist das anders. Aber ich habe mich nicht verändert. Er hat sich verändert! Das soll natürlich kein Vorwurf sein. Er wird einfach älter. Wahrscheinlich muss ich lernen, damit besser umzugehen.«

Weil er keine Antwort bekam, holte er tief Luft und redete weiter.

»Ich habe diesen Männern außerdem gesagt, ich möchte nicht, dass dir jemand wehtut. Ich weiß, das klingt jetzt so, als wäre ich ziemlich besitzergreifend. Aber das stimmt nicht. Ich habe mich verhalten wie ein Bruder. So wie Drake. Nach dem Motto: Wenn du sie gern hast, musst du sie respektieren und sie entsprechend behandeln. Mehr nicht.« Er zuckte ratlos die Achseln. »Vielleicht haben mich manche von ihnen missverstanden, weil sie wissen, dass ich der Deputy bin, und weil ich einen bekannten Nachnamen habe, aber dafür kann ich nichts. Glaub mir, das Letzte, was ich möchte, ist, dass du unglücklich bist. Mit uns beiden hat es leider nicht geklappt, daran kann man nichts ändern, aber du bist die Mutter meines Sohnes und wirst es immer bleiben.«

Er trat von einem Fuß auf den anderen, den Blick gesenkt. »Du hast allen Grund, auf mich sauer zu sein. Ich habe einen großen Fehler gemacht.«

»Stimmt.« Beth rührte sich nicht vom Fleck, die Arme immer noch vor der Brust verschränkt.

»Wie gesagt – es tut mir sehr leid, und es wird auch nicht wieder vorkommen.«

Nach einer längeren Pause sagte sie: »Okay – ich hoffe, du hältst dein Versprechen.«

Ein fast mutlos wirkendes Lächeln huschte über sein Gesicht. »Ganz bestimmt.«

»War's das?« Sie bückte sich, um die Bohnensäckchen aus dem Schrank zu holen.

»Ja – das heißt, ich wollte noch kurz mit dir über Logan Thibault sprechen. Es gibt da etwas, was du wissen musst.«

Sie hob abwehrend die Hände. »Fang nicht schon wieder an!«

Er ließ sich jedoch nicht abweisen, sondern machte sogar einen Schritt auf sie zu. »Ich werde nicht mit ihm reden – es sei denn, du möchtest es. Darum geht es nicht. Glaub mir, Beth, es ist etwas Ernstes. Sonst wäre ich nicht extra gekommen. Ich bin hier, weil du mir wichtig bist.«

Seine Dreistigkeit verschlug ihr fast den Atem. »Ich kann's nicht fassen: Erwartest du wirklich, dass ich dir das abnehme? Ich soll dir glauben, dass dir mein Wohlergehen am Herzen liegt, nachdem du gerade zugegeben hast, dass du mir seit Jahren nachspionierst? Du bist dafür verantwortlich, dass ich nie wieder eine Beziehung aufbauen konnte!«

»Aber damit hat es gar nichts zu tun.«

»Lass mich raten – du denkst, er nimmt Drogen, stimmt's?«

»Nein – äh, keine Ahnung. Aber ich muss dich warnen. Er ist dir gegenüber nicht aufrichtig.«

»Du weißt doch gar nicht, ob er ehrlich zu mir ist oder nicht. Und jetzt raus hier! Ich will nicht mit dir reden, ich will nicht hören, was du zu sagen hast, und –«

Er unterbrach sie. »Dann frag ihn selbst. Frag ihn, ob er nach Hampton gekommen ist, um dich zu suchen.«

»Das reicht jetzt endgültig«, erklärte sie und ging in Richtung Tür. »Und wenn du es wagst, mich anzufassen, schreie ich um Hilfe.«

Sie ging an ihm vorbei, und als sie schon fast zur Tür hinaus war, spielte er seinen Trumpf aus:

»Frag ihn nach dem Foto.«

Abrupt blieb sie stehen. »Wie bitte?«

Mit todernster Miene antwortete Keith: »Nach dem Foto, das er von Drake bekommen hat.«

KAPITEL 27

Clayton

An ihrem Gesicht konnte er ablesen, dass sie nun doch mehr erfahren wollte. Aber verstand sie auch, was das für sie hieß? Er musste es ihr erklären.

»Er hat ein Foto von dir«, begann er. »Als er hierhergekommen ist, hat er es in der Billardhalle herumgezeigt. Tony war an dem Abend zufällig auch dort. Er hat es mitbekommen und mich dann gleich angerufen, weil er die ganze Geschichte ziemlich merkwürdig fand. Ich dachte damals, er übertreibt. Aber Tony ist letztes Wochenende zu mir gekommen und hat mir erzählt, dass er Thibault wiedererkannt hat, als er in der Kirche Klavier spielte.«

Beth starrte Keith wortlos an.

»Ich habe keine Ahnung, ob Drake ihm das Foto geschenkt hat oder ob Thibault es deinem Bruder weggenommen hat. Sie waren beide bei den Marines, Drake und Thibault, und Tony meinte, das Foto ist schon ein paar Jahre alt.«

Er überlegte kurz. »Ich weiß, du denkst jetzt, dass ich ihn vertreiben will, nach allem, was ich dir gerade gestanden habe. Glaub mir – ich werde nicht mit ihm reden. Aber ich finde, dass du mit ihm reden solltest. Und das sage ich nicht, weil ich dein Exmann bin. Ich sage das als Polizeibeamter.«

Beth wollte aus dem Zimmer gehen, aber sie hatte nicht die Kraft dazu.

»Überleg doch mal! Er hat ein Foto von dir, und dann läuft er quer durch die Staaten, um dich zu suchen. Da kann man doch nur zu einem einzigen Schluss kommen: Er war von dir besessen, obwohl er dich gar nicht kannte, so wie manche Leute von Hollywoodstars besessen sind. Und was hat er getan? Er hat dich gefunden – aber es hat ihm nicht genügt, dich von weitem zu sehen oder dich einfach nur kennenzulernen. Nein, er wollte ein Teil deines Lebens werden. So machen das die richtig raffinierten Stalker.«

Keith klang kühl und professionell, wodurch alles noch viel bedrohlicher wurde.

»Ich sehe dir an, dass du keine Ahnung davon hattest. Und jetzt möchtest du natürlich wissen, ob ich die Wahrheit sage oder ob ich lüge. Ich weiß, dass ich meine schlechten Seiten habe, aber bitte, frag ihn! Schon wegen Ben. Und auch deinetwegen. Wenn du willst, bin ich bei dem Gespräch dabei. Oder ich schicke einen anderen Deputy, falls dir das lieber ist. Oder meinetwegen kannst du auch eine Freundin bitten – zum Beispiel Melody. Ich möchte, dass du den Ernst der Lage begreifst. So etwas ist echt gefährlich, und ich kann dich nur immer wieder bitten, es nicht auf die leichte Schulter zu nehmen.«

Er presste die Lippen zusammen, so dass sie eine schmale Linie bildeten, und legte den Aktenordner, den er mitgebracht hatte, auf einen der Schultische. »Hier sind ein paar allgemeine Informationen über Logan Thibault. Ich hatte nicht genug Zeit, um alles bis ins letzte Detail zu recherchieren, und wenn jemand erfährt, dass ich dir diese Unterlagen gegeben habe, kann ich ziemliche Schwierigkeiten bekommen. Aber weil ich nicht weiß, was er dir sonst noch alles erzählt hat, wollte ich –« Er unterbrach sich und fügte mit leiser Stimme hinzu:

»Denk darüber nach. Und pass gut auf dich auf, okay?«

KAPITEL 28

Beth

Sie konnte kaum etwas sehen, aber diesmal lag es weniger am Regen als an ihrer Unfähigkeit, sich zu konzentrieren.

Sie sah sich selbst noch einmal in ihrem Klassenzimmer, nachdem Keith gegangen war: Wie versteinert stand sie da, blinzelte immer wieder ungläubig und starrte fassungslos auf den Aktenordner. Sie wusste beim besten Willen nicht, was sie von dem Ganzen halten sollte.

Logan hatte Drakes Foto … Logan war besessen von ihr … Logan wollte sie unbedingt finden … Logan hatte ihr nachgestellt.

Ihr wurde übel, sie litt an Atemnot – deshalb blieb ihr nichts anderes übrig, als zum Direktor zu gehen und sich für den Rest des Tages krankzumelden. Der Direktor war besorgt, als er sie sah, und versprach, sie zu vertreten. Beth sagte noch, Nana werde Ben nach Schulschluss abholen.

Immer wieder tauchten diese Bilder vor ihr auf, zersplitterte Fragmente, wie in einem Kaleidoskop. Sie versuchte sich einzureden, dass Keith gelogen hatte. Alles andere ergab keinen Sinn. Er hatte ihr schon so oft alle möglichen Lügengeschichten aufgetischt. Andererseits …

Er war sehr ernst gewesen. Ganz der seriöse Polizeibeamte. Und sie konnte ja seine Aussagen problemlos überprüfen. Er hatte sogar von ihr verlangt, dass sie Logan deswegen fragte. Und das bedeutete …

Mit fiebrigen Händen umklammerte sie das Lenkrad. Sie wollte unbedingt mit Logan reden. Bestimmt konnte er alles erklären. Er *musste* ihr alles erklären!

Der Fluss hatte inzwischen die Straße erreicht, aber weil sie so durcheinander war, merkte sie es erst, als sie in eine riesige Wasserlache fuhr. Der Wagen kam fast zum Stillstand, und sie hatte schon Angst, der Motor würde ausgehen, doch dann erreichte sie einen leichten Anstieg, und von da an gab es keine Probleme mehr.

Auf dem Zwingergelände angekommen, fürchtete sie fast, im Strudel ihrer Emotionen zu ertrinken. Sie war völlig verwirrt – erst war sie wütend, fühlte sich von Logan betrogen und hintergangen, dann wieder glaubte sie fest daran, dass Keith sie angeschwindelt hatte.

Im Haus brannte Licht. Tröstlich schimmerte es durch den Regen. Sollte sie zuerst mit Nana reden? Ach, wie sehr sehnte sie sich nach Nanas Klarheit, nach ihrem gesunden Menschenverstand. Ihre Großmutter verstand sicher, was passiert war. Als sie sah, dass es auch im Büro hell war und die Tür ein Stückchen offen stand, schnürte es ihr die Kehle zu. Trotzdem steuerte sie den Wagen in Richtung Büro. Nein, es konnte nicht sein, dass Logan Drakes Foto hatte. Das war bestimmt ein Irrtum. Der Wagen hoppelte durch Pfützen und Schlaglöcher, und plötzlich regnete es wieder so stark, dass die Scheibenwischer nicht mehr mitkamen. Zeus lag auf der Büroveranda, gleich neben der Tür. Wachsam hob er den Kopf, als er ihr Auto kommen hörte.

Sie parkte direkt vor den Stufen und rannte los. Der Regen peitschte ihr ins Gesicht. Zeus erhob sich und stupste mit der Schnauze gegen ihre Hand, aber sie ignorierte ihn. Zögernd betrat sie das Büro.

Sie hatte erwartet, Logan würde am Schreibtisch sitzen, aber er war nicht da. Die Tür zum Hundezwinger stand offen. Beth atmete tief durch, um sich gegen alles zu wappnen. Wie gebannt starrte sie in den dunklen Flur hinter der Tür. Wenig später tauchte Logan auf, ein Schatten, der ins Licht trat.

»Hallo, Elizabeth! Ich wusste gar nicht, dass du heute …« Er verstummte und musterte sie fragend. »Was ist los?«

In ihrem Inneren drehte sich alles. Ihr Mund war plötzlich wie ausgetrocknet, und sie brachte kein Wort über die Lippen. Logan schwieg ebenfalls, weil er sah, wie aufgewühlt sie war.

Den Tränen nahe, schloss Elizabeth die Augen. Dann holte sie tief Luft und begann zu sprechen. »Warum bist du in Hampton? Diesmal möchte ich die Wahrheit hören.«

Reglos stand er vor ihr. »Ich habe dir die Wahrheit gesagt.«

»Aber nicht die *ganze* Wahrheit, oder?«

Für den Bruchteil einer Sekunde zögerte er, doch dann antwortete er mit ruhiger Stimme: »Ich habe dich nie belogen.«

»Das habe ich dich nicht gefragt!«, fuhr sie ihn an. »Ich möchte wissen, ob es etwas gibt, was du mir verschweigst.«

»Wie kommst du darauf?«

»Das spielt jetzt keine Rolle!« Sie hörte selbst, wie wütend sie klang. »Ich möchte wissen, warum du nach Hampton gekommen bist.«

»Ich habe dir doch gesagt, dass –«

»Hast du ein Foto von mir?«

Logan schwieg.

»Antworte mir!« Sie machte einen Schritt auf ihn zu und schleuderte ihm noch einmal die entscheidende Frage ins Gesicht: »Hast du ein Foto von mir?«

Sie wusste nicht, welche Reaktion sie von ihm erwartet hatte – aber als er leise seufzte und keinen Millimeter zurückwich, schaute sie ihn verdutzt an. Darauf war sie nicht gefasst gewesen.

»Ja«, sagte er nur.

»Das Foto, das ich Drake gegeben habe?«

»Ja.«

Ihre ganze Welt begann einzustürzen, wie eine Reihe von Dominosteinen. Plötzlich passte alles – jetzt wusste sie, warum er sie bei ihrer ersten Begegnung so angestarrt hatte, warum er bereit war, für so wenig Geld zu arbeiten, warum er sich mit Nana und Ben angefreundet hatte, warum er immer von seiner Bestimmung redete …

Er hatte das Foto. Er war nach Hampton gekommen, um sie zu finden. Er hatte sie gejagt wie ein Tier.

Es verschlug ihr den Atem.

»Oh, mein Gott«, stöhnte sie.

»Es ist nicht so, wie du denkst …«

Er streckte die Hand nach ihr aus. Fast unbeteiligt verfolgte sie mit den Augen diese Bewegung, bis sie begriff, was er tat. Rasch wich sie zurück, um Abstand zu gewinnen. Es war alles eine große Lüge …

»Fass mich nicht an!«

»Elizabeth …«

»Ich heiße Beth.«

Sie schaute ihn an, als würde sie ihn gar nicht erkennen, bis er den Arm wieder sinken ließ.

»Ich kann es dir erklären –«, begann er fast tonlos.

»Was willst du mir erklären?«, fauchte sie ihn an. »Dass du meinem Bruder das Bild gestohlen hast? Dass du quer durch die Staaten gelaufen bist, um mich zu suchen? Dass du dich in ein Foto verliebt hast?«

»So war es nicht.«

»Du hast mir nachgestellt«, murmelte sie. Es klang fast so, als redete sie mit sich selbst. »Du hast mich belogen. Du hast mich benutzt.«

»Du verstehst doch gar nicht, was wirklich –«

»Was verstehe ich nicht? Du willst, dass ich verstehe?«

»Ich habe das Foto nicht gestohlen.« Er sprach ruhig und gefasst. »Ich habe es in Kuwait gefunden, im Sand, und dann habe ich es an das große Anschlagbrett geheftet, weil ich dachte, dort findet es der Besitzer. Aber niemand hat es abgeholt.«

»Und da … da hast du es einfach behalten?« Sie schüttelte fassungslos den Kopf. »Warum? Weil du dir irgendwelche kranken Sachen über mich ausgedacht hast?«

»Nein!« Zum ersten Mal wurde er laut. Beth zuckte zusammen, und einen Moment lang hörten ihre Gedanken auf zu rasen. »Ich bin hierhergekommen, weil ich dir etwas schuldig war.«

Sie blinzelte ungläubig. »Was soll das heißen?«

»Das Foto … das Foto hat mich gerettet.«

Obwohl sie seine Worte genau verstanden hatte, begriff sie nicht, was er damit sagen wollte. Sie wartete darauf, dass er weitersprach, aber er schwieg. Was er gesagt hatte, erschien ihr so … unheimlich, dass sie eine Gänsehaut bekam. Erschrocken wich sie noch einen Schritt weiter zurück. »Wer bist du?«, zischte sie. »Was willst du von mir?«

»Ich will gar nichts von dir. Und du weißt ganz genau, wer ich bin.«

»Nein, das weiß ich nicht! Ich habe keine Ahnung!«

»Dann lass mich dir bitte erklären, was –«

»Ja, erklär es mir! Wenn alles so nett und harmlos ist, warum hast du mir dann nicht von Anfang an von dem Foto erzählt?« Sie schrie so unbeherrscht, dass sich ihre Stimme überschlug. Sie sah Drake vor sich, an dem Abend, als das Foto gemacht wurde. Mit dem Finger zeigte sie auf Thibault. »Warum hast du nicht einfach gesagt: ›Dieses Foto habe ich im Irak gefunden, und ich dachte, du möchtest es vielleicht wieder haben‹? Warum hast du es mir nicht erzählt, als wir über Drake sprachen?«

»Ich weiß es nicht …«

»Du hättest das Foto nicht behalten dürfen! Kapierst du das denn nicht? Es gehört dir nicht. Es war ein Geschenk für meinen Bruder, nicht für dich. Das Foto hat ihm gehört, nur ihm, und du hattest kein Recht, es einzustecken. Du hättest es mir zurückgeben müssen.«

»Ich wollte dir nicht wehtun«, flüsterte Logan kaum hörbar.

Mit ihren Blicken durchbohrte sie ihn. Ihre Wut war grenzenlos.

»Das war doch alles nur ein übler Trick! Du hast dieses Foto gefunden, und dann hast du dir irgendwelche perversen Geschichten ausgedacht, in denen du die Hauptrolle spielen konntest. Die ganze Zeit über hast du mir nur etwas vorgemacht. Du hast abgewartet, bis du wusstest, was du tun musst, damit ich denke, du bist der passende Mann für mich. Und weil du besessen von mir warst, hast du gedacht, du kannst mich so lange täuschen, bis ich mich in dich verliebe.«

Sie sah, wie Logan zurückzuckte, als hätte sie ihm einen Schlag versetzt, aber jetzt war sie nicht mehr zu bremsen.

»Du hast das alles von Anfang an genauestens geplant. Das ist ekelhaft. Das ist krank! Und ich kann es nicht fassen, dass ich darauf reingefallen bin.«

Logan nahm noch einmal Anlauf in der Hoffnung, dass sie ihn vielleicht doch verstehen könnte.

»Es stimmt, dass ich dich kennenlernen wollte. Aber aus anderen Gründen, als du denkst. Ich habe dir nichts vorgespielt, damit du dich in mich verliebst. Ich weiß, es klingt verrückt, aber im Irak habe ich mit der Zeit wirklich gedacht, dass das Foto mich beschützt und dass ich … dass ich dir etwas schuldig bin. Aber ich habe selbst nicht gewusst, was das bedeutet. Ich habe mir auch nicht überlegt, was ich mache, wenn ich dich finde. Ich hatte keinen Plan. Ich habe die Stelle angenommen, und dann erst habe ich mich in dich verliebt.«

Sie ließ nicht zu, dass seine Worte sie erreichten, sondern schüttelte abweisend den Kopf.

»Weißt du überhaupt, was du da redest?«, fragte sie ihn.

»Ich habe gewusst, dass du mir nicht glauben würdest. Deshalb wollte ich nicht darüber sprechen –«

»Versuche nicht, deine Lügen noch zu rechtfertigen. Du hast dir diese widerlichen Fantasiegeschichten zusammengebastelt und willst es noch nicht mal zugeben!«

»Sag das nicht dauernd!« Jetzt wurde er wieder laut. »Du bist doch diejenige, die nicht zuhört! Du versuchst nicht mal, mich zu verstehen.«

»Warum soll ich versuchen, dich zu verstehen? Du belügst mich schon die ganze Zeit. Du hast mich nur ausgenutzt, vom ersten Moment an.«

Er straffte sich. »Ich habe dich nicht ausgenutzt«, erwiderte er ernst. »Und ich habe auch nicht gelogen, was das Foto angeht. Ich habe dir nur nichts davon erzählt, weil ich nicht wusste, wie ich es dir sagen soll, ohne dass du denkst, ich bin übergeschnappt.«

Beth hob warnend die Hand. »Gib gefälligst nicht mir die Schuld. Du hast gelogen, basta. Du hast mir das Wichtigste verheimlicht. Ich dagegen habe dir alles erzählt, alles! Ich habe dir mein Herz geöffnet. Ich habe zugelassen, dass mein Sohn sich mit dir anfreundet.« An dieser Stelle traten ihr Tränen in die Augen. Sie vermochte kaum weiterzusprechen, aber gleichzeitig konnte sie auch nicht aufhören. »Ich bin mit dir ins Bett gegangen, weil ich dachte, ich kann dir vertrauen. Aber jetzt ist mir klar, dass ich mich geirrt habe. Kannst du dir vorstellen, wie ich mich fühle? Seit ich weiß, dass das Ganze nur ein verlogenes Versteckspiel war?«

»Bitte, Elizabeth … Beth … bitte, hör mir doch mal zu!«, flehte er sie an.

»Ich will dir nicht zuhören! Du hast genug gelogen.«

»Bitte, sei nicht so.«

»Du willst, dass ich dir zuhöre?« Sie steigerte sich erneut in ihre Wut hinein. »Wieso soll ich dir noch zuhören, wenn ich fragen darf? Damit du mir erzählen kannst, dass du von einem Foto besessen warst und mich gesucht hast, weil du dachtest, das Foto hat dich beschützt? Das ist doch absoluter Unsinn, das ist krank, und das Schlimmste ist – du merkst nicht einmal, dass du mit deinen Erklärungsversuchen nur erreichst, dass du noch viel psychotischer wirkst.«

Stumm starrte er sie an, und sie sah, dass er verbittert die Zähne zusammenbiss.

Ein Zittern durchlief sie. Jetzt war Schluss. Sie hatte genug. Von ihm. Von allem. »Ich will es wiederhaben«, stieß sie hervor. »Ich möchte Drakes Foto.«

Als er nicht sofort antwortete, riss sie einen kleinen Blumentopf vom Fensterbrett und warf damit nach ihm. »Wo ist das Foto? Ich will es haben!«

Logan duckte sich, so dass der Topf knapp an seinem Ohr vorbeisauste und hinter ihm gegen die Wand knallte. Zum ersten Mal gab Zeus ein irritiertes Bellen von sich.

»Das Foto gehört dir nicht!«, schrie Beth.

Logan richtete sich wieder auf und schaute sie an. »Ich habe es nicht mehr.«

»Wo ist es?«

Nach einer kurzen Pause antwortete er: »Ich habe es Ben gegeben.«

Beths Augen wurden schmal. »Raus hier.«

Logan zögerte einen Moment lang, dann wandte er sich zur Tür. Zeus schaute von ihm zu Beth und wieder zurück, ehe er sich entschloss, seinem Herrn zu folgen.

Im Türrahmen drehte sich Logan noch einmal zu Beth um.

»Ich schwöre bei meinem Leben, dass ich nicht hierhergekommen bin, um mich in dich zu verlieben oder um zu erreichen, dass du dich in mich verliebst. Aber es ist trotzdem passiert.«

Sie musterte ihn mit giftigen Blicken. »Ich habe gesagt, raus hier, und ich meine es auch so.«

Wortlos öffnete er die Tür und ging hinaus in den Sturm.

KAPITEL 29

Thibault

Trotz des Unwetters fühlte sich Thibault außerstande, nach Hause zu gehen. Er wollte im Freien bleiben, er konnte jetzt nicht einfach in die Wärme, ins Trockene. Es war fast so, als müsste er für seine Lügen und für alles, was er getan hatte, Buße tun.

Beth hatte Recht. Er war ihr gegenüber nicht vollkommen ehrlich gewesen. Zwar hatte ihn vieles, was sie gesagt hatte, sehr gekränkt, und ihre mangelnde Bereitschaft, ihm zuzuhören, tat weh. Aber er konnte auch verstehen, dass sie sich hintergangen fühlte. Andererseits – er wusste ja selbst nicht recht, warum er hier war. Wie sollte er es dann in Worte fassen? Er konnte verstehen, warum sie sein Verhalten so deutete, als wäre er ein Psychopath. Und in gewisser Weise war er tatsächlich besessen gewesen, nur anders, als sie dachte.

Er hätte ihr gleich von dem Foto erzählen sollen. Warum hatte er das nicht getan? Er versuchte, sich die Anfangssituation ins Gedächtnis zu rufen. Aller Wahrscheinlichkeit nach hätte Elizabeth sich gewundert und ihm ein paar Fragen gestellt, aber damit wäre die Sache erledigt gewesen. Nana hätte ihm den Job sicher trotzdem gegeben, und es wäre nichts Schlimmes passiert.

Am liebsten wäre er zu Elizabeth zurückgerannt. Ach, wenn er doch einfach zu ihr gehen und ihr alles erklären könnte!

Aber das ging nicht. Sie musste jetzt allein sein. Jedenfalls ohne ihn. Sie brauchte Zeit und Ruhe, um sich wieder zu fassen. Und vielleicht, ganz vielleicht, wurde ihr dann klar, dass der Thibault, den sie nach und nach ins Herz geschlossen hatte, der einzige Thibault war, den es gab. Es hieß ja, dass die Zeit alle Wunden heilt. Konnte Beth ihm dann verzeihen?

Immer wieder versank er im Schlamm. Als ein Auto vorbeifuhr, fiel ihm auf, dass das Wasser schon bis zur Radachse reichte. Der Fluss hatte inzwischen die ganze Straße überschwemmt. Er beschloss, den Weg durch den Wald zu nehmen. Vielleicht war es das letzte Mal, dass er diese Strecke ging. Vielleicht war es wirklich an der Zeit, nach Colorado zurückzukehren.

Das Herbstlaub, das noch an den Bäumen hing, bot ein wenig Schutz gegen den Regen, und während er immer tiefer in den Wald ging, spürte er, wie die Entfernung zwischen ihm und Elizabeth mit jedem Schritt größer wurde.

KAPITEL 30

Beth

Frisch geduscht stand Beth in ihrem Schlafzimmer, nur mit einem übergroßen T-Shirt bekleidet. Es klopfte, und ihre Großmutter steckte den Kopf zur Tür herein.

»Möchtest du reden?«, fragte Nana. »Vorhin hat die Schule angerufen, der Direktor sagte mir, du seiest schon nach Hause gefahren. Er klang richtig besorgt. Und dann habe ich gesehen, dass du zu Thibault ins Büro gegangen bist. Habt ihr euch gestritten?«

»Schlimmer«, antwortete Beth erschöpft.

»Das habe ich mir fast gedacht, weil er anschließend verschwunden ist. Und weil du noch so lange auf der Veranda gestanden hast.«

Beth nickte.

»Ist was mit Ben? Thibault hat ihm doch nichts angetan – oder dir?«

»Nein, nein, natürlich nicht.«

»Gut. Denn das wäre das Einzige, was man nicht wieder in Ordnung bringen kann.«

»Ich bin mir nicht sicher, ob man das, was passiert ist, wieder in Ordnung bringen kann.«

Nana schaute für eine Weile aus dem Fenster, dann

sagte sie seufzend: »Wenn ich's richtig sehe, muss ich heute Abend die Hunde versorgen, stimmt's?«

Beth warf ihr einen verärgerten Blick zu. »Danke, dass du so einfühlsam bist«, sagte sie ironisch.

»Kätzchen und Ahornbäume«, murmelte ihre Großmutter und wedelte mit der Hand.

Einen Moment lang überlegte Beth, was dieser Spruch wohl bedeuten könnte, doch dann stöhnte sie frustriert. »Wie soll ich das verstehen?«

»Gar nicht – aber immerhin warst du für ein paar Sekunden so abgelenkt, dass du aufgehört hast, dich selbst zu bemitleiden.«

»Du begreifst gar nicht, was –«

»Dann erklär's mir.«

»Nana – er hat mir nachgestellt. Fünf Jahre lang hat er das Bild mit sich herumgetragen, und dann ist er quer durchs Land gelaufen, um mich zu suchen. Er war total besessen von mir.«

Ihre Großmutter schwieg verblüffend lange. Schließlich setzte sie sich auf Beths Bett und sagte: »Warum fängst du nicht am Anfang an?«

Wollte sie wirklich darüber reden? Beth beschloss, dass es besser war, es hinter sich zu bringen. Sie begann damit, dass Keith plötzlich in ihrem Klassenzimmer aufgetaucht war. Und dann war sie nicht mehr aufzuhalten. Zwanzig Minuten lang erzählte sie ohne Pause, und sie erwähnte jede Einzelheit: wie sie sich beim Direktor abmeldete, wie sie während der Heimfahrt fast verzweifelt wäre – und dann die Konfrontation mit Logan. Als sie fertig war, faltete Nana die Hände im Schoß.

»Das heißt, Thibault hat zugegeben, dass er das Bild

hat? Und er hat – wie du dich ausdrückst – davon gefaselt, dass es ein Glücksbringer ist und dass er hierherkommen musste, weil er dachte, er schuldet dir etwas?«

Beth nickte. »So ungefähr.«

»Was meint er mit ›Glücksbringer‹?«

»Keine Ahnung.«

»Du hast ihn nicht gefragt?«

»Es ist mir völlig gleichgültig, Nana. Das Ganze ist … anormal. Und widerlich. Wer tut denn so was?«

Nana runzelte die Stirn. »Ich gebe zu, es klingt merkwürdig, aber ich wüsste trotzdem gern, warum er gedacht hat, das Foto ist ein Glücksbringer.«

»Wieso findest du das wichtig?«

»Weil wir nicht dort waren, wo er war«, sagte Nana mit Nachdruck. »Wir mussten das alles nicht durchmachen. Vielleicht sagt er ja die Wahrheit.«

»Aber das Foto ist kein Glücksbringer. So was ist Quatsch.«

»Wahrscheinlich hast du Recht«, erwiderte Nana, »aber ich bin lange genug auf der Welt, um zu wissen, dass im Krieg seltsame Dinge geschehen. Die Soldaten werden oft abergläubisch, und wenn jemand fest daran glaubt, dass etwas ihn beschützt – wem schadet das?«

»Meinetwegen soll jeder glauben, was er will – aber es ist etwas anderes, wenn jemand geradezu besessen ist von einem Bild und anfängt, der Frau auf dem Foto nachzustellen.«

Nana legte Beth die Hand aufs Knie. »Alle Leute machen irgendwann mal was Verrücktes.«

»Aber doch nicht so was!«, protestierte Beth. »Ich fühle mich da bedroht.«

Wieder schwieg Nana. Dann sagte sie mit einem resignierten Achselzucken: »Vielleicht hast du ja Recht.«

Beth blickte erstaunt auf. Plötzlich war sie todmüde. »Darf ich dich um einen Gefallen bitten?«, fragte sie.

»Ja, gern – um welchen?«

»Könntest du den Rektor anrufen und ihn fragen, ob er Ben nach der Schule heimbringt? Ich möchte nicht, dass du bei diesem Wetter Auto fährst, und ich selbst fühle mich einfach nicht in der Lage, noch mal rauszugehen.«

KAPITEL 31

Clayton

Clayton versuchte, den See zu umgehen, der sich vor Beths Haus gebildet hatte, schaffte es aber nicht. Seine Stiefel versanken im Schlamm. Am liebsten hätte er laut geflucht, aber das Fenster neben der Eingangstür stand offen, und er wusste, dass Nana ihn hören konnte. Trotz ihres Alters hatte diese Frau Ohren wie eine Eule, und er wollte auf keinen Fall einen schlechten Eindruck erwecken. Beths Großmutter hatte schon genug Vorurteile gegen ihn.

Er ging die Stufen hinauf und klopfte. Im Haus waren Schritte zu hören, dann erschien Beths Gesicht im Fenster, und endlich öffnete sich die Tür. Beth trat auf die Veranda.

»Keith! Was willst du hier?«

»Ich habe mir Sorgen gemacht«, sagte er. »Eigentlich wollte ich mich nur vergewissern, dass alles okay ist.«

»Ja, alles ist okay.«

»Ist er noch da? Möchtest du, dass ich mit ihm rede?«

»Nein. Er ist weg. Ich weiß nicht, wo er ist.«

Clayton trat von einem Fuß auf den anderen und bemühte sich, möglichst zerknirscht auszusehen. »Mir tut das alles furchtbar leid, und es ist mir auch sehr unangenehm, dass ausgerechnet ich es dir mitteilen musste. Ich weiß ja, wie sehr du ihn mochtest.«

Beth nickte und spitzte die Lippen, ohne etwas zu sagen.

»Aber du solltest dir deswegen keine Vorwürfe machen«, fuhr Keith fort. »Wie gesagt – solche Leute wissen ganz genau, wie sie ihre wahren Motive verschleiern müssen, damit man nichts merkt. Das sind Psychopathen, die kann man unmöglich durchschauen.«

»Ich möchte nicht mehr darüber reden«, entgegnete Beth und verschränkte wie schon in der Schule die Arme vor der Brust.

Besänftigend hob Keith die Hände. Er merkte, dass er zu weit vorgeprescht war. Wenn er sich nicht ein bisschen zurücknahm, vermasselte er alles. »Das verstehe ich. Und du hast ja auch vollkommen Recht. Ich bin in diesem Fall sicher nicht der richtige Gesprächspartner, vor allem, wenn man bedenkt, wie ich dich in der Vergangenheit manchmal behandelt habe.« Er steckte die Daumen in den Gürtel und zwang sich zu einem Lächeln. »Wie gesagt – ich wollte einfach nur fragen, ob alles in Ordnung ist.«

»Ja, alles ist in Ordnung, es geht mir gut. Vielen Dank.«

Clayton war schon fast bei den Stufen, drehte sich dann aber noch einmal um. »Übrigens – nach allem, was Ben so erzählt hat, ist Thibault wirklich sehr sympathisch.«

Beth wirkte verblüfft.

»Ich wollte dir das nur sagen. Denn sonst … wenn Ben etwas zugestoßen wäre – das hätte Thibault bis ans Ende seiner Tage bereut. Ich würde mein Leben dafür einsetzen, dass unserem Sohn nichts passiert. Und bei dir ist es genauso, das weiß ich. Deshalb bist du ja so eine großartige Mutter. Ich habe viele Fehler gemacht, aber in einem Punkt habe ich goldrichtig entschieden – nämlich dass du Ben erziehst.«

Beth nickte und wandte sich dann schnell ab, weil sie mit den Tränen kämpfen musste. Als Keith sah, dass sie sich die Augen wischte, ging er zu ihr.

»Hey, Beth«, murmelte er leise. »Ich weiß, du willst das jetzt nicht hören, aber glaub mir – du hast das Richtige getan. Und du findest bestimmt bald jemanden, der wirklich zu dir passt, einen wunderbaren Menschen, davon bin ich überzeugt. Das hast du nämlich verdient.«

Als sie kurz aufschluchzte, nahm er sie in den Arm. Instinktiv lehnte sie sich an ihn. »Es wird alles gut«, flüsterte er nur. Eine ganze Weile lang standen sie so auf der Veranda, dicht beieinander, und er hielt sie fest.

Clayton beschloss, nicht noch länger zu bleiben. Er hatte erreicht, was er sich vorgenommen hatte. Beth sah in ihm jetzt den verständnisvollen Freund und jemanden, der seine Sünden bereute. Die Umarmung war nur der Zuckerguss auf dem Kuchen – nicht unbedingt eingeplant, aber ein hübscher Abschluss seines Besuchs.

Er durfte sie nicht bedrängen. Das wäre ein großer Fehler. Sie brauchte Zeit, um über Thai-bolt wegzukommen. Auch wenn er ein Psychopath war, auch wenn er die Stadt verließ – Gefühle konnte man nicht einfach an- und abschalten wie einen Motor. Aber die Gefühle würden schwächer werden, darauf konnte man sich verlassen. Das war so sicher wie das Amen in der Kirche. Der nächste Schritt: Er musste aufpassen, dass sich Thai-bolt auch tatsächlich auf den Weg nach Colorado machte.

Und dann? Immer schön nett sein. Vielleicht konnte er Beth mal einladen, wenn er etwas mit Ben unternahm. Oder einen Grillabend organisieren. Zunächst ganz beiläufig, damit sie keinen Verdacht schöpfte, und als Nächstes würde er dann vorschlagen, dass sie an einem normalen Wochentag mal etwas gemeinsam mit Ben planten. Dabei war es wichtig, dass Nana nicht allzu viel mitbekam. Das bedeutete, er musste das Haus und den Zwinger meiden. Beth würde in den nächsten Wochen keinen klaren Gedanken fassen können, so viel stand fest, aber Nana passte bestimmt noch mehr auf als sonst. Und auf keinen Fall durfte Beth von ihrer Großmutter darauf hingewiesen werden, dass er etwas im Schilde führte.

Wenn sie sich dann wieder ein bisschen aneinander gewöhnt hatten, konnten sie vielleicht mal ein Bierchen miteinander trinken, nachdem Ben ins Bett gegangen war, ganz spontan sozusagen. Und wenn man dem Bier ein wenig Wodka beimischte, war Beth nicht mehr fähig, nach Hause zu fahren. Er würde ihr großzügig sein Bett anbieten, während er selbst mit dem Sofa vorliebnahm. Der perfekte Gentleman. Aber immer kräftig Bier nachgießen. Über früher reden – über die guten alten Zeiten – und es geduldig hinnehmen, dass sie wegen Thai-bolt zu weinen anfing. Und wenn erst die Tränen flossen, konnte er tröstend den Arm um sie legen.

Er grinste zufrieden, als er den Motor startete. Was danach kam, war ja wohl sonnenklar.

KAPITEL 32

Beth

Beth schlief schlecht und wachte ganz zerschlagen auf.

In der Nacht hatte das Unwetter noch schlimmer getobt als bisher – Winde mit Orkanstärke, Regen wie bei der Sintflut. Als sie aus dem Fenster schaute, sah sie, dass das Büro an eine Insel im Ozean erinnerte. Dabei hatte sie am Tag zuvor gedacht, das Wasser könnte unmöglich noch höher steigen. Trotzdem hatte sie ihren Wagen vorsichtshalber auf dem kleinen Hügel bei der Magnolie geparkt. Zum Glück! Auch diese Erhebung hatte sich nämlich in eine Insel verwandelt. Und der Wasserpegel reichte schon bis fast zum Boden von Nanas Truck. Nur gut, dass die Bremsen repariert waren, denn sonst säßen sie hier fest, weil sie nicht einmal den Truck benutzen könnten. Er hatte sich auch bei solchen Wetterverhältnissen immer gut bewährt.

Gestern Abend war sie noch damit in die Stadt gefahren, um Milch und ein paar andere Grundnahrungsmittel zu kaufen – aber leider vergeblich. Alles war geschlossen. Außer den Einsatzfahrzeugen und den Jeeps des Sheriff's Departments waren keine Autos unterwegs. Die halbe Stadt hatte keinen Strom, aber der Zwinger war bisher vom Ausfall verschont geblieben. Allerdings gab es einen

Silberstreif am Horizont: Im Wetterbericht hieß es, das Sturmtief heute sei nun definitiv das letzte, das hier durchziehe – ab morgen werde der Regen nachlassen.

Beth saß in der Verandaschaukel, während Nana und Ben am Küchentisch Rommé spielten. Bei diesem Kartenspiel waren die beiden gleich gut, deshalb langweilte sich Ben nicht so schnell. Später musste Beth noch nach den Hunden sehen – in der Zeit wollte sie ihn dann im vorderen Garten herumplanschen lassen, damit er ein bisschen Bewegung bekam. Am besten gleich in der Badehose – auf trockene Kleidung zu achten, hatte sowieso keinen Zweck. Heute Morgen auf dem Weg zum Hundezwinger war der Regenmantel völlig überflüssig gewesen.

Während sie horchte, wie die Tropfen unablässig auf das Dach trommelten, wanderten ihre Gedanken zu Drake. Zum tausendsten Mal wünschte sie sich, sie könnte mit ihm reden. Was hätte er zu der Sache mit dem Foto gesagt? Hätte er auch an seine beschützende Macht geglaubt? Drake war nie besonders abergläubisch gewesen, aber ihr wurde immer ganz schwer ums Herz, wenn sie an seine unerklärliche Panik nach dem Verlust des Bildes dachte.

Nana hatte Recht. Sie konnte nicht ahnen, was Drake in der Wüste durchmachen musste. Und sie wusste auch nicht, was Logan dort widerfahren war. Obwohl sie sich stets gut informiert hatte, erschien ihr doch alles unwirklich. Welchen Strapazen waren die Soldaten ausgesetzt, in ihren schweren Uniformen, umgeben von Menschen, deren Sprache sie nicht verstanden, und immer nur angetrieben von dem Wunsch, den nächsten Tag irgendwie zu überleben! War es da so unvorstellbar, dass sie sich an etwas klammerten, was sie beschützen konnte?

Nein. Im Grund war es nichts anderes, als wenn jemand ein Amulett mit dem heiligen Christopherus um den Hals trug oder eine Kaninchenpfote. Dabei spielte es keine Rolle, dass das alles völlig irrational schien – Logik und Vernunft traten in dem Zusammenhang in den Hintergrund. Man brauchte auch nicht unbedingt an magische Zauberkräfte zu glauben. Wenn einem etwas ein Gefühl von Sicherheit vermittelte, reichte das schon.

Aber er hatte sie gesucht! Er hatte ihr nachgestellt! Gehörte das nicht in eine andere Kategorie?

An diesem Punkt hörte bei ihr das Verständnis auf. Sie war zwar sehr skeptisch, was Keiths Absichten anging – sie traute ihm nicht einmal zu, dass er sich Sorgen um ihr Befinden machte –, aber sie musste zugeben, dass sie sich insgesamt sehr verletzlich fühlte.

Was hatte Logan gesagt? Dass er ihr etwas schuldig sei? Dass er gedacht habe, das Bild habe ihm das Leben gerettet? Aber wie?

Sie schüttelte den Kopf. Ihre Gedanken drehten sich endlos im Kreis. Das war so furchtbar anstrengend! In dem Moment öffnete sich quietschend die Fliegengittertür.

»Hey, Mom.«

»Hallo, mein Schatz.«

Ben setzte sich zu ihr. »Wo ist Thibault? Ich habe ihn noch gar nicht gesehen.«

»Er kommt heute nicht.«

»Weil es so regnet?«

Sie hatte ihrem Sohn noch nichts erzählt. Das brachte sie einfach nicht übers Herz. »Er muss ein paar andere Sachen erledigen«, antwortete sie ausweichend.

»Ach so.« Ben schaute in den Garten. »Man sieht überhaupt kein Gras mehr.«

»Stimmt. Aber angeblich hört es bald auf zu regnen.«

»Hast du so was schon mal erlebt? Als du klein warst oder so?«

»Ja, ein paarmal, aber eigentlich immer nur bei einem Hurrikan.«

Ben nickte und schob seine Brille hoch. Zärtlich strich Beth ihm über den Kopf.

»Ich habe gehört, dass Logan dir etwas gegeben hat.«

»Ich soll aber nicht darüber reden.« Er klang sehr ernst. »Es ist nämlich ein Geheimnis.«

»Deiner Mutter kannst du es ruhig erzählen. Ich behalte alle Geheimnisse für mich.«

»Nicht schlecht, Mom.« Ben grinste. »Aber darauf falle ich nicht rein.«

Lächelnd lehnte sich Beth zurück und stieß dabei die Schaukel leicht mit den Füßen an. »Ist schon okay. Ich weiß von dem Foto.«

Ben musterte sie prüfend. Wusste seine Mutter etwa alles?

»Und dass das Foto dich beschützt«, fuhr sie fort.

Enttäuscht ließ er die Schultern sinken. »Er hat's dir erzählt?«

»Ja, klar.«

»Ach. Und zu mir hat er gesagt, ich darf es nicht weitersagen.«

»Hast du das Bild dabei? Ich wüsste gern, ob du es mit dir herumträgst.«

Einen Moment lang zögerte Ben, dann fasste er in seine Tasche, holte das zusammengefaltete Foto heraus und gab es ihr. Als Beth es betrachtete, stiegen spontan die Erinnerungen in ihr hoch: ihr letztes Wochenende mit Drake, das Gespräch über ihre Eltern, das Riesenrad, die schimmernde Sternschnuppe.

»Hat Logan sonst noch was gesagt, als er dir das Bild gegeben hat?«, erkundigte sich Beth, während sie Ben das Foto zurückgab. »Außer dass es ein Geheimnis ist, meine ich.«

»Ja, dass sein Freund Victor das Foto immer als Glücksbringer bezeichnet hat. Und dass es ihn im Irak beschützt hat.«

Beth merkte, wie ihr Herz plötzlich schneller schlug.

»Hast du gesagt, *Victor* hätte es als Glücksbringer bezeichnet?«

»Ja, klar – das hat Logan mir erzählt.«

Sie starrte ihren Sohn an, und in ihrem Inneren kämpften widerstreitende Gefühle.

KAPITEL 33

Thibault

Thibault packte die spärlichen Vorräte, die er noch im Haus hatte, in seinen Rucksack. Die Windböen wurden immer heftiger, und der Regen ließ nicht nach, aber er war schon bei noch schlechterem Wetter unterwegs gewesen. Trotzdem konnte er sich nicht aufraffen und zur Tür hinausgehen. Er hatte einfach nicht die nötige Energie.

Zu Fuß hierherzukommen, war gar nicht schwer gewesen. Aber wieder wegzugehen? Er hatte sich verändert. Als er von Colorado aufgebrochen war, hatte er sich so einsam gefühlt wie noch nie zuvor. Hier hingegen erschien ihm sein Leben reich und erfüllt. Jedenfalls bis gestern.

Zeus hatte sich in eine Ecke verkrochen. Den ganzen Tag über war er nur unruhig auf und ab gegangen, weil Thibault nicht richtig mit ihm draußen gewesen war. Jedes Mal, wenn Thibault aufstand, um sich ein Glas Wasser zu holen, war der Hund aufgesprungen, in der Hoffnung, endlich hinaus ins Freie zu kommen.

Es war erst Nachmittag, aber wegen der dunklen Wolken hatte man den Eindruck, es wäre schon Abend. Der Regen peitschte nach wie vor gegen das Haus, aber Thibault merkte, dass es sich um ein verzweifeltes letztes Aufbäumen handelte.

Er versuchte, möglichst nicht daran zu denken, was passiert war oder wie er es hätte verhindern können. Solche Überlegungen brachten jetzt sowieso nichts mehr. Er hatte Mist gebaut, so einfach war das, und die Vergangenheit konnte man nicht ungeschehen machen. Schon immer hatte er sich bemüht, nicht irgendwelchen Dingen nachzuhängen, die nicht mehr zu ändern waren. Aber diesmal war es irgendwie anders. Er wusste nicht, ob er damit je fertigwerden würde.

Gleichzeitig hatte er die ganze Zeit das Gefühl, dass es noch nicht vorbei war, dass dies nicht das Ende sein konnte. Fehlte ihm der offizielle Abschied? Nein, es war mehr als das. Durch seine Erfahrungen im Krieg hatte er gelernt, sich auf seine Instinkte zu verlassen, auch wenn er keine Ahnung hatte, woher sie kamen. Ihm war klar, dass er aus Hampton weggehen musste, und sei es auch nur, um möglichst weit weg von Clayton zu sein – er machte sich keine falschen Hoffnungen, dass der Deputy eines Tages alles vergeben und vergessen könnte –, aber er schaffte es einfach nicht, durch die Tür zu treten.

Keith Clayton war das Zentrum des Rads. Clayton war der Grund, weshalb er nach Hampton kommen musste. Clayton – und Ben mit Elizabeth. So viel war sicher. Aber er konnte sich immer noch nicht erklären, was der eigentlich Zweck seines Hierseins war – und er wusste nicht, was er jetzt tun sollte.

Zeus erhob sich und wanderte von seiner Ecke zum Fenster. In dem Augenblick klopfte es an die Tür. Thibault geriet sofort in Spannung, doch Zeus, der nach draußen sehen konnte, wedelte freudig mit dem Schwanz.

Als Thibault die Tür öffnete, sah er Elizabeth vor sich – und erstarrte. Einen Moment lang standen sie sich stumm gegenüber und schauten einander nur an.

»Hi, Logan«, sagte Elizabeth schließlich.

»Hallo, Elizabeth.«

Ein Lächeln huschte über ihre Züge und verschwand gleich wieder. Hatte er es sich vielleicht doch nur eingebildet?

»Darf ich reinkommen?«

Thibault ging einen Schritt zur Seite und schaute zu, wie sie ihre blonden Haare von der Kapuze befreite und den Regenmantel auszog. Unsicher hielt sie ihm den Mantel hin, bis er ihn ihr endlich abnahm und über den Knauf der Eingangstür hängte.

»Ich freue mich, dass du hier bist«, sagte er.

Sie nickte nur. Zeus stupste ihre Hand mit der Schnauze, und sie kraulte ihn ausführlich hinter den Ohren, ehe sie sich wieder Thibault zuwandte.

»Können wir reden?«, fragte sie.

»Wenn du möchtest, gern.« Er deutete auf das Sofa. Elizabeth setzte sich ans eine Ende, er an das andere.

»Warum hast du Ben das Foto gegeben?«, begann sie ohne Umschweife.

Thibault fixierte die gegenüberliegende Wand, während er überlegte, wie er es ihr erklären konnte, ohne alles noch schlimmer zu machen. Wo sollte er beginnen?

»Sag es mir in zehn Wörtern oder weniger«, schlug sie vor, weil sie seine Bedenken spürte. »Danach können wir ja weitersehen.«

Thibault rieb sich die Stirn. Dann blickte er Beth in die Augen. »Weil ich dachte, es wird ihn beschützen.«

»Ihn beschützen?«

»Im Baumhaus. Der Sturm hat die ganze Konstruktion angegriffen, samt der Brücke. Ich glaube, Ben sollte lieber gar nicht mehr hingehen. Es kann jeden Moment alles zusammenbrechen.«

Sie hielt seinem Blick stand und schaute nicht weg. »Weshalb hast du es nicht behalten?«

»Weil ich dachte, er braucht es dringender als ich.«

»Weil es ihn beschützt.«

»Ja.«

Elizabeth zupfte an dem Schonbezug herum, bevor sie weitersprach. »Heißt das, du glaubst es tatsächlich? Dass das Foto ein Glücksbringer ist?«

Zeus kam angetappt und legte sich vor das Sofa. »Vielleicht«, antwortete Thibault.

»Erzähl mir einfach die ganze Geschichte, damit ich endlich Bescheid weiß.«

Die Ellbogen auf die Knie gestützt, begann Thibault zu reden. Er konnte Elizabeth nicht anschauen, sondern richtete den Blick starr auf den Boden. Stockend erzählte er von dem Foto, von den Pokerrunden in Kuwait, von der raketengesteuerten Granate, durch die er das Bewusstsein verlor, von den Feuergefechten in Falludschah. Er berichtete von den Autobomben und den Sprengfallen, die er in Ramadi überlebt hatte, und ließ natürlich auch nicht unerwähnt, dass Victor nach einer Attacke gesagt hatte, das Foto habe ihnen beiden das Leben gerettet. Er beschrieb die Reaktion seiner Kameraden und dass manche ihm misstrauten.

Dann schwieg er lange. Schließlich hob er die Augen und sah Elizabeth wieder an.

»Aber selbst nach all diesen Erlebnissen war ich immer noch nicht überzeugt. Bei Victor war das anders. Er hat nie daran gezweifelt. Aber für ihn waren solche Sachen sowieso ganz normal, und ich habe ihm nicht widersprochen, weil ich wusste, es ist ihm sehr wichtig. Ernsthaft geglaubt habe ich es aber nicht – jedenfalls nicht bewusst.« Er presste die Handflächen gegeneinander, und seine Stimme wurde leise. »Bei unserem letzten gemeinsamen Wochenende hat Victor zu mir gesagt, dass ich der Frau auf dem Foto etwas schuldig bin, weil ihr Bild mich beschützt hat – und wenn ich diese Schuld nicht einlöse, gibt es kein Gleichgewicht. Es sei meine Bestimmung, diese Frau zu suchen, hat er gesagt. Ich wollte ihm immer noch nicht glauben. Aber dann habe ich ein paarmal seinen Geist gesehen.«

Es fiel ihm nicht leicht, doch er berichtete auch von diesen Erscheinungen, wagte es dabei aber erneut nicht, Elizabeth anzuschauen, weil er Angst hatte, in ihren Augen nur ungläubige Fassungslosigkeit zu sehen. Am Schluss seufzte er kopfschüttelnd. »Den Rest kennst du. Es ging mir sehr schlecht, deshalb bin ich von Colorado weggegangen. Ja, ich habe dich gesucht, aber nicht, weil ich von dir besessen war. Auch nicht, weil ich in dich verliebt war oder weil ich wollte, dass du mich liebst. Ich habe dich gesucht, weil Victor gesagt hat, es sei meine Bestimmung. Und weil mir immer wieder sein Geist erschienen ist. Ich hatte keine Ahnung, was mich hier erwartet. Mit der Zeit habe ich es dann als Herausforderung empfunden – ich wollte wissen, ob ich dich wirklich finden kann und wie lange ich dafür brauche. Als ich schließlich am Zwinger das Schild gesehen habe, dass ihr eine Aushilfe sucht, dachte ich, vielleicht kann ich auf diese Art meine Schuld begleichen. Es kam mir richtig vor, mich um den Job zu bewerben. Und mit Ben im Baumhaus hatte ich ein ähnliches Gefühl – es erschien mir ebenfalls richtig, ihm das Foto zu geben. Aber ich weiß nicht, ob ich mich wirklich verständlich machen kann.«

»Du hast Ben das Foto gegeben, damit es ihn beschützt«, wiederholte Elizabeth.

»So verrückt es klingt – ja.«

Sie schwieg für eine Weile und sagte dann: »Warum hast du mir das nicht von Anfang an erzählt?«

»Das hätte ich tun sollen«, sagte er. »Ich kann es mir selbst nicht erklären – aber ich glaube, ich habe nichts gesagt, weil ich erst einmal selbst verstehen wollte, was das Foto für mich bedeutet – nachdem ich es fünf Jahre mit mir herumgetragen hatte.«

»Und? Verstehst du es jetzt?«

Ehe er antwortete, beugte er sich vor, um seinen Hund zu tätscheln. Dann erst blickte er Elizabeth wieder fest in die Augen. »Ich bin mir nicht sicher. Aber so viel kann ich immerhin sagen: Was zwischen uns passiert ist, alles, was wir gemeinsam erlebt haben – das hat nicht angefangen, als ich das Foto gefunden habe. Es hat erst begonnen, als ich in das Büro getreten bin. In dem Moment bist du für mich real geworden, und je näher ich dich kennengelernt habe, desto realer kam *ich* mir vor. Ich war schon lange nicht mehr so glücklich und habe mich seit Ewigkeiten nicht mehr so lebendig gefühlt. Als wären wir beide füreinander bestimmt.«

»Also doch – deine Bestimmung?« Sie zog skeptisch die Augenbrauen hoch.

»Nein ... so meine ich es nicht. Das, was uns verbindet, hat nichts mit dem Foto zu tun oder mit dem, was Victor gesagt hat. Es ist einfach so, dass ich noch nie jemanden wie dich kennengelernt habe, und ich weiß, dass ich nie wieder jemandem wie dir begegnen werde. Ich liebe dich, Elizabeth. Und was noch viel wichtiger ist: Ich mag dich. Ich bin sehr, sehr gern mit dir zusammen.«

Sie musterte ihn mit undurchdringlicher Miene. Als sie antwortete, klang ihre Stimme nüchtern und sachlich. »Dir ist doch hoffentlich klar, dass das eine völlig absurde Geschichte ist und du wie ein durchgeknallter Spinner dastehst.«

»Ich weiß. Glaub mir, ich komme mir selbst so vor.«

»Und wenn ich jetzt sage: Verschwinde gefälligst aus Hampton – ich will nichts mehr mit dir zu tun haben?«

»Dann würde ich gehen und mich nie wieder bei dir melden.«

Der Satz hing in der Luft, schwer und bedeutungsvoll. Elizabeth wandte sich scheinbar angewidert ab, doch dann drehte sie sich plötzlich wieder zu ihm um.

»Wie bitte? Du würdest nicht mal anrufen? Nach allem, was wir durchgemacht haben?« Sie schnaubte empört. »Ich kann's nicht fassen!«

Voller Erleichterung stellte er fest, dass sie ihre Drohung von zuvor nicht ernst gemeint hatte. Er seufzte tief und merkte jetzt erst, dass er die ganze Zeit den Atem angehalten hatte.

»Vielleicht glaubst du mir dann endlich, dass ich nicht verrückt bin«, sagte er lächelnd.

»Ich finde das echt mies. Ein Mann ist verpflichtet, wenigstens ab und zu mal anzurufen.«

Thibault rutschte unmerklich näher. »Ich werd's mir merken.«

»Wenn du hier in Hampton bleiben willst, darfst du diese Geschichte keinem erzählen.«

Wieder näherte er sich ihr ein Stückchen. Diesmal nicht ganz so unauffällig. »Damit kann ich leben.«

»Und falls du eine Lohnerhöhung erwartest, nur weil du mit der Enkelin der Chefin zusammen bist – vergiss es!«

»Ich komme auch so durch.«

»Keine Ahnung, wie du das schaffst. Aber du hast ja nicht mal ein Auto.«

Inzwischen saß er dicht neben ihr, und als sie den Kopf drehte, streiften ihre Haare seine Schulter. Er küsste sie zart auf den Hals. »Ich werde mir schon etwas einfallen lassen«, flüsterte er leise und verschloss dann ihren Mund mit seinen Lippen.

Sie konnten nicht aufhören, sich zu küssen. Als er Beth schließlich ins Bett trug und sie miteinander schliefen, schienen ihre Körper untrennbar miteinander verbunden, für immer. Die Liebe war leidenschaftlich, wütend und zugleich voller Zuneigung, so rückhaltlos und zärtlich wie ihre Gefühle füreinander. Danach lag Thibault neben Beth und schaute sie an. Sanft strich er mit einem Finger über ihre Wange, und Elizabeth küsste seine Fingerspitze.

»Ich glaube, du kannst hierbleiben«, flüsterte sie.

KAPITEL 34

Clayton

Clayton starrte entgeistert auf das Haus und umklammerte das Lenkrad so fest, dass seine Knöchel weiß wurden. Er blinzelte ein paarmal, weil er seinen Augen nicht traute. Aber nichts veränderte sich durch das Blinzeln: Beths Wagen stand noch in der Einfahrt, das Pärchen saß knutschend auf dem Sofa, und schließlich trug Thai-bolt Beth sogar ins Schlafzimmer.

Sie waren also wieder zusammen! Mit jeder Minute wuchs seine Wut. Er hatte sich alles so schön ausgedacht – aber seine perfekten Pläne lösten sich gerade in Luft auf. Und Thai-bolt hatte gewonnen.

Clayton presste die Lippen aufeinander, so dass sein Mund nur noch ein schmaler Strich war. Am liebsten wäre er ins Haus gestürmt – wenn es nur diesen verdammten Hund nicht gäbe. Immer dieser Hund! Es war schon schwierig genug, die beiden von seinem Auto aus mit dem Fernglas zu beobachten, ohne entdeckt zu werden.

Thai-bolt. Der Hund. *Beth* …

Er schlug mit der Faust aufs Lenkrad. Wie war das möglich? Hatte Beth ihm denn nicht zugehört? Wusste sie nicht, in welche Gefahr sie sich begab? Und vor allem: Dachte sie gar nicht an Ben?

Auf jeden Fall musste er verhindern, dass dieser Psychopath wieder Kontakt mit seinem Sohn hatte.

Das durfte nicht passieren!

Nur über seine Leiche!

Eigentlich hätte er es sich ja denken können. In diesen Dingen war Beth maßlos dumm und naiv. Sie wurde zwar bald dreißig, aber in gewisser Hinsicht hatte sie den Intelligenzquotienten eines Kleinkindes. Er hätte wissen müssen, dass sie in Thai-bolt nur das sah, was sie sehen wollte, und den Rest ignorierte.

Das musste aufhören, und zwar möglichst schnell. Er würde ihr die Augen öffnen, koste es, was es wolle.

KAPITEL 35

Thibault

Nachdem er sich mit einem zärtlichen Kuss von Elizabeth verabschiedet hatte, ließ sich Thibault aufs Sofa fallen, erschöpft und erleichtert zugleich. Ach, er war so froh, dass Elizabeth bereit war, ihm zu verzeihen! Die Tatsache, dass sie versuchte, die komplizierte Reise, die ihn hierhergeführt hatte, nachzuvollziehen, erschien ihm wie ein Wunder. Sie akzeptierte ihn, mit all seinen Ecken und Kanten. Das hatte er nicht zu hoffen gewagt.

Sie wollte, dass er zum Abendessen kam. Aber vorher musste er sich noch ein bisschen ausruhen, denn sonst war er viel zu müde, um ein einigermaßen sinnvolles Gespräch mit Nana, Ben und Elizabeth zu führen.

Als Erstes würde er allerdings mit Zeus in den Wald gehen, wenigstens ein kleines Stück. Er holte seine Regenkleidung von der hinteren Veranda. Zeus folgte ihm und beobachtete jede seiner Bewegungen mit gespanntem Interesse.

»Ja, wir gehen raus!«, verkündete Thibault. »Ich muss mich nur noch anziehen.«

Vor lauter Begeisterung begann Zeus laut zu bellen. Er rannte immer wieder zur Tür und war nicht mehr zu bändigen.

»Ich beeile mich ja schon. Gleich geht's los!«

Zeus konnte es aber nicht erwarten. Er sprang weiter durch die Wohnung.

»Beruhige dich. Sitz!«, rief Thibault jetzt. Mit flehentlichem Blick schaute der Hund ihn an, bevor er sich zögernd setzte.

Thibault zog seinen Regenanzug an und ein Paar Stiefel, dann stieß er die Fliegengittertür auf. Wie der Blitz sauste Zeus los und versank gleich im Matsch. Anders als der Zwinger lag Thibaults Haus an einem Abhang, so dass sich das Wasser erst ein paar hundert Meter weiter unten sammelte. Zeus rannte zum Waldrand und wieder zurück, außer sich vor Freude. Thibault lächelte. *Ich weiß genau, wie du dich fühlst*, dachte er.

Der Himmel war pechschwarz, die Wolken hingen sehr tief, und der Wind hatte wieder aufgefrischt. Fast waagerecht schlug Thibault der Regen ins Gesicht. Aber das konnte ihm nichts anhaben. Zum ersten Mal seit vielen Jahren fühlte er sich wirklich frei.

Am Ende der Einfahrt angekommen, fiel ihm auf, dass Elizabeths Reifenspuren schon beinahe weggespült waren. Nicht mehr lange, und der Regen würde sie vollständig auslöschen. Doch plötzlich wurde Thibault hellwach. Irgendetwas war hier faul. Die Spuren erschienen ihm viel zu breit für Elizabeths Wagen.

Er schaute sie sich genauer an. Vermutlich überschnitten sich Ankunft und Abfahrt. Nein, diese Theorie konnte nicht stimmen. Es waren zwei verschiedene Reifen, beide führten zum Haus und wieder zurück zur Straße. Zwei Fahrzeuge. Was hatte das zu bedeuten?

Da gab es nur eine einzige Erklärung: Es war noch jemand hier gewesen. Aber das konnte doch nicht sein! Es sei denn …

Sein Blick ging zu dem Weg, der durch den Wald zum Zwinger führte. Wind und Regen wurden immer stärker. Thibault kniff die Augen zusammen, holte tief Luft – und rannte los, so schnell er konnte. Aber er musste sich die Kräfte einteilen, damit er nicht zu früh ausgepumpt wár. Seine Gedanken rasten. Verzweifelt versuchte er auszurechnen, wie lange es dauerte, bis er sein Ziel erreicht haben würde. Hoffentlich schaffte er es noch rechtzeitig.

KAPITEL 36

Beth

Wie es der Zufall wollte, war Nana gerade im Büro, als Keith ins Wohnzimmer gestürmt kam. Er schloss die Tür hinter sich und benahm sich überhaupt so, als würde er hier wohnen. Schon von der Küche aus konnte Beth sehen, dass die Adern an seinem Hals geschwollen waren. Als er ihrem Blick begegnete, ballte er die Fäuste.

Intuitiv spürte Beth, dass sie dieser Situation nicht gewachsen war. Panische Angst stieg in ihr hoch. So hatte sie ihren Exmann noch nie gesehen. Sie wich zurück und hielt sich an der Arbeitsplatte fest. Zu ihrer Verwunderung blieb Keith jedoch in der Küchentür stehen. Er lächelte, aber sein Gesicht wirkte völlig verzerrt, eine grinsende Fratze.

»Entschuldige, dass ich unangemeldet hereinplatze«, sagte er übertrieben höflich. »Aber wir müssen reden.«

»Was willst du hier? Du kannst doch nicht einfach –«

»Machst du das Abendessen?«, fragte er. »Ich erinnere mich noch gut daran, wie du für mich gekocht hast.«

»Geh nach Hause, Keith«, entgegnete sie mit heiserer Stimme.

»Ich habe nicht die geringste Absicht, nach Hause zu gehen.« Er deutete auf einen Küchenstuhl. »Bitte, setz dich hin.«

»Ich habe keine Lust, mich hinzusetzen.« Sie brachte nur noch ein Flüstern zustande und war wütend auf sich selbst, weil sie so eingeschüchtert klang. »Ich möchte, dass du wieder gehst.«

»Beth – ich hab's doch schon gesagt: Ich bleibe hier.« Wieder lächelte er, und es war das gleiche hässliche Grinsen wie vorher. Sein Blick war so leer, dass Beth noch mehr erschrak. Ihr Puls raste.

»Würdest du mir bitte ein Bier bringen?«, befahl er. »Ich habe einen langen Arbeitstag hinter mir – wenn du verstehst, was ich meine.«

Sie schluckte verzweifelt. »Ich habe kein Bier mehr.«

Er schaute sich in der Küche um. Dann fixierte er Beth mit seinem Blick. »Da drüben sehe ich aber eine Flasche. Neben dem Herd. Also ist bestimmt noch mehr da. Hast du was dagegen, wenn ich mal im Kühlschrank nachsehe?« Er wartete ihre Antwort nicht ab, sondern ging zum Kühlschrank und holte sich eine Flasche heraus. »Da – schau mal, was ich gefunden habe!«, rief er und musterte Beth höhnisch, während er das Bier öffnete. »Du hast dich wohl geirrt, was?« Er trank einen großen Schluck und zwinkerte ihr zu.

Sie zwang sich, ruhig zu bleiben. »Was willst du hier, Keith?«

»Ach – ich wüsste gern, wie's so läuft. Ob es irgendetwas Neues gibt, was ich wissen sollte.«

»Was meinst du?« Ihr Magen krampfte sich zusammen.

»Thai-bolt.«

Beth ignorierte es, dass er den Namen falsch aussprach. »Ich habe keine Ahnung, wovon du redest.«

Er trank noch einen Schluck, spülte die Flüssigkeit im

Mund hin und her und schluckte dann deutlich hörbar. »Dass du zu ihm gefahren bist – das ist zum Beispiel eine Neuigkeit, die du mir mitteilen könntest.« Seine Worte kamen fast beiläufig. »Aber ich kenne dich besser, als du denkst.« Mit seiner Bierflasche deutete er auf sie. »Es gab mal eine Zeit, da war ich mir nicht sicher, ob ich dich überhaupt kenne, aber in den letzten Jahren hat sich das geändert. Wenn man gemeinsam ein Kind erzieht, schweißt das zusammen, findest du nicht?«

Sie schwieg.

»Deshalb bin ich nämlich hier, musst du wissen. Wegen Ben. Weil ich für ihn nur das Beste will. Und im Augenblick habe ich den Eindruck, dass du nicht klar denken kannst.«

Er kam einen Schritt näher und setzte wieder die Flasche an. Sie war schon fast leer. Bevor er weitersprach, wischte er sich den Mund mit dem Handrücken ab. »Weißt du – mir ist klar, dass wir, also du und ich, kein ideales Verhältnis zueinander haben. Aber für Ben ist das gar nicht gut. Er muss spüren, dass wir uns immer noch verstehen. Dass wir Freunde sind, egal, was passiert. Findest du nicht auch, dass das sehr wichtig ist für ein Kind? Zu wissen, dass die Eltern, auch wenn sie sich scheiden lassen, noch befreundet sind?«

Dieser langatmige Monolog gefiel Beth gar nicht, aber sie traute sich nicht, ihn zu unterbrechen. Das war ein anderer Keith Clayton … Dieser Keith Clayton war gefährlich.

»Ich meinerseits finde das extrem wichtig«, fuhr er fort und kam dabei immer näher. »Für mich gibt es, ehrlich gesagt, nichts Wichtigeres.«

»Bleib weg von mir«, zischte sie.

»Aber warum denn?«, fragte er vorwurfsvoll. »Du bist doch im Moment gar nicht richtig zurechnungsfähig.«

Beth versuchte ihm auszuweichen und schob sich an den Küchenschränken entlang.

»Komm mir nicht zu nahe. Ich warne dich!«

Er hörte nicht auf sie. Wieder machte er einen Schritt in ihre Richtung, die leeren Augen starr auf sie gerichtet. »Da – merkst du es nicht selbst? Genau das ist es, was ich meine. Du führst dich auf, als hättest du Angst davor, dass ich dir wehtue. Dabei würde ich dir nie auch nur ein Haar krümmen. Das weißt du doch genau.«

»Du bist verrückt.«

»Nein, überhaupt nicht. Ich bin vielleicht ein bisschen wütend, aber verrückt bin ich nicht.« Als er wieder lächelte, verschwand die Leere aus seinen Augen, und Beths Magen krampfte sich erneut zusammen. »Weißt du eigentlich, dass ich dich trotz allem, was du mir zugemutet hast, immer noch sehr attraktiv finde?«

Beth wusste sich nicht mehr zu helfen. Er hatte sie in die Ecke gedrängt, sie konnte nicht mehr ausweichen. »Bitte, geh jetzt endlich. Ben ist oben, und Nana kann jeden Moment nach Hause kommen –«

»Ich will nur einen Kuss. Ist das denn zu viel verlangt?«

»Einen Kuss?«, wiederholte sie ungläubig, weil sie dachte, sie hätte sich verhört.

»Ja. Im Moment genügt mir das. Um der alten Zeiten willen. Dann gehe ich. Das verspreche ich dir.«

»Ich werde dich ganz bestimmt nicht küssen!«

Jetzt stand er dicht vor ihr. »Doch, du wirst mich küssen«, sagte er. »Und du wirst noch mehr tun, aber dazu kommen wir später. Jetzt reicht mir erst mal ein Kuss.«

Sie drückte den Rücken durch, um ihn abzuwehren. »Bitte, Keith. Ich will das nicht. Ich will dich nicht küssen.«

»Keine Sorge – du schaffst das schon.« Sie wollte sich wegdrehen, aber er packte sie an den Armen. Als sich seine Lippen ihrem Ohr näherten, begann ihr Herz heftig zu hämmern.

»Du tust mir weh!«

»Hör mir mal gut zu, Beth«, flüsterte er scharf, und sie fühlte seinen heißen Atem. »Wenn du mich nicht küssen möchtest – okay. Das akzeptiere ich. Aber ich habe beschlossen, dass ich ein bisschen mehr von dir will als nur Freundschaft.«

»Verschwinde!«, schrie sie.

Mit einem spöttischen Lachen ließ Keith sie los. »Meinetwegen.« Er trat einen Schritt zurück. »Kein Problem. Ich verschwinde. Aber du musst wissen, was passiert, wenn wir uns nicht einigen können.«

»Raus hier! Und zwar sofort!«

»Ich finde, wir sollten uns ab und zu … treffen. Und dann lasse ich mich nicht mehr abwimmeln.«

Wie das klang! *Wir sollten uns ab und zu treffen*. Beth bekam eine Gänsehaut. Das konnte doch nicht wahr sein.

»Ich habe dich vor Thai-bolt gewarnt. Aber wo warst du heute? Bei ihm.« Er drohte ihr mit dem Finger. »Das war ein böser Fehler. Du weißt ja, es ist kein Problem für mich, eine Anklage zusammenzustellen – dass er dich belästigt und dass er dir hartnäckig nachstellt. Das bedeutet, er ist eine Gefahr für dich, aber offenbar interessiert dich das gar nicht. Und deshalb ist es für Ben ebenfalls gefährlich, wenn er bei dir leben muss.«

Er sagte das vollkommen sachlich. Beth war wie gelähmt.

»Ich fände es schrecklich, vor Gericht aussagen zu müssen, wie du dich verhältst«, fügte er noch hinzu. »Aber wenn es nicht anders geht, werde ich zu dieser Maßnahme greifen. Und dann wird man unter Garantie mir das alleinige Sorgerecht zusprechen.«

»Das würdest du nicht tun«, flüsterte sie entsetzt.

»Doch. Es sei denn …« Dass er die Situation genoss, machte alles noch viel schlimmer für Beth. Nach einer theatralischen Kunstpause dozierte Keith jetzt wie ein strenger Oberlehrer. »Ich möchte ganz sicher sein, dass du alles genau verstehst. Als Erstes sagst du Thai-bolt, dass du ihn nie wieder sehen möchtest. Dann forderst du ihn auf, die Stadt zu verlassen. Und danach treffen wir beide uns. Zu einem Date. Um der guten alten Zeiten willen. Entweder das – oder mein Sohn wohnt von jetzt an bei mir.«

»Ich will aber nicht bei dir wohnen!«, rief eine Kinderstimme von der Küchentür.

Ben stand im Türrahmen, völlig verängstigt. »Ich will nicht bei dir wohnen!«, wiederholte er und rannte weg.

Die Tür fiel hinter ihm ins Schloss, und er war verschwunden.

KAPITEL 37

Clayton

Beth wollte sich an Clayton vorbeizwängen, aber er hielt sie erneut am Arm fest.

»Wir zwei sind noch nicht fertig!« Er durfte sie nicht gehen lassen, bevor sie ihm nicht bestätigte, dass sie ihn verstanden hatte.

»Er ist weggerannt!«

»Na und? Ihm wird schon nichts passieren. Aber ich will jetzt von dir hören, dass du kapiert hast, wie es zwischen uns weitergeht.«

Ohne auch nur eine Sekunde zu überlegen, schlug Beth ihm mit ihrer freien Hand ins Gesicht.

Verdutzt ließ er sie los, und sie nutzte die Gelegenheit und stieß ihn mit aller Kraft weg, so dass er fast das Gleichgewicht verlor.

»Hau endlich ab!«, schrie sie.

Clayton fing sich wieder und wollte sie packen, aber sie schubste ihn erneut weg. »Ich habe es so satt, dass du und deine Familie mir ständig vorschreiben wollt, was ich tun kann und was nicht! Ich lasse mir das nicht mehr gefallen.«

»Tja – Pech gehabt!«, brüllte er zurück. »Du hast nämlich leider keine andere Wahl. Ich erlaube es nicht, dass Ben in die Nähe deines verdammten Liebhabers kommt!«

Statt zu antworten, drängte Beth ihn beiseite und rannte aus der Küche.

»Wo willst du hin?«, rief Keith. »Ich muss dir noch etwas sagen!«

»Ich suche Ben, er ist in Gefahr!«

»Es regnet doch nur.«

»Alles ist überschwemmt, falls du das noch nicht bemerkt haben solltest.«

Clayton sah ihr durchs Fenster nach in der Erwartung, dass sie Ben auf der Veranda finden würde. Aber sie schaute draußen ratlos in beide Richtungen und verschwand dann aus seinem Blickfeld. Ein greller Blitz zuckte über den Himmel. Gleich darauf folgte der Donner – das Gewitter war ganz nahe. Clayton ging zur Tür. Beth stand am Rand der Veranda und starrte suchend hinaus in den Garten. In dem Moment erschien Nana mit einem Regenschirm.

»Hast du Ben gesehen?«, rief Beth ihr zu.

»Nein – wieso?«, fragte Nana verwirrt. »Ist etwas passiert?« Als sie Clayton entdeckte, blieb sie abrupt stehen. »Was will der denn hier?«

»Ben ist nicht an dir vorbeigerannt?«, hakte Beth nach.

Bevor Nana auf ihre Frage antworten konnte, rief Clayton ärgerlich: »Mach doch nicht so ein Drama, er kommt sicher gleich zurück!«

Beth schaute ihn an. Die Wut war verschwunden, und in ihrem Gesicht stand das blanke Entsetzen. Die Geräusche des Unwetters schienen plötzlich weit weg.

»Was hast du?«, fragte Clayton.

»Das Baumhaus …«

Es dauerte nur eine halbe Sekunde – dann begriff Clayton, was das bedeutete, und der Schreck fuhr ihm in die Glieder.

Sie rannten beide los in Richtung Wald.

KAPITEL 38

Thibault, Beth und Clayton

Als Thibault die Zufahrt zum Zwinger erreichte, waren seine Stiefel völlig durchnässt und bleischwer. Zeus hielt mit ihm Schritt, aber weil das Wasser oft fast knietief war, konnten sie nicht richtig rennen. In der Ferne sah man den Wagen und den Truck stehen. Aber – war da nicht auch noch ein Jeep? Als Thibault noch ein Stück näher kam, bemerkte er die Lichter auf dem Dach des Fahrzeugs und wusste, dass Clayton im Haus war.

Trotz seiner Erschöpfung watete er entschlossen weiter. Doch je schneller er voraneilte, desto unüberwindlicher erschien ihm die Entfernung. Endlich näherte er sich dem Haus. Nana stand auf der Veranda und leuchtete mit einer Taschenlampe zum Wald.

An ihrer Körperhaltung konnte man schon von weitem erkennen, dass sie Angst hatte.

»Nana!«, rief Thibault, aber wegen des Unwetters drang seine Stimme nicht bis zu ihr durch. Trotzdem schien sie etwas gehört zu haben, denn sie drehte sich in seine Richtung und richtete den Strahl ihrer Lampe auf ihn.

»Thibault?«

Er kämpfte sich weiter voran. Schließlich verlangsamte er seinen Schritt und rang nach Luft.

»Was ist passiert?«, rief er atemlos.

»Ben ist verschwunden!«

»Was heißt verschwunden? Warum?«

»Keine Ahnung! Clayton war hier, und Beth hat gesagt, Ben ist verschwunden, und dann sind die beiden losgerannt zum Baumhaus.«

Als er das hörte, wusste Thibault, was er zu tun hatte. Zeus folgte ihm wie immer.

Der Sturm schüttelte die Bäume. Überall auf dem Weg lagen herabgestürzte Zweige, so dass Beth und Keith sich durch das Gestrüpp kämpfen mussten. Zweimal stolperte Beth und fiel hin. Sie hörte, dass es Keith hinter ihr nicht viel besser ging. Der Boden war aufgeweicht und glitschig. Auf halbem Weg zum Baumhaus verlor Beth einen Schuh, aber sie ließ sich nicht aufhalten.

Das Baumhaus. Die Brücke. Das Hochwasser. Nur die Angst und das Adrenalin hielten sie aufrecht, sonst wäre sie zusammengebrochen, weil ihr so übel war. Vor ihrem inneren Auge sah sie ihren Sohn auf der Brücke, und die Brücke gab plötzlich unter ihm nach …

In dem Moment stieß sie gegen einen halb vermoderten Baumstumpf. Ein stechender Schmerz schoss durch ihren Fuß. So schnell sie konnte, rappelte sie sich wieder auf. Sie versuchte, den Schmerz nicht zu beachten, aber als sie auftrat, sackte sie in sich zusammen.

Keith war bei ihr und zog sie wortlos wieder hoch, schlang den Arm um ihre Taille und schleppte sie weiter.

Ben war in Lebensgefahr.

Clayton versuchte, die lähmende Panik zu unterdrücken. Ben war ein intelligenter Junge, sagte er sich, er setzte sich nicht unnötig einer Gefahr aus. Sein Sohn war kein besonders tapferes Kind, kein Draufgänger. Zum ersten Mal in seinem Leben war er dafür dankbar.

Aber während er sich mühsam durch das Dickicht schlug, Beth humpelnd neben ihm, konnte er nicht verleugnen, was er vor sich sah: Der Bach war weit über die Ufer getreten, er war breiter und reißender, als er ihn je gesehen hatte.

Thibault zwang sich, das schnelle Tempo beizubehalten, aber mit jedem Schritt wurde es schwieriger. Zweige und Ranken schlugen ihm ins Gesicht und gegen seine Arme, doch er nahm keine Notiz davon, er spürte nichts, weil er sich nur darauf konzentrierte, voranzukommen.

Unterwegs riss er sich den Regenmantel und dann das Hemd vom Leib.

Gleich habe ich es geschafft, sagte er sich immer wieder. *Nur noch ein kleines Stück.*

Und ganz hinten in seinem Kopf hörte er ein fernes Echo, den Widerhall von Victors Stimme:

Es geht noch weiter.

Beth spürte, wie die Knochen in ihrem Fuß bei jedem Schritt aneinanderrieben. Unerträgliche Qualen rasten durch ihren Körper, und am liebsten hätte sie laut geschrien, aber sie gab nicht einmal ein Stöhnen von sich.

Je näher sie dem Baumhaus kamen, desto breiter wurde der Bach. Das Wasser brauste, gurgelte, tobte. Man ahnte nicht einmal mehr, wo sich das ursprüngliche Ufer befand. Die Fluten brachten große heruntergestürzte Zweige und andere undefinierbare Abfälle mit sich. Wenn man von solch einem Zweig am Kopf getroffen wurde, war man sofort bewusstlos.

Es goss weiterhin wie aus Kübeln. Der Wind riss wieder einen Ast ab, der ein paar Meter von ihnen entfernt auf den Boden krachte. Die Erde war so zäh und matschig, dass jeder Schritt unendlich viel Energie kostete.

Aber gleich würden sie die Eiche erreichen. Man konnte die Hängebrücke schon sehen. Es war, als tauchten im Hafen endlich die Masten eines Segelschiffs aus dem Nebel auf. Beths Blick eilte von der Baumleiter zur Brücke, zu der Plattform in der Mitte … Die Wassermassen schwappten immer wieder darüber hinweg, und zwischen den Stützpfählen verfingen sich Äste. Der Vorbau des Baumhauses ragte noch aus den Fluten, er befand sich etwa dreißig Zentimeter über dem Wasser, aber er war so schief und krumm, dass er sich bestimmt in Kürze vom Rest der Konstruktion lösen würde.

Und plötzlich entdeckte sie Ben auf der Brücke, mitten im Strudel, nicht mehr weit vom Baumhaus. Es war eine Szene wie in einem Alptraum. Hilflos klammerte er sich an das Brückenseil. Erst jetzt stieß Beth einen gellenden Schrei aus.

Clayton wurde vor Schreck totenblass, als er Ben ganz am anderen Ende der Hängebrücke sah. Wie konnte er ihm helfen?, überlegte er hektisch.

Es war zu weit, um hinüberzuschwimmen, und außerdem blieb ihm dafür auch nicht mehr genügend Zeit.

»Du bleibst hier!«, rief er Beth zu, während er zu der Baumleiter rannte. Blitzschnell kletterte er hinauf und betrat die schwankende Brücke. Er musste zu Ben. Aber wenn die Wassermassen ihn erreichten, würden sie ihn einfach mitreißen.

Beim dritten Schritt gab das modrige Brett unter ihm nach, und Clayton stürzte in die Tiefe. Weil er mit dem Brustkorb aufschlug, brach er sich mehrere Rippen, das spürte er. Mit letzter Kraft schaffte er es noch, das Seil zu packen. Aber seine Kleidung zog ihn in die Tiefe, die Strömung zerrte an ihm, das Seil spannte sich – er ließ trotzdem nicht los. Verzweifelt bemühte er sich, den Kopf über Wasser zu halten, und kickte mit den Füßen, so kräftig er konnte.

Keuchend kam er immer wieder an die Oberfläche. Die Schmerzen in seiner Brust waren kaum auszuhalten. Ein paar Sekunden lang war ihm schwarz vor Augen, doch irgendwie kam er wieder zu sich und kämpfte weiter gegen die Strömung an. Zweige schrammten an ihm vorbei, trafen ihn und wurden dann wirbelnd weitergeschwemmt. Das Wasser schwappte über seinen Kopf hinweg, er konnte nichts mehr erkennen, bekam kaum noch Luft. Da war nichts mehr, nur noch der Wille zu überleben. Und Clayton merkte nicht, wie die Pfähle der Plattform in der Mitte unter seinem Gewicht immer mehr nachgaben und unaufhaltsam von der Strömung ergriffen wurden.

Beth humpelte weiter. Aber nach drei Schritten fiel sie schon wieder hin. Sie formte mit den Händen einen Trichter und rief über das tosende Wasser hinweg: »Halt dich am Seil fest, Ben! Geh weg vom Vorbau. Du schaffst das!«

Sie hatte keine Ahnung, ob er sie hörte, aber gleich darauf sah sie, wie er sich vom Baumhaus entfernte und sich der reißenden Strömung in der Mitte des Baches näherte, und damit auch seinem Vater …

Keiths Kräfte schwanden, er konnte sich kaum noch festhalten …

Auf einmal ging alles ganz schnell – aber gleichzeitig schienen sich die Sekunden endlos zu dehnen. Bachaufwärts, ein paar Meter vor ihr entfernt, bewegte sich etwas. Aus dem Augenwinkel sah Beth, wie Logan Stiefel und Regenhose auszog.

Dann warf er sich in die Fluten, dicht gefolgt von Zeus.

Clayton ahnte, dass er nicht mehr lange durchhalten konnte. Der Druck in der Brust wurde immer quälender, die Strömung rauschte über ihn hinweg, er schaffte es nur noch selten, so weit aufzutauchen, dass er Atem holen konnte. Sinnlos schlug er um sich, im Kampf gegen den Tod. Und auf einmal wusste er, dass sein Leben gleich zu Ende gehen würde.

Die Strömung trieb Thibault unerbittlich flussabwärts. Für jeden Meter, den er dem Baumhaus näher kam, nahm sie ihn zwei Meter mit. Am anderen Ufer konnte er natürlich ein Stück zurücklaufen, wenn er erst drüben war – aber das kostete alles furchtbar viel Zeit. Den Blick unverwandt auf Ben gerichtet, schwamm er mit letzter Kraft weiter.

Doch dann wurde er von einem riesigen Zweig getroffen, und einen Augenblick lang war er unter Wasser. Als er wieder nach oben kam, hatte er die Orientierung verloren. Wo war Zeus? Sobald er sah, dass der Hund immer noch hinter ihm war, wusste er wieder, in welche Richtung er sich bewegen musste. Er gab alles. Aber bis jetzt war er noch nicht einmal in der Mitte des Stroms.

Beth beobachtete, wie sich Ben auf der schwankenden Brücke vorwärtstastete, Zentimeter für Zentimeter. Sie schleppte sich näher ans Ufer.

»Komm, Ben, komm!«, rief sie schluchzend. »Du schaffst es! Halte durch, Baby!«

Plötzlich stieß Thibault gegen die mittlere Plattform der Brücke. Die Fluten rauschten längst über sie hinweg. Er wurde herumgewirbelt, verlor die Kontrolle. Gleich darauf war er bei Clayton, der ihn in seiner Panik am Arm packte und mit sich hinunterzog. Thibault schlug um sich, tastete nach dem Seil, erwischte es auch tatsächlich, während sich Clayton weiterhin an ihn klammerte und nach Luft japste.

Thibault hielt auch unter Wasser krampfhaft das Seil fest, konnte sich aber nicht von Clayton befreien. Er hatte das Gefühl, als müsste gleich seine Lunge explodieren, und auch ihn erfasste Todesangst.

In dem Moment gaben die Pfähle unwiderruflich nach, das Gewicht der beiden Männer war zu viel für sie, und mit lautem Ächzen löste sich die Plattform aus ihrer Verankerung.

Beth sah Keith und Logan mit dem Tod ringen. Dann verschwand die Plattform in den Fluten. Am anderen Ufer stürzte mit großem Getöse der Vorbau des Baumhauses ins Wasser, und Ben wurde von der Strömung mitgerissen. Beth war gelähmt vor Entsetzen. Noch immer hielt sich Ben an dem Seil fest, das zur Plattform gehörte, die jetzt aber ziellos dahintrieb.

Zeus näherte sich Logan und Keith. Doch dann hob sich die Plattform auf einmal leicht an – und kippte wieder zurück. Der Hund verschwand. War er getroffen worden?

Es geschah alles viel zu rasch – Beth konnte Logan und Keith nicht mehr sehen, doch nach einer Weile entdeckte sie Bens Kopf, ein kleiner Fleck in den tobenden Fluten.

Sie hörte seine lauten Schreie, sie sah, wie ihr Sohn versuchte, den Kopf über Wasser zu halten. Wieder raffte sie sich auf und stolperte weiter, ohne auf den Schmerz zu achten, weil sie Ben nicht aus den Augen verlieren wollte.

Was dann geschah, war erneut so unwirklich wie in einem Traum: Ein dunkler, glatter Kopf näherte sich zielstrebig ihrem Sohn.

Zeus.

Ben schien den Hund zu sich zu rufen, und auf einmal wurde Beth ganz leicht ums Herz.

Sie taumelte, stürzte, rappelte sich hoch, ging ein paar Schritte und fiel wieder hin. Schließlich krabbelte sie auf allen vieren weiter. Zeus und Ben wurden immer kleiner, weil das Wasser sie davontrug, aber der Hund näherte sich dem Jungen. Unaufhaltsam.

Und dann war er bei ihm! Er änderte sofort die Richtung und strebte zum Ufer, während sich Ben an seinem Schwanz festhielt.

»Du schaffst es, Baby!«, schrie Beth.

Sie robbte voran, doch die Strömung war schneller als sie, und mit jeder Sekunde wurden Ben und Zeus weiter fortgetrieben. Aber sie hatten immerhin schon die Mitte des Bachs erreicht – nein, sie waren sogar schon weiter …

Beth mobilisierte ihre letzten Reserven. Sie handelte nur noch instinktiv. Sie spürte keinen Schmerz mehr, aber ihr Herz klopfte wie wild.

Noch ein Drittel bis zum Ufer … die Strömung wurde schwächer … ein Viertel …

Sie gab nicht auf, sie schleppte sich weiter. Die beiden waren gleich am Ziel. Beth wagte es schon fast, daran zu glauben, dass alles gutgehen könnte …

Bitte, lieber Gott … nur noch die paar Meter …

Sie hatten das rettende Ufer erreicht. Ben bekam als Erster festen Boden unter den Füßen und ließ Zeus los, der sich dann ebenfalls aus dem Wasser kämpfte. Sie torkelten weiter – Beth warf sich ihnen entgegen.

Kaum war Zeus an Land, da sackte er in sich zusammen. Ben erging es nicht anders. Doch als Beth die beiden erreichte, hatte sich Zeus schon wieder aufgerichtet. Seine Beine zitterten, und er hustete.

Beth kauerte sich neben ihren Sohn und zog ihn hoch, damit er aufrecht saß. Sofort fing er an, mit Zeus um die Wette zu husten.

»Ist alles okay?«

»Ja, ja, alles okay!« Ben keuchte und hustete und

wischte sich mit der Hand notdürftig das Wasser aus dem Gesicht. »Ich hatte ziemlich Angst, aber das Bild war ja in meiner Tasche. Und Thibault hat gesagt, es beschützt mich.« Er rieb sich die Nase. »Wo ist Dad? Und wo ist Thibault?«

Bei dieser Frage begannen sie beide zu weinen.

EPILOG

Zwei Monate später

Beth blickte in den Rückspiegel und musste grinsen: Es sah so lustig aus, wie Zeus da auf der Ladefläche des Trucks stand, die Nase im Wind. Neben ihr saß Ben, etwas schlaksiger seit seinem letzten Wachstumsschub, aber immer noch nicht groß genug, um den Ellbogen lässig in den Fensterrahmen zu legen.

Es war der erste mildere Tag, nachdem sie wochenlang extrem kaltes und unfreundliches Wetter gehabt hatten. Weihnachten stand vor der Tür. Nur noch knapp zwei Wochen bis zum großen Fest! Die Hitze des Sommers und die Oktoberstürme traten immer mehr in den Hintergrund und verwandelten sich schon fast in ferne Erinnerungen. Dabei war von den Überschwemmungen sogar in den überregionalen Fernsehnachrichten berichtet worden. Das Zentrum von Hampton hatte völlig unter Wasser gestanden. In vielen anderen Städten hier in der Gegend war das Hochwasser mindestens genauso schlimm gewesen. Sechs Menschen waren ums Leben gekommen.

Ja, sie hatten sehr viel durchgemacht, aber heute empfand Beth zum ersten Mal wieder eine Art von innerem Frieden. Seit der Beerdigung dachte sie ständig über die dramatische Entwicklung nach, die zu jenem schicksalhaften Tag geführt hatte. Viele Leute hier wunderten sich über die Entscheidungen, die sie getroffen hatte. Das wusste sie. Gelegentlich hörte sie auch Gerüchte, die sie aber nicht weiter beachtete. Eines hatte sie von Logan gelernt: Es gab Situationen, da konnte man sich nur auf den Glauben an sich selbst und auf die eigenen Instinkte verlassen.

Zum Glück ging es Nana nach wie vor gut. In den Tagen und Wochen nach dem »Unfall«, wie sie es nannte, waren Beth und vor allem auch Ben sehr stark auf sie angewiesen gewesen, auf ihre wunderbare Weisheit und ihre bedingungslose Unterstützung. Sie sang wieder regelmäßig im Chor, trainierte die Hunde und konnte beide Hände fast gleichwertig benutzen. Nur wenn sie sehr müde war, humpelte sie noch ein bisschen. Vor ein paar Wochen war es Beth ganz ähnlich ergangen wie ihr, und wenn man die beiden in der Zeit gemeinsam über das Gelände gehen sah, hätte man denken können, Großmutter und Enkelin wären gleich alt. Das war, nachdem man Beth den Gips abgenommen hatte. Sie hatte nämlich einige Fußknochen gebrochen und musste fünf Wochen lang einen Gipsverband tragen. Nana zog sie oft deswegen auf, weil sie es lustig fand, zur Abwechslung mal nicht die einzige Invalidin zu sein.

Ben hatte sich ziemlich verändert, fand Beth. In mancher Hinsicht machte sie sich deswegen Sorgen, andererseits war sie auch unglaublich stolz auf ihn. Dass er die ganzen Strapazen heil überstanden hatte, verlieh ihm ein neues Selbstbewusstsein, das er vor allem in der Schule gern demonstrierte. Jedenfalls kam es Beth so vor. Hatte es vielleicht auch etwas mit dem Foto zu tun, das er mit sich herumtrug? Die Laminierung wurde immer brüchiger, aber er wollte sich nicht von dem Bild trennen. Eines Tages würde er es überflüssig finden. Aber mit Sicherheit konnte man das natürlich nicht sagen. Das Foto war Logans Vermächtnis, und deshalb hatte es für Ben eine besondere Bedeutung.

Der Verlust war sehr bitter für ihn. Obwohl er nicht darüber sprach, wusste Beth, dass er in gewisser Weise sich selbst die Schuld gab. Und er hatte immer noch Alpträume. Manchmal rief er nach Keith, manchmal nach Logan. Wenn Beth ihn dann aufweckte, beschrieb er immer denselben Traum: Er wurde von der Strömung mitgerissen und wusste, dass er gleich ertrinken würde. Dann sah er Zeus auf sich zuschwimmen. Er wollte sich am Schwanz des Hundes festhalten, bekam ihn aber nicht zu fassen. Immer wieder griff er danach, aber jedes Mal vergeblich – bis er merkte, dass Zeus gar keinen Schwanz mehr hatte. Und dann sah er sich selbst, als würde er mit einer Kamera von oben gefilmt, wie er um sich schlug und langsam in den Fluten versank.

Beim Friedhof parkte Beth an der üblichen Stelle. Sie hatte zwei Blumensträuße dabei. Zuerst ging sie wie immer zu Drakes Grab. Ein paar Sekunden lang stand sie still davor und dachte an ihren Bruder, dann zupfte sie ein bisschen Unkraut und stellte die Blumen vor den Grabstein. Anschließend ging sie zu dem anderen Grab, für das sie den größeren Strauß besorgt hatte: Heute war sein Geburtstag.

Zeus trottete hin und her und beschnupperte alles neugierig, wie es so seine Art war. Ben begleitete ihn – wie immer, seit er den Hund kannte. Er hatte ihn zwar von

Anfang an ins Herz geschlossen, aber seit der Rettung aus dem Fluss waren die beiden absolut unzertrennlich. Und irgendwie schien Zeus zu wissen, was er geleistet hatte. Anders konnte sich Beth sein Verhalten nicht erklären. Seiner Meinung nach gehörten er und Ben jetzt zusammen. Zeus schlief immer im Flur vor Bens Zimmer, die Tür stand offen, und wenn Beth nachts aufs Klo tapste, sah sie manchmal, dass Zeus vor dem Bett stand, um nachzusehen, ob sein Schützling auch schlief.

Einen Menschen zu verlieren ist ein schwerer Schicksalsschlag. Für Beth und Ben war der Abschied nicht leicht gewesen. Und zwischendurch hatten sie beide immer wieder das Gefühl, dass die Erinnerungen an früher mit ihrer Trauer in Konflikt gerieten. Denn obwohl der Verlust mit einer heroischen Tat verbunden war, gab es doch auch manches in der Vergangenheit, was man beim besten Willen nicht positiv deuten konnte. Alles in allem dachte Beth jedoch mit aufrichtiger Dankbarkeit an Keith Clayton. Sie würde es ihm nie vergessen, wie er sie an jenem Tag weitergeschleppt hatte, nachdem sie gestürzt war. Und letztlich war er gestorben, als er versuchte, seinen Sohn zu retten.

Das sprach für ihn und seinen Charakter, und trotz seiner vielen Fehler wollte Beth ihn so im Gedächtnis behalten. Sie hoffte, dass auch Ben es schaffte, sich mit guten Gedanken an seinen Vater zu erinnern, ohne Schuldgefühle und in dem sicheren Wissen, dass Keith ihn geliebt hatte, auch wenn er es nicht immer zeigen konnte.

Logan wartete zu Hause auf sie. Er hatte zwar angeboten, mit zum Friedhof zu fahren, aber Beth wusste, dass er eigentlich nicht mitgehen wollte. Am Wochenende verbrachte er den Vormittag gern allein – er bastelte irgendetwas, reparierte alle möglichen Kleinigkeiten und arbeitete an Bens neuem Baumhaus im hinteren Garten. Später wollten sie gemeinsam den Weihnachtsbaum schmücken. Ganz allmählich gewöhnte sie sich an seine Vorlieben und Launen, sie verstand die unausgesprochenen Signale, die ihr zeigten, wer er war. Mit seinen guten und seinen schlechten Seiten, mit allen Stärken und Schwächen – er war für immer der Ihre.

Als sie in die Einfahrt bog, sah sie Logan die Verandastufen herunterkommen und winkte ihm zu.

Ja, er war der Ihre, und sie war für immer die Seine – so unvollkommen sie auch sein mochte. Er muss mich nehmen, wie ich bin, dachte sie.

Logan kam auf sie zu. Er lächelte, als könnte er ihre Gedanken lesen, und breitete zärtlich die Arme aus.

DANK

Wer schreibt, tut dies nie ganz allein, und wie immer gibt es viele Menschen, bei denen ich mich dafür bedanken möchte, dass ich die Energie und die Kraft finden konnte, diesen Roman zu vollenden. Seinen Dank kann man auf viele Arten ausdrücken, und diesmal möchte ich es in verschiedenen Sprachen versuchen – was mir durch eine Liste, die ich gegoogelt habe, ermöglicht wurde. (Können Sie, ohne nachzuschlagen, die einzelnen Sprachen identifizieren?)

Ganz oben auf *meiner* Liste steht natürlich Cathy, meine Frau. Sie sorgt dafür, dass ich mein inneres Zentrum nicht verliere und mich auf die wirklich wichtigen Dinge im Leben konzentriere. Meinen Söhnen rate ich immer, sie sollen später eine Frau wie Cathy heiraten. *Thank you!*

Dann die Kinder: Miles, Ryan, Landon, Lexie und Savannah, die alle miteinander durch die Namen von Figuren in meinen bisherigen Romanen unsterblich gemacht wurden (jedenfalls ein klitzekleines bisschen). Von diesen Kindern in die Arme geschlossen zu werden, ist das allergrößte Geschenk. *Muchas gracias!*

Und als Nächstes? Meine Agentin, Theresa Park, verdient wie immer meine uneingeschränkte Dankbarkeit. Die Beziehung Agent – Autor kann ja manchmal kompliziert sein – jedenfalls höre ich das von anderen Agenten und Schriftstellern. Aber ehrlich gesagt, für mich ist es jedes Mal eine fantastische Erfahrung, mit Theresa zu arbeiten. Und das gilt seit unserem allerersten Telefongespräch im Jahr 1995. Sie ist die Allerbeste, und sie ist nicht nur intelligent und geduldig, sondern auch mit einem gesunden Menschenverstand gesegnet, der besser funktioniert als bei den meisten Leuten, die ich kenne. *Danke schön!*

Denise DiNovi, meine Freundin und Filmkomplizin, gehört ebenfalls zu den großen Wohltaten in meinem Leben. Sie hat drei meiner Filme produziert: *Das Lächeln der Sterne, Message in a Bottle – Der Beginn einer großen Liebe* und *Nur mit dir – A Walk to Remember.* Das hat mich zu einem der glücklichsten Autoren auf der ganzen Welt macht. *Merci beaucoup!*

David Young, der fabelhafte Topmanager bei Grand Central Publishing, ist mir immer eine Stütze, und ich bin froh und dankbar, dass ich mit ihm zusammenarbeiten darf. *Arigato gozaimasu!*

Jennifer Romanello, Pressefrau und Freundin, sorgt schon seit dreizehn Jahren dafür, dass die Öffentlichkeitsarbeit für uns alle unglaublich spannend und erfreulich ist. *Grazie!*

Edna Farley, meine Telefonfreundin, koordiniert fast alle Termine, wenn wir auf Tournee sind – und löst jedes Problem, das bei der Planung auftaucht. Sie ist nicht nur kompetent, sondern auch unerschütterlich in ihrem Optimismus, was mir unglaublich guttut. *Tapadh leibh!*

Howie Sanders, mein Filmagent und Freund, gehört ebenfalls zu den Mitgliedern des Vereins, der sich der »Ich arbeite schon sehr lange mit diesem Autor zusammen«-

Club nennt. Und mein Leben hat durch ihn ungemein an Qualität gewonnen. *Toda raba!*

Keya Khayatian, ebenfalls einer meiner Filmagenten, ist ein wunderbarer Mensch und immer sehr großzügig mit seiner Zeit. *Merci!* Oder – wenn es dir lieber ist: *Mamnoon!*

Harvey-Jane Kowal und Sona Vogel, meine Lektorinnen, sind sagenhaft geduldig, vor allem wenn man bedenkt, dass ich mit meinen Abgabeterminen immer im Verzug bin. Sie müssen all die kleinen Fehler und Irrtümer in meinen Romanen aufspüren (okay, manchmal finden sie auch größere), und leider lasse ich ihnen dafür meistens nicht viel Zeit. Wenn Sie also beim Lesen auf irgendeinen Fehler stoßen (und das kann passieren), dürfen Sie nicht ihnen die Schuld dafür geben, sondern einzig und allein mir. Die zwei machen ihre Sache perfekt. Also, euch beiden: *Spasibo!*

Scott Schwimmer, mein Entertainment-Anwalt, ist einer der Menschen, die sämtliche Klischees und Witze über Anwälte Lügen strafen. Er ist ein toller Mensch und ein noch besserer Freund. *Liels paldies!*

Mein Dank geht außerdem an Marty Bowen, Courtenay Valenti, Abby Koons, Sharon Krassney, Lynn Harris und Mark Johnson. *Efharisto poli!*

Alice Arthur, meine Fotografin, ist immer sofort zur Stelle, um ein brillantes Foto zu machen, wofür ich ihr unendlich dankbar bin. *Tao chie!* Oder *Xie xie!*

Flag hat wieder einmal ein wunderschönes Cover entworfen. *Shukran gazilan!*

Tom McLaughlin, der Direktor der Epiphany School – eine Schule, bei deren Gründung meine Frau und ich mitgeholfen haben –, hat mein Leben enorm bereichert, seit wir zusammenarbeiten. *Obrigado!*

Und schließlich gilt mein Dank David Simpson, der mit mir als Coach an der New Bern High tätig ist – *Mahalo nui loa!*

PS Die Sprachen sind: Englisch, Spanisch, Deutsch, Französisch, Japanisch, Italienisch, Schottisches Gälisch, Hebräisch, Farsi (Persisch), Russisch, Lettisch, Griechisch, Chinesisch, Arabisch, Portugiesisch und Hawaiisch. Jedenfalls steht das auf der Seite, die ich im Internet gefunden habe. Aber wer kann schon alles glauben, was da steht?

Der Autor

1. Biografie
2. Leser*innen fragen – Nicholas Sparks antwortet

Das Werk

›Bonusmaterial

© Brad Styron

HEYNE‹

1. Biografie

Nicholas Sparks, in der Silvesternacht des Jahres 1965 in Nebraska geboren, lebt in North Carolina. Er hatte eine glückliche Kindheit, auch wenn die Familie bis zu seinem neunten Lebensjahr weit unterhalb der Armutsgrenze lebte. Das fiel ihm damals gar nicht auf, meint er. Er war ein guter Schüler und ein guter Leichtathlet, der über ein Sportstipendium studieren konnte.

Das Schreiben war schon immer seine Leidenschaft, doch ehe es auch zu seinem Beruf wurde, versuchte er sich unter anderem als Immobilienmakler, Hausrestaurator und Kellner. Sein Debütroman *Wie ein einziger Tag* wurde zum sensationellen Bestseller. Heute gilt Nicholas Sparks als einer der meistgelesenen Autoren der Welt. Seine Romane eroberten ausnahmslos die internationalen Bestsellerlisten und erscheinen in über 50 Sprachen. Viele seiner Bestseller wurden erfolgreich verfilmt.

Wenn Nicholas Sparks nicht gerade für seinen neuesten Roman recherchiert, widmet er sich vor allem seinen fünf Kindern. Auch Sport ist ihm sehr wichtig. Er besitzt den Schwarzen Gürtel in Taekwondo, läuft und trainiert jeden Tag und leitete mit großem Erfolg ein Jugend-Laufteam. Zudem fördert er Jugendliche durch großzügige Ausbildungsstipendien und hat sogar eine eigene Privatschule gegründet. Die wenige Zeit, die ihm daneben noch bleibt, nutzt er – zum Lesen: Rund 125 Bücher verschlingt der Erfolgsautor im Jahr.

2. Leser*innen fragen – Nicholas Sparks antwortet

Immer wieder ereilen die Helden Ihrer Romane tragische Schicksalsschläge. Halten Sie ein ungetrübtes Glück für unmöglich? Und wie ist es am ehesten möglich, einen derartigen Schlag zu überwinden?
Es gibt Momente puren Glücks, aber niemand geht unversehrt durchs Leben. Es gibt keinen »richtigen« Weg, mit Schicksalsschlägen umzugehen. Ich würde nur sagen, dass jede Gefühlsregung normal ist und man sie als solche versuchen sollte zu akzeptieren. Man kann seine Gefühle nicht beherrschen, letztlich kann man nur sein Verhalten beherrschen.

Woher haben Sie die Ideen zu Ihren Romanen?
Schwer zu sagen. Ganz von selber kommen die Ideen nie. Üblicherweise arbeite ich mich durch Hunderte von Ideen und Figuren – ein Prozess, der Monate dauern kann –, bevor ich mich endlich entscheide und mit dem Schreiben beginne.

Wie weit kennen Sie eine Geschichte, wenn Sie mit dem Schreiben beginnen? Wissen Sie das Ende im Voraus?
Wenn ich mich einmal für ein Thema entschieden habe, arbeite ich die Geschichte in Gedanken aus und spiele alle möglichen Ideen durch. Noch vor dem Schreiben kenne ich den Anfang und das Ende der Story ebenso wie die fünf oder sechs wichtigen Ereignisse. Die Handlung zwischen diesen Höhepunkten entwickle ich dann beim Schreiben.

Was würden Sie sich wünschen, dass Leser*innen aus Ihren Romanen mitnehmen?
Mein Ziel ist, eine gut lesbare, unterhaltsame und originelle Liebesgeschichte zu schreiben, die ein mitreißendes Ende hat – ein Ende, das richtig große Gefühle hervorruft. Stilistisch versuche ich effizient, auf den Punkt und originell zu schreiben, in klarer, unverschwurbelter Sprache.

Das Werk

Wie ein einziger Tag

The Notebook

Nach vierzehn Jahren kehrt Allie an den Ort zurück, an dem sie die schönsten Ferien ihres Lebens verbracht hat: Sie war erst siebzehn, als sie dort Noah begegnete. Die beiden verliebten sich ineinander und waren den Rest des Sommers unzertrennlich. Danach sah Allie ihn nie wieder. Doch kurz vor ihrer Hochzeit beschließt Allie, Noah zu besuchen. Das Wiedersehen ändert ihr Leben auf immer … Gleichnamig verfilmt mit Ryan Gosling, Rachel McAdams und James Garner.

Weit wie das Meer

Message in a Bottle

Seit der Scheidung von ihrem Mann hat die Journalistin Theresa Osborne nicht wieder richtig in den Alltag zurückgefunden. Bis sie eines Tages bei einem Strandspaziergang auf eine Flaschenpost stößt: Der Absender des Briefs, ein gewisser Garrett, beschreibt darin in so anrührenden Worten den Verlust seiner großen Liebe, dass Theresa sofort ergriffen ist. Sie fasst den folgenschweren Entschluss, Garrett aufzuspüren. Verfilmt mit Kevin Costner und Robin Wright unter dem Titel »Message in a Bottle«.

Zeit im Wind

A Walk to Remember

Die beiden Teenager Landon Carter und Jamie Sullivan scheinen keine Gemeinsamkeiten zu haben: Landon gehört zu den beliebtesten Schülern der Highschool, Jamie dagegen gilt als Außenseiterin. Doch das Schicksal führt die beiden beim Schulball zusammen. Beide sind überrascht, wie gut sie sich verstehen. Gemeinsame Proben für das Weihnachtsstück der Schule bringen sie einander noch näher. Aber erst als ein Schicksalsschlag sie für immer zu trennen droht, erkennt Landon, wie viel Jamie ihm wirklich bedeutet. Er kämpft um sie – und um seine zart erwachende Liebe zu ihr.
Verfilmt mit Mandy Moore und Shane West unter dem Titel »Nur mit Dir«.

Das Schweigen des Glücks

The Rescue

Denises Leben dreht sich einzig und allein um ihren vierjährigen Sohn Kyle, der unter einer unbekannten Form des Autismus leidet. Als Kyle nach einem Autounfall in einer dramatischen Aktion vom Feuerwehrmann Taylor gerettet wird, scheint zum ersten Mal ein Fremder Zugang zur Welt der beiden zu bekommen. Doch bevor Denise ihr Glück richtig fassen kann, ziehen neue Wolken am Himmel auf: Irgendetwas hält Taylor davon ab, sich ganz auf Denise und ihre Liebe einzulassen.

Die Suche nach dem verborgenen Glück (zusammen mit Billy Mills)

Wokini: A Lakota Journey to Happiness and Self-Understanding

Die Suche nach dem verborgenen Glück erzählt die Geschichte des Lakota-Jungen David. Zutiefst unglücklich über den Tod seiner älteren Schwester, begibt er sich auf eine Reise, um einen Weisen zu finden, der ihm erklären kann, wie das verlorene Glück zurückzugewinnen ist. David taucht in die Welt der Indianer ein und findet auf ihren uralten Wegen der Meditation und der Träume zu seiner inneren Ruhe.

Weg der Träume

A Bend in the Road

Abgesehen von seinem kleinen Sohn Jonah gibt es wenig Licht im Leben von Miles Ryan, Deputy-Sheriff in einem kleinen Ort in North Carolina. Seine geliebte Frau Missy kam bei einem Verkehrsunfall ums Leben, seit zwei Jahren ist er auf der Suche nach dem flüchtigen Fahrer. Als eine neue Lehrerin in die Schule kommt und Jonahs Klasse übernimmt, stellt sie fest, dass der Junge kaum lesen und schreiben kann. Kurz entschlossen nimmt sie Kontakt mit Jonahs Vater auf. Was dann passiert, hätten sich weder Miles noch Sarah, die selbst eine schwere Enttäuschung hinter sich hat, je träumen lassen: Auf den ersten Blick verlieben sie sich ineinander.

Das Lächeln der Sterne

Nights in Rodanthe

Adrienne ist 42, als ihre Welt aus den Fugen gerät: Ihr Mann verlässt sie wegen einer jüngeren Geliebten. Da bittet eine Freundin sie, für ein paar Tage ihre kleine Pension zu hüten. Nur ein einziger Gast, Paul Flanner, hat sich für das Wochenende angemeldet. Kurz nach seiner Ankunft zieht ein fürchterlicher Sturm auf. Mehrere Tage lang wird das Unwetter Paul und Adrienne in der Pension einsperren, und diese Tage werden ihr Leben für immer verändern …
Gleichnamig verfilmt mit Richard Gere und Diane Lane.

Du bist nie allein

The Guardian

Noch vier Jahre nach dem Tod ihres Mannes trägt Julie schwer an ihrer Trauer. Doch als der attraktive, weltgewandte Richard sie zu umwerben beginnt, zeigt Julie erstmals wieder so etwas wie Interesse am anderen Geschlecht. Richard liest ihr jeden Wunsch von den Lippen ab. Julie ist wie verzaubert – und merkt lange nicht, dass ihr bester Freund Mike ebenfalls in sie verliebt ist. Sie muss sich zwischen den beiden Männern entscheiden. Doch als sie ihre Wahl getroffen hat, schlägt die Leidenschaft eines ihrer Verehrer in Besessenheit um, und Julie gerät in größte Gefahr.

Ein Tag wie ein Leben

The Wedding

Seit fast dreißig Jahren sind Wilson und Jane verheiratet. Nach außen hin scheint alles perfekt. Doch als Wilson ihren 29. Hochzeitstag vergisst, ist Janes Enttäuschung so maßlos, dass Wilson beginnt, an ihrer Ehe zu zweifeln. Empfindet Jane für ihn, den unromantisch veranlagten Anwalt, überhaupt noch etwas? Wilson sucht Rat bei Janes Vater Noah, dessen einzigartige, fünfzig Jahre währende Liebe zu seiner Frau Allie jedem in der Familie als Vorbild gilt. Dank seiner Hilfe versteht Wilson, dass er alles tun muss, um Janes Herz zurückzugewinnen.

Nah und fern (zusammen mit Micah Sparks)

Three Weeks with my Brother

Als Nicholas Sparks und sein Bruder Micah im Januar 2003 eine Weltreise antreten, sind sie voll der Erwartung. Ihre Reise zu den Wundern der Welt gerät gleichzeitig zu einer Reise in die Erinnerung, und ihr Bericht spiegelt auch die bewegende Geschichte ihrer Familie wider, die eine tragische Serie von Schicksalsschlägen verkraften musste. Ein Buch, so dramatisch und anrührend wie Nicholas Sparks' beste Romane.

Die Nähe des Himmels

True Believer

Jeremy Marsh ist ein Wissenschaftsjournalist, der sich auf die Entlarvung angeblich übernatürlicher Phänomene spezialisiert hat. Nun lockt ihn ein neuer Fall nach North Carolina. Entgegen all seiner wohlgeordneten Pläne verliebt er sich gleich Hals über Kopf in Lexie – die Enkelin einer Hellseherin. Lexies Verhalten verstärkt seinen Gefühlstumult nur noch. Sie scheint durchaus etwas für Jeremy zu empfinden, doch dann begegnet sie ihm wieder schroff und abweisend.

Das Wunder eines Augenblicks

At First Sight

Für seine große Liebe ist der New Yorker Journalist Jeremy ins Örtchen Boone Creek gezogen. Alles scheint perfekt – wären da nur nicht die Zweifel, die an Jeremy nagen: Für ihn war es Liebe auf den ersten Blick, aber kennt er Lexie wirklich? Kann er sich ihrer Gefühle auch im grauen Alltag sicher sein? Als er eine anonyme Nachricht erhält, ist ihm, als würde ihm der Boden unter den Füßen weggezogen. Sein ganzes Glück steht mit einem Mal auf dem Spiel.

Das Leuchten der Stille

Dear John

Als John Tyree Savannah begegnet, weiß er, dass er die Frau seines Lebens gefunden hat. Zum ersten Mal hat er ein klares Ziel vor Augen: so schnell wie möglich seinen Militärdienst beenden und dann mit Savannah eine Familie gründen. Aber alles läuft anders als geplant, und immer wieder verzögert sich seine Rückkehr. Dann erhält er einen Brief von Savannah: Sie will nicht mehr länger auf ihn warten – denn sie hat sich in einen anderen verliebt. Doch John kann sie nicht vergessen.
Gleichnamig verfilmt mit Channing Tatum und Amanda Seyfried.

Bis zum letzten Tag

The Choice

Travis Parker lebt in einem Haus mit wunderbarer Aussicht, verbringt traumhafte Wochenenden mit seinen Freunden beim Wassersport oder Grillen und liebt seine Arbeit als Tierarzt. Für eine Frau ist in seinem Leben kein Platz mehr, meint er und scheut jede feste Bindung. Doch dann tritt Gabby Holland in sein Leben, seine neue Nachbarin, zu der er sich sofort hingezogen fühlt. Gegen viele Widerstände gelingt es ihm, sie für sich zu gewinnen. Travis ahnt nicht, dass seine größte Prüfung noch bevorsteht.
Verfilmt mit Benjamin Walker und Teresa Palmer.

Für immer der Deine

The Lucky One

Kann es wirklich so etwas wie einen Glücksbringer geben? Logan Thibault würde so einen Gedanken weit von sich weisen – bis er selbst in höchster Gefahr das Foto einer schönen Frau findet. Er nimmt es an sich und fühlt sich ab diesem Moment auf wunderbare Weise beschützt. Quer durch ganz Amerika sucht er die Frau. Und als er sie schließlich findet, nimmt sein Leben eine ebenso wunderbare wie dramatische Wendung.
Verfilmt unter dem Originaltitel »The Lucky One« mit Zac Efron und Taylor Schilling.

Mit dir an meiner Seite

The Last Song

Ronnie ist entsetzt: Sie soll die gesamten Sommerferien bei ihrem Vater verbringen, der von der Familie getrennt im langweiligen North Carolina lebt. Die 17-Jährige ist wild entschlossen, ihrem Vater das Leben zur Hölle zu machen. Bis der junge Will in ihr Leben tritt, der alles verändert: Zum ersten Mal verliebt Ronnie sich wirklich und wahrhaftig. Die beiden verleben eine wunderbare Zeit. Gleichzeitig nähert Ronnie sich auch wieder ihrem Vater an. Doch dann droht ein schreckliches Geheimnis alles zu zerstören.
Verfilmt mit Miley Cyrus (»Hannah Montana«) und Greg Kinnear.

Wie ein Licht in der Nacht

Safe Haven

Niemand im Küstenort Southport weiß, wer die neue Einwohnerin Katie ist und woher sie kommt. Sie lebt völlig zurückgezogen und vermeidet jeden Kontakt mit anderen. Erst dem jungen Witwer Alex, der zwei kleine Kinder hat, gelingt es langsam, ihr näherzukommen. Doch Katie hütet ein dunkles Geheimnis. Wird sie für die Liebe alles aufs Spiel setzen?
Verfilmt von Lasse Hallström unter dem Originaltitel »Safe Haven« mit Josh Duhamel und Julianne Hough.

Mein Weg zu dir

The Best of Me

Amanda und Dawson sind erst siebzehn, als sie sich unsterblich ineinander verlieben. Doch ihre Familien bekämpfen die Beziehung, und widrige Umstände trennen sie schließlich endgültig. Fünfundzwanzig Jahre später kehren die beiden in ihr Heimatstädtchen zurück. Sie empfinden noch genauso tief füreinander wie damals. Aber beide sind von Schicksalsschlägen gezeichnet, und die Kluft zwischen ihnen scheint größer denn je zu sein …
Verfilmt von Michael Hoffman unter dem Originaltitel »The Best of Me« mit James Marsden und Michelle Monaghan.

Kein Ort ohne dich

The Longest Ride

Der 91-jährige Ira steht nach einem schweren Unfall an der Schwelle des Todes. Nur die Erinnerungen an seine verstorbene Frau Ruth halten ihn am Leben. Währenddessen kämpfen Luke und Sophia, ein junges Paar, um ihre Liebe: Sie sind so verschieden, dass eine gemeinsame Zukunft kaum vorstellbar ist. Können sich die beiden Generationen gegenseitig retten?
Verfilmt mit Britt Robertson, Scott Eastwood und Alan Alda.

Wenn du mich siehst

See Me

Mitten auf einer einsamen nächtlichen Landstraße bleibt Marias Auto liegen. Ein Wagen hält, ein bedrohlich aussehender, muskelbepackter Mann steigt aus – und wechselt ihr freundlich den Reifen. Der vorbestrafte Colin und die zielstrebige Maria scheinen überhaupt nicht zusammenzupassen. Dennoch verlieben sie sich rettungslos ineinander. Aber ihnen droht größte Gefahr, denn ein finsteres Kapitel aus Marias Vergangenheit holt sie ein. Kann ihre Liebe Colin und Maria in der dunkelsten Stunde retten?

Seit du bei mir bist

Two By Two

Mit 34 glaubt Russell auf der absoluten Glücksseite des Lebens zu stehen: Er hat eine umwerfende Frau, eine süße kleine Tochter und beruflichen Erfolg. Aber dann zerbricht sein Traum binnen kürzester Zeit: Er verliert seinen Job, und in seiner Ehe zeigen sich gefährliche Risse. Plötzlich steht er als beinahe alleinerziehender Vater da und fühlt sich vollkommen überfordert. Doch noch größere Herausforderungen warten auf ihn – und mit ihnen die Chance auf ein neues Glück.

Wo wir uns finden

Every Breath

Die 36-jährige Hope steckt in einer tiefen persönlichen Krise. Im idyllischen Strandhaus der Familie hofft sie, ihr Leben wieder in den Griff zu bekommen. Doch dann trifft sie den sympathischen Abenteurer Tru, der alles durcheinanderwirbelt. Für beide ist es Liebe auf den ersten Blick, sie verbringen herrliche romantische Tage miteinander. Aber beide spüren auch den Druck familiärer Verpflichtungen, die ihrer Beziehung entgegenstehen. Und so drohen Hope und Tru sich zu verlieren, bevor sie sich überhaupt richtig gefunden haben ...

Wenn du zurückkehrst

The Return

Ein heruntergekommenes Cottage mit wildwucherndem Garten und zwanzig Bienenstöcken in North Carolina: All das erbt der 32-jährige Trevor von seinem Großvater. Während er sich um das Anwesen kümmert, lernt er zwei geheimnisvolle Frauen kennen. Die Polizistin Natalie zieht ihn sofort in ihren Bann, und auch sie scheint seine Gefühle zu erwidern – aber wieso kann sie sich nicht an ihn binden? Und dann ist da noch die Jugendliche Callie, die sich ganz allein durchs Leben schlägt und offensichtlich mit schwerwiegenden Problemen kämpft. Kann Trevor Callie retten und Natalie für sich gewinnen?

Mein letzter Wunsch

The Wish

Maggie ist noch nicht einmal 16, als sie ungewollt schwanger wird. Ihre entsetzten Eltern schicken sie zu einer alleinstehenden Tante nach Ocracoke Island in North Carolina. Die Insel erscheint Maggie so trostlos wie ihr ganzes Leben – bis sie den jungen Bryce kennenlernt. Zwischen den beiden entspinnt sich ein ganz besonderes Band. Aber ihre Liebe steht unter keinem guten Stern …

Im Traum bin ich bei dir

Dreamland

Der 25-jährige Colby bewirtschaftet eine Farm in North Carolina. Bei einem Urlaub lernt er die Sängerin Morgan kennen. Beide fühlen sich sofort zueinander hingezogen, sie verbringen eine wunderschöne Zeit zusammen – und wissen doch, dass sie bald in kaum miteinander zu vereinbarende Lebenswelten zurückkehren müssen. Zeitgleich flüchtet eine junge Frau vor ihrem gewalttätigen Ehemann. Schließlich findet sie Unterschlupf in einem heruntergekommenen Haus. Doch sie ist immer noch in höchster Gefahr …
Auf brillante Weise verknüpft Nicholas Sparks die Schicksale der jungen Leute zu einer großen Geschichte über Familie, Trauma und Liebe.